Volker Liebig

Kriminal-, Abenteuer- und Spukgeschichten

Volker Liebig

Kriminal-, Abenteuer- und

Spukgeschichten

Herstellung und Verlag:
BoD – Books on Demand, Norderstedt

ISBN 9783754323779

Fünf E-Mails

Mit einer Geste unterbrach Polizeiobermeister Gründel den Redefluss der ihm gegenübersitzenden jungen Frau.

„Gut...äh...Fräulein..., Frau Schrader. Ich möchte, dass Sie hier sitzen bleiben und einen Moment warten. Ich glaube nämlich, dass Sie Ihre Geschichte dem Kommissar erzählen sollten. Ich werde mich beeilen."

Obermeister Gründel erhob sich, ging auf die Tür zu, öffnete sie und wandte sich dann zurück: „Es dauert bestimmt nicht lange."

Die Tür schloss sich hinter ihm, und Frau Schrader versuchte, sich zu beruhigen. Erst jetzt nahm sie die Enge des Büros, in das sie eine Polizistin geführt hatte, wahr. Zur Einrichtung gehörten nur der Tisch an dem sie saß, ein Tonbandgerät, das schräg vor ihr auf dem Tisch stand, vier Stühle und in der Ecke neben der Tür ein alter Aktenschrank. An der Stirnseite befand sich ein Fenster ohne Gardinen. Unter dem Fenster erblickte sie einen alten, staubigen Lamellenradiator. Ihr gegenüber, neben der Tür, hing noch ein Spiegel an der Wand. Sie sah hinein und versuchte hastig ihre Frisur, die sich beim Laufen zur Polizeistation aufgelöst hatte, zu ordnen.

In diesem Moment öffnete sich die Tür und Wachtmeister Gründel und ein weiterer Mann betraten den Raum.

Frau Schrader legte, so schnell wie sie nur konnte, ihre Hände in den Schoß.

Die Männer nahmen ihr gegenüber Platz, und

Wachtmeister Gründel ergriff das Wort, während er ein mitgebrachtes Aufzeichnungsgerät auf dem Tisch ablegte.

„So, Frau Schrader, das ist Kommissar Lisowski. Ich möchte, dass Sie ihm genau erzählen, was sich zugetragen hat. Genauso, wie Sie es mir erzählt haben, ja?"

Frau Schrader nickte.

„Sie sind doch damit einverstanden, dass wir Ihre Aussage aufnehmen, oder?"

„Ja... ja, natürlich."

„Fein. Dann können gleich Sie anfangen, sobald ich das Gerät eingeschaltet habe. So..., jetzt!"

Fräulein Schrader schaute auf das Gerät, legte die Hände auf den Tisch und begann ihre Geschichte zögerlich zu erzählen: „Ich bin hier, weil ein Freund von mir in großer Gefahr ist. Vielleicht lebt er schon gar nicht mehr. Seine letzte Nachricht war so...."

„Nein, nein, nein, Fräulein Schrader", unterbrach sie Kommissar Lisowski, „erzählen Sie bitte alles der Reihe nach. Beginnen Sie einfach damit, wer Sie sind, welchen Beruf Sie ausüben, wer dieser Freund ist, wo Sie ihn kennengelernt haben, was er macht und warum Sie glauben, dass er sich in großer Gefahr befindet. Das würde es uns erleichtern, uns in die Angelegenheit hineinzudenken. Wollen Sie es noch einmal versuchen?"

Kommissar Lisowski hatte ganz ruhig gesprochen, schaute Fräulein Schrader erwartungsvoll an und wies dann mit der Hand in Richtung Aufnahmegerät: „So, bitte."

Fräulein Schrander legte die Hände auf den Tisch, faltete die Finger ineinander und sprach in Richtung des

Aufnahmegerätes: „Mein Name ist Cornelia Schrader. Ich bin 24 Jahre alt und studiere Betriebswirtschaft. Unter der Woche lebe ich in Düsseldorf. Nur an den Wochenenden bin ich meistens hier bei meinen Eltern in der Heinrich Heine Straße 35. Meine beiden Freundinnen studieren ebenfalls BWL, und wir leben unter der Woche in einer WG zusammen. Sie verdienen sich nebenher etwas Geld im Club „Am Markt" dazu. Der liegt etwas abseits der Innnenstadt. Manchmal gehe ich deshalb auch dahin.

Ja, und vor nicht ganz drei Wochen traf ich dort Arne, also eigentlich Arnold Wiesner. Er hat vor einem Jahr sein Studium beendet und arbeitet seitdem als Innenarchitekt bei irgendeiner Firma in der Innenstadt. Ich konnte mich gut mit ihm unterhalten. Er erzählte mir zum Beispiel, dass er aus einem Dorf aus Niedersachsen stammt und sich während seiner Studienzeit erstmal an das Leben in einer größeren Stadt und mit so vielen Menschen gewöhnen musste. Jedenfalls trafen wir uns in der Woche darauf wieder im Club, doch ich betrachtete ihn, wie soll ich sagen, weiter nur als eine angenehme Zufallsbekanntschaft. Er sah gut aus, war höflich und nett, sicher, aber irgendwie doch etwas langweilig in seiner ländlichen Art. Das habe ich ihm natürlich nicht so gesagt. Bei unserem ersten Treffen hatten wir unsere Telefonnummern und E-Mail Adressen ausgetauscht. Er wusste noch nicht, ob er in der kommenden Woche wieder den Club besuchen könne und wollte sich im Laufe der Woche melden. Drei Tage später schickte er mir dann eine SMS."

Fräulein Schrader unterbrach ihre Erzählung, nestelte in

ihrer Jackentasche herum und legte schließlich ein Smartphone auf den Tisch. Mit flinken Fingern bediente sie das Gerät.

„Hier ist sie. Soll ich vorlesen?"

„Ja sicher, lesen Sie ruhig die Nachricht vor", erwiderte Kommissar Lisowski.

„Ist gut. Sie lautet: Liebe Cornelia, wir können uns leider nicht am Donnerstag treffen. Ich bin heute in eine dumme Sache verwickelt worden und muss erst mal sehen, wie ich da wieder rauskomme. Ich werde Dir eine E-Mail schicken, die alles erklärt. Gruß Arnold."

Frau Schrader schaltete das Smartphone aus und begann zu weinen. Schluchzend schaute sie auf und wandte sich Lisowski zu.

„Arnold, also Herr Wiesner, hat mir noch in der Nacht die E-Mail geschickt. Das war die Erste von einigen Nachrichten, die er mir bis heute geschrieben hat. Die letzte E-Mail kam am Freitag an, und jetzt ist er vielleicht schon tot."

Sie begann wieder zu weinen. Wachtmeister Gründel reichte ihr ein Taschentuch.

„So beruhigen Sie sich doch bitte, Frau Schrader. Durch Ihre Heulerei verlieren wir nur kostbare Zeit und können nichts unternehmen, um Ihrem Bekannten zu helfen. Das sehen Sie doch ein, nicht wahr? Übrigens, wann genau erhielten Sie die SMS?"

Unter Tränen, aber sichtlich bemüht, den Worten Gründels Folge zu leisten, nahm Frau Schrader ihre Tasche, die sie auf dem freien Stuhl neben sich abgelegt hatte, zu sich.

„Die SMS schickte mir Herr Wiesner am frühen

Sonntagabend gegen 22 Uhr. Das war der 24. Juni."

Frau Schrader hatte ihrer Tasche inzwischen ein Notebook entnommen. Sie legte es vor sich auf auf den Tisch, geklappt es auf und startete das Betriebssystem. „Ich habe die E-Mails von Herrn Wiesner auf meinem Notebook und kann sie Ihnen, wenn Sie wollen, gleich vorlesen", erklärte sie.

"Frau Schrader, wissen Sie eigentlich, wo Ihr Bekannter wohnt?", fragte Lisowski.

„Nicht genau. Er hat mir nur erzählt, dass er in einer kleinen Wohnung und nur knapp fünf Kilometer von seinem Arbeitsplatz, aber immer noch in der Innenstadt, entfernt lebt. Außerdem sei er froh darüber, dass er sein Moped in einem Schuppen hinter dem Wohnhaus unterbringen konnte. Und sein Fahrrad kann er in einem kleinen Kellerraum anstellen. Er hat mir auch erzählt, dass er die fünf Kilometer bis zu seinem Arbeitsplatz häufig mit der Straßenbahn zurücklegt."

Lisowski schrieb etwas auf einen Zettel und reichte ihn Wachtmeister Gründel, der die Notiz las, nickte und danach den Raum verließ.

„Ich will nicht indiskret sein, Frau Schrader, aber jede Information kann wichtig sein. Was hat er Ihnen sonst noch erzählt? Welche Hobbys hat er? Wo verbringt er für gewöhnlich seine freie Zeit?"

„Darüber hat er eigentlich nicht direkt gesprochen. Seine Eltern betreiben eine Landwirtschaft, die sein Bruder wohl weiterführen wird. Die Arbeit im Stall und auf dem Feld hat ihm zwar gefallen, er liebt Tiere und Traktoren, aber er wollte schon immer Innenarchitekt werden. Er liest sehr viel, mag Country-Musik und Sqare-Dance, doch würde er dafür gegenwärtig keine Zeit haben, weil er sich in seiner Firma erst einmal einen guten Namen machen will. Seine Wochenenden verbringt er gern auf dem Hof seiner Familie. Ja, das war es wohl, alles zusammen genommen. Wir waren ja nur zwei Abende und vielleicht acht Stunden insgesamt zusammen. Ich habe natürlich auch von mir und meinen Eltern erzählt, und getanzt haben wir auch. Mehr weiß ich nicht."

„Na, das ist ja schon eine ganze Menge. Hört sich an, als sei Herr Wiesner ein normaler, bodenständiger junger Mann. Wir wer...."

In diesem Moment betrat Obermeister Gründel wieder das Zimmer.

„...den vielleicht noch etwas mehr Einblick erhalten, wenn Sie so weit sind, uns die E-Mails vorzulesen."

„Ich bin soweit. Da fällt mir noch ein, dass er in Westfalen Lippe studiert hat. Mehr weiß ich wirklich nicht. So, das ist die erste E-Mail. Sie ist auch vom 24. Juni und wurde um 23 Uhr 16 abgeschickt. Ich lese vor: Hallo Cornelia, es tut mir Leid, dass ich Dich am Donnerstag nicht werde treffen können. Wie ich Dir schon mitgeteilt habe, bin ich in eine dumme Sache verwickelt worden. Ich wünschte, es wäre nicht so. Das Schlimmste ist, dass ich selbst nicht ganz unschuldig bin. Aber ich will Dir die Geschichte von Anfang an erzählen. Ich hatte das Wochenende bei meinen Eltern verbracht und befand mich gegen 19 Uhr auf dem Nachhauseweg. Am Bahnhof nahm ich die Straßenbahn und schlenderte anschließend meiner Wohnung entgegen. Wenn ich nur geahnt hätte, was mich erwartet, wäre ich sofort wieder auf's Land gefahren. So aber öffnete ich die Haustür und stapfte die Treppe hinauf. Vielleicht sollte ich Dir zum besseren Verständnis beschreiben, wie unser Haus aufgebaut ist und wo und wie ich wohne. Das Haus hat neben dem Kellergeschoss noch 5 Etagen. In jeder Etage befinden sich drei Wohnungen. Zwei davon sind richtig groß und haben Fenster nach vorn und hinten hinaus. Dazwischen liegt eine kleine Wohnungen, von denen ich eine in der dritten Etage bewohne. Meine Wohnung hat inklusive des Korridors eine Fläche von nur 52 Quadratmetern. Links vom Flur liegen das Bad und die Küche, rechts das Schlaf- und Wohnzimmer. Nur die Küche, der Korridor und das Wohnzimmer haben Fenster nach hinten hinaus.

Ich hatte die zweite Etage noch nicht erreicht, als aus der Wohnung links vor mir der Mieter heraustaumelte. Er sah mich und versuchte mir entgegenzukommen. Uns trennten vielleicht nur acht, neun Stufen, doch er verlor den Halt verlor und stürzte in meine Arme, denn ich hatte, gleich zwei Stufen auf einmal genommen, weil sein unsichere Gang mir Angst einjagte. Nur unter größter Anstrengung konnte ich vermeiden, dass wir beide die Treppe hinunterstürzten. Als ich mein Gleichgewicht wiedergefunden hatte, schleppte ich ihn bis fast zum Treppenabsatz und versuchte ihn hinzusetzen. Irgendwie schien er jede Kraft verloren zu haben, und erst jetzt sah ich, dass er schwer verletzt und sein Hemd voller Blut war. Er atmete schwer und versuchte mir etwas zu sagen. Ich beugte mich zu ihm runter und hielt mein Ohr an seinen Mund. Zwischen seinen rasselnden Atemzügen glaubte ich das Wort „Liebe" zu hören. Dann sackte er völlig in sich zusammen, und plötzlich setzte mein Verstand wieder ein, der mir sagte, dass ich den Notarzt und die Polizei anrufen musste. Mit der rechten Hand versuchte ich mein Handy aus der Brusttasche meines Hemdes zu nehmen, mit der anderen hielt ich den Oberkörper des Mannes aufrecht. Meine rechte Hand war so blutverschmiert, dass ich das Handy nicht richtig zu fassen bekam. Nachdem ich das Blut einfach an meinem Hemd abgewischt hatte, konnte ich es herausnehmen und wählte zuerst die Nummer der Polizei. Das war ein Fehler, denn der Kerl am anderen Ende wollte immer noch mehr wissen. Deshalb drückte ich irgendwann einfach die rote Taste und informierte dann den Notarzt. Außerdem musste ich die Telefonate so kurz wie nur möglich halten, denn der Mann drohte mir zu entgleiten. Dann steckte ich das Handy weg, griff unter seine Achseln und zog ihn so weit hinauf, dass ich ihn auf dem Treppenabsatz hinlegen konnte. Jetzt begann das Warten. Die Minuten vergingen. Ich wollte schon kurz meine Wohnung aufsuchen, doch dann hielt mich die Sorge um den Verletzten zurück. Das war sicherlich etwas dumm von mir gedacht, denn helfen konnte ich ihm ja doch nicht. Zuerst trafen die Leute vom Rettungsdienst ein und begannen ihn zu stabilisieren. Zumindest entnahm ich das ihren Worten. Dem Notarzt erzähle ich mit wenigen Worten, was sich zugetragen hatte. Ich werde die Gespräche der Einfachheit halber so wiedergeben, wie ich sie in Erinnerung habe. Etwa fünf Minuten später tauchten zwei Polizisten auf. Sie unterhielten sich kurz mit dem Notarzt. Der eine von ihnen ging wieder die Treppe hinunter, der andere kam auf mich zu und stellte sich kurz vor.

„Polizeimeister Kleinert. Haben Sie uns benachrichtigt und den Notarzt gerufen?"

„Ja, aber das müssten Sie doch eigentlich wissen."

„Ganz ruhig, junger Mann. Wie heißen Sie, und was führte Sie in dieses Haus?"

„Ich wohne hier in der Dritten und heiße Arnold Wiesner. Meinen Namen habe ich der Polizei bereits genannt, als ich sie informierte. Kann ich jetzt kurz in meine Wohnung gehen und mich waschen und umziehen?"

„Nein, das können Sie nicht. Zuerst möchte ich Ihren Personalausweis sehen, und dann warten wir beide auf die Kollegen von der Kriminalpolizei."

Natürlich versuchte ich den Burschen umzustimmen, aber was ich auch sagte, er war dagegen. Nach gefühlt weiteren zehn Minuten trafen tatsächlich vier weitere Männer in Zivil ein. Einer von ihnen bat den Notarzt und seine Helfer zur Seite zu treten und unterhielt sich so leise mit ihnen, dass ich nur wenige Wörter verstehen konnte. Um den Verletzten schien es nicht gut zu stehen. Ein anderer schoss zuerst mehrere Fotos von meinem Mitmieter und ging dann mit dem einen Bullen, der sich augenscheinlich mit der Spurensicherung befasst hatte, in die Wohnung, deren Tür immer noch offen stand. Ich habe keine Ahnung von diesen Dingen, aber es lenkte mich ab, sie bei ihrer Arbeit zu beobachten. Kaum waren die beiden Männer in der Wohnung verschwunden, begannen der Notarzt und sein Kollegen mit dem Abtransport des Verletzten, und der Mann in Zivil unterhielt sich mit meinem Polizisten, der ihm wohl Meldung erstatte, denn er wies zwischendurch mit der Hand in meine Richtung. Wieder konnte ich nicht viel verstehen, denn die Jungs vom Rettungsdienst und der Notarzt machten zu viel Lärm. Der vierte Mitarbeiter in Zivil war inzwischen an mir vorbei die Treppen hinaufgestiegen, und ich hörte, wie er an der Wohnung links von meiner klingelte. Ich hatte mich, kurz nach dem Gespräch mit dem Polizisten, auf eine Stufe gesetzt, aber als jener mit der Hand in meine Richtung wies, stand ich wieder auf. Der Polizist selbst folgte nach der kurzen Unterhaltung den Leuten vom Rettungsdienst, während der Zivilist an mich herantrat.

„Polizeihauptkommissar Mattern", stellte er sich vor und musterte mich anschließend von oben bis unten.

„Sie sind also der Mann, der uns benachrichtigt hat. Was sich zugetragen hat, können Sie mir nachher im Präsidium erzählen. Für den Augenblick möchte ich nur wissen, ob Sie, als Sie das Haus betraten, irgendetwas Außergewöhnliches gesehen oder gehört haben."

„Bis auf Herrn Sorowski, der aus seiner Wohnung heraustaumelte, nein. Herr Kommissar, aber kann ich nicht erst einmal in meine Wohnung gehen, mich waschen und das Hemd wechseln."

„Einen Moment noch, bitte."

Du wirst es nicht glauben, aber er rief den Fotografen und wies ihn an, einige Fotos von mir zu schießen. Danach begleitete er mich in meine Wohnung. Im Badezimmer nahm ich meinen Rucksack ab, zog mir das Hemd aus und wusch mich so gründlich ich nur konnte. Anschließend ging ich ins Schlafzimmer, nahm ein graues Nicki aus der Kommode und zog es an. In der Küche öffnete ich eine Pepsi und trank einen großen Schluck. Erst danach bot ich dem Kommissar, der mich die ganze Zeit über nicht aus den Augen gelassen hatte, auch etwas zu trinken an, aber er lehnte ab. Ansonsten hatten wir seit dem Betreten meiner Wohnung kein Wort gewechselt. Ich trank noch etwas und sagte dann: „Entschuldigen Sie, aber wenn ich jetzt, nach dieser ganzen Aufregung, meine Ruhe gehabt hätte, würde ich ein Bier getrunken haben. Na ja, die Cola tut's auch."

„Na, fein. Dann können wir ja jetzt zum Präsidium fahren." Wir brachen auf. Beim Hinuntergehen konnte ich sehen, dass die Tür zur Wohnung meines Mitmieters geschlossen, aber nicht versiegelt war. Anscheinend wurde sie noch gründlich untersucht.

Vor der Haustür hatten die beiden Polizisten Posten bezogen. Es ist doch immer wieder erstaunlich, wie schnell sich Neuigkeiten verbreiten und Gaffer auf den Plan rufen. Vor meinem Haus standen bestimmt 20 bis 25 Leute herum. Es war widerlich. Stell Dir nur mal vor, ich wäre mit dem blutverschmierten Hemd und dem Blut an den Händen aus dem Haus gekommen. Dann hätte der Plebs mich doch sofort für schuldig gehalten. Aus der Menge löste sich ein Mann, den ich vorher noch nicht gesehen hatte und schritt bis zum Dienstwagen vor uns her, wo er sogar die Fondtür für mich öffnete und neben mir Platz nahm. Der Kommissar stieg vorn auf der Beifahrerseite ein, drehte sich zu uns um, legte den linken Arm auf die Lehne des Fahrersitzes und fragte seinen Kollegen: „Na, Manfred, wie üblich?"

„Wie üblich. Alles nur Schaulustige, die außer dem Notarzt, dem Streifenwagen und unseren Fahrzeugen nichts gehört oder gesehen haben. Reine Neugierde und Langeweile. Sechs der Leute wohnen im Haus gegenüber und sind nur durch das Signal des Rettungswagens aufmerksam geworden. Ich habe auch die restlichen Bewohner dort, soweit zuhause, befragt, aber keinen Erfolg gehabt. Tut mir Leid, Sebastian."

„Danke Manfred, aber man kann nicht immer Glück haben. Na ja." Er drehte sich wieder um. Ein beklemmendes Schweigen setzte ein. Nach vielleicht zehn Minuten wurde plötzlich die Fahrertür geöffnet, und der Mann, der die Treppen hinaufgestiegen war, schlüpfte herein.

„Wollen wir, Basti?"

„Wir haben nur auf Dich gewartet."

Während der Fahrt herrschte wieder eisiges Schweigen, aber in dem Präsidium ging es, was mich anbelangte, hoch her. Zuerst wurden erneut meine Personalien aufgenommen. Dann wollte man wissen, als was ich arbeite und wo. Na jedenfalls habe ich alle Fragen beantwortet, und dann sollten sogar meine Fingerabdrücke angenommen werden. Als ich das mitbekam, platze mir der Kragen und ich fuhr den Polizisten, der das übernehmen sollte, ziemlich laut an: „He, hören Sie Mal. Ich lasse mich von Ihnen doch nicht wie ein Verbrecher behandeln. Also lassen wir das, und bringen Sie mich zu Ihrem Herrn, Herrn…, na, dem Kommissar. Ich habe mit der Sache nichts zu tun. Ich kannte den Mann kaum, und er ist mir heute buchstäblich in die Arme gefallen. Dafür kann ich doch nichts. Hätte ich einfach zusehen sollen, wie er die Treppe herunterfallt?" Ich war zwar etwas laut geworden, aber der Mann namens Manfred, der plötzlich wieder aufgetaucht und an den Polizisten und mich herangetreten war, ließ sich nicht aus der Ruhe bringen.

„Sie brauchen sich gar nicht so aufregen, Herr Wiesner.

Es dürfte ganz in Ihrem Interesse sein, uns Ihre Finger-abdrücke zu geben. Das würde uns bei der Rekon-struktion des Vorfalls helfen und Ihnen eine schnellere Rückkehr in Ihr gewohntes Leben ermöglichen. Wenn Sie sich weigern, verlieren wir nur wertvolle Zeit. Aber bitte, es liegt für den Moment ganz bei Ihnen. Wenn Sie nicht wollen, lassen wir das."

Verflucht noch Mal, damit hatte er mich ganz schön unter Druck gesetzt. Was blieb mir übrig. Natürlich wollte ich schnellstmöglich den Mist hinter mich bringen und nach Hause zurückkehren. Also stimmte ich zu und ließ die Pro-zedur über mich ergehen. Nachdem ich meine Hände ge-reinigt hatte, das schwarze Zeug ging schlechter ab, als erwartet, führte man mich in einen kleinen Raum und bat mich zu warten.

Nach einigen Minuten erschien erst dieser Manfred und kurz darauf der Kommissar, der ohne große Umschweife sofort zum Thema kam.

„So, Herr Wiesner, dann erzählen Sie uns Mal, wie und wo Sie den Tag verbracht haben und was sich zugetragen hat".

„Herr..., Herr Kommissar...."

„...Mattern."

„Ja, richtig. Ich verbrachte das Wochenende zuhause bei meinen Eltern und fuhr gegen 16 Uhr mit dem Zug zurück. Hier nahm ich die Straßenbahn zu meiner Woh-nung und betrat gegen 19 Uhr das Haus. Ich ging die Treppe hoch und kurz vor dem Erreichen des Treppen-absatzes in der zweiten Etage stürzte mir Herr Sorowski direkt in die Arme. Zuerst habe ich ihn nur soweit die Trep-pe hochgezogen, dass ich besser telefonieren und ihn halten konnte. Dann habe ich erst die Polizei und danach den ärztlichen Notdienst angerufen. Anschließend zog ich den Mann ganz bis zum Treppenabsatz hoch und legte ihn dort ab. Da er blutete, traute ich mich nicht, ihn in die stabile Seitenlage zu bringen. Und dann wartete ich. Das ist alles, Herr Mattern."

„Kommissar. Na gut. Ist Ihnen, bevor Sie das Haus betraten, auf der Straße etwas aufgefallen? Ich denke da zum Beispiel an sich schnell bewegende, also...äh...flüchtende Personen."

„Nein, es war überhaupt niemand zu sehen. Haben Sie mich das nicht schon vorhin gefragt? Ich habe nichts gehört und außer Herrn Sorowski niemanden gesehen. Es hätte mich auch überrascht, wenn es anders gewesen wäre."

„Überrascht? Wieso?"

„Na, ich ich wohne jetzt seit knapp einem Jahr dort und verbringe meine Wochenenden, sofern es meine Arbeit erlaubt, bei meinen Eltern und meinem Bruder. Einen Freund oder eine Freundin habe ich hier noch nicht. Ich komme immer um diese Zeit zurück. Es ist ganz selten, dass ich jemanden auf der Straße gesehen habe. In den Häusern leben zumeist ältere Menschen, deren Kinder aus dem Haus sind. Wahrscheinlich gucken sie um diese Zeit Nachrichten. Im Eckhaus am anderen Ende der Straße ist eine kleine Kneipe. Da sehe ich hin und wieder Mal ein oder zwei Leute davorstehen. Aber heute nicht."

„Gut. Übrigens hatte ich Sie vorhin nur gefragt, wie es war, als Sie das Haus betraten und die Treppe nach oben gingen und ob Ihnen da etwas aufgefallen ist. Aber Sie haben niemanden, das Opfer ausgenommen, gesehen und nichts gehört. Das ist doch richtig, nicht wahr?"

„Ja, nichts."

„Nicht vielleicht einen dumpfen Schlag oder Knall, ein Flüstern, Schritte oder das Klappern von Türen?"

„Nein, nichts dergleichen. Es war ganz still im Treppenaufgang."

Mattern machte sich einige Notizen und fragte dann: „Kannten Sie das Opfer?"

„Wie gesagt, ich wohne erst seit einem Jahr in diesem Haus. Meistens verlasse ich meine Wohnung gegen sieben Uhr. Vor 19 Uhr bin ich selten zu Hause. In dem ganzen Jahr bin ich nur drei Mal mit dem Mann ins Gespräch gekommen. Zweimal am Briefkasten und einmal auf dem Hof. Er hat dort eine Garage und muss gut verdienen. Jedenfalls haben wir uns immer nur kurz unterhalten. Als ich ihn zum ersten Mal traf, wohnte ich ungefähr zwei Wochen in diesem Haus. Ich war gerade dabei, ein Schild mit der Aufschrift ‚Bitte keine Werbung' auf meinem Briefkasten zu kleben, als er herantrat, um den seinen zu leeren.

„Oh, ein neues Gesicht in diesem ehrwürdigen Haus", stellte er lächelnd fest, „Herzlich willkommen junger Mann. Ich bin Alexander Sorowski und wohne in der zweiten Etage, links, und Sie?"

Sein Lächeln war gewinnend, und er war sehr gut angezogen, also gekleidet.

„Oh, meine Name ist Wiesner, Arnold Wiesner. Ich wohne seit zwei Wochen in der Etage über Ihrer. Die Mittelwohnung", erwiderte ich etwas überrascht. Wir gaben uns noch die Hände, doch dann nahm er seine Post, sah sie durch, und ich klebte das Schild auf.

Das war vorigen Sommer. Das zweite Mal war auch im vorigen Sommer. Ich hatte das Moped aus dem Schuppen geholt und wusch gerade den Dreck ab, als er sein Auto aus der Garage holte. Ich kann mich nur daran erinnern, dass er einen großen Audi fuhr und sich darüber aufregte, an einem solch schönen Sonntagnachmittag mit dem Auto fahren zu müssen. Darüber, ob es dienstlich oder privat war, hat er nichts gesagt. Ich hab' auch nicht danach gefragt. Und dann traf ich ihn vor zwei Tagen morgens beim Briefkasten. Er sagte mir, dass es sich ganz gut so gefügt habe, denn er hatte am Tag vorher ein kleines Päckchen für mich entgegengenommen. Er sei aber erst sehr spät wieder nach Hause gekommen. Zu spät jedenfalls, um mir das Päckchen zu geben. Ich hatte mir drei Nickis im Internet bestellt. Da ich aber schon spät dran und mein Rucksack ohnehin mit schmutziger Wäsche vollgestopft war, fragte ich ihn, ob ich das Päckchen erst am Montag abholen könne. Schließlich wollte ich gleich nach dem Feierabend zu meinen Eltern fahren. Er willigte ein, und dann trennten wir uns."

„Sie haben ein gutes Gedächtnis, wie mir scheint. Sie sagten, dass er gut verdient haben muss. Wie kommen Sie darauf?"

„Na hören Sie Mal. Er war immer sehr gut gekleidet, und die großen Wohnungen sind bestimmt nicht billig, wenn ich nur an die Miete für meine Bude denke. Und dann noch die Garage. Ich habe nur den kleinen Mopedschuppen auf dem Hof. Dafür zahle ich jeden Monat nochmal 15 Euro drauf! Außerdem ist der Audi, den Sorowski fährt, bestimmt kein billiger Gebrauchtwagen gewesen."

„Lebt Sorowski allein in der Wohnung?"

„Das weiß ich nicht."

„Hat er mit Ihnen über seine Arbeit gesprochen?"

„Wie gesagt, über persönliche Dinge haben wir uns nicht ausgetauscht. Ich hätte ihm sowieso nicht viel erzählt, denn ich kannte ihn ja kaum."

„Ist denn durch den Lärm, den Sie verursacht haben, als Sie Sorowski halfen, niemand in Ihrem Haus aufmerksam geworden und hat wenigsten mal die Tür geöffnet, um zu sehen, was los ist?"

„Welchen Lärm meinen Sie? Sorowski hat keinen Lärm gemacht, und ich auch nicht. Außerdem haben die Häuser in meiner Straße noch richtig dicke Wände. Das ist noch gute Vorkriegsarchitektur. Übrigens wird die Mittelwohnung in der Zweiten seit einer Woche nicht bewohnt, und unser Vermieter ist in Bezug auf seine Mieter sehr... sehr wählerisch, um es einmal so auszudrücken. Bei den großen Wohnungen, also die mit einem Balkon, liegt das Wohnzimmer eigentlich am Ende eines langen Korridors. Das weiß ich, weil ich damals, als ich mein Gespräch mit dem Vermieter hatte, den Grundriss gesehen habe. Sie müssen schon die Mieter selbst befragen, denn ich habe, wie ich Ihnen bereits sagte, nichts gehört. Und als mir Sorowski entgegenstürzte, habe ich auch nicht darauf geachtet."

„Sind Sie jemals in Sorowskis Wohnung gewesen?"

„Nein, aber als wir uns das erste Mal begegneten, gingen wir fast gemeinsam die Treppe rauf, und ich konnte ganz kurz einen Teil des Korridors sehen, als wir uns voneinander verabschiedeten."

„Dann haben Sie ihn da erst abends am Briefkasten getroffen?"

„Ja, das stimmt."

„Na gut, wenn das alles ist, was Sie mir über den Herrn Sorowski erzählen können, fasse ich mal kurz ihre Aussage zusammen. Von dem Moment an, als Sie in Ihre Straße einbogen und bis zum Eintreffen des Notarztes haben Sie weder jemanden gesehen noch etwas Verdächtiges gehört. Wie erklären Sie sich dann aber, dass Sorowski zwei Kugeln im Leib hatte, als er Ihnen entgegentaumelte. Wir wissen aus den Blutspuren, dass im Korridor auf ihn geschossen wurde. Es gibt aber keine große Blutlache im Flur. Er muss unmittelbar nach den Schüssen die Wohnung verlassen haben. Unsere Spurensicherung ist allerdings noch nicht abgeschlossen, doch die einzige Person weit und breit scheinen Sie gewesen zu sein."

„Ich..., ich.., Moment Mal. Wollen Sie damit etwa sagen, dass ich in Sorowskis Wohnung erst auf ihn geschossen, ihn dann zum Treppenabsatz geschleppt und danach seelenruhig die Polizei und den Rettungswagen angerufen habe! Sie spinnen doch wohl!"

„Nicht in diesem Ton, Herr Wiesner!", entgegnete der Kommissar scharf, „Ich habe lediglich die bisher bekannten Fakten aufgezählt."

„Aber ich habe doch keine Ahnung, wer, wo und warum auf Sorowski geschossen hat. Ich weiß nur, dass ich es nicht war."

„Oh, davon bin ich noch nicht überzeugt. Sie können sehr wohl in seiner Wohnung gewesen sein und auf ihn geschossen haben. Irgendwie hat er es dennoch bis zur

Treppe geschafft, wo Sie ihn einholten und zum Treppenabsatz zurückdrängten. Dabei ist Blut auf ihr Hemd und ihre Hände übertragen worden. In Ihre Wohnung konnten Sie nicht gehen, weil es ja hätte sein können, dass Sie einem Mieter, der vielleicht etwas gehört hatte und nun die Treppe hinunter ging, um nachzusehen, in die Arme laufen würden. Also beschlossen Sie kaltblütig, die Polizei anzurufen."

„Aber das ist ja alles gar nicht wahr! Ich habe Ihnen erzählt, was sich zugetragen hat! Und außerdem besitze ich keine Pistole. Vielleicht haben die Ganoven Schalldämpfer benutzt und viel früher auf ihn geschossen. Die waren vielleicht schon über alle Berge, als ich das Haus betrat. So wird es bestimmt gewesen sein."

Mehr konnte ich in diesem Moment nicht hervorbringen, denn mir stockte plötzlich der Atem. Ja, ich fühlte schon, wie sich die Schlinge um meinen Hals legte. In meinem Kopf jagten sich alle möglichen Gedanken. Mein Blutdruck hat bestimmt einen Satz nach oben gemacht, denn meine Hände begannen zu schwitzen.

„Nun, Herr Wiesner, das sind alles nur Theorien. Vorerst müssen wir die Ergebnisse der Untersuchungen abwarten. Ein Polizist wird Sie jetzt nach Hause bringen. Ich möchte, dass Sie ihm Ihren Rucksack und die Kleidung, die Sie getragen haben und zum Teil ja immer noch tragen, aushändigen. Vorher aber werden Ihre Hände noch auf mögliche Schmauchspuren untersuchen. Außerdem möchte ich, dass Sie sich zur Verfügung halten."

„Ja, aber ich muss doch morgen wieder arbeiten und außerdem haben Sie doch selbst gesehen, wie ich meine Hände gewaschen habe."

„Das macht nichts. Natürlich können Sie zur Arbeit gehen. Sollten wir noch Fragen haben, kontaktieren wir Sie. Einverstanden?"

Mir blieb keine Wahl, aber Du wirst Dir vorstellen können, dass ich heilfroh war, endlich nach Hause zu können. Also stimmte ich zu. Zuhause wusch ich mir zuerst nochmal die Hände und danach das Gesicht. Ich war irgendwie aufgedreht, aber vor allem wütend auf mich selbst. Weshalb musste ich Pechvogel auch immer mit dem gleichen Zug nach Hause fahren? Warum musste ich gerade in diesem Moment die Treppe hochgehen? Ich nahm mir ein Bier aus dem Kühlschrank und überlegte. Gern hätte ich mich jetzt mit jemanden über die Angelegenheit unterhalten, aber bei meinen Eltern wollte ich nicht anrufen. Sie würden es fertig bringen, sich in ihr Auto zu setzen, um umgehend zu mir zu fahren.

Irgendwann fiel mir unsere Verabredung wieder ein. Um Dich anzurufen ist es schon zu spät gewesen, und deshalb schrieb ich Dir erst die SMS und dann diese Mail. Ich melde mich wieder, sobald etwas Neues ergibt. Gruß Arnold"

Frau Schrader hob den Kopf. Sie wandte sich dem Kommissar zu und fragte: „Soll ich die nächste Mail vorlesen?"

„Ja bitte, Frau Schrader."

„Ist gut."

Sie blätterte in ihrem Postfach und klickte die Nachricht an.

„Auch diese Mail hat er wieder am späten Abend abgeschickt. Sie lautet: Hallo Cornelia, das war heute vielleicht ein verrückter Tag. Wie Du Dir vorstellen kannst, habe ich nur sehr wenig und schlecht geschlafen. Als heute früh der Wecker schrillte, hätte ich ihn am liebsten in den Mülleimer geworfen. Das ging natürlich nicht und so fuhr ich denn zur Arbeit. Gegen 11 Uhr erschien dieser Kommissar bei uns in der Firma. Bevor er mit mir sprach, unterhielt er sich eine ganze Weile mit unserer Sekretärin. Die ist ohnehin als Tratschtante bekannt. Unsere Büros oder besser Arbeitsbereiche sind nur durch Plexiglasscheiben voneinander getrennt, und so konnte ich sehen, wie sie zweimal mit der Hand in meine Richtung wies. Wie dem auch sei, er trat nach vielleicht sechs oder sieben Minuten an mich heran.

„Guten Morgen, Herr Wiesner", begann er das Gespräch, „ist Ihnen noch etwas eingefallen, was Sie uns gestern nicht erzählt haben?"

„Nein, obwohl ich nur sehr wenig geschlafen habe. Aber, nein."

„Na ja, das kommt vielleicht noch. Aber etwas anderes. Herr Wiesner. Sie haben uns doch erzählt, dass der Herr Sorowski ein Paket oder Päckchen für Sie entgegengenommen hat, nicht wahr? Meine Kollegen haben, das werden Sie sich sicherlich vorstellen können, die gesamte Wohnung gründlich durchsucht, doch das Päckchen, wenn es es denn jemals gegeben hat, haben sie nicht finden können. Können Sie mir das erklären?"

„Was soll das heißen? Aus welchem Grund hätte ich mir das denn ausdenken sollen? Ich weiß auch nicht, wo das Päckchen abgeblieben ist. War das alles?", fragte ich ihn in einem scharfen Ton, denn ich begann mich über den Kerl zu ärgern.

„Nicht ganz, Herr Wiesner. Wir haben anhand der Spuren festgestellt, dass sich neben Sorowski zwei Personen im Flur, wo auf ihn geschossen wurde, aufgehalten haben.

Doch Sie haben angeblich niemanden gesehen. Finden Sie das nicht auch etwas sonderbar?"

„Was soll daran sonderbar sein? Ich habe mich um Herrn Sorowski gekümmert. Woher soll ich wissen, dass zwei Personen in seiner Wohnung waren und dort, was weiß ich, angestellt haben? Ich habe Ihnen alles erzählt, was ich weiß. Mehr kann ich dazu nicht sagen."

„Na gut, Herr Wiesner, belassen wir es für das Erste dabei, aber ich komme bestimmt wieder. Übrigens ist der Herr Sorowski nicht mehr am Leben. Er verstarb vier Stunden nach seiner Einlieferung, ohne noch einmal zu Bewusstsein gekommen zu sein. Guten Tag."

Ich hätte dem Mann am liebsten eine verpasst. Anstatt sich darum zu kümmern, wer Sorowski umgebracht hat, belästigte er mich. Er hat mich eindeutig auf dem Kieker, das steht fest. Nur mit Mühe gelang es mir, mich wieder auf meine Arbeit zu konzentrieren.

Gegen 18 Uhr fuhr ich meine Wohnung, öffnete die Wohnungstür und blieb wie angewurzelt in der Tür stehen. Alle meine Sachen von der Garderobe lagen auf dem Fußboden. Die Schubladen der kleinen Kommode hatte jemand herausgezogen und durchsucht. Ich lauschte, doch in der Wohnung war es ganz still. Dann trat ich ein, schloss die Tür hinter mir und ging ganz leise auf die angelehnte Schlafzimmertür zu. Mit Schwung stieß ich sie auf. Das Zimmer sah wie ein Schlachtfeld aus. Sämtlich Wäsche hatte man aus dem Kleiderschrank gerissen und einfach auf den Fußboden geworfen. Wie Du Dir vorstellen kannst, haben der oder die Leute auch die anderen Zimmer gründlich durchsucht. Nur warum bloß? Was glaubten die, bei mir zu finden? Da ich keine meiner Fragen beantworten konnte, holte ich mir ein Bier aus dem Kühlschrank. Wenigstens hatten sie den nicht geplündert, aber er stand nicht mehr so wie vorher an der Wand. Mit der Flasche Bier in der Hand ging ich nochmal in jedes Zimmer. Die sind tatsächlich gründlich gewesen. Sie hatten alle Möbel von den Wänden abgerückt. Zuerst wollte ich natürlich die Polizei anrufen, aber dann sagte ich mir, dass das keine besonders gute Idee war. Der Kommissar Mattern hatte mich ohnehin ins Visier genommen. Bestimmt würde mich die Auswertung der Spuren aus der Wohnung, die ich wirklich nie betreten habe, irgendwie entlasten, aber so richtig glaubte ich nicht daran. Was würden die Bullen wohl denken, wenn ich jetzt noch erzählte, dass jemand meine Wohnung durchsucht hat. Was würde ich an ihrer Stelle denken? Wie dem auch sei, ich wollte mich nicht noch weiter in die Sache hineinziehen lassen und begann zuerst den Flur wieder aufzuräumen. Da lag nicht so viel herum. Dann kam das Wohnzimmer dran. Als ich gerade die Couch wieder an die Wand rückte, klingelte es an der Wohnungstür. „So ein Mist", dachte ich, aber wenigstens sah der Flur wieder vernünftig aus. Vor der Wohnungstür stand die alte Frau aus der Wohnung rechts vor mir.

„Das ist ja schön, dass sie jetzt zuhause sind. Ich hatte es vor einer Stunde schon einmal versucht, aber da waren sie wohl noch unterwegs. Na, das geht mich ja nichts an, aber Sie haben doch sicher mitbekommen, was sich hier in unserem Haus abgespielt hat. Dass wir das auf unsere alten Tage noch erleben mussten, ist einfach furchtbar. Und der Sorowski ist doch so ein lieber Mensch. Der hat mir immer geholfen und meine Einkaufstasche hinaufgetragen, wenn wir uns getroffen haben. Na, hoffentlich geht es ihm bald wieder besser."

Hatte sie wirklich nicht mitbekommen, dass ich es war, der ihn auf der Treppe aufgefangen und die Polizei benachrichtigt hatte?

„Er ist tot, Frau Lammert. Er ist gestern seinen Verletzungen erlegen."

„Ach du lieber Gott, dieser arme Mensch. Hoffentlich fangen sie bald den Verbrecher, der das getan hat. Mein Mann sagt auch immer, dass alles schlechter geworden ist. Man traut sich ja kaum noch, das Haus zu verlassen. Die Zeitungen sind voll von Messerstechereien, Diebstählen und Überfällen. Das hat es früher so nicht gegeben. Wir wohnen schon seit vierzig Jahren in diesem Haus, aber so etwas haben wir noch nicht erlebt. So ein netter Mensch. Dabei war er noch am Sonntagnachmittag in unserer Wohnung. Er hat uns gebeten, Ihnen ein Päckchen zu geben, das er für Sie entgegengenommen hat. Er sagte auch, dass Sie Bescheid wüssten und es eigentlich am Montag bei ihm abholen wollten. Doch da er kurzfristig verreisen müsse, bat er uns darum, Ihr Päckchen in Verwahrung zu nehmen. So ein rücksichtsvoller Mensch. Kommen Sie, dann kann ich es Ihnen gleich geben."

Ohne ein weiteres Wort zu verlieren, trippelte sie in ihre Wohnung, und ich folgte ihr. Auf einer wirklich alten und sehr hübschen Kommode lag es. Sie reichte es mir.

„Ach, Frau Lammert, haben Sie eigentlich der Polizei erzählt, dass Herr Sorowski Ihnen das Päckchen am Sonntag gegeben hat?"

„Diesem schrecklich unhöflichen Menschen haben wir gar nichts erzählt. Was sollten wir ihm auch erzählen? Wir haben ja nichts mitbekommen. Und er hat auch nicht gefragt, ob wir Herrn Sorowski am Sonntag gesehen haben. Und wenn er gefragt hätte, dann würde ich ihm nichts erzählt haben. Wir wollen mit der ganzen Angelegenheit nichts zu tun haben."

Wir wechselten noch einige Worte, doch dann kehrte ich in meine Wohnung zurück und räumte weiter auf. Nach zwei Stunden hatte ich es geschafft. Etwas erschöpft war ich schon, doch ich holte mir noch ein Bier und machte es mir vor dem Fernseher bequem. Auf einmal fiel mir das Päckchen wieder ein. Ich holte es und wollte den perforierten Pappstreifen auf der Lasche herausreißen, da fiel mir auf, dass die Lasche nur an einem Punkt in der Mitte aufgeklebt war. Du kennst bestimmt diese Papptüten, die wie Briefumschläge aussehen, nur das die Lasche viel länger ist. Ich holte mir ein Messer aus der Küche, fuhr mit der Klinke unter die Lasche und löste sie. Tatsächlich, jemand hatte die Lasche auf die selbe Art schon einmal abgetrennt und sie anschließend wieder mit einem Klecks Leim angeklebt. Ich traute mich nicht, meine Hand in das Päckchen zu stecken und schüttete den Inhalt auf den Tisch. Meine drei Nickis fielen hinaus. Und zwischen ihnen lag ein noch kleineres Päckchen. Was immer es auch enthalten mochte, jemand hatte etwas auf das Packpapier geschrieben. Da stand in gut leserlicher Schrift: z. Hd. Herrn Alexander Burschilow, Schubertstraße 12. Was sollte das alles nur bedeuten? In was war ich da bloß hineingeschlittert? Irgendwer hatte auf einen Mann, den ich eigentlich gar nicht kannte, zweimal geschossen. Zufällig fiel der Verwundete ausgerechnet mir auf der Treppe in die Arme. Die Polizei verdächtigte mich des Mordes, und jemand hatte meine Wohnung auf den Kopf gestellt. Und jetzt noch das

Päckchen. Wer weiß, was es enthält? Ich drückte es mehrmals. Es fühlte sich wie eine Tüte Mehl an. Ein furchtbarer Gedanke durchfuhr mich. Wenn meine Vermutung stimmte, dann wäre ich ja verrückt, das Päckchen in der Schubertstraße abzugeben. Ich dachte sofort an die Russenmafia und den Drogenhandel. Wer weiß, was die mit dem Boten anstellen würden? Andererseits machte Sorowski nicht den Eindruck, in krumme Geschäfte verwickelt zu sein. Er lebte zwar in einer großen Wohnung und fuhr ein teures Auto, aber was bedeutet das schon. Zur Polizei kann ich das Päckchen jedenfalls auch nicht bringen. Das geht erst, wenn ich weiß, was es damit auf sich hat. Doch selbst dann könnten sie immer noch behaupten, dass ich Sorowski erschossen habe, um nicht mit ihm teilen zu müssen. Ich weiß nicht, was ich machen soll. Das Beste wird wohl sein, die Sache zu überschlafen. Das hat mir meistens geholfen. Bis dann, Arne."

Frau Schrader lehnte sich zurück und fragte: „Kann ich etwas zu trinken haben?"

„Ja, natürlich. Was möchten Sie? Wir haben einen Getränkeautomaten. Sie können wählen", erklärte Gründel.

„Dann nehme ich eine Sprite, bitte."

„Ich weiß nicht, ob der Automat auch Sprite hat, aber ich bin gleich zurück. Im Notfall tut es doch auch eine Cola, oder?"

„Ja, das geht auch."

Gründel stand, sichtlich erfreut darüber, sich bewegen zu können, auf und verließ den Raum. Die Tür lies er offen stehen. Lisowski lehnte sich ebenfalls zurück und verschränke die Arme vor seiner Brust. Nach einigen Minuten wandte er sich der jungen Frau zu.

„Frau Schrader, finden sie es eigentlich ganz normal, dass ein junger Mann, den sie eigentlich nur oberflächlich kennen, Ihnen sein Herz ausschüttet? Ich meine, ich bin jetzt, warten sie, fast 20 Jahre lang verheiratet, aber so richtig alles habe ich meiner Frau nie erzählt. Es würde sie nur unnötig beunruhigen, verstehen Sie?"

„Herr Kommissar, es stimmt natürlich, dass ich Arnold noch keine zwanzig Jahre lang kenne, aber er ist kein Polizist wie sie, sondern Innenarchitekt. Ich glaube nicht, dass sein Berufsleben so gefährlich ist wie Ihres. Außerdem sagte ich Ihnen ja schon, dass wir uns sehr gut unterhalten haben. Und er hat ja auch geschrieben, dass er seine Familie nicht beunruhigen wollte. An wen hätten Sie sich denn gewandt, wenn Ihnen so etwas passiert wäre."

„Sie sind ganz hübsch schnippisch, Frau Schrader. Ich hätte mich an die Polizei gewandt. Wir sind vielleicht nicht besonders schlau, aber wir haben eine ungeheure Erfahrung in solchen Dingen. Ihr Freund ist, so stellt er es wenigstens dar, ganz sich selbst überlassen, aber wir verfügen über einen großen und eingespielten Apparat."

„Oh, entschuldigen Sie, aber das lernt man in einer WG und erst recht an der Uni, aber so wie Sie das erklären, habe ich die Angelegenheit noch nicht betrachtet."

Polizeiobermeister Gründel hatte inzwischen das Zimmer wieder betreten, eine Sprite neben dem Laptop auf den Tisch gestellt und seinen Platz wieder eingenommen. Frau Schrader griff sofort nach der Dose, öffnete sie und nahm einen großen Schluck zu sich.

„Danke Herr Gründel, das hatte ich jetzt gebraucht. Was kostet das?"

„Das geht auf's Haus."

„Danke schön. Soll ich jetzt weiter vorlesen, Herr Kommissar?"

Aus seinen Gedanken gerissen, antwortete Lisowski: „Ja natürlich, Frau Schrader, lesen sie uns die nächste Nachricht vor! Deshalb sind wir doch hier."

„Gut, nur einen Moment bitte. So, da hab ich sie. Er schreibt, nein das ist falsch, er schrieb die Nachricht kurz vor 23 Uhr. Und er schrieb sie nicht von zuhause aus."

„Sie meinen, er war nicht in seiner Wohnung, als er die Nachricht an sie verfasste und abschickte?", wollte der Kommissar wissen.

„Nein, er verfasste die Nachricht woanders. Geschickt hat er sie von zuhause aus. Doch hören sie selbst: Hi, Cornelia, das war heute ein Tag, wie ich ihn mir in meinen schlimmsten Alpträumen nicht vorgestellt hätte. Es begann schon damit, dass ich nur sehr wenig und sehr schlecht geschlafen habe. Ich horchte auf jedes Geräusch, denn ich konnte mir ja nicht sicher sein, dass der oder die Burschen, die meine Wohnung verwüstet hatten, nicht zurückkehren würden, um sich mit mir zu beschäftigen. Sie hatten ja schließlich das Päckchen, das sie bestimmt gesucht haben, nicht gefunden. Eigentlich war ich gerade erst eingeschlafen, als der Wecker losrasselte. Du musst wissen, dass nur dieses alte Ding in der Lage ist, mich zu wecken. Das ist schon seit meiner Schulzeit so. Meine Eltern, die meinten, dass der Wecker das ganze Haus aufwecken würde, waren froh, dass sie ihn mit meinem Auszug los wurden. Jedenfalls ging ich gegen sieben aus dem Haus und in Richtung der Straßenbahnhaltestelle. Schon seit dem Verlassen des Hauses hatte ich das unbestimmte Gefühl, beobachtet zu werden. Ich drehte mich mehrmals um und glaubte einen Mann ausmachen zu können, der mir folgte. Doch als ich in die Straße mit der Haltestelle einbog, war er weg. Das beruhigte mich etwas. Wie ich es schon häufig in Filmen gesehen hatte, stieg ich erst kurz vor der Abfahrt der Bahn ein, doch um diese Uhrzeit fahren so viele Leute in die Stadt, dass es mir nicht möglich war, zu erkennen, wer mit oder nach mir noch eingestiegen ist. Als ich die Bahn wieder verließ und in Richtung der Firma ging, sah ich ihn wieder. Er ging vielleicht dreißig Meter hinter mir auf der anderen Straßenseite. Mit der Bahn war er bestimmt nicht gefahren. Er musste entweder ein Auto haben oder ein anderer Ganove half ihm. Ich ging am Haus meiner Firma vorbei und kramte mein Handy aus dem Rucksack, den ich wie gewöhnlich auf dem Rücken trug. Den Rucksack hatte ich mir während des Studiums, als ich noch täglich mit dem Fahrrad unterwegs war, zugelegt und mich an ihn gewöhnt. Heutzutage sehen einen die Leute auch nicht mehr komisch an, wenn man mit einem Rucksack herumläuft. Ich ging in das kleine Cafe um die Ecke, das schon ab sieben Uhr geöffnet hat. Dort bestellte ich mir einen Espresso und rief zuerst in meiner Firma an. Ich bat um zwei Tage Urlaub, denn ich hielt es für besser, erst einmal unterzutauchen. In der Firma hatte ich mich mit einem älteren Kollegen, der einen kleinen Schrebergarten besitzt, angefreundet. Ich kannte den Garten und die kleine Laube, denn er hatte mich zweimal zum Kaffee in seinen Garten eingeladen. Er gehört zu den Statikern und Architekten in unserer Firma. Wir verstehen uns wie gesagt sehr gut, und deshalb galt mein zweiter Anruf ihm. Ich erklärte ihm die Angelegenheit in aller Kürze und bat ihn, mich für zwei, drei Tage in seinem Garten unterzubringen.

Natürlich erzählte ihm von dem Mord, dass ich mich im Augenblick in meiner Wohnung und in diesem Haus nicht mehr wohl fühlen würde und etwas Abstand von der Sache gewinnen wolle. Von dem mysteriösen Päckchen sagte ich ihm natürlich nichts.

Er willigte ein und versprach mir, die Schlüssel um acht Uhr ins Cafe zu bringen. Das fällt auch keinem auf, da wir zum Frühstück häufig das Cafe aufsuchen. Kurz nach acht Uhr kam er dann und gab mir die Schlüssel. Als wir das Cafe verließen, konnte ich mir den Burschen, der mich verfolgte, zwar nur ganz kurz, aber doch immerhin genauer ansehen. Das war kein Russe! Er sah mehr nach einem jungen Orientalen aus, hatte schwarze Haare und trug einen Bart. Jetzt wollte ich den Spieß umdrehen. Ich ging in das Haus unserer Firma und verließ es durch den Hintereingang. Dann lief ich die Straße hinunter und bog gleich wieder in die nächste Querstraße ein, die ich bis zur Ecke hinauf ging. Jetzt war ich hinter dem Burschen. Fast eine Stunde lang beobachtete er das Haus und ich ihn. Dann gesellte sich ein zweiter Mann zu ihm. Sie unterhielten sich kurz und trennten sich wieder. Mein Mann wartete noch 15 Minuten und setzte sich dann in Bewegung. Er schlug den Weg zur Straßenbahnhaltestelle ein, und ich folgte ihm, immer darauf bedacht, nicht von ihm entdeckt zu werden. Er stieg zweimal um, und ich vermutete, dass er in das Libyer- oder Araberviertel wollte. Doch er stieg dort nicht aus, sondern fuhr bis zur Endstation am Stadtrand. Es waren nicht mehr sehr viele Leute in der Straßenbahn, und ich stieg erst aus, als er um eine Hausecke bog. Dann folgte ich ihm. Die Gegend war mir absolut fremd, aber hübsche Villen standen zu beiden Seiten der

Straßen. Am Ende einer Straße, kurz vor einer großen Wendeschleife, ging er auf ein etwas zurückgesetztes Haus zu, klingelte und wurde von einem jungen Mann eingelassen. Zwei Stunden lang beobachtete ich die Villa. Allein während dieser kurzen Zeit fuhren drei Autos vor und verließen nach circa 20 Minuten wieder das Grundstück. Aber es kamen auch sieben, zumeist junge Männer zu Fuß an, die sich ebenfalls nur für kurze Zeit in dem Haus aufhielten. Es war ein Kommen und Gehen wie auf einem Bahnhof. Ich wollte gerade meinen Posten verlassen, als erneut ein Auto das Grundstück befuhr. Der Bursche der ausstieg und danach im Haus verschwand, war der Kerl, den ich mit dem anderen Burschen vor meiner Firma gesehen hatte. Und tatsächlich verließen die beiden kurz darauf das Haus und fuhren weg. Ich wurde aus allem nicht so richtig schlau und verließ meinen Posten. Erst jetzt traute ich mich, am Grundstück vorbeizugehen und einen Blick auf das Namensschild neben der Einfahrt zu werfen. Da stand ein libysch klingender Name auf dem Messingschild, der mir allerdings nichts sagte. Aber wenigstens wusste ich jetzt, dass es sich um eine Bande oder einen Clan handelte, deren Mitglieder offensichtlich hinter mir und dem Päckchen her waren. Und jetzt wusste ich auch, das Sorowski nicht Liebe, sondern Libyer geflüstert hat.

Ich fuhr zurück in mein Viertel und betrat mein Mietshaus sicherheitshalber durch den Hintereingang. Auf dem Weg in meine Wohnung riskierte ich einen Blick durch ein Flurfenster. Von den Libyern war keiner zu sehen. Erleichtert, doch mit aller Vorsicht, ging ich die Treppe hoch. Das Polizeisiegel an der Tür zu Sorowskis Wohnung hatte jemand beschädigt. „Sah sich die Polizei nochmal den Tatort an?", dachte ich und setzte meinen Weg fort. Ich wollte gerade meine Wohnungstür aufschließen, als ich von drinnen ein Geräusch vernahm. Ohne lange zu überlegen, machte ich auf dem Absatz kehrt und schlich die Treppe bis in das Kellergeschoss hinunter. Mit leicht zitternden Händen schloss ich Tür zu meinen Verschlag auf. Dort standen nur mein Fahrrad und ein kleiner Spind drin. Und in genau diesem Spind hatte ich am Morgen das kleine Päckchen versteckt. Es war noch da und landete in meinen Rucksack. Ich verließ den Keller und überlegte, ob ich es wagen konnte, quer über den Hof zu meinem Mopedschuppen zu gehen. Immerhin hätte man mich von meiner Wohnung aus leicht sehen können. Dass ich vor dem Haus keinen der beiden Libyer gesehen hatte, bedeutete gar nichts, denn ich konnte ja nur die gegenüberliegen Seite der Straße einsehen. Doch ich entschied mich für den Hintereingang. Ich lief zum Schuppen, holte das Moped heraus, fuhr los und war noch nicht am Giebel, als einer der beiden Libyer, ich kennen nur die zwei, aus dem Hinterausgang stürmte. Er hatte keine Chance, mich aufzuhalten. Ich schlug den Weg zum Garten meines Kollegen ein. Hinter der Rheinpromenade kaufte ich mir zuerst ein Nicki, zwei Paar Socken und zwei Slips. Ein paar Straßen weiter deckte ich mich noch mit Lebensmitteln, vier Flaschen Bier und einer Tube RAI ein. Viel mehr hätte ich in meinem Rucksack auch nicht unterbringen können. Gegen 16 Uhr erreichte ich den Garten meines Kollegen. Er hatte mir schon bei meinem ersten Besuch erzählt, dass es nicht ganz so einfach war, die sehr strengen Regeln in der Anlage einzuhalten. Die Laube durfte eine gewisse

Quadratmeterzahl nicht überschreiten, und auch die Größe der Rasenfläche musste ein vorgegebenes Verhältnis
zur Gesamtfläche der Parzelle einhalten. Sein Garten er-
füllt alle Vorgaben und ist dennoch ein hübsches Stückchen Erde, auf dem es sich angenehm leben lässt. Zuerst
bereitete ich mir etwas zu essen zu. Dann setzte ich mich
auf die kleine Terrasse, genoss einen Kaffee und die Ruhe
um mich herum. Doch irgendwann holten mich die Gedanken an die Ereignisse wieder ein. Wenn die Libyer heute
meine Wohnung durchsucht hatten, wer hatte dann aber
gestern die Wohnung auf den Kopf gestellt. Es mussten
die Russen gewesen sein! Bestimmt hatte Sorowski den
Besuch der Libyer erwartet. Vielleicht sah er auch nur eine
schwierige und bedrohliche Situation voraus und informierte diesen Burschilow, an den er das Päckchen adressiert
hatte, darüber. Gleichzeitig musste er aber hoffen, dass
ich das Päckchen an diesen Borschilow schicken oder es
ihm überbringen würde. Wenn Sorowski nicht zufällig in
meine Arme gefallen wäre, hätte ich das auch gemacht,
aber so konnte ich niemandem mehr trauen. Der Borschilow konnte das Päckchen anscheinend nicht schnell genug in seine Hände bekommen und durchsuchte entweder
selbst meine Wohnung oder beauftragte jemand anderen
damit. Und die Libyer? Dass die Libyer in ihrer No Go Area
mit Drogen, Schutzgeld und Prostitution zu tun hatten, ist
selbst mir, der ich erst seit einem Jahr in der Stadt lebe, zu
Ohren gekommen. Zuerst konnte ich mir nicht erklären,
woher die wussten, wie ich aussehe, aber dann fiel mir
ein, dass an der Wand neben dem Fernseher ein Foto von
mir und meiner Familie an der Wand hängt. Wahrscheinlich hatten sie das Haus tagelang beobachtet. Diese Idee

verwarf ich sofort wieder, denn nur Sorowski selbst, konnte ihnen mitgeteilt haben, dass er das Päckchen bei meinen Nachbarn abgegeben hatte und es letztendlich bei mir landen würde. Sie hatten mich seit dem Morgen beobachtet und da ich weder eine Post aufgesucht noch anscheinend die Firma verlassen hatte, nutzten sie eben die Zeit, um meine Wohnung zu durchsuchen. Außerdem geht außer mir morgens niemand aus dem Haus und zur Arbeit. Ja, und die Polizei? Die verdächtigte mich. Wenn ich nun mit dem Päckchen zu ihnen gehen würde? Aber nein, das ist völlig ausgeschlossen. Da könnte ich ja gleich an eine Gefängnispforte klopfen. Du kannst mir glauben, Cornelia, dass ich mir zwar den Kopf über diese leidige Geschichte zerbreche, aber keine andere Lösung sehe, als mich heute Nacht in meine Wohnung zu schleichen. Dann kann ich Dir wenigstens diese Nachricht zukommen lassen. Hier habe ich kein Netz. Bis zum nächsten Mal, Arne".

Frau Schrader griff zur Spritedose und nahm einen weiteren kleinen Schluck zu sich.

„Soll ich weiter vorlesen, Herr Lisowski?", wollte sie wissen.

„Sicher, Frau Schrader. Lesen Sie ruhig weiter vor. Bis jetzt wissen wir ja noch gar nicht, in welcher Gefahr sich Herr Wiesner im Moment befindet. Also, lesen sie!"

Es dauerte nur einen kurzen Moment, bis Frau Schrader, die offensichtlich ihre Nerven wieder unter Kontrolle hatte, begann, die nächste E-Mail vorzulesen.

„Hallo Cornelia. Ich musste eben erst einmal nachsehen, wo ich beim letzten Mal stehen geblieben war. Also, ich war, ganz schlicht und einfach ausgedrückt, auf der Hollywoodschaukel eingeschlafen und kam erst gegen neunzehn Uhr wieder zu mir. Natürlich hatte ich nichts Gutes geträumt, aber dafür wusste ich nun, was ich als Nächstes unternehmen musste. In aller Eile räumte ich auf und schwang mich auf mein Moped. Es dauerte eine Weile, bis ich endlich einen Baumarkt fand und dort einen Glasschneider kaufen konnte. Zuhause bei meinen Eltern mussten wir schon aus finanziellen Gründen heraus, viele Dinge selbst erledigen. Auch das Reparieren von defekten Fenstern und das Glasschneiden zählen zu den Fertigkeiten, die mein Bruder und ich erlernt haben. Unser Vater war uns ein guter Lehrer.

Nachdem ich den Glasschneider gekauft hatte, fuhr ich zum Garten zurück, aß zu Abend und wartete auf die Dämmerung. Innerlich verfluchte ich, der eigentlich ein großer Befürworter der Sommerzeit bin, jetzt die Uhrumstellung, da ich glaubte, kostbare Zeit zu verlieren. Endlich war es soweit und ich fuhr mit dem Moped bis in die Straße hinter meinem Wohnhaus. Manchmal hat man auch Glück, den weder die Haus- noch Hintertür des Hauses in dieser Straße waren abgeschlossen. Nun, ich kannte nur die Hausordnung bei uns, und die sah vor, dass sowohl die Haus- als auch die Hintertür ab 22 Uhr abgeschlossen sein sollen. Das war auch der Fall. Inzwischen war es schon ziemlich dunkel geworden, doch die Treppenhausbeleuchtung schaltete ich nicht ein. Vorsichtig schlich ich mich nach oben und blieb lauschend vor meiner Wohnungstür stehen. Es war absolut nichts zu hören und so schloss auf. Viel konnte ich im Flur nicht sehen und so tastete ich mich vorsichtig in meine Küche hinein. Im oberen Fach des Besenschranks würde ich, falls die Ganoven sie nicht auf den Fußboden geschmissen hatten, meine

Taschenlampe finden. Sie lag zwar nicht an ihrem Platz, aber immerhin fand ich sie. Bevor ich sie anknipste, deckte ich den Reflektor mit meiner linken Hand zu. Ich wollte nur soviel Licht zulassen, wie ich brauchte, um mich in meiner Wohnung bewegen zu können. Die Scheißkerle hatten ganze Arbeit geleistet. Wieder lag ein Großteil meiner Sachen auf dem Fußboden. Wenigstens hatten sie meine Couch nicht aufgeschlitzt. Du kannst Dir bestimmt vorstellen, dass ich ziemlich sauer war. Ich holte zuerst meinen Laptop aus dem Rucksack und schaltete ihn ein. Dann schickte ich Dir die Mail, schaltete den Laptop wieder aus und steckte ihn in den Rucksack zurück. Rechts neben der Couch steht ein ehemaliges Nachtschränkchen mit drei Schubläden, in dem ich Briefpapier, Umschläge usw. aufbewahre. Noch während meiner Studienzeit hatte ich es auf einem Flohmarkt entdeckt und sofort gekauft. Im mittleren Schubfach lag außerdem ein Diktiergerät, dass mir meine Firma zur Verfügung gestellt hat. Das nahm ich an mich. Irgendwann hatte ich mal gelesen, dass die meisten Einbrüche zwischen drei und vier Uhr stattfinden. Bis zur Ausführung meines Planes musste ich also noch etwas Zeit totschlagen. Deshalb genehmigte ich mir ein Bier und holte zwischendurch meinen Wecker aus dem Schlafzimmer, den ich auf zwei Uhr einstellte. Ich legte mich auf die Couch und schlief erstaunlicherweise sehr schnell ein. Der Wecker brauchte nicht lange zu rasseln, denn wie von einer Tarantel gebissen, richtete ich mich sofort auf und stellte ihn ab. Es war zwar nicht zu erwarten, dass ich meine Nachbarschaft aufweckte, aber ich wollte natürlich nichts riskieren.

Ungefähr eine Stunde darauf befand ich mich in

unmittelbarer Nähe des zurückgesetzten Hauses am Rande der Stadt. Mein Moped hatte ich zweihundert Meter entfernt abgestellt. So unauffällig ich nur konnte, ging ich zum Ende der Wendeschleife und bog dann links ab. Ich befand mich nun in einem schmalen Streifen von Bäumen und Büschen. Zu meiner Linkem befand sich der Außenzaun des Grundstückes. Rechts lag ein Acker. Ich ging so weit, dass ich auch die Rückseite des Hauses einsehen konnte. Nirgendwo brannte Licht. Leise stieg ich über den Zaun und wandte mich dann dem Giebel zu. Die beiden Kellerfenster versuchte ich nacheinander mit meinem Messer zu öffnen, aber es gelang mir nicht. Vorsichtig schlich ich zur Rückseite und probierte es dort an vier weiteren Kellerfenstern. Ich wollte schon meinen Glasschneider einsetzen, als ich mich entschloss die Stufen zum Hintereingang hinaufzugehen und es an der Hintertür zu versuchen. Das hätte ich als Erstes versuchen sollen, denn die Tür war unverschlossen. Ich schlüpfte hindurch und schaltete meine Taschenlampe ein, nachdem ich sie wieder mit der linken Hand abgedunkelt hatte. Der Flur war ziemlich klein. Rechts führte eine Treppen in den Keller. Links von mir und auch vor mir konnte ich eine Tür erkennen. Bevor ich die linke Tür öffnete, horchte ich, doch ohne ein Geräusch zu vernehmen. Das war nur eine Vorratskammer und an der rechten Wand standen eine Waschmaschine und ein Wäschetrockner. Ich nahm mir die zweite Tür vor und stand kurz darauf in einer Empfangshalle. Rechts führte eine Treppe nach oben. Links zweigten drei Türen in Räumlichkeiten ab, die ich mir zuletzt ansehen wollte. Zuerst einmal öffnete ich geräuschlos die große Doppeltür, die, unter der Treppe liegend, meine Neugier geweckt hatte. Das war es! Genau danach hatte ich gesucht. Der große Raum gliederte sich in einen Wohnbereich mit mehren Sessel und einer riesigen Couch, die um einen massiven Tisch herum angeordnet waren, und auf der anderen Seite in eine Art Büro, wo ein großer und hübscher Schreibtisch mit zwei Sesseln davor stand. Hinter dem Schreibtisch konnte ich einen weiteren Sessel erkennen. Über die gesamte Wand hinter diesem Ensemble erstreckte sich ein riesiges und gut gefülltes Regal, in dessen Mitte ein Gemälde eingelassen war. Rechts davon standen die Bücher nicht besonders eng, und dort versteckte ich mein Diktiergerät, das ich zuvor auf Spracherkennung eingestellte. Dann machte ich mich daran, schnellstens und leise zu verschwinden. Einen Blick in die anderen Zimmer zu werfen, hielt ich nicht mehr für nötig und mittlerweile auch für zu zeitaufwendig und gefährlich, denn es begann bereits zu tagen. Das hatte ich nicht bedacht. Meinen nächsten Besuch musste ich unbedingt eine Stunde vorverlegen. Es klappte alles vorzüglich und nach einer Stunde befand ich mich wieder in der Gartenlaube. Die Anspannung fiel von mir ab und ich merkte auch, dass ich ganz schön müde geworden war. Ich legte mich auf die Couch und wachte erst gegen elf Uhr wieder auf. Zum Frühstück, das eigentlich auch mein Mittagsessen war, haute ich ein paar Eier in eine Pfanne und briet mir anschließend noch zwei Scheiben Brot. Den Kaffee bereitete ich nebenbei zu. An Salz und Zucker hatte ich gestern nicht gedacht, aber ich hatte Glück, denn in einem Hängeschrank neben der Spüle fand ich neben einigen Gewürzen auch Zucker, Mehl, Salz und Ketchup. Mein Frühstück nahm ich auf der Veranda ein. Es war einfach herrlich. Die Sonne schien, ich war satt, und der Kaffee schmeckte ausgezeichnet. Gewöhnlich rauche ich drei bis vier Zigaretten am Tag und das aber meistens nur in Verbindung mit ein oder zwei Tassen Kaffee zum Frühstück und zur Kaffeezeit am Nachmittag. Also ging ich nochmal in die Laube, den Teller und das Besteck nahm ich gleich mit und kramte meine Zigarettenpackung aus dem Rucksack. Ungefähr eine Stunde lang genoss ich die Sonnenstrahlen, den Kaffee und meine Morgenzigarette zur Mittagszeit. Nachdem ich abgewaschen und aufgeräumt hatte, fuhr ich in die Schubert Straße. Mir war bekannt, dass sich viele Russen in dem Viertel niedergelassen hatten, denn ein Kollege von mir hatte hier vor einem halben Jahr einen Kunden. Das Haus Nummer 12 ist ein ganz profaner Bau mit vier Etagen, das Kellergeschoss inbegriffen, wie sie zwischen 1960 und 70 überall in Deutschland hochgezogen wurden. Ich klapperte alle Etagen ab, aber der Burschilow, der übrigens in Parterre wohnt, schien der einzige Russe in diesem Haus zu sein. Schräg gegenüber der Nummer 12 befindet sich eine Samowarstube. Von dort aus beobachtete ich eine Stunde lang das Haus, doch während dieser Zeit verließ nur ein älteres Ehepaar das Gebäude. Ich beschloss, mich wieder in den Garten zurückzuziehen. Von 17 bis 19 Uhr schlief ich auf der Schaukel, machte mir dann mein Abendbrot und schrieb diese Mail. Die Zeit bis 22 Uhr schlug ich vor dem Fernseher tot. Sobald es dämmert, werde ich mich wieder in meine Wohnung schleichen und Dir die Mail schicken. Du brauchst Dir um mich keine Sorgen zu machen. Übrigens habe ich mit meinem Auszug mein Handy auf stumm geschaltet. Ruf mich bitte nicht an, ich werde mich wieder melden. Gruß Arne."

„Ja, das ist diese Mail gewesen. Meine Herren, kann ich hier irgendwo eine Zigarette rauchen?", fragte Frau Schrader nach einer kurzen Pause und angesichts der Tatsache, das die beiden Polizisten sich in Schweigen gehüllt hatten.

„Oh, sicher, Frau Schrader. Mein Kollege und ich werden Ihnen sogar Gesellschaft leisten. Wir ziehen um und setzen unser Gespräch in einem der beiden Raucherzimmer fort. Sie sind doch damit einverstanden, oder?", bot ihr Kommissar Lisowski an.

„Ja, natürlich, Herr Kommissar. Ich schalte nur noch schnell den Laptop aus."

„Das ist nicht nötig", erklärte Gruber, der sich bereits erhoben hatte, „ich werde das Gerät hinübertragen. Das spart uns Zeit, nicht wahr?"

„Wie sie wollen, Herr Gruber."

Lisowski und Schrader erhoben sich fast gleichzeitig und der Kommissar schritt voran. Der Weg führte an mehreren geschlossenen Türen vorbei zum Ende des langen Korridors. Lisowski öffnete eine Tür und trat zur Seite.

„Bitte!", sagte er und unterstrich seine Worte mit einer auffordernden Geste. Der Raum, den Frau Schrader betrat, unterschied sich kaum von dem anderen Zimmer. Das Fenster stand auf Kippe und ein Aschenbecher auf dem Tisch, der etwas länger war und sechs Personen Platz bot. Ansonsten wirkte das Zimmer kalt; es fehlte jede persönliche Note. Frau Schrader ging um den Tisch herum und nahm auf dem mittleren Stuhl Platz. Ihre Tasche legte sie auf die Sitzfläche des Stuhles rechts von ihr ab. Gruber betrat den Raum und stellte den Laptop und das Aufnahmegerät vor Frau Schrader auf dem Tisch ab. Nachdem Gruber sich gesetzt hatte, bot Lisowski der jungen Frau eine Zigarette an.

„Sehr liebenswürdig, Herr Kommissar, aber ich bevorzuge die leichte HB", lehnte sie ab und entzündete ihre Zigarette, die sie bereits in der Hand hielt.

„Ganz wie sie möchten. Könnten sie, während sie Ihre Zigarette rauchen, dennoch mit dem Vorlesen fortfahren?"

„Ja, sicher. Ich muss nur schnell die nächste E-Mail öffnen", entgegnete Frau Schrader und zog den Laptop an näher sich heran.

„Einen Moment, bitte. Ach ja, da hab ich sie. Also, ich beginne dann jetzt. Sie lautet: Hi, Cornelia. Wie Du siehst, hat alles geklappt. Zuerst suchte ich meine Wohnung auf, um Dir die Mail schicken zu können. Danach räumte ich fast eine Stunde lang und nur mit dem Licht der Taschenlampe, die ich mit Pflaster abgeblendet hatte, die Wohnung auf und steckte auch einige Dinge aus dem Kühlschrank in eine Abfalltüte, die ich anschließend auf dem Weg zu meinem Moped in eine der Mülltonnen warf. Gegen halb zwei Uhr erreichte ich das Haus des Libyers und schlich mich auf demselben Weg wieder zum Hintereingang. Doch ich hatte Pech. Die Tür war verschlossen und es gelang mir auch nicht, sie aufzustemmen. Also widmete ich mich dem rechten Kellerfenster. Es war etwas eng und unbequem in dem Lichtschacht vor dem Fenster. Jetzt zahlte es sich aus, dass ich bis auf einen kleinen Spalt die Taschenlampe mit zwei Lagen Pflaster abgedunkelt hatte, denn an Klebeband zum Sichern der herausgeschnitten Scheibe hatte ich nicht gedacht. So leise ich nur konnte, setzte ich den Glasschneider neben dem Fenstergriff an. Dann verwendete ich das Pflaster, und mit dem Griff der Taschenlampe klopfte ich das Stück Scheibe heraus.

Insgesamt betrachtet, muss ich feststellen, dass das Glück bis dahin auf meiner Seite war, denn an den Kellerfenstern und den Lichtschächten wurde deutlich, dass die Sicherheit keine große Rolle in der Planung und Errichtung des Hauses gespielt hatte, aber es war bestimmt schon einige Jahrzehnte alt. Wie dem auch sei, es verlief alles relativ geräuschlos. Der wenige Lärm, den ich meiner Meinung nach verursacht hatte, genügte nicht, um die Hausbewohner zu wecken. Der Fenstergriff wollte sich zwar zuerst nicht richtig bewegen, aber dann gab er plötzlich nach und ich stieg durch das offene Fenster ein. Mein Rucksack konnte mich nicht behindern, denn ich musste ihn wegen der Enge neben dem Lichtschacht auf dem Rasen ablegen. Wie gesagt, im Haus blieb alles still, und ich öffnete vorsichtig die Tür. Sie führte in einen langen Flur. Links von mir sah ich die Treppe nach oben. Von da an kannte ich mich ja schon ganz gut aus. Mein Diktiergerät stand noch da, wo ich es versteckt hatte. Ich machte mich schnellstens wieder auf die Socken, vergaß auch nicht, meinen Rucksack mitzunehmen und fuhr zur meiner Wohnung zurück, um mein Ladegerät für den Laptop abzuholen.

Als ich schließlich die Laube erreichte, war es schon fast hell. Etwas erschöpft und müde war ich schon. Dennoch setzte ich Wasser auf, bereitete mir einen starken Kaffee zu und setzte mich auf die klamme Schaukel. Meine Zigaretten und das Diktiergerät hatte ich nach draußen mitgenommen. Während ich noch rauchte, trieb mich meine Neugier dazu, das Gerät einzuschalten. Insgesamt hatte es acht Stunden aufgenommen. Ich war maßlos enttäuscht, denn in der folgenden Stunde, hörte ich nur, wie sich eine Frau hin und wieder mit einem Mann unterhielt. Das Gespräch wurde auf, ich weiß gar nicht welcher Sprache geführt, jedenfalls verstand ich kein einziges Wort. Einer von beiden hatte den Fernseher eingeschaltet. Na, immerhin konnte ich nun die Nachrichten von n-tv hören.

Mehrmals glaubte ich das Rascheln von Papier zu hören. Dann wurde der Fernseher wohl wieder abgeschaltet und das Diktiergerät schaltete sich aus.

Mich fröstelte etwas und deshalb zog ich mich auf die Couch in der Laube zurück. Die nächste Aufnahme wurde gegen 10 Uhr gestartet. Und diesmal ging es um mich. Den Stimmen nach zu urteilen, unterhielt sich der Mann vom Morgen, wahrscheinlich der Chef des Clans, mit zwei jüngeren Männern. Ich will das Gespräch nicht wiedergeben, denn das würde zu viel Zeit in Anspruch nehmen, aber die jungen Männer erklärten dem Boss, dass sie mich nicht haben aufstöbern können. Sie hätten sowohl mein Wohnhaus als auch meine Firma beobachtet. Dann wurden ihre Stimmen immer leiser, woraufhin ich annahm, dass sie sich in die Empfangshalle zurückgezogen hatten. Ich konnte nur noch einen Namen verstehen, und das war der meiner Nachbarin. Bei der Vorstellung, dass sich diese Ganoven meine Nachbarn vorknöpfen könnten, wurde mir ganz übel. Wie dem auch sei, die nächste Aufnahme startete wohl, als der Fernseher eingeschaltet wurde. Außerdem hörte ich die Stimmen von Kindern und einer Frau. Ich spulte vor und suchte das Ende, aber in den nächsten Stunden lief der Fernseher. Von der Unterhaltung der Kinder untereinander oder den kurzen Bemerkungen der Frau verstand ich kein Wort. Dann hat sich das Gerät ausgeschaltet. Erst eine Stunde später wurde es wieder aktiviert, aber irgendwie hatte ich kein Glück, denn die Unterhaltung wurde wieder in diesem Kauderwelsch geführt. Immerhin unterhielt sich der Hausherr nicht mit den beiden Schurken, die auf mich angesetzt waren. Soviel konnte ich feststellen. Dann, kurz vor 19 Uhr, folgte eine Aufnahme, und sofort erkannte ich die Stimmen der beiden Kerle, die mich aufgabeln wollten. Sie hatten sich wohl die Arbeit geteilt. Einer hatte die Firma und der andere meine Wohnung beobachtet. Doch er hatte außerdem die Frechheit gehabt, bei meinen Nachbarn zu klingeln und sie geschickt auszufragen. Irgendwie hatte er die alte Frau Lammert dazu gebracht, ihm zu erzählen, dass sie mich zum letzten Mal gesehen hat, als sie mir ein Päckchen, das ihr der arme Herr Sorowski gegeben hatte, aushändigte. Darauf war er mächtig stolz, und tatsächlich lobte ihn sein Chef. Und ich war heilfroh, dass ihre Begegnung mit diesem Ganoven so glimpflich abgelaufen war. Das kannst Du Dir sicher vorstellen. Jedenfalls wollten sie auch am kommenden Tag, also heute, ihre Observierung fortsetzen. Die beiden versicherten ihrem Chef, dass sie so lange mit vollem Eifer bei der Sache sein würden, bis der Stoff wieder in ihren Händen sei. Ich schaltete das Gerät erst einmal aus und machte mich auf die Suche nach einem Restaurant. Lange musste ich nicht in der Gegend herumkurven. Nach einer ordentlichen Mahlzeit fuhr ich wieder in den Garten, schnappte mir ein Bier und setzte mich mit dem Diktiergerät nach draußen, um mir den Rest anzuhören. Es war alles ohne Belang, aber die letzte Aufnahme erschütterte mich bis ins Mark. Das Gerät hatte sich mitten in der Nacht eingeschaltet und was ich hörte war eindeutig. Da durchsuchte ein Mann rotzfrech den Schreibtisch und wechselte hin und wieder leise einige Worte mit einem Komplizen, den er Wladimir nannte. Deutlich konnte ich hören, wie die Schubladen geöffnet, durchsucht und wieder geschlossen wurden. Danach herrschte wieder Stille, und mein Gerät hat sich wieder abgeschaltet. Das alles passierte ungefähr eine Stunde vor meinem Auftauchen in diesem Haus. Ich musste ein Fenster beschädigen, um in das Haus zu gelangen. Wie hatten die das nur geschafft? Egal, aber ich muss jetzt etwas unternehmen, denn sonst komme ich nicht aus dem Schlamassel heraus. Für mich stellt sich die Sache so dar, dass der Stoff ursprünglich den Libyern gehörte und ihn die Russen irgendwie in ihren Besitz gebracht hatten. Wahrscheinlich hat das Sorowski mit irgendwelchen Gehilfen erledigt. Bevor er das Zeug seinem Chef übergeben konnte, wurde er von den Libyern entdeckt und ermordet. Die sind da bestimmt nicht zimperlich. Sorowski musste etwas geahnt oder befürchtet haben und gab das Zeug bei meinen Nachbarn ab, weil ich ja nicht in der Stadt war. Allerdings verstehe ich nicht, warum er sich nicht einfach in seinen Audi gesetzt hat, um den Stoff dem Burschilow zu geben. Ja natürlich, er muss von Anfang an von den Libyern verfolgt worden sein. Nein, dann hätte er doch nur diesen anderen Russen anrufen brauchen. Der hätte ihn bestimmt sofort abgeholt. Vielleicht ist es aber auch andersherum, und der Stoff gehörte den Russen. Dann hätten die Libyer Sorowski ermordet, um das Zeug in ihren Besitz zu bringen. Ich weiß es einfach nicht. Und wenn ich darüber nachdenke, muss ich feststellen, dass ich ganz froh darüber bin, mich in solchen Dingen nicht auszukennen. Ich werde erst einmal noch eine Stunde schlafen. Vielleicht fällt mir dann etwas ein. Gruß Arnold."

Frau Schrader lehnte sich zurück, atmete hörbar durch und schaute erst Gründel und dann Lisowski erwartungsvoll an.

„War das die letzte Nachricht ihres Bekannten, Frau Schrader? Sind sie deshalb so in Sorge um ihn?", fragte Lisowski.

„Nein, das war nur der erste Teil der letzten Mail, die Arne, also Herr Wiesner geschrieben hat."

„Ja gut, aber dann hätten Sie den Rest doch auch gleich vorlesen können, oder etwa nicht?", äußerte Lisowski etwas aufgebracht.

„Ja, dann lese ich weiter vor."

„Ich bitte darum."

Etwas eingeschüchtert ob des rüden Tones beugte sich Frau Schrader vor, bediente ihren Laptop und begann vorzulesen: „Hi Cornelia, ich habe jetzt die Lösung für das Problem gefunden. Zumindest hoffe ich es. Ich werde heute Abend wieder in meine Wohnung fahren, dir diese Mails schicken und zwei Briefe schreiben. Den einen stecke ich in den Briefkasten dieses Burschilows und den anderen bekommt der Libyer. Bevor ich allerdings in meine Wohnung fahre, werde ich mir am Rheinufer eine Bank aussuchen. Die sind doch nummeriert. Ich muss nur darauf achten, dass sich in unmittelbarer Nähe ein Papierkorb befindet und ich die Bank von einer guten Position aus beobachten kann. Das Päckchen mit dem Stoff können sich die Typen dann am Vormittag um 11 Uhr aus dem Papierkorb nehmen, denn ich werde es zwei Stunden vorher dort hinterlegen. Den Beobachtungsposten brauche ich nur, damit ich einschreiten kann, falls sich jemand vor 11 Uhr am Papierkorb zu schaffen macht. Wenn die Typen den Stoff finden und sich gegenseitig umlegen, ist mir das egal. Die Hauptsache ist, dass ich aus dem Geschäft raus bin. Ich hoffe, dass alles funktioniert. Sollte etwas schiefgehen und ich mich bis übermorgen nicht bei mir melden, bin ich wahrscheinlich unter der 80255240 aufzufinden."

Frau Schrader klappte den Laptop zu, schaute auf und fügte hinzu: „Ja, das war der zweite Teil der Nachricht. Er hat sich nicht mehr gemeldet."

„Das ist tatsächlich etwas beunruhigend, Frau Schrader, aber deshalb sollten Sie nicht gleich das Schlimmste annehmen. Äh..., wenn ich das richtig verstanden habe, erhielten Sie diese Nachricht vor zwei Tagen. Weshalb haben Sie sich dann erst heute an uns gewandt?", wollte Kommissar Lisowski wissen.

„Ich habe gewartet und gehofft, dass er sich doch noch meldet, aber dann habe ich Sonnabend diese Nummer angerufen und gefragt, ob Herr Wiesner da ist. Der Mann am Telefon sagte mir, dass er kurz nachsehen müsse. Nach einigen Minuten teilte er mir mit, dass ein Herr Wiesner nicht da ist. Ich bat ihn dann, Herrn Wiesner, sollte er eintreffen, mitzuteilen, dass ich angerufen habe und er sich melden soll. Der Mann am anderen Ende der Leitung lachte zuerst, aber meinte dann, dass das völlig ausgeschlossen sei. Nun wollte ich mehr wissen und fragte ganz direkt, seinen Namen hatte ich nämlich nicht verstandenen, mit wem ich denn eigentlich sprechen würde. Es ist ein Arzt in der Pathologie des Krankenhauses gewesen. Sie können sich vorstellen, wie mich das erschreckt hat, aber dann beruhigte ich mich, denn Arnold war jedenfalls noch am Leben. Ich beschloss noch etwas zu warten, aber heute hielt ich es nicht mehr aus und ging zur Polizei."

Frau Schrader schluchzte erst, aber dann flossen die Tränen. Während Gründel sie zu beruhigen versuchte, schien Lisowski davon keine Notiz zu nehmen. Er hatte sich zurückgelehnt, die Arme vor der Brust verschränkt und überlegte. Nach einigen Minuten schlug er plötzlich mit der rechten Hand laut auf den Tisch. Wachtmeister Gründel und Frau Schrader fuhren erschreckt auf. Ihre Blicke richteten sich auf Lisowski, über dessen Gesicht ganz kurz ein Schmunzeln huschte.

„Gründel, erkundigen Sie sich nach dem Ergebnis unserer Anfragen von vorhin und lassen Sie unseren Wagen bereitstellen", befahl er in ruhigem Ton. Offensichtlich glaubte er, der Lösung des Falles nahe zu sein. Während Gründel das Zimmer verließ, wandte er sich an die überraschte Frau Schrader, die immer noch damit beschäftigt war, ihre Tränen zu trocknen.

„Frau Schrader, während wir auf Polizeiobermeister Gründel warten, will ich Ihnen nur kurz klarmachen, dass mich Ihre Geschichte zuerst sehr beunruhigt hat. Aber jetzt, nachdem Sie uns auch die letzte Nachricht des Herrn Wiesner vorgelesen haben und ich ein wenig darüber nachgedacht habe, glaube ich, dass sich Ihr Freund in keiner ernsthaften Gefahr befindet. Sobald…".

„Ich verstehe das nicht, Herr Kommissar", unterbrach Frau Schrader aufgeregt seine Erklärung, „er hat doch geschrieben, dass die Situation kritisch ist und er mit dem Schlimmsten rechnet. Er hat sich doch seitdem nicht mehr gemeldet. Und nun meinen Sie, dass es doch nicht so Ernst ist! Da komme ich nicht mehr mit. Was glauben Sie denn nun eigentlich wirklich?"

„Das will ich Ihnen jetzt noch nicht sagen, aber sobald

Gründel zurück ist, werden wir in die City fahren. Es trifft sich gut, dass heute Sonntag ist und Sie uns erst in den Nachmittagsstunden informiert haben. Es ist jetzt kurz vor neunzehn Uhr. In einer Stunde könnten wir da sein."

„Können Sie mir denn wenigstens sagen, wo genau wir hinfahren?"

„Wenn ich es wüsste, würde ich es Ihnen natürlich sagen, aber das kann ich erst, wenn Herr Gründel zurückkommt. Finden Sie es nicht etwas sonderbar, dass Herr Wiesner die Nachrichten immer nachts und gegen 23 Uhr abgeschickt hat?"

„Nein, wieso denn? Er musste doch immer in seine Wohnung zurückkehren, weil er dort seinen Netzanschluss hat. Und in seinem Betrieb konnte er auch nicht gut auftauchen. Da hätten ihn die Libyer doch gleich erwischt."

„Aber die modernen Geräte können sich doch in alle offenen Wlan-Netze einbinden. Sicher, ich bin auf diesem Gebiet nicht besonders bewandert, aber selbst mit meinem alten Notebook könnte ich mich bestimmt am Zentralbahnhof, um nur ein Beispiel zu nennen, ins Internet einklinken."

„Mag sein, doch ich kenne mich damit auch nicht richtig aus. Ich nutze mein Notebook aber auch nur für schulische Belange und sonst meistens zuhause. Gewöhnlich reicht mein Smartphone aus. Doch für lange Textmitteilungen ist es ungeeignet."

„Ja, das ist wohl richtig, doch wenn ich richtig höre, kommt Gründel zurück."

Der betrat unmittelbar danach und mit leicht gerötetem Kopf das Zimmer. Er schritt auf Lisowski zu und reichte diesem einen Zettel.

„Tut mir Leid, aber schneller ging's nicht. Der Wagen steht parat."

Lisowski überflog kurz die Mitteilung und sagte: „Ausgezeichnet. Frau Schrader, packen sie ihre Sachen ein. Wir fahren sofort los."

Bereits nach etwa fünfzig Minuten bog der Wagen in eine Seitenstraße in der Innenstadt ein und hielt vor einem älteren, aber gut sanierten Wohnhaus. Die Insassen stiegen aus und Lisowski schritt voran in Richtung Haustür.

Gründel und Frau Schrader folgten ihm. Der Fahrer blieb beim Wagen zurück. Als Lisowski die Haustür öffnete und mit einer Geste die anderen zum Eintreten aufforderte, zögerte Frau Schrader.

„Was ist das für ein Haus, Herr Kommmissar?", fragte sie.

"Was das für ein Haus ist, wollen Sie wissen? Nun, hier wohnt Ihr Freund, der Herr Arnold Wiesner. Und wenn mich nicht alles täuscht, werden wir ihm gleich gegenüberstehen. Also, treten Sie ein. Ich bin selbst sehr gespannt. Sie nicht auch?"

„Ja, doch. Natürlich."

„Also los!"

Frau Schrader und Polizeiwachtmeister Gründel betraten einen ziemlich dunklen Hausflur. Rechts an der Wand hingen einige Briefkästen. Lisowski, der die Haustür geschlossen hatte, schritt an den beiden vorbei und studierte die Namensschilder an den Briefkästen. Dann zeigte er auf einen und sagte etwas erregt: „Schauen Sie, Frau Schrader, dieser Briefkasten ist der Ihres Freundes. Sogar das Schild ‚Bitte keine Werbung' ist vorhanden. Genauso, wie er es geschrieben hat. Wunderbar. Und hier", er klopfte mit der Hand gegen einen anderen Briefkasten, „steht

Sorowski. Ausgezeichnet."

Frau Schrader, die der Aufforderung Folge leistete, bestätigte nach einem kurzen Blick auf die Briefkästen: „Ja, da steht sein Name, aber woher wollen Sie wissen, dass er zuhause ist?"

„Nun, nachdem, was Sie uns vorgelesen haben, folgt Herr Wiesner ziemlich gleichbleibend seinen Gewohnheiten. Aber wir werden ja sehen."

Mit diesen Worten wandte er sich der Treppe zu und ging hinauf. Auf dem Treppenabsatz in der zweiten Etage wies auf das Namensschild an der linken Wohnungstür hin und flüsterte Frau Schrader, die ihm unmittelbar folgte, zu:

„Sorowski. Stimmt auch."

Noch bevor sie antworten konnte, stieg Lisowski weiter die Treppe hinauf. Vor der mittleren Wohnungstür in der dritten Etage blieb er stehen.

„Frau Schrader", sagte er leise, „ich möchte, dass Sie klingeln. Wir stellen uns hinter Ihnen auf. Ist das in Ordnung für Sie?"

„Ja."

Sie nahmen ihre Plätze ein, und Lisowski gab das Kommando: „Los, klingeln Sie."

Leicht zögernd und unsicher folgte Frau Schrader der Aufforderung und betätigte den Klingelknopf. Nichts rührte sich.

„Nochmal, bitte!"

Sie klingelte erneut. Nach einigen Augenblicken öffnete sich die Wohnungstür.

„Oh Arne, bin ich froh, dass Dir nichts passiert ist."

Mit diesem Ausruf der Erleichterung stürzte Frau Schrader auf den erstaunten und sprachlosen Arnold Wiesner zu und umarmte ihn.

Lisowski trennte die beiden.

„Frau Schrader, beruhigen Sie sich. Ich glaube, dass Herr Wiesner uns einiges zu erklären hat."

An Wiesner gewandt, sagte er: „Ich bin Komissar Lisowski und das ist Polizeiobermeister Gründel. Wir dürfen doch eintreten, nicht wahr? Wir sind wirklich gespannt, was Sie uns zu erzählen haben. Also?"

„Ja..., natürlich. Treten Sie ein. Hinten rechts ist das Wohnzimmer", erwiderte Wiesner etwas betreten und trat zur Seite.

„Ich weiß."

Lisowski und Gründel gingen an den beiden jungen Menschen vorbei ins Wohnzimmer, dass völlig aufgeräumt aussah, und nahmen auf der Couch Platz. Vor ihnen auf dem Tisch standen nur ein geöffneter Laptop, eine geöffnete und halb leere Flasche Weißbier und ein Aschenbecher. Auf dem Bildschirm des Laptops schwammen vor einem blauen Hintergrund bunte Kugeln wirr hin und her.

Frau Schrader und Herr Wiesner, der noch schnell die Wohnungstür geschlossen hatte, folgten ihnen.

„Setzen Sie sich neben mich, Frau Schrader. Die Couch ist breit genug", forderte er sie auf.

„Und Sie, Herr Wiesner, werden entweder stehen oder sich einen Stuhl aus der Küche holen müssen."

Wiesner verließ das Zimmer und kehrte kurz darauf tatsächlich mit einem Stuhl zurück. Er stellte ihn seitlich des Tisches hin und setzte sich.

Alle Blicke richteten sich auf Wiesner, doch Lisowski unterbrach zuerst das kurze Schweigen der Anwesenden.

„Tja, Herr Wiesner, Ihre Freundin hat uns heute

Nachmittag völlig verängstigt aufgesucht und uns dann Ihre E-Mails vorgelesen. Ich muss schon sagen, so eine schaurige Geschichte haben wir bisher noch nicht gehört. Was ist denn nun wirklich passiert, denn ich nehme an, dass sich Herr Sorowski bester Gesundheit erfreut. Das ist doch so, nicht wahr?"

„Ja, das stimmt", erwiderte Wiesner und verstummte.

„Sie müssen uns schon ein wenig mehr erzählen, Herr Wiesner."

Wiesner rutschte auf seinem Stuhl herum und begann dann leise zu sprechen: „Es ist so, Herr Kommissar, dass ich Frau Schrader vor einiger Zeit in einem Club kennengelernt habe und mich sofort in sie vernarrte. Bei ihr ist der Funken wohl nicht gleich übergesprungen. Ich hatte das Gefühl, dass sie mich, weil ich doch vom Lande komme, irgendwie für einen langweiligen Bauernburschen hielt. Das hat mich etwas gewurmt und da habe ich mir diese Geschichte ausgedacht. Ehrlich, ich wollte ihr heute Abend noch die Wahrheit mitteilen. Als es klingelte, war ich gerade dabei, eine E-Mail zu schreiben. Sie sehen ja, der Laptop ist aufgeklappt und läuft noch. Sie können sich gerne durchlesen, wie weit ich gekommen bin. Es tut mir Leid, wirklich. Ich weiß, dass ich mit der Geschichte etwas zu weit gegangen bin, doch zuerst fand ich es gut und selbst spannend, doch nach der letzten Nachricht habe ich begriffen, dass ich den Bogen wohl etwas überspannt habe. Ich entschuldige mich dafür."

„Bei mir müssen Sie sich nicht entschuldigen, Herr Wiesner, sondern bei Frau Schrader. Ich bin bereit, die Angelegenheit als dummen Scherz eines Verliebten auf sich beruhen zu lassen. Es liegt jetzt ganz bei Frau Schrader, denn Sie selbst scheinen die Lektion verstanden zu haben. Was meinen Sie, Frau Schrader? Können Sie Herrn Wiener vergeben? Dann würden Gründel und ich uns jetzt nämlich zurückziehen."

„Ja, Herr Kommissar. Ich...ich bin wohl nicht ganz unschuldig an der Geschichte und verzeihe Arnold, wenn er mir verspricht, mich nie wieder so zu erschrecken."

„Das tue ich", rief Wiesner sichtlich erleichtert.

Der Schatz von Rügen

Danksagung und Vorwort

Ohne die Unterstützung meiner beiden Freunde Peter und Gernot, Peters Eltern, meiner Gattin und dem Verständnis unserer Kinder hätte ich diese Geschichte nicht zu Papier bringen können. Dafür kann ich mich nicht genug bedanken. Im Vordergrund stand nicht die Veröffentlichung der Geschichte, sondern meinen Kindern und Enkeln ein schmales Büchlein, in dem zumindest einige aufregende Monate im Leben ihres Vaters und Opas beschrieben werden, an die Hand zu geben. Die Geschichte ist eine kleine Reise durch die Zeit.

Vor einigen Jahren verfasste ich die Erzählung kurz vor Weihnachten und übergab sie meinem Freund Gernot. Er sollte den Entwurf für diese Erzählung lesen, Rechtschreib- und Grammatikfehler kennzeichnen und ebenso mit dem Ausdruck, dem Satzbau, der Handlung etc. verfahren. Im Januar wollten wir uns zusammensetzen und das Manuskript überarbeiten. Zu unserem Treffen kam es nicht mehr. Am Sonnabend zwischen Weihnachten und Neujahr stürzte meine Frau mit der Zeitung in der Hand in das Wohnzimmer. „Volker, ist das nicht unser Gernot?", fragte sie mich aufgeregt und reichte mir die Zeitung. Sie wies auf eine Todesanzeige hin.

Schnell überflog ich den Text, die Daten und die Namen der Angehörigen. Einige Tage darauf kondolierte ich und bat um die Rückgabe des Entwurfes. Mein Kollege und

Freund hatte alle Fehler, die ihm aufgefallen waren, markiert und zu lange und unverständliche Sätze unterstrichen. Ebenso hatte er Fremdwörter und Fachbegriffe durch gebräuchliche Wörter ersetzt und einige kurze Bemerkungen hinsichtlich der Chronologie hinzufügt. Sicherlich werden wir ausreichend viele Fehler übersehen haben. Noch unter dem Eindruck seines Wegganges von dieser Welt stehend und unfähig mich damit zu beschäftigen, legte ich das Manuskript zur Seite und vergaß es.

Vor einigen Monaten räumte ich in Vorbereitung von Tapezierarbeiten einen Schrank aus, um ihn leichter verschieben zu können. Dabei fiel mir der Entwurf, den ich schon fast vergessen hatte, wieder in die Hände. Als ich einige Wochen darauf mit der Überarbeitung begann, achtete ich ganz besonders darauf, keine inhaltlichen Änderungen mehr vorzunehmen, oder meinen damaligen Erzählstil zu verändern. Doch lesen Sie selbst.

1895

An einem der trüben und kalten Winterabende des Januars 1895 saß wie gewöhnlich die ganze Familie eines Fischers im wärmsten Zimmer des Hauses, in der Küche, zusammen. Dazu gehörten neben dem Opa, wie immer in seinem Schaukelstuhl sitzend, die Eltern und ihre vier Kinder, zwischen acht und zwölf Jahren alt. Zwei befreundete Kinder aus der Nachbarschaft vervollständigten an diesem Abend die Gruppe der Anwesenden. Die Kinder saßen im Halbkreis auf dem Fußboden um den Ofen herum und erzählten sich seit geraumer Zeit viele Geschichten, die in den Dörfern der Umgebung seit Ewigkeiten von einer Generation zur anderen weitergegeben wurden. Einige dieser Geschichten bezogen sich auf sonderbare Begebenheiten im Umfeld alter, bekannter Familien des Ortes oder der benachbarten Dörfer. Andere Geschichten entsprangen zwar nicht nur der Phantasie der Kinder, aber widmeten sich hauptsächlich der vielen unheimlichen Wesen, gruseligen Aussehens und natürlich gefährlich, die in der See, aber auch in den Wäldern anzutreffen seien. Als der Abend bereits fortgeschritten war, kam die Reihe an Gunther, einem der beiden Kinder aus der Nachbarschaft, eine Geschichte zu erzählen. Er begann seine Erzählung mit den folgenden Worten: „Gut, hört aufmerksam zu. Ich darf es nämlich eigentlich gar nicht erzählen. Meine Geschichte trug sich bereits vor vielen Jahren zu. Ich habe sie von meinem Vater, der sie vielleicht von seinem Vater, oder so, hatte. Es ist ein Geheimnis unserer Familie. Ihr seid meine besten Freunde und müsst mir versprechen, dass diese Geschichte ganz unter uns bleibt."

Alle Kinder stimmten sofort begeistert zu, denn Gunther erzählte immer spannende, zuweilen auch gruselige Geschichten. Auch die Eltern und der Opa bekundeten mit einem Kopfnicken ihre Zustimmung und ihr Interesse. Ihre Mutter stellte in Erwartung der wohl folgenden Enthüllung eines Familiengeheimnisses sogar ihre Strickerei ein. Der Opa stopfte sich schnell noch seine Pfeife, entzündete sie und lehnte sich gemütlich zurück. Der Herd strahlte eine angenehme Wärme aus, und alle warteten auf die Geschichte des kleinen Gunther. Gunther versicherte sich der Aufmerksamkeit aller anwesenden Personen und begann langsam zu erzählen. Er sprach ziemlich leise und seine Stimme klang irgendwie gepresst.

„Wie ich sagte, ist dies eine der Geschichten, die seit Jahren in unserer Familie erzählt werden. Einer meiner Vorfahren, es war bestimmt mein Urgroßvater und soll Gotthilf geheißen haben, war an einem der lauen Sommerabende mit seinem kleinen Boot noch unterwegs, als er, darüber streiten sich mein Vater und mein Onkel bis zum heutigen Tag, einen Schoner oder eine Brigg bemerkte. Ein so großes Schiff zu sehen und das auch noch so nahe der Küste ankerte, war recht ungewöhnlich. Mein Vorfahre ruderte schnell an das Ufer, beobachtete das Schiff genau und versteckte sein Boot. Da näherte sich auch schon ein Beiboot des fremden Schiffes dem Ufer, genau auf ihn zu. Erschrocken flüchtete er sich auf den nächsten Baum. Das Boot legte an und mehrere Männer sprangen an Land. Gemeinsam luden sie zwei große Kisten oder Truhen aus. Sie trugen sie in die Richtung meines Vorfahren, der sich immer noch auf dem Baum befand und alles beobachtete. Er verhielt sich ganz still, denn er wollte sehen, wohin diese Männer die Kisten brachten. Die Seeleute, zum Teil mit Gewehren und Macheten bewaffnet, verschwanden im Wald, aber mein Vorfahre blieb auf dem Baum und wartete. Er hatte wohl eine bequeme Astgabelung gefunden, denn er nickte ein. Als er aufwachte, stellte er fest, dass das Beiboot noch immer am Strand lag. Zwischen Neugierde und Angst schwankend, entschloss er sich vom Baum zu klettern. Er verfolgte jedoch nicht die Männer, die sich bestimmt schon tief im Wald befanden, sondern untersuchte zuerst das Beiboot der Eindringlinge. Leider konnte er am Bug oder Heck den Namen des Schiffes nicht entdecken. Auch im Boot fand er keinerlei Hinweise. Voller Enttäuschung und mit einer gehörigen Portion Wut über sich selbst im Bauch, entschied er sich, die Verfolgung der Matrosen aufzunehmen, als er erstaunt die Schritte und die Stimmen der Seeleute vernahm, die sich ihm von links her, also dem Strand, schnell näherten. Auf den Baum konnte er sich nicht mehr zurückziehen, aber eine andere Fluchtmöglichkeit bot sich ihm kaum an. Verzweifelt stürzte er sich in das kalte Wasser und hoffte, dass die anbrechende Dunkelheit ihn verbergen würde. Die Männer näherten sich dem Boot und unterhielten sich ziemlich aufgeregt und laut in einer Sprache, die mein Vorfahre für portugiesisches, spanisches oder englisches Geschwätz hielt. Jedenfalls verstand er kein Wort. Dabei machten sie ihr Beiboot flott und stießen ab. Mein Vorfahre hörte das Schlagen der Ruder und wartete ab. Als die Ruderschläge immer leiser wurden, wagte er sich wieder an Land. Inzwischen war es richtig dunkel geworden, denn große graue Wolken verdunkelten den Mond. Die Spur der fremden Seemänner konnte er nicht mehr aufnehmen. Enttäuscht und durchnässt ging er zu seinem Boot, holte es aus dem Versteck und ruderte so schnell er konnte nach Hause. Gleich am nächsten Morgen wollte er der Fährte nachgehen. Während er sich vom

Hafen kommend, seinem Haus näherte, fing es plötzlich und sehr stark zu regnen an. Die Nässe konnte ihm ja nichts mehr anhaben, aber der Regen verwischte auch alle Spuren. Seine Frau, der er sofort die Neuigkeit mitteilte, während sie seine nassen Kleidungstücke zum Trocknen auf eine Leine hängte, glaubte ihm, aber ließ sich gerne durch handfeste Beweise überzeugen. Das galt auch für die restlichen Mitglieder der Familie, die alle unter einem Dach lebten.

Als er am Morgen des darauffolgenden Tages mit seinem Boot die Stelle aufsuchte, konnten er und sein Schwager, der ihn begleitete, keinerlei Fußabdrücke oder irgendwelche Hinweise, die seine Geschichte nicht nur bestätigen würden, sondern denen sie folgen konnten, mehr auffinden. Obgleich er seine freie Zeit nutzte, um doch noch das Geheimnis zu lüften, oder wenigstens einige Beweise für die Richtigkeit seiner Geschicte zu finden, blieb seine Suche erfolglos.

Ein anderes Mitglied der Sippe wurde aufmerksam, als er sich die vielen Aufzeichnungen seines Vaters, der nach einer schweren Erkrankung plötzlich verstorben war, durchlas. Sein Vater hinterließ eine ganze Reihe von Angaben über gute Fanggebiete, den Fischarten und den Fangzeiten. Doch dann stieß er auf Blätter, die sich mit der Familiengeschichte befassten. Aufmerksam las er sich jede Seite durch. Ganz besonders fiel ihm die genaue Beschreibung des Liegeplatzes des fremden Schiffes auf. Das war ziemlich außergewöhnlich für die damalige Zeit. Er suchte die gut beschriebene Stelle am Ufer auf, konnte aber keine Anzeichen für ein Versteck, das sein Vorfahre für sein Boot genutzt haben konnte, entdecken. Der Weg, den die fremden Seeleute einge-schlagen haben könnten, blieb unauffindbar. Viele Mit-glieder meiner Sippe versuchten hin und wieder, den vergrabenen Schatz zu entdecken, aber mit der Zeit ließ das Interesse nach.

Ich weiß weder wo das Schiff ankerte, noch kenne ich die genaue Stelle, an der mein Vorfahre sein Boot an Land gezogen hatte, um es zu verstecken. Das alles wird wahrscheinlich immer ein Geheimnis bleiben, denn trotz aller Suche in den umliegenden Wäldern, konnte niemand etwas entdecken. Es lag wahrscheinlich an diesem dummen Regen, der alle sichtbaren Spuren ver-nichtet hatte. Das ist meine Geschichte. Mehr kann ich nicht dazu sagen. Wann das alles wirklich geschah, weiß ich nicht so genau."

Danach sah er erwartungsvoll in die Gesichter seiner Zuhörer, die ihm ausnahmslos an den Lippen gehangen hatten.

Nach einer kurzen Pause bemerkte der Opa, der sich dabei in seinem Schaukelstuhl vorgebeugte: „Ich kenne die Küste im weiten Umkreis so ziemlich genau. Es gibt meiner Meinung nach nur zwei Stellen, die geeignet sind, das Hinterland und die Wälder zu erreichen. Ihr wisst, dass unsere Küste durch die steilen Kreidefelsen nur schwer zu erklimmen ist. Männern, mit schweren Truhen oder Kisten beladen, ist das doch einfach nicht möglich. Ich glaube, dass es sich um das in der Nähe gelegene Teufelsmoor oder das graue Pferd handeln kann. An beiden Orten hat man leichten Zugang zum Wald. Aber gerade jetzt, da ich dies erzähle, sind mir noch mindestens drei weitere Möglichkeiten eingefallen.

Ich weiß also auch nicht, wo man mit der Suche beginnen sollte. Außerdem bin ich viel zu alt. Das ist eine Sache für junge Menschen."

Mit diesen Worten lehnte er sich wieder in seinen Schaukelstuhl zurück, ergriff seine Pfeife und entzündete den Tabak erneut. Als die ersten dicken Rauchschwaden aufstiegen, fragte Helmut: „Aber Opa, wenn es nur so wenige Plätze gibt, müsste es doch möglich sein, diesen Schatz zu finden. Wir müssen doch nur die Küste genau untersuchen."

Die anderen Kinder stimmten dem sofort zu.

„Ja, Helmut, aber die Kisten wurden nicht am Strand, sondern, wie Gunther erzählte, im Wald vergraben. Die Leute werden sich eine Karte angefertigt haben, um den Weg zum Versteck nicht zu vergessen. Diese Karte besitzen wir aber nicht. Es ist auch möglich, dass sie andere Methoden verwendeten. Ihr dürft auch nicht vergessen, dass unsere Wälder ziemlich groß sind. Wie lange sich Gunthers Vorfahre tatsächlich auf dem Baum versteckt hielt, wissen wir ja nicht. Wir haben gehört, dass sich die Geschichte an einem der lauen Sommerabende zugetragen haben soll. Erst mit dem Einbruch der Dunkelheit kletterte er vom Baum und untersuchte das Beiboot. Das können also drei oder vier Stunden gewesen sein, die den Seeleuten zur Verfügung standen. Das ist eine ziemlich große Zeitspanne. Ich bin selbst öfter von unserem Dorf in die nächste Stadt gewandert. Allerdings war ich damals bedeutend jünger. Das dauert gute dreieinhalb Stunden, wenn man zügig und ohne Pausen einzulegen, unterwegs ist. Dafür ist außerdem eine wirklich gute Ortskenntnis erforderlich.

Es ist also ein großes Gebiet, das man untersuchen müsste. Ohne weitere Hinweise ist das bestimmt nicht möglich. Übrigens, Gunther, es ist nicht besonders verwunderlich, dass die Stelle, wo euer Vorfahre, wie du ihn nennst, sein Boot versteckt hatte, nicht zu finden war. Nach jedem Sturm verändert sich unsere Küste. Wo im Sommer noch abgestürzte Bäume herumlagen, könnte nach einigen Monaten nur noch ein ganz normaler Strand sein. Das habe ich schon häufig beobachtet, obwohl ich mich nur selten am Strand aufgehalten habe. Da ist außer Holz nichts zu holen."

In diesem Moment meldete sich seine Schwiegertochter zu Wort: „Aber Papa, könnten diese Leute nicht vielleicht schon früher, von uns völlig unbemerkt, an unserer Küste gewesen sein? Sie kannten unsere Küste bereits und wussten ebenfalls, welchen Weg sie einschlagen mussten. Bestimmt haben sie nicht nur diese zwei Kisten hier verbuddelt, sondern noch viel mehr. Ich könnte mir vorstellen, dass es viele Verstecke gibt."

„Aber, Hildegard" ,mischte sich jetzt ihr Ehemann ein, „dann hätte doch schon längst irgendein Wanderer oder Pilzsammler etwas entdeckt. Einen auffälligen Hügel, eine Mulde im Boden oder andere Spuren, die für unseren Wald ungewöhnlich sind. Ich kann das alles einfach nicht glauben. Ich bin ja in dieser Gegend, genau wie ihr alle, aufgewachsen. Unsere Strände und Wälder kenne ich sehr gut. Natürlich bin ich eigentlich ein Fischer, aber ich bin, wie ihr alle wisst, auch ein Wilderer. Ich sehe dies auch nicht als Makel an, denn die meisten Männer unseres Dorfes halten es ebenso. Das macht dein Vater doch auch, oder Gunther?"

„Ja, aber nur, wenn es keinen Fisch gibt", antwortete der Kleine, der für seine zwölf Jahre tatsächlich etwas zu kurz geraten war.

„Bei meinen Streifzügen durch den Wald habe ich bisher jedenfalls keinerlei Anzeichen, die auf einen vergrabenen Schatz hinweisen würden, gefunden. Einer unnatürlichen Vertiefung oder einem künstlich errichteten Steinhaufen bin ich nie begegnet. Ich wünschte, es wäre anders", beendete der Vater seine Rede.

Seine Frau reagierte umgehend.

„Ich halte Gunthers Schilderung für wahr und schlüssig. Es passt alles zusammen. Er hat bestimmt nicht geflunkert."

Gunther war aufgesprungen und rief aufgeregt:

„Ich habe auch nicht gelogen! Mein Vater und mein Onkel streiten sich ziemlich selten und sie haben mir, glaube ich, immer die Wahrheit erzählt. Nur wenn es um das Schiff geht, sind sie nicht einer Meinung."

Mit einem hochrotem Kopf setzte er sich wieder auf seine vier Buchstaben.

„Das ist doch trotzdem alles Unsinn", antwortete der Ehemann. „Dies alles hat sich vor vielen Jahren ereignet. Selbst wenn es stimmen sollte, wären die Kisten und der Schatz bereits vermodert."

Mit einer Handbewegung deutete er an, dass er sich seine Meinung gebildet hatte und daran unter allen Umständen festhalten würde.

„Unsinnig sind nur deine Äußerungen. Sicherlich sind die Kisten oder Truhen bereits verrottet. Holz ist nicht ewig haltbar. Das kannst du ja selbst an unserem Schuppen sehen, den du schon seit zwei Jahren wieder

aufbauen willst, aber Edelsteine, Gold und Silber verge-
hen nicht so schnell", erwiderte Hildegard.

Eine kurze Stille setzte ein. Jeder schien die verschiedenen Aussagen abzuwägen. Mit einem Ruck erhob
sich Hildegard, klatschte in die Hände und rief:

„So, liebe Kinder, das war ein spannender Abend, aber
Gunther und Sieglinde gehen jetzt nach Hause, und ihr
vier müsst ins Bett. Das gilt auch für euch."

Dabei sah sie zuerst ihren Mann an, wandte sich aber
dann dessen Vater zu. Gunther und Sieglinde, die sich
gerade ihre Mäntel, eigentlich Pferdedecken, anzogen,
zuckten zusammen, als Hildegard das Wort unvermittelt
an Gunther richtete.

„Gunther, das war eine schöne Geschichte, die ich dir
jedenfalls glaube. Vielleicht kannst du uns noch öfter
solche Dinge erzählen. Mir hat der Abend sehr viel
Freude bereitet.

Kommt gut heim!"

Der Schatz blieb verborgen, aber die Geschichte wurde
in den Familien weitergegeben. Mit der Zeit glaubte allerdings, mit Ausnahme einer Familie, niemand mehr an
einen wahren Hintergrund.

1974

Peter, ein Kollege von mir, mit dem ich mich sehr gut
verstand und dessen Gehirn eine unwahrscheinlich große Ansammlung von Fakten und Daten enthielt, die sich

nicht nur auf unsere Arbeit, sondern auch auf viele andere Bereiche, wie den Film, die Literatur usw. bezogen, teilte mir eines Tages, während einer Zigarettenpause, obwohl er damals Nichtraucher war, mit, dass er seine Kündigung eingereicht hat. Mir wäre beinahe die Zigarette aus den Fingern geglitten. Das konnte oder wollte ich einfach nicht recht glauben. Mein Verstand sträubte sich. War das ein schlechter Scherz? Es entsprach ganz und gar nicht seiner Art. Langsam beschlich mich die Angst. Besorgt und prüfend sah ich ihn an. Peter stand ganz ruhig und selbstbewusst vor mir.

„Warum", rief ich verwundert, „willst du denn kündigen? Liegt es an unserem Abteilungsleiter? Den kann ich auch nicht ausstehen. Der ist einfach unfähig. Wahrscheinlich hat er diesen Posten geerbt, oder durch Schmeicheleien beim Hauptabteilungsleiter erhalten. Er ist sicherlich der arroganteste Schnösel, den ich zu meinem Missvergnügen die Ehre hatte, kennen zu lernen. Du kennst doch den Witz über einen Abteilungsleiter und einen Zitronenfalter. Das ist doch kein Grund für eine Kündigung. Weshalb willst du denn nun wirklich kündigen? Würdest du mir das bitte erklären. Die Arbeit hier gefällt dir doch!"

„Das kann ich dir im Moment noch nicht sagen. Ich will mich einfach zurückziehen und, meiner Gesundheit zuliebe, etwas kürzer treten. Außerdem möchte ich eine alte Familiengeschichte aufklären."

„Was erzählst du denn da? Du bist doch erst sechsunddreißig Jahre alt. Wie und wovon willst du denn leben?"

„Ich werde mir ein kleines Häuschen in einem der Fischerdörfer an der Küste mieten oder kaufen. Dafür dürften meine Ersparnisse wohl reichen. Zum Leben benötige ich nicht viel. Außerdem kann ich durch die Herstellung von Souveniers etwas Geld verdienen. Nötigenfalls könnte ich auch bei einem Fischer oder Bauern arbeiten."

„Das ist doch unvorstellbar! Schau einmal in den Spiegel! Siehst du da einen Bauern oder einen Fischer? Du hast in deinem bisherigen Leben doch nie etwas Schwereres als einen Kugelschreiber oder Bleistift in den Händen gehalten. Hat dein brillanter Verstand gelitten? Fühlst du dich nicht wohl? Hast du Probleme mit deiner Familie? Du bist ein sehr guter Ingenieur, aber kein Fischer oder Bauer."

„Das kann man alles erlernen. Ich möchte es dir heute noch nicht sagen, aber ich bin, wie ich bereits sagte, seit einiger Zeit mit der Aufklärung einer interessanten Geschichte, die bereits seit Jahrzehnten in unserer Familie erzählt wird, befasst. Ich war, glaube ich, erst sechs oder sieben Jahre alt, als mein Vater sie an mich weitergab. Meine Mutter und mein Vater erzählten mir abends häufig Märchen und Sagen, oder lasen mir etwas vor. Das hat mir immer Spaß bereitet und meine Phantasie und meinen Wunsch, endlich selbst lesen zu können, unwahrscheinlich belebt und angestachelt. Natürlich hielt ich viele der Märchen und Sagen nicht für sehr wahrscheinlich, aber einiges regte meine Phantasie besonders an. Kennst du z.B. den Namen Peter Schlehmil?"

„Nein, sagt mit nichts."

„Der Peter hatte dem Teufel seinen Schatten für unermesslichen und nie versiegenden Reichtum verkauft.

Eine tolle Idee. Sagt dir der Name Ignaz Denner etwas?"

„Den kenne ich ebenfalls nicht."

„Aber von Bruder Medardus hast du doch sicherlich gehört, oder?" Verzweifelt schüttelte ich verneinend meinen Kopf. Die vielen, spannenden Geschichten, die mir von meinen Eltern erzählt oder vorgelesen wurden, habe ich gerne gehört und mich inspirieren lassen. Es gibt unzählige Bücher, die ich als Steppke las und die sich in mein Gehirn förmlich eingebrannt haben. „Der kleine Däumling", „Gespenster im Schloß" oder die Geschichten von Mark Twain, wie z.B. die Erzählung über einen Mann, der sein Haus mit allen möglichen Formen und Varianten von Blitzableitern bestücken ließ und diese danach sämtliche Blitze eines Gewitters über der Stadt anzogen, gefielen mir ganz besonders. Andere Kurzgeschichten von Twain, der eigentlich Samuel Clemens hieß, die ich allerdings erst viele Jahre später selbst las, sind mir angenehm in Erinnerung geblieben. Es waren nicht nur Kurzgeschichten die mir gefielen, sondern auch z. B. die Bücher von Lem. „Der Schnupfen" ist eine der vielen Geschichten, die mich beeindruckten und mir besonders gut gefielen. Während mir diese Gedanken in Sekundenschnelle durch den Kopf schossen, überlegte ich krampfhaft, wie ich meinen Kollegen von seinem, meiner Meinung nach, überdrehten und verrückten Vorhaben abbringen könnte. Leider fiel mir so auf die Schnelle nichts ein.

„Es mag sicherlich gute Gründe für deine Entscheidung geben, aber bedenke bitte die späteren Folgen. Was für dich heute ganz selbstverständlich erscheint, könnte sich in einigen Wochen oder auch Monaten als die größte Torheit deines Lebens erweisen."

„Dessen bin ich mir ganz bewusst", entgegnete mein Kollege.

Während ich mir eine weitere Zigarette anzündete, schwiegen wir. Jeder hing seinen Gedanken nach. Plötzlich unterbrach Peter das Schweigen.

„Volker, ich werde dich, sobald ich ein Häuschen oder eine andere Unterkunft gefunden habe, sofort informieren. Sei versichert, dass du mich jederzeit besuchen kannst. Darüber würde ich mich jedenfalls freuen."

„Ich merke schon, dass ich dir deine verrückte Idee nicht ausreden kann, aber vielen Dank für dein Angebot. Was aber werden die anderen Kollegen sagen, wenn sie von deiner Kündigung erfahren? Welche Meinung und Haltung wird deine Familie einnehmen? Hast du dir diese Fragen nicht auch schon gestellt?"

Peter senkte seinen Kopf und sprach mit leiser Stimme.

„Das habe ich wohl, aber mein Entschluss steht fest. Ich werde viele Banden, die mich an mein altes Leben fesseln, zerschneiden. Du warst mir ein immer guter Freund, solange wir uns kennen, weshalb ich dir überhaupt von meinem Plan erzählt habe. Deshalb habe ich dich auch aufgefordert, mich jederzeit zu besuchen."

Inzwischen hatte ich aufgeraucht und mir fielen auch keine überzeugenden Argumente mehr ein. Wir befanden uns beide in einer verzwickten Lage. Er wollte unbedingt sein bisheriges Leben aufgeben und ich ihn mit aller Macht davon abhalten. Wir gingen wieder an unsere Arbeit, und ich vergaß darüber meine Sorgen um Peter. Bereits am nächsten Morgen erschien er nicht mehr im Betrieb. Über seine Motive wurde in der Abteilung zwei Wochen lang wild spekuliert. Viele sahen die arrogante Art des Abteilungsleiters als ausreichenden Grund für eine Kündigung an. Zwei oder drei Monate lang empfing ich auch keine Nachricht von ihm. Dann erhielt ich, damit rechnete ich schon seit einiger Zeit nicht mehr, einen Brief von ihm. Der Text lautete wie folgt:

bei Lohme, Sanddornweg 12, am 26.6.1974

Hallo Volker,

ich habe endlich ein Häuschen gefunden und gekauft. Die entsprechenden Formalitäten und Behördengänge liegen weitestgehend hinter mir. Es ist nur ein kleines, altes Haus, eigentlich ein alter Fischerkaten, aber ich werde mich schon gut einrichten. Ein kleiner Garten, der allerdings sehr verwildert ist, gehört ebenfalls dazu. Ich komme mir bereits wie ein Bauer vor und kann es direkt vor mir sehen. Stell dir frische Petersilie, Möhren, Kohlrabis oder Rettiche vor! Ist das nicht herrlich? Ich habe bei einem ortsansässigen Fischer eine Arbeit aufgenommen. Wir fahren gemeinsam zum Fischfang raus, kontrollieren die Reusen oder flicken die Netze. Meine Hände sind bereits voller Schwielen, aber es gefällt mir alles sehr gut. Nur das Ausnehmen der Fische mag ich nicht. Einen Teil meiner Freizeit nutze ich für ausgedehnte Wanderungen durch die naheliegenden Wälder. Du kannst dir bestimmt nicht vorstellen, wie entspannend und inspirierend diese Streifzüge für mich sind. Die Vielzahl der Gerüche des Waldes, das Rauschen der Blätter oder das Knarren der Äste beeindrucken mich immer wieder. Es gibt hier auch viel Rot- und Schwarzwild. Sobald Du dich beruflich freimachen kannst, besuche mich.

Mit besten Grüßen
Peter

Etwa drei Monate darauf stand ich vor seinem Haus. Es war schon Spätsommer, und die Blätter der Bäume begannen sich bereits zu verfärben. Sein Häuschen, ich würde es als Schuppen bezeichnen, hatte er sich tatsächlich gemütlich eingerichtet. Für die Jahreszeit war es erstaunlich kalt. Vielleicht verursachte auch nur der Wind, den ich so direkt aus der Stadt nicht kannte, dieses Gefühl. In seinem Kamin brannte jedenfalls ein lustiges Feuer, dessen Wärme und Ansehen bereits ein wohliges Gefühl auslösten. Peter ließ sich in einem alten Schaukelstuhl nieder, in dem er in der Nähe des Kamins gemütlich schaukelte. Seine Begrüßung und sein Verhalten verrieten mir deutlich, dass etwas mit ihm nicht stimmte. Er verhielt sich entgegen seiner Art sehr wortkarg. Schweigend rauchte er eine Pfeife. Eine der Angewohnheiten, die er sicherlich seinem Fischer verdankte. Peter starrte in die Flammen und überließ mich, ganz in Gedanken versunken, mir selbst. Plötzlich hörte er mit dem Schaukeln auf und wandte sich mir zu.
„Volker, welchen Zusammenhang kann es zwischen einer Grotte und den umliegenden Wäldern geben? Ich komme einfach nicht dahinter. Es ist zum Verzweifeln.

Ich entdeckte die Grotte durch puren Zufall beim Fischfang. Eine unserer Reusen, die wir wahrscheinlich nicht fest genug verankert hatten, war in diese Grotte getrieben. Sie ist sehr schwer zu aufzufinden. Am Tag darauf untersuchte ich sie genauer. Sie war völlig leer. Es gab keinen Schatz wie im Buch „Der Graf von Monte Christo", aber an den Wänden hatte jemand einige sonderbare Zeichen hinterlassen. Am nächsten Tag setzte ich die Untersuchung, ausgestattet mit einer Taschenlampe, Schreibpapier und einem Bleistift, eingewickelt in eine Tüte aus Plastik, wegen der Feuchtigkeit, fort. In der Grotte angekommen, notierte ich die Zeichen so genau wie ich nur konnte. Ich war ziemlich durchgefroren und meine Hände zitterten. Der Zettel liegt drüben auf dem Tisch. Weder die Zeichen, die ich nicht deuten kann, noch die Erzählungen meiner Eltern passen zusammen. Es war immer nur die Rede davon, dass einige Männer irgendwelche Kisten im Wald vergraben hätten. Von einer Grotte oder seltsamen Symbolen habe ich nie etwas gehört. Dennoch bin ich der festen Überzeugung, dass die Grotte und der Wald irgendwie miteinander verbunden sind. Es gibt in dieser Gegend bis auf den Wald und die wenigen Häuser keinen Bezugspunkt für diese Zeichen. Die Häuser sind es sicherlich nicht. Das kann ich mir nicht vorstellen. Nein, nein, die Grotte und der Wald gehören irgendwie zusammen!"

Er lehnte sich wieder zurück und paffte seine Pfeife. Langsam stand ich auf, um mir den Zettel anzusehen. Da ich nicht daraus schlau wurde und ohnehin bald abreisen musste, fertigte ich eine Kopie an. Etwa eine Stunde später verabschiedeten wir uns herzlich voneinander.

In den folgenden Tagen vergaß ich den Zettel, aber dann fiel er mir wieder ein. Sorgsam betrachtete ich die Schriftzeichen, aber konnte zu keiner Erkenntnis gelangen. Das Blatt Papier gab ich meiner Frau, die es sich ungefähr zehn Minuten lang ansah, um es danach mit einem Achselzucken ziemlich achtlos auf dem Beistelltisch abzulegen. Am Nachmittag wollte ich es wieder einstecken, als mein Blick zufällig auf das über dem Beistelltisch aufgehängte Bild fiel. Alle unsere Bilder schützten wir mit Glasscheiben, die ein Verstauben der Bildoberflächen verhindern sollten. Durch die Reflexion des Lichtes konnte ich das Bild eigentlich nicht mehr erkennen, aber ich sah deutlich und erstaunt unseren Beistelltisch und das Papier in der Spiegelung. Nun dämmerte mir, dass diese Zeichen auf dem Zettel, Buchstaben in Spiegelschrift darstellen könnten. Sofort ergriff ich das Blatt, ging in unsere kleine Bibliothek und bemühte mich im Lexikon Hinweise, die mir die Identifizierung der Zeichen ermöglichen würden, zu finden. Dann spiegelte ich es und versuchte die Buchstaben zu deuten. Es handelte sich um eine mir unbekannte Schriftform. Einige Zeichen erschienen mir irgendwie bekannt zu sein, andere sagten mir überhaupt nichts. Vergebens versuchte ich irgendwelche Gemeinsamkeiten mit einer heute noch üblichen Schreibweise zu entdecken.

Letztlich gab ich auf und beschloss, mich an unser Heimatkundemuseum zu wenden. Bestimmt konnte mir dort jemand helfen. Da würde es doch sicherlich Experten geben, die mich aufklären und die Schrift identifizieren konnten. Tatsächlich fand ich einen Ansprechpartner, aber nach fünf Tagen teilte er mir telefonisch mit, dass auch er nicht weiterkam. Nun versuchte ich es auf eine andere Weise. Ich fragte mich, was ich unternehmen würde, um eine verschlüsselte Nachricht zu hinterlassen. Mir fielen auf Anhieb mehrere Möglichkeiten ein. Über einige hatte ich in meiner Jugendzeit in den vielen Abenteuergeschichten gelesen, andere kannte ich aus Büchern späterer Zeit. Umgehend begann ich mit der Umsetzung meines Gedankens. Meine Frau und die Kinder, die sich sonst eigentlich kaum über mich aufzuregen brauchten, sah ich in den folgenden Tagen nur noch sehr selten. Dennoch konnte ich eine gewisse Unverständlichkeit und einen Missmut deutlich ihren Worten entnehmen.

Mein Verhalten während jener Zeit würde wohl jeden erstaunt haben. Verbissen setzte ich meine Untersuchungen fort. Angetrieben von dem Wunsch das Geheimnis zu lüften, Peter, meine Frau und natürlich auch die Kinder mit meiner Lösung des Geheimnisses zu überraschen, arbeitete ich an vielen Tagen bis spät in die Nacht. Auf meinem Schreibtisch stapelten sich die Bücher, die ich mir auch aus der Werftbücherei entliehen hatte. Neben dem Studium der Literatur daheim, betrieb ich ebenfalls eine intensive Suche in den Büchereien von Grimmen und Stralsund. Dann endlich glaubte ich Erfolg zu haben. In einer niederländischen Ausgabe, deren Autoren sich ganz der Entwicklung ihres Landes zur Kolonialmacht gewidmet hatten, entdeckte ich zufällig einige Schriftzeichen, die denen auf meinem Zettel ähnelten. Peter besaß keinen Telefonanschluss, sonst hätte ich ihn umgehend informiert. Meine Frau schlief bereits, deshalb konnte ich nur aufgeregt im Arbeitszimmer herumlaufen. Nun, da ich die Buchstaben deuten zu können glaubte, musste ich nur noch die Frage klären: „Was bedeuteten sie?" Leider verstand ich mich nicht gut auf die Sprache der Niederländer, aber dafür gab es ja Wörterbücher. Bereits am darauffolgenden Tag brachte ich die ganzen Bücher wieder in unsere Bücherei zurück. Stattdessen lieh ich mir ein Wörterbuch aus. Kennen sie das Spiel Scrabble oder wissen sie was Anagramme sind? Es war einfach unmöglich aus den Buchstaben, die auf Peters Zettel standen, ein vernünftigen Wort zu bilden – wohl nicht einmal auf niederländisch! Auch in welcher Reihenfolge Peter die Zeichen auf seinem Zettel notiert hatte, wusste ich nicht. Standen sie so angeordnet an den Wänden der Grotte? Schrieb er zuerst nur die Zeichen auf, die ihm deutlich ins Auge fielen? Ich wollte ihn sobald wie möglich besuchen, aber wir erhielten einen neuen Auftrag für ein Fangschiff. Eine gewaltige Menge Arbeit lag vor uns.

In den ersten Frühlingswochen konnte ich mich wieder der Lösung unseres Rätsels widmen. Mitte März 1975 suchte ich Peter auf. Sorgfältig und möglichst genau berichtete ich von meinen Bemühungen, hinter das Geheimnis der seltsamen Zeichen zu kommen.

„So, Peter, jetzt weißt du Bescheid."

Erwartungsvoll sah ich ihn an. Dann begriff ich. Sein Besuch der Grotte war ihm leider nicht mehr genau in Erinnerung.

„Peter, kannst du dich denn gar nicht erinnern, in welcher Reihenfolge du die Buchstaben oder Zeichen aufgeschrieben hast? Müssen wir wirklich die Grotte aufsuchen? Das Wasser ist in dieser Jahreszeit noch verdammt kalt. Wir könnten uns den Tod holen!", rief ich und betonte die letzten Worte.

„Vermutlich schrieb ich die Zeichen ganz normal von links nach rechts auf. Nur beschwören kann ich das eben nicht. Tut mir Leid, aber ich finde es toll, mit welcher Hingabe du dich der Lösung unserer Aufgabe gewidmet hast, denn ich war ebenfalls nicht ganz untätig. Lass uns deine und meine Unterlagen vergleichen."

Er ging zu seinem Tisch, zog die Schublade auf, entnahm ihr mehrere Seiten Papier und breitete sie auf dem Schreibtisch aus.

„Volker, auf dieser Karte habe ich die Umrisse Jasmunds und, so gut ich es vermochte, auch die umliegenden Wälder eingezeichnet. Selbst die Anordnung der Dörfer ist erfasst. Auf den anderen beiden Blättern sind die Standorte der Bäume, die mir durch abgesägte Äste oder sonderbare Aushöhlungen auffielen, dargestellt. Du weißt ja, dass ich meine Freizeit gerne mit Spaziergängen und Wanderungen durch die Wälder verbringe. Wie du siehst, sind mir neunzehn Bäume aufgefallen. Es sind alles Eichen und Buchen, obwohl unsere Wälder auch andere Baumarten enthalten. Diese Zahl ließ mich nicht mehr los. Das ist einfach nicht richtig. Warum fand ich nur diese neunzehn Bäume? Es waren zweiundzwanzig Zeichen, die ich in der Grotte sah und aufschrieb. Jetzt aber nur neunzehn Bäume! Wer und warum hatte die Bäume derartig beschnitten? Heute wird dieser ganze Küstenbereich des Waldes forstwirtschaftlich nicht genutzt. Auch früher holte sich kein Mensch sein Feuerholz aus den Tiefen des Waldes. Weshalb sollte man einen oder zwei Kilometer tief in den Wald gehen, wenn nur zweihundert Meter entfernt bestes Holz geschlagen werden konnte? Jeder Mensch hier in der Siedlung arbeitet nur das Nötigste, um sich und seine Familie zu ernähren. Bei meinem Fischer liegen die Dinge etwas anders. Er kann nur eine bestimmte Menge Fisch fangen. Du hast ja gesehen, die meisten Häuser meines Dorfes sind schlicht und einfach. Es ist eine Frage der Mentalität der Leute. Hier läuft alles viel ruhiger ab. Kein Stress, kein übermäßig hoher Druck, alles in Ruhe erledigen, lautet die Devise. Deshalb fühle ich mich wahrscheinlich auch so wohl hier. Oh, die Leute können schon zupacken, aber nur wenn es notwendig ist. Wenn z.B. ein Sturm das halbe Dach eines Hauses abgedeckt hat, wird solange geschuftet, bis der Schaden repariert ist. Auch die Frauen sind mit ganzem Herzen dabei. Einige arbeiten richtig mit, bündeln das Schilf, andere reichen es ihren Männern auf das Dach. Um die Versorgung mit Essen und Trinken kümmern sich ebenfalls einige der Frauen. Du kannst mir aber glauben, keiner von ihnen würde zwei Kilometer tief für Brennholz in den Wald gehen. Wirklich nicht. Und warum sollte jemand dann nur bestimmte Äste entfernen? Das passt alles nicht zusammen. Irgendetwas stimmt da nicht, ist nicht schlüssig. Ich habe von den Bäumen später einfache Strichzeichnungen angefertigt, die du hier sehen kannst. Welcher Gedanke mich auf diese Idee brachte, weiß ich selbst nicht mehr. Wie du hier siehst, zeichnete ich den Stamm mit einem senkrechten Strich. An den Stellen, an denen meiner Meinung nach Äste abgesägt wurden, zeichnete ich kurze waagerechte

Striche. Vielleicht suchte ich nur nach einer Möglichkeit, mir die außergewöhnliche Gestalt der Bäume besser einprägen zu können. Jedenfalls war es reiner Zufall, dass ich mich gerade im Wald, schon kurz vor dem Erreichen des Strandes, an unsere geheimnisvollen Zeichen erinnerte. Schnell lief ich nach Hause, wobei ich ganz fest glaube, dass jeder, der mich so laufen sah, mich für verrückt oder durchgedreht halten musste. In aller Eile und völlig außer Atem holte ich die Skizze mit den Symbolen von der Grotte aus der Schublade. Ich verglich sie ganz genau und entdeckte gewisse Übereinstimmungen. Kannst du dir das vorstellen? Zehn der zweiundzwanzig Buchstaben, wie du sie nennst, ließen sich ohne große Schwierigkeiten zuordnen. Bei den anderen Bildern konnte ich keine Gemeinsamkeiten finden. Dein Besuch kommt mir sehr gelegen. Obwohl ich der festen Überzeugung bin, dass du dich da in etwas verrannt hast, brachten mich deine Überlegungen auf eine, vielleicht absurde Idee. Nehmen wir einfach an, dass die Zeichen tatsächlich zwei unterschiedliche, oder ich sage besser, einen gut verschlüsselten Hinweis enthalten. Die einen Buchstaben wären demnach völlig normal, die anderen in Spiegelschrift geschrieben. Wie eine einfache Geheimschrift eben. Allerdings muss man erstmal dahinter kommen."

Eifrig öffnete ich meine Aktentasche.

„Hier ist meine gespiegelte Kopie. Vergleichen wir die Buchstaben mit deinen Strichzeichnungen. Das sollte uns, wenn du Recht hast, keine großen Schwierigkeiten bereiten" ,sagte ich voller Hoffnung.

Die Kopie legte ich auf den Tisch. Gute zwei Stunden

waren wir damit beschäftigt, da jeder von uns die Bilder anders deutete. Wenn ich fest glaubte, eine Übereinstimmung entdeckt zu haben, behauptete Peter glatt das Gegenteil. Letztendlich wähnten wir uns am Ziel. Lediglich drei Buchstaben, also Zeichen, konnten wir nicht exakt zuordnen. Peter zeichnete alle neunzehn Standorte der Bäume in seine Karte ein. Die Strichfiguren auf seinen Blättern nummerierten wir entsprechend meiner Kopie und der Spiegelung. Dabei gingen wir verständlicherweise davon aus, dass Peter die Zeichen tatsächlich von links nach rechts notiert hatte. Wir ordneten jedem Baum ein Zeichen zu und konnten, mögliche Fehler nicht ausgeschlossen, dennoch eine richtige Spur ins Innere des Waldes entdecken. Peter setzte sich in seinen Schaukelstuhl, während ich es mir auf dem alten Sofa bequem machte. Er rauchte seine Pfeife, ich eine Zigarette. Nach einiger Zeit durchbrach ich unser Schweigen.

„Gut Peter, wir haben jetzt zwar eine Karte, aber es fehlen uns doch noch immer drei Bäume, denen wir kein Zeichen zuordnen konnten. Was kann das bedeuten? Wurden diese Bäume vielleicht gefällt, oder sind sie einfach nur umgefallen und verrottet?"

„Darüber denke ich auch gerade nach. Es kann vieles möglich sein, aber diese Leute waren bestimmt nicht so dumm, ohne weitere Hinweise auf ihr Versteck zurückzulassen, zu verschwinden. Vielleicht gibt es ja auch noch mehrere Verstecke entlang dieses Weges. Es weiß doch kein Mensch, wie oft diese Piraten, von denen ich der festen Meinung bin, dass es sich um Holländer oder Franzosen gehandelt haben muss, unsere Küste aufsuchten. Die drei Zeichen müssen jedoch etwas bedeuten. Höhe, Länge, Breite oder die Entfernung von einem bestimmten Punkt aus. Es können natürlich auch Himmelsrichtungen sein. Vieles ist, wie gesagt, vorstellbar. Ich werde noch ein Pfeifchen rauchen und morgen weiter darüber nachdenken. Dir kann ich nur Gleiches raten."

„Du weist doch genau, dass ich keine Pfeife rauche."

„Dann rauchst du eben noch eine Zigarette. Gute Nacht."

Er versank in seinem Schaukelstuhl und blies enorme Rauchwolken in die Luft. Als sein Gast durfte ich die Unannehmlichkeiten seines Sofas genießen. Er selbst schlief im Schaukelstuhl.

Am nächsten Morgen, Peter beschäftigte sich bereits mit irgendetwas, denn ich hörte deutlich das Klappern von Geschirr, erhob ich mich mit einem steifen Nacken. Ich fühlte mich wie gerädert. Nur langsam nahm ich wieder Fahrt auf. Peter erschien mit einem Tablett in der Hand, auf dem zwei, mit Haferbrei gefüllte Teller standen. Dazu gab es noch knochentrockenes Brot. Allein der Anblick sättigte mich. Anstandshalber aß ich etwas. Der Geruch des frisch gebrühten Kaffees dagegen belebte mich. Ich rauchte meine morgendliche Zigarette und genoss es. Anschließend zog ich mich zur Morgentoilette zurück. Das kalte Wasser der Pumpe im Hof seines Anwesens, denn einen Hauswasseranschluss besaß er nicht, brachte mich endgültig in die Gegenwart zurück. Eigentlich noch hungrig und völlig durchgefroren, setzte ich mich trotzig in seinen Schaukelstuhl, aber Peter zeigte keinerlei Zeichen der Entrüstung, als er das Zimmer wieder betrat. Sofort begriff ich, dass er sich gedanklich bereits mit unserem Rätsel befasste. Ich wollte aber unbedingt der Schnellere sein.

„Also, Peter", begann ich unser Gespräch, „ich habe die halbe Nacht, dein Sofa ist nicht sehr bequem, überlegt. Die drei fehlenden Zeichen, die wir keinem deiner Bäume zuordnen konnten, deuten ganz offensichtlich auf Angaben zur Entfernung, der Richtung und der Tiefe hin, denn woher sollten andere Piraten wissen, wo und wie tief sie graben müssen, um den Schatz zu heben? Außerdem stehen sie am Ende der Zeichenkette."

„Nun, Volker", entgegnete Peter sofort, „das kann ich mir zum Teil vorstellen. Die Richtung und die Entfernung von einem bestimmten Punkt aus gesehen, könnte ich mir sehr gut erklären, aber die Tiefe anzugeben, halte ich nicht für sehr wahrscheinlich. Ich bin auch noch nicht auf eine vernünftige Erklärung gekommen, weshalb ich eigentlich vorschlagen wollte, uns an den Endpunkt unserer Karte zu begeben, um die Örtlichkeit genau zu untersuchen. Vielleicht entdecken wir dort gemeinsam einen Hinweis, der mir alleine nicht aufgefallen ist. Der Baum dort ist zwar seltsam geformt und es wurden eben einige Äste abgesägt, aber auf mehr habe nicht geachtet."

„Gut, wann wollen wir aufbrechen?"

„Ich würde sagen: „Sofort". Heute ist Montag und wir werden später sicherlich auch einigen Wanderern aus der Stadt begegnen, irgend jemand ist immer unterwegs, aber wir werden uns ja auch nicht mit Schaufel und Hacke ausrüsten. Wir sind ebenfalls nur einfache Spaziergänger, die eben etwas genauer ihre Umwelt in

Augenschein nehmen. Den Weg, den wir einschlagen müssen, kenne ich genau. Etwas Verpflegung sollten wir schon mitnehmen. Bis zum letzten Baum auf der Karte brauchen wir gut zwei Stunden. Vielleicht sogar noch etwas mehr. Was sagst du dazu?"

„Ich bin dabei."

Nach etwa dreißig Minuten brachen wir auf. Der Weg war äußerst beschwerlich. Das hatte ich nicht erwartet. Mein Freund war an solche Wanderungen gewöhnt, aber mir, der ich mich kaum sportlich betätigte, fiel es bereits nach ungefähr einer halben Stunde schwer, mit ihm Schritt zu halten. Auf einer kleinen Lichtung, mit hohen Gräsern bedeckt, legten wir nach weiteren fünfzig Minuten eine kurze Rauchpause ein. Einige der gekennzeichneten Bäume hatten wir bereits passiert. Es stimmte genau! Vier oder fünf Bäume wiesen Spuren auf, die nur durch die menschliche Hand verursacht sein konnten. An zwei Bäumen fiel mir zunächst nichts auf, aber Peter wies mich auf Vernarbungen und Verdickungen der Rinde hin, die eben durch nahe dem Stamm abgesägte Äste entstehen konnten. Es fiel mir nur nicht immer gleich auf.

„Sag Peter, müssen wir eigentlich unbedingt den Bäumen folgen? Können wir nicht einfach direkt den letzten Baum ansteuern? Das würde uns einiges an Zeit und Mühe ersparen", fragte ich ihn.

„Nein das geht nicht. Hier gibt es einige kleine Hochmoore und Tümpel, die wir einfach umgehen müssen", erwiderte er und stopfte sich seine Pfeife.

„Dann sind wir wahrscheinlich wirklich auf dem Holzweg, denn woher konnten die fremden Piraten, die auch noch zwei schwere Kisten trugen, deine Hochmoore und Tümpel kennen und sie an einem Sommerabend umgehen? Jetzt ist helllichter Tag, doch auch wir laufen im Zickzack auf den letzten Baum zu. Das ergibt doch keinen Sinn. Kannst du mir das erklären?"

Peter sog bedächtig an seiner Pfeife. In seinem Kopf arbeitete es, denn er runzelte oft seine Stirn. Daran konnte ich das deutlich erkennen. Plötzlich räusperte er sich und antwortete lakonisch: „Nein."

Verdutzt und auch ein wenig enttäuscht, sah ich ihn fragend an. Er begann zu lächeln und meinte dann: „Ich kann mir vieles auch nicht erklären, aber es ist eben so. Vielleicht waren ja auch deutsche Landsleute aus der Gegend unter den Piraten. Das sollen doch ziemlich bunte Haufen gewesen sein. Die kannten sicherlich die Grotte und den Weg durch den Wald."

Meine Zigarette hatte ich bereits aufgeraucht und mich erhoben.

„Mach deine Pfeife aus und lass uns gehen. Deine Erklärung war nicht schlecht, doch ich möchte spätestens zum Kaffee wieder zurück sein!", forderte ich ihn auf.

„Immer mit der Ruhe. Du bist viel zu viel immer noch ein Stadtmensch", entgegnete er, ehe er sich erhob und wir weiter marschierten.

Endlich erreichten wir den letzten Punkt auf unserer Karte. Der Baum sah tatsächlich sonderbar aus. Sein Stamm war krumm und in sich verdreht. Einige Äste fehlten offensichtlich. Wir untersuchten die Eiche sehr sorgfältig, konnten aber keinerlei Hinweise auf die drei fehlenden Zeichen finden. Die Erkundung der Umgebung brachte uns auch nicht weiter. Enttäuscht ließen wir uns in der Nähe des Baumes nieder. Obwohl das Rauchen im Wald eigentlich verboten war, stopfte sich Peter seine Pfeife und ich rauchte eine Zigarette. In Gedanken versunken, blickte ich stur in den Wald. „Sollte dies wirklich das Ende unserer Überlegungen und Anstrengungen gewesen sein?", dachte ich mir, als mein Blick auf einen schon fast vermoderten Baumstumpf fiel, der sich nur gut zehn Meter von unserer Position entfernt befand und an dessen Seite eine hübsche und gerade gewachsene Eiche stand. Das alte Laub des Herbstes tarnte den Stumpf sehr gut.

„Peter", fragte ich ihn, „das hier ist doch ein ungenutzter Wald, oder? Wenn hier keine Bäume gefällt werden, der Wald sich selbst überlassen wird, weshalb sehe ich dort aber keinen Stamm oder Äste? Ist bereits alles verrottet, oder wurde der Baum mit Bedacht gefällt?" Mit meiner rechten Hand wies ich in die Richtung des Baumstumpfs.

„Ich weiß, und du ebenfalls, dass man früher Bäume, nur um bestimmte Wachstumsstrukturen zu gewinnen, gefällt hat. Im Schiffbau wurden diese Hölzer dann eingesetzt. Es ist also sehr wahrscheinlich, dass es mehrere Aufenthalte des Piratenschiffes, oder auch noch von vielen anderen, gegeben hat. Vielleicht wurde das Schiff während eines Kampfes beschädigt und musste repariert werden. Das wäre durchaus möglich."

Peter sprang auf. Er stellte sich an den Stamm der Eiche und nahm seinen Kompass aus der Tasche seines Mantels. Sorgfältig richtete er ihn aus. Danach notierte er sich, ohne ein Wort zu verlieren, die Position des Stumpfes oder der anderen Eiche. Er ging zu den

Rudimenten des Baumstumpfs. Seine Blicke auf eine alte Buche mit einer unwahrscheinlich großen Krone gerichtet, bediente er den Kompass und ermittelte die Richtung oder Marschzahl. Wiederum schrieb er die Werte auf seinen Zettel. Anschließend kehrte er zurück. Einige Zeit verging, während sich Peter mit seinen Notizen beschäftigte. Ohne mich anzusehen, fragte er unvermittelt: „Hast du nicht einen Pullover an?"

„Ja, habe ich. Was ist mit ihm?"

„Nichts, aber wir brauchen eine ziemlich lange Schnur. Siehst du das?" Er hielt mir seine Zeichnung unter die Nase.

„Die Bäume bilden ein perfektes, rechtwinkliges Dreieck. Um weiter zu kommen, brauche ich eine Schnur. Leider habe ich keine bei mir. Deshalb meine Frage."

„Peter, es ist reichlich kalt. Wenn wir meinen Pullover zur Gewinnung eines Fadens oder Schnur benutzen wollen, werde ich entsetzlich frieren. Bei der Ariadne mag das möglich gewesen sein, aber diese Geschichte spielte sich im Mittelmeerraum bei ganz anderen Temperaturen ab."

„Dann werden wir nach Hause gehen und morgen früh, wenn du dich beruflich freimachen kannst, unsere Suche fortsetzen."

Welcher Gedanke mich mehr erschreckte, weiß ich nicht mehr. War es die Kälte? Der Fußmarsch gefiel mir noch weniger. So beschloss ich, meinen Pullover zu opfern. Wir knüpften ihn auf und stellten eine gute Rolle Schnur her, indem wir die Wollfäden verzwirbelten. Das gelang uns sehr gut, obgleich ich langsam anfing zu frieren. Nur mein Unterhemd und mein Mantel konnten mich nicht wärmen. Wir begannen bei der alten Eiche und spannten die Schnur von dort aus bis zur der Eiche neben dem Baumstumpf, den wir natürlich nicht nutzen konnten. Von dort ging es zur großen Buche und zurück zur alten Eiche. Wir wussten, das es eine Abweichung gab, aber der Baumstumpf war ja doch nicht mehr verwendbar. Anschließend legten wir eine weitere Rauchpause ein und überlegten unseren nächsten Schritt. Das Dreieck hatten wir markiert. Damit erklärten sich auch zwei der drei noch fehlenden Zeichen aus der Grotte. Wir waren uns ziemlich einig, dass das letzte Zeichen entweder den Mittelpunkt des Dreieckes, oder einen Abstand wie die Höhe darstellte. Genauso war auch der Mittelpunkt der Hypotenuse oder einer Kathete denkbar. Wir beschlossen jedenfalls, unsere Suche für heute abzubrechen.

Erschöpft und müde erreichten wir Peters Häuschen. Während sich Peter sogleich in seinem Schaukelstuhl niederließ und das Feuer im Kamin wieder anfachte, legte ich mich nicht auf das unbequeme Sofa, sondern wanderte den langen Weg ins Dorf zur Poststelle. Zuerst rief ich meine Frau an und informierte sie über die neue Situation. Außerdem sollte sie einen Stapel an wissenschaftlicher Literatur, den ich im Keller aufbewahrte, durchblättern, um eine Bauanleitung für einen Metalldetektor zu finden, auf die ich vor einiger Zeit gestoßen war. Bis zu ihrem Rückruf wollte ich in der Poststelle warten. Danach rief ich in meinen Betrieb an und bat um zwei weitere Tage Urlaub. Das letzte Gespräch führte ich danach mit dem Katasteramt Rügens. Dort informierte ich mich lediglich über die Besitzverhältnisse. Nun konnte ich nur noch warten. Die Frau hinter dem Schalter warf mir zwar einige zornige und fragende Blicke zu, denn ohne mich als Kunden hätte sie die Poststelle sicherlich schon längst geschlossen. Nach einer Stunde klingelte endlich das Telefon. Ich notierte mir auf der Rückseite eines Telegrammformulares die wesentlichen Bausteine und die Montageanleitung, die mir meine Frau vorlas. Danach verließ ich die Poststelle, sicher zur Freude der Frau hinter dem Schalter, und schlug den Weg zum Haus meines Freundes ein. Er saß immer noch im Schaukelstuhl und schlief. Da ich ihn nicht wecken wollte, legte ich mich auf das harte Sofa und versank umgehend in einen kurzen Schlaf. Als ich nach einem schrecklichen Traum erwachte, wusste ich plötzlich, dass Peter sich geirrt hatte. Es handelte sich um kein Dreieck, wie er annahm, sondern um einen einfachen, aber nicht linearen Verlauf des Weges. Ich ging zum Tisch, auf dem immer noch unsere Skizzen lagen, und trug in die Zeichnung, die die Position der einzelnen Bäume enthielt, die Lage der kleinen Seen oder Tümpel, wie er sie nannte, und auch der beiden Hochmoore, denen wir ausweichen mussten, ein. Danach betrachtete ich die Karte und verstand, warum die Seeleute diesen Weg, auf der Suche nach einem sicheren Versteck für ihre Kisten, einschlagen mussten. Nur so konnten sie den kleinen Tümpeln (Seen) und Mooren ausweichen. Auf ihrem Weg markierten sie die zweiundzwanzig Bäume auf die beschriebene Weise, damit sie die Stelle auch wiederfinden würden. Jetzt war ich fest davon überzeugt, dass die Eiche nicht den Endpunkt des Weges darstellte, sondern wir noch weitere

Bäume finden mussten. Den Pullover hatte ich völlig umsonst geopfert.

Aufgeregt weckte ich meinen Freund, erzählte ihm von meinen Überlegungen und zeigte ihm die veränderte Karte. Mit aller Aufmerksamkeit betrachtete er unsere Zeichnung und rief: „Was war ich doch für ein Narr! Darauf hätte ich auch kommen müssen. Schade um deinen Pullover, aber wenigstens haben wir jetzt eine Schnur. Ich frage mich nur gerade, weshalb sie dann diese Zeichen in der Grotte hinterließen?"

„Darüber habe ich auch nachgedacht. Ich vermute, dass sie die Grotte kannten und kein Schriftzeugnis an Bord haben wollten. Deshalb brachten sie die Zeichen, denen man folgen muss, um die Stelle wiederzufinden, an den Wänden an. Sie wussten um die Gefährlichkeit und ungewisse Zukunft ihres Geschäftes. Irgendeiner von ihnen würde schon überleben und könnte sich den Schatz holen. Er brauchte nur die Grotte aufsuchen und den Zeichen, die wir vermutlich richtig zugeordnet und aufgezeichnet haben, folgen. Sieh dir die Karte nochmal an!", forderte ich ihn auf.

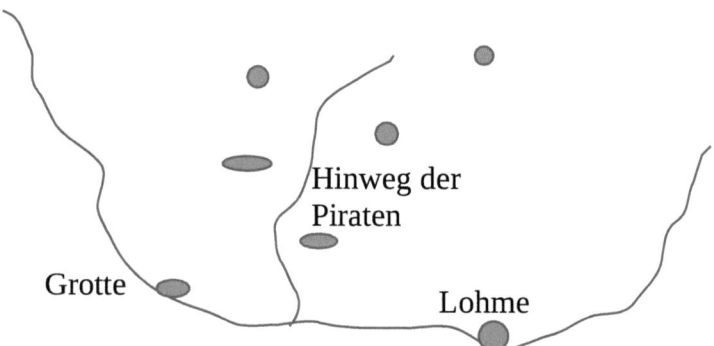

Anmerkung des Verfassers: Die Karte habe ich beigelegt, aber die genaue Lage der Bäume und den Endpunkt des Weges ausradiert. Sie ist nicht maßstabsgetreu.

„Bestimmt sind einige Markierungen an den Bäumen im Laufe der Zeit unkenntlich geworden und ich bin mir nicht sicher, dass die von dir erkannten Bäume den korrekten Weg angeben. Ich glaube aber", und klopfte mit dem Finger auf einen Punkt der Karte, „dass wir an genau dieser Stelle suchen sollten. Alle Anzeichen deuten doch darauf hin. Was glaubst du denn?", fragte ich ihn nach Abschluss meiner Ausführungen.

„Ich glaube jetzt auch, dass du richtig liegst, aber das ist immer noch ein ziemlich großes Gebiet. Einer meiner ersten Waldspaziergänge führte mich dorthin. Allerdings achtete ich damals noch nicht auf abgesägte Äste usw.. Außerdem erinnere ich mich, dass es dort einige kleine Lichtungen gibt, von denen zwei oder drei mit irgendwelchen hohen Gräsern und Büschen bewachsen sind. Damit kenne ich mich nicht aus, aber sie behinderten mich. Ansonsten ist mir nichts in Erinnerung geblieben. Hilft uns nicht weiter, oder?"

„Das muss es auch nicht. Ich kann mir nicht vorstellen, dass die Piraten, Seeleute oder wer auch immer, ein Schild mit der Aufschrift: „Der Schatz liegt hier" aufgestellt haben."

„Das ist klar, aber wie bist du auf diesen Punkt gekommen?"

„Ich habe einfach den Mittelwert der Abstände der Bäume zueinander ermittelt. Ausgehend von den zweiundzwanzig Zeichen und der Hauptrichtung, muss das hier der ungefähre Ort sein. Da bin ich mir ganz sicher. Hundertprozentig. Ich werde gleich aufbrechen, um einige Dinge einzukaufen. Besitzt du hier eigentlich ein Kofferradio?"

„Ja, aber nur ein ganz einfaches Modell mit Mittel- und Kurzwelle. Weshalb fragst du?"

Anstatt zu antworten, fragte ich weiter:

„Hast du auch einen Lötkolben und eine Laubsäge?"

„Ich besitze einen guten Lötkolben, Lötwasser, das ich aus Säure und Zink eigenhändig hergestellt habe, und Lötzinn. Eine Laubsäge brauchte ich noch nie."

Das Radio und den Lötkolben strich ich von meiner Einkaufsliste.

„Besitzt du zufällig auch Kupferdraht und Sperrholz?"

„Was sollen diese ganzen Fragen? Ich habe keinen Kupferdraht, und mit Sperrholz kann ich auch nicht dienen."

„Gut. Ist dein Moped einsatzbereit?"

„Ja, selbstverständlich, aber jetzt werde ich tatsächlich langsam ärgerlich", entgegnete er mir aufgebracht. Die 6 Volt Batterie strich ich ebenfalls von der Liste.

„Bleib ganz ruhig. Ich fahre jetzt los, um einiges an Material zu kaufen, das mir noch fehlt. Wenn Ich mich beeile, schaffe ich es, bevor die Geschäfte schließen. Sobald ich zurück bin, erkläre ich dir alles. Einen Hammer und ein paar Nägel hast du doch, oder?"

Er nickte und schaute mir fassungslos zu, als ich mich umzog und das Haus verließ. Er wusste ja nichts von meinem Plan, den ich ihm aus Zeitgründen auch nicht erklären konnte. Schnell setzte mich in mein altes Auto und fuhr los. Die Beschaffung der Teile erwies sich als schwierig, aber ich schaffte es. Voller Stolz fuhr ich zurück. Gegen 19 Uhr erreichte ich sein Haus. Peter saß wie gewöhnlich in seinem Schaukelstuhl. Voller Neugierde sah er mich an.

„So, Peter", begann ich meine Erklärung, „wir haben jetzt alle Materialien, die man zum Bau eines Metalldetektors benötigt, zusammen. Ich habe diese Montage- oder Herstellungsanleitung vor einiger Zeit in einer Broschüre entdeckt, deren Ausgabe ich gelegentlich kaufe. Darin werden viele Methoden vorgestellt, um sich z.B. eine Antenne zu bauen, einen Föhn zu reparieren, oder eben auch einen Metalldetektor anzufertigen. Daran konnte ich mich erinnern, aber meine Frau musste in den Keller gehen und die Kiste mit meinen gesammelten Zeitschriften, Broschüren und Büchern, die ich ja nicht täglich brauche, durchstöbern. Zum Glück fiel mir noch ein, in welcher Broschüre ich den Beitrag gelesen hatte. Dadurch konnte ich ihr und uns wertvolle Zeit sparen. Jetzt werden wir den Detektor anfertigen und sollte es die ganze Nacht dauern. Würdest du mir bitte dein Lötzeug, die Batterie deines Mopeds, einen Stock oder Stab, möglichst gerade, den Hammer, einige Nägel und dein Radio bringen."

„Ja, sicher."

Peter verließ das Haus und ich räumte den Tisch auf. Die Halterung für die Laubsäge befestigte ich an der Tischkante und legte die Sperrholzplatten auf den Tisch. Währenddessen kehrte Peter zurück und lud die benötigten Dinge ebenfalls auf dem Tisch ab. Die Umrisse eines Kreisrings zeichnete ich mit Hilfe der Schnur aus meinem Pullover, einem Nagel und einem Bleistift auf jede der beiden Platten. Der kleinere Ring musste unbedingt in den äußeren Ring, aber in einem gewissen Abstand zu ihm, an das genaue Maß erinnere ich mich nicht mehr, passen. Dann begann ich mit der Laubsäge die Teile vorsichtig auszusägen. Bald hielt ich die kreisrunden Scheiben in den Händen, aber jetzt kam ich nicht weiter. Ich benötigte einen Bohrer, denn ich musste im Innenkreis der Ringe ein Loch bohren, um die Laubsäge einfädeln zu können. Daran hatte ich nicht gedacht. Verärgert über mich selbst und verzweifelt, wandte ich mich Peter zu.

„Peter, besitzt du eine Bohrmaschine?", fragte ich voller Hoffnung.

„Mit einer Bohrmaschine kann ich nicht aufwarten, aber ich habe einen uralten Handbohrer. Du weißt schon, mit Handkurbel usw., solide, aber eben uralt."

„Das wird genügen", antwortete ich erleichtert. „Hole ihn bitte und bringe auch einige Bohrer mit."

Langsam nahm unser Detektor Gestalt an. Den Kupferdraht verlegte ich der Anleitung genau folgend, doch dann kam der knifflige Teil. Aber nach zwei Stunden und Peters Unterstützung schaffte ich es endlich.

Wir überprüften das Gerät umgehend unter ganz realen Bedingungen. Das bedurfte keiner größeren Anstrengungen, denn Peters Haus und Grundstück waren alt. Irgendwann und irgendwo hatte bestimmt jemand einmal ein Stück Metall verloren oder einfach liegengelassen. Mit vollster Zuversicht verließen wir das Haus und ich schaltete den Detektor ein. Bereits nach einigen Schritten hörten wir ein Signal. Mein Freund begann an dieser Stelle eifrig zu graben. Nach zwei Spatenstichen fanden wir einen, schon fast völlig verrosteten Schlüssel. Unser Gerät funktionierte!

Eilig begaben wir uns wieder in die warme Stube. Die Nächte waren noch ziemlich kalt. Während wir uns aufwärmten, Peter setzte sich sofort in seinen Schaukelstuhl, versuchte ich etwas Ordnung und Sauberkeit auf dem Tisch zu schaffen.

„Kannst du nicht endlich mit dem Gefummel aufhören!", rief mir mein Freund zu. Erschrocken sah ich ihn an und hielt inne.

„Wir müssen unseren nächsten Schritt planen. Das hat oberste Priorität. Dein Rumgewusel stört mich beim Denken. Ich war beim Fischer und habe ohne Probleme für einige Tage freigenommen. Im Augenblick ist ohnehin nicht allzu viel zu tun", setzte er seine Rede fort.

„Wir müssen wohl sehr früh aufbrechen, denn dein Detektor ist doch ziemlich auffällig. Unsere Spaten sind es ebenfalls. Es wäre nicht verkehrt, ein Zelt mitzunehmen, oder etwas, woraus sich ein Zelt schnell und einfach herstellen lässt. Proviant benötigen wir ebenfalls. Schließlich wissen wir nicht, wie lange wir brauchen werden. Ob unsere Vermutung überhaupt richtig ist, wissen wir ja auch noch nicht. Jedenfalls benötigen wir auch einen kleinen Spirituskocher und unsere Taschenlampe. In meinem Schuppen habe ich Persenning, die wir benutzen können. Einen Spirituskocher besitze ich ebenfalls. Was sagst du dazu?"

Das Gerede verärgerte mich, denn ein gewisses Maß an Sauberkeit und Ordnung in den eigenen vier Wänden hielt ich einfach für notwendig. Diese Arbeit bereitete mir nicht besonders viel Spaß, aber sie war eben nötig.

„Ich dachte, dies hier wäre der Schuppen. Sieht sehr danach aus. Ich könnte mich sofort auf dein Sofa legen, aber bei dieser Unordnung und dem Dreck, der uns umgibt, kann ich weder schlafen noch denken. Ich verstehe überhaupt nicht, wie man es sich in seinem Schaukelstuhl gemütlich machen kann, während die Stube wie ein Schweinestall aussieht", entgegnete ich ziemlich entrüstet und barsch.

Peter sprang sofort auf, holte Schaufel, Besen und einen Eimer. Wortlos säuberte er den Tisch und den Fußboden. Er stellte alle Utensilien wieder zurück, flegelte sich wieder in seinen Schaukelstuhl, entzündete seine Pfeife und fragte mich nach einigen Zügen: „Bist du jetzt zufrieden? Können wir endlich zur Sache kommen?"

„Ja, das können wir. Ich bin ganz deiner Meinung. Wir müssen uns möglichst früh auf den Weg machen und ja, wir benötigen einiges an Ausrüstung und Verpflegung, weil wir nicht ständig zwischen deinem Haus und unserem eigentlichen Ziel hin und her laufen wollen. Du solltest es wissen, wie man schnell ein Zelt errichten kann. Das haben wir doch während unserer Armeezeit gelernt. Nur eine Frage drängt sich mir auf. Wie schaffen wir das ganze Zeug zu unserem Zielgebiet, oder steht zufällig noch einen Packesel in deinem Schuppen? Übrigens habe ich auch zwei weitere Urlaubstage genommen."

„Fein. Einen Esel habe ich nicht. Ich könnte einen besorgen, aber das wird nicht nötig sein, denn ich verfüge über einen Handwagen mit zwei Rädern, den wir beladen und hinter uns herziehen können. Er gehört eigentlich dem Fischer, aber da ich häufig die Kisten mit Fisch zur Genossenschaft bringe, steht er bei mir. Er wird ihn zur Zeit nicht vermissen."

„Gut, wann wollen wir losgehen?"

„Ich denke, wir werden gut zwei Stunden benötigen, um unsere Vorbereitungen zu treffen. Wir sollten den Wecker auf kurz nach drei Uhr einstellen. Dann hätten wir genügend Zeit und könnten um fünf Uhr aufbrechen."

„Einverstanden."

Wir löschten alle Lichter und legten uns schlafen. Peter, wie immer in seinem Schaukelstuhl, ich mich auf dem Sofa, an das ich mich zu gewöhnen begann. Als der Wecker klingelte, war ich noch halb benommen. Erst langsam kehrte ich in die Realität zurück. Peter brühte Kaffee auf, der uns, während wir rauchten, belebte. Jetzt begann die Arbeit. Wir schnitten die Plane zurecht, beluden den Handwagen mit unserer Ausrüstung und den Vorräten und frühstückten. Danach zogen wir los. Auf meine Bitte hin, legten wir noch ein Seil dazu, denn ich dachte mir, dass es beim Heben der Kisten von Nutzen sein könnte. Es war uns wirklich eine Hilfe, denn nach einigen hundert Metern merkten wir, obwohl wir häufig die Seiten wechselten, wie ermüdend es war, den Handwagen zu ziehen. Unsere Arme schmerzten heftig. Aus dem Seil fertigten wir eine Art Geschirr für uns an. Nun waren wir die Esel, aber es ging gut voran. Gegen acht Uhr erreichten wir unser Ziel. Eine halbe Stunde lang ruhten wir uns aus. Danach entlud ich den Handwagen, während Peter die Umgebung untersuchte. Als er nach einer halben Stunde zurückkehrte, zuckte er nur mit den Schultern.

Wir bauten unser Lager auf und berieten uns in unserem Zelt. Peter stopfte sich wieder seine Pfeife, entzündete sie und formte hübsche Rauchringe. Auf einer Decke liegend, rauchte ich wie gewöhnlich meine Zigarette. Beide durchdachten wir unsere Lage. Auf unserem Weg von der alten Eiche bis hierher hatten wir auf die genaue Betrachtung der Bäume verzichtet, um nicht aus dem Rhythmus zu kommen. Sollte sich das jetzt als eine grobe Nachlässigkeit erweisen? Schließlich unterbrach ich die Stille und fragte ihn: „Hast du dir die Umgebung wirklich genau angesehen? Es müsste hier doch irgendeinen der gezeichneten Bäume oder einen anderen Hinweis geben, denn ich bin mir völlig sicher, dass wir uns an der richtigen Stelle befinden. Vielleicht sollten wir doch gemeinsam den letzten der drei fehlenden Bäume suchen."

„Das könnten wir, aber ich glaube ebenfalls", antwortete Peter, „dass wir an der richtigen Stelle sind. Leider ist mir ist nichts weiter aufgefallen. Ich fand nur einige, größere Steine, ungefähr fünfzig Meter von unserer derzeitigen Position entfernt. Ich habe allerdings schon andere Stellen im Wald mit großen Steinen gefunden. Das hat also so gut wie nichts zu bedeuten. Du darfst auch die Eiszeit nicht vergessen. Durch das Abschmelzen des Eises blieben überall Steine aller Größen zurück."

„Zeig mir die Steine!", forderte ich ihn auf.

Er führte mich hin. Es handelte sich nicht um gewaltige Findlinge, wie ich zuerst angenommen hatte, sondern um Steine, die zwar ziemlich rund, teilweise bemoost, aber eben nicht sehr groß waren. Nach einiger Zeit glaubte ich, eine bestimmte Formation erkennen zu können. Aufgeregt rief ich Peter zu: „Das ist ein Pfeil! Sieh dir das genau an! Die Anordnung der Steine ist nicht natürlichen Ursprunges. Das hat etwas zu bedeuten. Die hat jemand so angeordnet! Jetzt weiß ich auch, dass das eine Zeichen, das wir für eine Art Haken hielten, einen Pfeil darstellen soll. Da bin ich mir völlig sicher. Hast du deinen Kompass dabei?"

„Ich gehe nie ohne meinen Kompass in den Wald."

Er holte ihn aus einer Tasche seines Mantels und reichte ihn mir. Sorgfältig richtete ich ihn aus und notierte mir die Marschzahl. Danach lief ich schnell zum Zelt, ergriff unseren Detektor und eilte wieder zurück zu den Steinen. Wir gingen langsam in die vorgegebene Richtung. Den Detektor bediente ich, Peter achtete auf die Einhaltung unseres Kurses. Nach ungefähr zwanzig Metern empfingen wir ein deutliches Signal. Diesmal lief Peter los, um die Feldspaten zu holen. Gemeinsam gruben wir uns in den Waldboden hinein. In einer Tiefe von ungefähr vierzig Zentimetern stießen wir auf ein hartes Hindernis. Vorsichtig gruben wir weiter. Verblüfft sahen wir uns an.

„Peter, ich würde gern wissen, welche Konservierungsmittel unsere Vorfahren damals verwendeten", sagte ich mehr zu mir selbst, denn vor uns erblickten wir eine Truhe, die noch sehr gut erhalten aussah. Außen war sie mit Kupferblech beschlagen. Es schimmerte grünlich, wie man es auch von Kirchendächern her kennt. Die Kiste lag bestimmt schon weit über hundert Jahre hier! Wir hoben die Truhe vorsichtig aus ihrem Grab. Sie war selbstverständlich verschlossen. Um sie sofort zu öffnen, fehlte uns das richtige Werkzeug.

„Was machen wir jetzt, Peter? Bringen wir sie in dein Haus?"

„Volker, ich würde sie gern jetzt geöffnet sehen. Vielleicht hat der Rost dem Schloss über die Jahrzehnte hinweg zugesetzt. Wir wollen es mit unseren Spaten versuchen, oder?"

Es dauerte eine ganze Weile, bis der Deckel mit einem lauten Knacken aufsprang. Dennoch trotzten uns die Scharniere noch einige Schweißerlen ab. Was uns dann anfunkelte, warf uns um. Wir sahen Edelsteine, Gold, Silber und Geschmeide. Völlig außer uns, setzten wir uns einfach auf den Boden, redeten wirres Zeug und rauchten. Der Anblick des Inhalts der Truhe überwältigte uns einfach in diesem Moment. Langsam beruhigten wir uns. Angestachelt durch unseren Fund suchten wir noch eine kurze Zeit lang weiter. Leider konnten wir im direkten Umfeld nichts mehr entdecken. Wir füllten die Grube mit Erde und Steinen, trugen die Schatztruhe in unser Lager und sammelten auch den Detektor und die Spaten ein. Die Truhe verschnürten wir mit unserem Seil und bauten das Lager ab. Anschließend schlugen wir den Rückweg ein.

2002

Heute, da ich unsere Erlebnisse zu Papier bringe, möchte ich noch mitteilen, dass wir ohne größere Schwierigkeiten Peters Haus erreichten. Wir luden den Handwagen ab, säuberten und schleppten die Truhe in die Stube, durchstöberten kurz den Inhalt und diskutierten über unser weiteres Vorgehen. Unsere Vorstellungen gingen dabei weit auseinander. Die Anspannung fiel langsam von uns ab, und wir merkten, dass wir uns heute nicht mehr einigen würden. Wir waren wirklich müde und erschöpft. Daraufhin verschoben wir die Diskussion auf den morgigen Tag. Peter holte uns zur Feier des Tages noch einige Flaschen Bier aus seinem Schuppen.

Während wir rauchten und unser wohlverdientes Bier genossen, hatte ich mich mit Papier und Bleistift versehen, um ein Inhaltsverzeichnis zu erstellen. Unsere Müdigkeit und Erschöpfung waren ganz plötzlich verflogen. Wir sortierten das viele Geschmeide in Ringe, Armreifen, Ketten und Diademe. Einige, mit Edelsteinen besetzte, goldene Taschenuhren und auch Dolche legten wir auf einen weiteren Haufen. Neben einigen Säckchen aus Leder und mit Münzen unterschiedlichster Prägungen gefüllt, fanden wir sehr viele lose Münzen. Vier goldene und neun silberne Becher oder Kelche legten wir auch gesondert ab. Dazu gesellten sich noch zwei wunderschöne Kruzifixe und mehrere Kerzenständer. Die beachtliche Menge an Edelsteinen sortierten wir einfach entsprechend ihrer Farben. In unserer Liste stand dann z.B.: „Edelstein, rot, Größe 15 mm". Wir beschäftigten uns gut zwei Stunden mit der Leerung der Truhe. Vorsichtig legten wir anschließend den Inhalt wieder zurück. Dabei bemühten wir uns das Chaos, das wir vorgefunden hatten, zu rekonstruieren. Das gelang uns vorzüglich. Wir sprachen kurz darüber, welchen Wert unser Schatz wohl haben könnte, aber sahen sofort ein, dass uns jede Bemessungsgrundlage fehlte.

Also gingen wir schlafen. An das Sofa hatte ich mich inzwischen gewöhnt.

Am Morgen des nächsten Tages, der Kaffee und ein wirklich gutes Frühstück standen bereit, setzten wir unser Gespräch fort. Gemütlich saßen wir vor dem Feuer im Kamin, unsere Füße ruhten auf der Truhe, rauchten und tranken unseren duftenden Kaffee. Wir besprachen die Situation. Es dauerte nicht lange, bis wir einer Meinung waren. Danach beschäftigten wir uns nochmal mit der Truhe. Die äußere und innere Verkleidung bestand aus dickem Kupferblech. Für die Truhe hatte man 25 mm dicke Eichenbretter, die fast schwarz aussahen, verwendet. Von dem Holz war ohnehin nicht viel sichtbar, denn das Kupferblech schützte selbst die Kanten.

Danach ging ich den weiten Weg zum Dorf und informierte das Heimatkundemuseum. Als hätten sie nur meinen Anruf erwartet, erschienen die Leute bereits dreieinhalb Stunden später bei uns. Voller Aufmerksamkeit und steigender Begeisterung folgten sie unserem Bericht, aber als wir die Truhe endlich öffneten, gerieten sie völlig aus dem Häuschen. Begeistert redeten sie derart durcheinander, dass ich kaum etwas verstehen konnte. Peter ging es wohl ebenso, denn er sah mich an und schüttelte den Kopf. Wenn wir es nicht besser gewusst hätten, so konnte man glauben, dass diese Leute die Truhe soeben selbst entdeckt und aus der Erde geholt hatten. Tatsächlich benahmen sich die Mitarbeiter des Heimatkundemuseums wie kleine Kinder.

Sie wollten die Truhe umgehend zu ihrem Auto bringen, was wir sofort ablehnten. Zuerst sollte ein genaues Verzeichnis des Inhalts der Kiste in zweifacher Ausfertigung, inklusive einer ersten Schätzung des Geldwertes, erstellt werden. Wozu war ich schließlich zur Poststelle gegangen? Die ganze Prozedur der Erfassung und preislichen Bewertung nahm gut drei Stunden in Anspruch.

Wir erhielten unseren Anteil, ich möchte sagen Finderlohn, erst viel später, aber waren nicht unzufrieden. Außerdem hatten sich Peter und ich dahingehend geeinigt, ansonsten hätte ich das Museum auch nicht informiert, dass sich jeder von uns einige hübsche Stücke zur Seite legt. Irgendwelche Gedanken an die vielen Opfer und das Grauen oder an die Menschen, die vermutlich über die Planke gehen mussten, verschwendeten wir damals nicht. Dessen wurden wir uns erst einige Zeit darauf bewusst.

Heutzutage gibt es natürlich wesentlich empfindlichere Metalldetektoren. Wir fanden ja auch nur diese eine Truhe, aber wir sind uns darin einig, dass es mindestens noch ein zweites Versteck in der Nähe unserer Truhe gibt. Wir glauben auch die Stelle zu kennen, wollen uns aber den Strapazen einer weiteren Suche nicht mehr aussetzen. Vielleicht sollte ich doch noch anfügen, dass Peter sein Haus verkaufte, aber nur, um sich ein neues Heim bauen zu lassen. Ihm und seinem Vater verdanke ich übrigens die Informationen zur Vorgeschichte. Gelegentlich tauschen wir uns noch telefonisch aus.

Jedem, der sich auf die Suche nach dem Schatz begeben sollte, wünsche ich viel Ausdauer, Glück und natürlich auch Erfolg.

Hampton, eine mysteriöse Begebenheit

An der Bahnstrecke von Glasgow nach Fort William, ungefähr fünfzig Kilometer von Fort William entfernt, liegt in einem hübschen Tal oberhalb von Loch Lomond der kleine Ort Hampton, der vor einiger Zeit in den Mittelpunkt der Presse des ganzen Landes rückte.

Was war passiert? Innerhalb von nur drei Wochen verschwanden sieben Einwohner buchstäblich von der Bildfläche. Das plötzliche Verschwinden der beiden ersten Familien, bestehend aus drei und zwei Personen, geschah innerhalb von vier Tagen. In so einem kleinen Dorf fiel das natürlich wenig später auf. Die örtliche Polizei nahm umgehend die Ermittlungen auf. Mit der Unterstützung der umliegenden Gemeinden leitete die Polizei eine groß angelegte Suche nach den vermissten Personen ein, die sich über zwei oder drei Tage erstreckte und ergebnislos verlief. Schließlich zog man Scotland Yard hinzu. Aber auch diese gut geschulten Detektive und Spezialisten entdeckten keinen Hinweis auf den Verbleib der Vermissten. Die sorgfältige Überprüfung des Umfeldes jeder einzelnen der verschwundenen Personen führte zu keinem Ergebnis.

Das Sonderbarste an diesen Vorfällen bestand jedoch in der Tatsache, dass die Fahrzeuge der beiden betroffenen Familien, die sich sehr wohl kannten, denn schließlich waren sie Nachbarn, einsatzbereit in den Garagen standen. Nach Angaben der Dorfbevölkerung besuchten sie sich gegenseitig sehr selten. Sie pflegten auch sonst keine engeren Beziehungen zu irgendeiner

Familie der Ortschaft. Auch die tiefgründige Überprüfung ihrer Kontodaten oder ihrer Telefonrechnungen führten die Ermittler zu keinem neuen Ansatzpunkt. Der Besuch der kleinen Bahnstation und die Befragung der beiden Mitarbeiter, die sich den Tages-und Nachtdienst teilten, brachten die Ermittler nicht weiter. Der eine Bahnhofsangestellte arbeitete ohnehin erst seit zwei Wochen in der Station und stammte auch nicht aus Hampton. Er lebte auch nicht in dem Dorf. Daraufhin wurden alle Einwohner nochmals befragt, aber auch die Pendler, die die Zugverbindung mehr oder weniger regelmäßig nutzten, konnten sich nicht erinnern, eine der Familien in der letzten Zeit am Bahnhof gesehen zu haben. Dies sei auch nicht weiter verwunderlich, erklärten sie den Detektiven, denn die fünf Vermissten legten den Weg zur Arbeit meistens mit dem PKW zurück. Wie konnten die beiden Familien, ohne ihre Autos oder den Zug zu benutzen, Hampton verlassen? Die Beamten notierten sich die unterschiedlichen Angaben über die Arbeitsstellen der verschwundenen Personen und verglichen sie anschließend mit den Erkenntnissen der Hausdurchsuchungen.

An den beiden folgenden Tagen suchten sie die Firmen, bei denen die Männer angestellt waren, und die drei Geschäfte, in denen sich die Frauen ihr Geld verdienten, in Glasgow auf. Obwohl man sich in allen Betrieben bereits ernsthafte Gedanken und Sorgen über das plötzliche und unentschuldigte Fehlen der Mitarbeiter gemacht hatte, konnte sich kein Arbeitgeber oder Vorgesetzter durchringen, die Polizei über diese Vorfälle zu informieren. Sie wollten nichts überstürzen. Die Männer und Frauen wurden als zuverlässig beschrieben.

Mit den Fotos der gesuchten Personen wandte man sich an die schottische Presse, die diese Geschichte auch umgehend aufgriff. Einige große Tageszeitungen Englands berichteten ebenfalls über diese Vorfälle. Die Berichte wurden mehr und mehr aufgebauscht, obwohl keine konkreten Beweise für die verschiedenen Theorien vorlagen. In ganz Großbritannien konnten sich nun die Menschen an der Suche beteiligen. Unzählige Anrufe gingen daraufhin im Yard und der örtlichen Polizei ein. Jedem Hinweis wurde nachgegangen. Die meisten Spuren verliefen kurz darauf im Sand, aber es trafen auch viele Anrufe und Zuschriften, die sich eventuell als nützlich erweisen könnten, ein. Schließlich aber blieben auch diese Ermittlungen ergebnislos.

Der Polizeichef des Verwaltungsgebietes, Mr. John Higgins, zu dem auch Hampton gehörte, wollte sich nicht geschlagen geben, sondern wandte sich an den renommierten Lehrer seiner Gemeinde und Freund James Well, der zwar wenig Erfahrungen in kriminalistischen Dingen besaß, aber über einen deduktiven Verstand verfügte. James Well nahm nach einigem Zögern die Herausforderung an. Zuerst besuchte er Hampton, um sich in den Fall hineindenken zu können. Er sprach mit vielen Einwohnern der Ortschaft, durchsuchte die Häuser der vermissten Personen und stellte erstaunt fest, dass sich beide Gebäude am südlichen Ende des Dorfes befanden. Er fragte sich, ob irgendein Zusammenhang zwischen seiner Beobachtung und dem plötzlichen Verschwinden der Einwohner existierte. Leider fand er jedoch für die vielen Fragen keine rationalen Erklärungen und gab den Fall auf. Selbstverständlich unterrichtete er John Higgins über seine Untersuchungen.

Higgins war zwar tief enttäuscht, hatte er doch mit einem anderen Resultat gerechnet, aber steckte dennoch nicht auf.

Doch dann geschah das Unerwartete. Zwei Anwohner, deren Haus gegenüber den Anwesen der bereits vermissten Bürger stand, verschwanden ebenfalls über Nacht. Wiederum suchten Polizisten und freiwillige Helfer großräumig nach den vermissten Personen. Auch diese Aktion verlief leider ergebnislos. Wie schon zuvor kontaktierten die Ermittler die Arbeitgeber der beiden jungen Menschen. Sie arbeiteten beide in Fort William. Auch dort zeigte man sich zwar erstaunt und besorgt, doch den Gedanken, die Polizei zu informieren, schob man auch hier zur Seite.

Ein signifikanter Unterschied zu den beiden ersten Fällen fiel den Detektiven des Yard und den Polizisten sofort auf. Der PKW der Eheleute stand nicht in der Garage! Umgehend leitete die Polizei eine Fahndung, die sich auf Großbritannien und Nordirland erstreckte, ein.

Zuerst gingen die Beamten von einer Kurzreise der Eheleute aus, denn in einer Schublade des Wohnzimmerschrankes wurden mehrere Straßenkarten und ein Reiseatlas gefunden. Verwandte oder Freunde hatten die beiden jungen Personen nicht besucht.

In den darauffolgenden Tagen klingelten die Telefone der ermittelnden Stellen weiter. Jedem Fingerzeig ging die Polizei nach. Leider ohne Erfolg, bis der Anruf eines Tankstellenpächters aus der Nähe von Clapham in den Focus der Ermittler rückte. Während der Befragung des

Pächters wich dieser nicht von seiner Aussage am Telefon ab. Er erklärte sich durchaus bereit, seine Äußerungen zu beeiden. Im Protokoll der Befragung ist zu lesen: „Als Pächter einer Tankstelle, der vor allem in den Anfangsjahren häufig geprellt wurde, habe ich mir angewöhnt, nicht nur auf die Fahrzeuge, sondern insbesondere auf die Gesichter der Kunden zu achten. Sie können mir getrost glauben, dass ich mittlerweile einen Spitzbuben sofort erkenne. Sollte er dennoch abhauen können, ohne zu bezahlen, kann ich das Überwachungsvideo und meine Personenbeschreibung der Polizei zur Verfügung stellen. Fragen Sie nach, aber wir haben fast alle erwischt."

Das rote Fähnchen - die Ermittler markierten jeden Hinweis auf der Landkarte Großbritanniens - wurde durch das erste Grüne ersetzt.

Bereits einige Tage darauf befragten die Detektivs eine junge Frau, die in ihrer Freizeit gern Landschaftsbilder zeichnete. In ihrem kleinen Atelier, zumindest in der kalten Jahreszeit, widmete sie sich auch der Portraitmalerei. An jenem Tag jedoch saß sie vor ihrer Staffelei, um eine Landschaft festzuhalten, die sich unmittelbar neben einem Parkplatz an der A65 bei Clapham ausdehnt und die Aufmerksamkeit eines geschulten Betrachters auf sich ziehen musste. Vor einiger Zeit hatte sie dort während einer Autofahrt eine Pause eingelegt, um sich etwas zu entspannen. An diesem Tag wählte sie ihren Standort so, dass sie sowohl den Parkplatz beobachten, als auch die Landschaft zeichnen konnte. Dies war ihre bewährte Vorgehensweise, um Diebe von ihrem Auto verscheuchen zu können. Ein zweiter PKW hielt unmittelbar hinter ihrem Ford. Die Zeugin beobachtete ein junges Pärchen. Der Mann und die Frau verließen zwar ihr Auto, aber nahmen von dem Ford keine Notiz. Sie versuchte das Paar zu belauschen, denn die Art und Weise ihrer Bewegungen erschienen der Malerin irgendwie seltsam zu sein. Sie benutzte in diesem Zusammenhang die Wörter „linkisch" und „verdreht". Das gelang ihr jedoch nicht, denn der Lärm der vorbeifahrenden Autos übertönte so ziemlich alles. Wieder daheim durchstöberte sie den Zeitungsständer, denn während der Rückfahrt war ihr eingefallen, dass sie die Frau und den Mann schon einmal irgendwo gesehen hatte. Sie fand die Zeitung und informierte die Polizei und den Yard. Ein zweites grünes Fähnchen erschien auf der Karte Großbritanniens.

Auch nach weiteren Tagen anstrengender Suche entdeckte die Polizei den Wagen der Vermissten nicht. Da der Yard und die Polizei sofort die Presse informiert und die Bürger um weitere Mithilfe gebeten hatten, konnten einige Anrufe und Mitteilungen, die unterdessen eingingen, ausgesondert werden. Die Polizei ging nicht davon aus, dass das Ehepaar kreuz und quer durch Schottland und England reiste. Auf ihrer Karte Großbritanniens markierten sie jeden Hinweis, der sich auf den PKW oder die beiden Personen bezog mit kleinen roten Fähnchen. Allgemeine Hinweise auf den ganzen Fall kennzeichneten sie mit gelben und sichere Quellen, wie bereits erwähnt mit grünen Fähnchen. Ebenso verfuhren sie mit der zeitlichen Abfolge der angeblichen Sichtungen. Es schien wohl kaum möglich, dass ein Anrufer das Ehepaar bei Cambridge gesehen haben wollte, obwohl es erst einen Tag später angeblich in Clapham gesichtet wurde. Clapham liegt aber oberhalb von Cambridge! Genauso widersprüchlich schienen die Angaben zum PKW zu sein. Nicht nur hinsichtlich der Farbe, des Typs und der Zeitpunkte der Sichtungen gingen die Meldungen weit auseinander.

Nachdem die Polizei auf diese Art und Weise viele Anrufe und E-Mails aussondern konnte, ergaben sich zwei deutliche Spuren. Das Ehepaar reiste mit großer Wahrscheinlichkeit von Hampton über Glasgow, Carlisle, Penrith, Clapham, Bradford, Sheffield und Cambridge nach London. Für die zweite Route von Glasgow über Edinburgh, Newcastle, Leeds, Peterborough und Cambridge nach London erreichten nicht so viele Hinweise die Polizei oder den Yard. Alle anderen Fähnchen wie z.B. in Aberdeen, Liverpool, Shrewsbury, Bristel oder Norwich entfernten die Ermittler. Der Einfachheit halber steckten die Fähnchen in den größeren Städte, obwohl die Meldungen oftmals aus kleineren Ortschaften, aber ganz aus der Nähe dieser Städte, stammten.

Danach stagnierten die Nachforschungen des Yards, obwohl viele Anrufe eingingen. Ganz unvermittelt fiel den Detektiven auf, dass sie einige Aufzeichnungen der Mailbox noch auswerten mussten. In der Hektik der vergangenen Tage war das einfach untergegangen. Ein Anruf weckte sofort ihre Neugierde. Aus London hatte sich vor vier Tagen der Besitzer einer Garage gemeldet, dem ein Ehepaar aufgefallen war, das sich nicht nur merkwürdig benahm, sondern ihn an einen Zeitungsbericht erinnerte. Auch der PKW kam ihm bekannt vor.

Als die Ermittler den KFZ-Meister am nächsten Vormittag aufsuchten, stand der Wagen nicht mehr in der Garage. Das Paar war bereits am Morgen abgereist. Die Frage, ob sie bar oder mit einem Scheck bezahlt hatten, konnte der Garagenbesitzer nicht gleich beantworten. In seinem kleinen Büro schlug er ein Kassenbuch auf und las laut vor: „Mr. und Mrs. Grant, 24 Lime Grove, Hainault, IG6, drei Pfund, 15 Pence, bar."

Die Detektive und der Polizist sahen sich erstaunt an, denn das vermisste Ehepaar hieß Higginson. Der KFZ-Meister beteuerte ihnen gegenüber die Richtigkeit seiner Angaben. Anschließend fuhren die drei Gesetzeshüter nach Hainault. Sie bogen in die Lime Grove ab, aber ein Haus mit der Nummer 24 existierte nicht. Doch unweit dieser Straße wurde der PKW der Higginsons entdeckt! Wieder im Yard setzte sich die Ermittlergruppe, bestehend aus acht Mitarbeitern des Yards und zwei Polizisten von der Truppe des Polizeichefs Higgins, beide in Zivil, zusammen. Sie kamen zu folgenden Ergebnisen und Fragen:

1. Die Garage und der Fundort des PKW befinden sich in Hainault.

2. Das Ehepaar wurde durch drei Personen, unabhängig voneinander, identifiziert.

3. Das Ehepaar benutzt einen falschen Namen.

4. Welchen Grund sollten dafür sie haben?

5. Die Angabe der Adresse in Hainault ist nur zum Teil richtig

6. Warum gaben sie ihr Auto auf?

7. Hielten sie sich noch in der Nähe auf?

8. Wo verbrachten sie tatsächlich die Nächte, nachdem sie ihr Fahrzeug in der Garage abgegeben hatten?

Vom Team empfohlene Maßnahmen:

1. Befragung der Anwohner der Lime Grove und der angrenzenden Hauptstraße.

2. Befragung der Anwohner des PKW Fundortes unter Mitwirkung lokaler Kräfte. Gilt auch für Pkt. 1.

3. Durchsicht sämtlicher Buchungslisten der Flughäfen und Fähren der vergangenen sieben Tage in und um London.

4. Umfangreiche Videoüberwachung öffentlicher Plätze*

5. Längerfristig dauernde Kontrolle der Behörden, die mit Geburten, Hochzeiten, Sterbefällen, der Erstellung von Ausweisen, Fahrerlaubnissen, Pässen usw. befasst sind.*

6. Erfassung und Kontrolle sämtlicher Einlieferungen in private und öffentliche Kliniken.*

7. Erfassung und Kontrolle sämtlicher Arztbesuche von Allgemeinmedizinern und Zahnärzten.*

8. Beauftragung geeigneter Softwareentwickler, um den Personalaufwand gering zu halten.

* gilt für Glasgow, Leeds, London und Umgebung der Städte für mindestens ein Jahr

Die vorgesetzten Stellen genehmigten diese Vorschläge und leiteten die erforderlichen Schritte ein.

Obwohl sich die Karte im Yard langsam grün färbte, zumindest hinsichtlich der Route des Ehepaars Higginson nach London, ergaben sich zwei Wochen lang keine neuen brauchbaren Spuren, die auf den Verbleib der zuerst verschwundenen Familien hinwiesen, aber das Glück befand sich auf der Seite der Detektive. Ein Mann aus Glasgow, ziemlich bekannt durch seine TV-Show, die sich dem Übersinnlichen widmete, wandte sich eines Tages aufgeregt an den Yard. In einem kleinen Theater in Glasgow hatte er einige seiner Besucher hypnotisiert. Für ihn war es denkbar einfach, geeignete Kandidaten zu erkennen. Er kam mit einem Zuschauer ins Gespräch, der sich Mr. Cochrane nannte. Der Mann schien ihm bestens geeignet. Der Hypnotiseur versetzte ihn auf der Bühne in Trance und unterhielt sich erneut mit ihm. Folgende Äußerungen des Zeugen wurden protokolliert:

Detektiv: Können Sie sich an das Gespräch mit Mr. Cochrane erinnern?

Zeuge: „Selbstverständlich. Ich teilte ihm mit, dass er, wenn ich ihm mit einem Schnippen das Zeichen geben würde, wie ein Huhn gackern würde. Ich wollte gerade Schnippen, aber plötzlich begann er zu sprechen."

Detektiv: „Was sagte er? Können Sie den Wortlaut möglichst genau wiedergeben?"

Zeuge: „Der Mann sagte: >Ich bin nicht Mr. Cochrane. Mein Name lautet Buchanan, William Buchanan aus Hampton, und ich bin Mitglied des ehrbaren Clans der Buchanan.<"

Detektiv: „Wie bitte?"

Zeuge: „Na, genau das er gesagt. So was ist mir in meiner langjährigen Karriere noch nie passiert! Mir ist sofort der Schreck in die Glieder gefahren."

Detektiv: „Unterhielten Sie sich weiter mit ihm?"

Zeuge: „Ja, sicher. Ich sprach ihn dann mit Mr. Buchanan an."

Detektiv: „Wie reagierte er?"

Zeuge: „Er wirkte entspannt und begann, nachdem ich

geschnippt hatte, zu gackern."

Detektiv: „Was geschah dann?"

Zeuge: „Ich weckte ihn wieder auf und sagte: Mr. Buchanan, ich danke Ihnen für ihre Mitarbeit. Sie können sich wieder zu ihrem Platz begeben."

Detektiv: „Hat er sich noch irgendwie geäußert?"

Zeuge: „Allerdings! Er mokierte sich über meine Unfähigkeit, mir einen einfachen Namen wie Cochrane merken zu können. Dann verließ er die Bühne. Nach einigen Abschlussworten und dem Applaus rief ich im Yard an, denn der Name Buchanan war mir aus der Presse bekannt."

Detektiv: „Ist Ihnen Mr. Buchanan noch einmal begegnet?"

Zeuge: „Nein."

Detektiv: „Konnten Sie erkennen, ob Mr. Buchanan allein oder in Begleitung war?"

Zeuge: „Er saß jedenfalls zwischen zwei Frauen. Ob sie zu ihm gehörten, weiß ich leider nicht."

Ein weiteres grünes Fähnchen erschien auf der Karte.

Der Yard veranlasste umgehend die Videoüberwachung aller Theater und Kinos in Glasgow und Umgebung. Inzwischen entwickelten die Softwareprogrammierer ein Programm aus den USA weiter, das für die Gesichtserkennung der Mitarbeiter in einigen bekannten Firmen Anwendung fand. Die Erprobung unter realen Bedingungen begann. Die Auswertung der Fotos der Überwachungskameras in den Theatern, Kinos usw. stand im Mittelpunkt des Praxistests.

Der Name Cochrane ist nicht gerade selten. Dennoch wandte man sich an alle Behörden, Ämter, Fabriken,

Geschäfte, Arztpraxen usw.. Viele Meldungen trafen ein, aber in keinem Fall bestand eine Ähnlichkeit mit Mr. Buchanan.

Während die Ermittlungen auf Hochtouren liefen, wurde ein kleines Detektivbüro in London, an das sich der Polizeichef Higgins zufällig erinnert hatte und das von einem ehemaligen Polizisten, namens Micheal Graham geleitet wurde, mit in die Untersuchung des Falles eingebunden. Graham galt, solange er für die Polizei arbeitete, als ein sehr engagierter und besonders erfolgreicher Ermittler. Er genoss bzw. genießt als Privatdetektiv, das gilt auch für seine Detektei, einen hervorragenden Ruf in Fachkreisen, denn in den Zeitungsmeldungen über aufgeklärte Verbrechen wird sein Name selten genannt. Graham lehnte dies meistens ab. Den Namen seiner Detektei zu nennen, sozusagen etwas Werbung zu betreiben, widerstrebte ihm nicht. Darüber hinaus nahm er nur Fälle an, die ihn interessierten. Ehestreitigkeiten, simple Personenüberwachung etc. lehnte er ab.

Während des Gespräches mit dem Polizeichef und einem Beauftragten des Yards erklärte er sich, unter der Bedingung des uneingeschränkten Zugangs zu allen Ermittlungsunterlagen der Polizei und auch des Yards diesen Fall betreffend, sofort einverstanden. Beide Parteien willigten ein.

Mit seinen beiden Mitarbeitern begab er sich nach Hampton. Als sie mit der Untersuchung der drei Anwesen begannen, wunderten sie sich sehr darüber, keinerlei Anzeichen für ein panikartiges Verlassen der Häuser, wie ursprünglich angenommen, vorzufinden. Die

Gebäude, sehr gut gepflegt, und auch die Räumlichkeiten wiesen auf ein geordnetes Verlassen des Ortes hin. Sie entdeckten keinen Hinweis auf ein Verbrechen oder eine plötzliche Flucht. Graham und seine Leute hatten die Berichte gelesen und sie erwarteten auch, keine Indizien zu finden.

Während seine Leute die Einwohner befragten, erkundete Graham die Umgebung des südlichen Dorfabschnittes, denn schließlich lagen die drei Anwesen am Ende des Dorfes. Graham schlug einfach nur der Vollständigkeit halber diesen Weg ein. Einen sensationellen Fund schloss er aus, denn aus den Unterlagen ging eindeutig hervor, welche Gebiete die Polizei durchsucht hatte. Die schöne Umgebung beeindruckte ihn. Er folgte der Straße, die sich neben einem, etwa fünfundzwanzig Meter breiten Fluss, der durch ganz Hampton strömte und sich, ebenso wie die Straße, in Windungen der nahegelegen Ortschaft zuwandte. Nach zwei Kilometern Fußmarsch stieß er hinter einer Kurve auf eine ziemlich neue Brücke. Das verwunderte Graham, denn nach seinen Unterlagen stand hier keine Brücke. Auf der anderen Seite des Flusses befand sich ein schmaler, ungefähr achthundert Meter langer Schotterweg mit einer Wendeschleife. Entlang dieses Weges entdeckte er viele Bodenvertiefungen, deren Wasser, das sich darin gesammelt hatte, einen leicht bräunlichen Schimmer aufzuweisen schien. Es roch auch nicht besonders gut. Er beschloss umzukehren und am Nachmittag einige Proben zu nehmen. Während seines Rückweges fiel im ein, dass sich in allen drei untersuchten Gebäuden Hauswasseranlagen befanden, diese Gehöfte also nicht an die zentrale Wasserleitung angeschlossen waren. Auch dort wollte er Proben entnehmen.

Zuerst erkundigte er sich jedoch im zuständigen Bergbauamt darüber, ob und welche Firma, und vor allem aus welchem Grund, Arbeiten in der Nähe von Hampton ausgeführt hatte. Ihm wurde mitgeteilt, dass es sich dabei nur um Probebohrungen handelte, um bestimmte Lagerstätten, die man in der Umgebung des Ortes vermutete, aufzuspüren. Ihre Eignung hinsichtlich einer industriellen Förderung sollte geprüft werden. Graham notierte sich, einschließlich des Namens des Unternehmens, alle Angaben.

Danach telefonierte er noch mit dem Trinkwasserversorger der Gegend, dessen Namen er in der Poststelle des Dorfes, von wo aus er telefonierte, erfahren hatte. Das Gespräch zog sich in die Länge, denn die entsprechenden Unterlagen mussten erst aus dem Archiv geholt werden. Letztendlich stellte sich heraus, dass diese drei Familien wahrscheinlich die hohen Anschlussgebühren vermeiden wollten. Alle Familien der betroffenen Anwesen versorgten sich mit dem Wasser ihrer eigenen Brunnen. Das ersparte ihnen nicht nur Kosten, sondern das Wasser galt als sehr bekömmlich und gesund. Eine ausgeprägte Landwirtschaft oder eine intensive Haltung von Kühen usw., gab die landwirtschaftlich nutzbare Fläche nicht her. Dafür wurde das benachbarte Tal genutzt. Eine beschwerliche, aber unerlässliche Methode.

Schließlich rief er den Polizeichef an. In der ganzen Gegend war bekannt, dass bei Hampton Sondierungsbohrungen durchgeführt wurden. Es gab nicht wenige Bürgermeister, die sich derartige Untersuchungen auch für ihre Dörfer wünschten.

Graham besorgte sich einige Flaschen und Gummi-handschuhe, bestieg seinen PKW und holte die Proben ein. Wieder im Dorf telefonierte er mit dem Yard und schickte die Flaschen mit der seltsamen Flüssigkeit als Eilsendung ab. Es dauerte drei Tage, die er natürlich nicht ungenutzt ließ, bis die ersten Befunde eintrafen. Seine Mitarbeiter hatte er nach London zurückgeschickt. Nach den Angaben des Yards handelte sich in der Tat um industrielle Abwässer. Die Brunnen auf den Grund-stücken der verschwundenen Familien wiesen allerdings keine so hohe Konzentrationen an den verschiedenen Stoffen, die festgestellt wurden, auf, wie die Bodensen-ken entlang des Schotterweges. Scotland Yard teilte Graham ebenfalls mit, dass man verschiedene Einrich-tungen, mit der Bitte, die möglichen Auswirkungen der Substanzen auf den menschlichen Organismus aufzu-zeigen, einbinden wolle. Dies würde jedoch einiges an Zeit in Anspruch nehmen.

Graham entschloss sich, nach Glasgow zu gehen. Er schrieb noch einen umfassenden Bericht und fügte ebenfalls die ersten Untersuchungsergebnisse des Yards, die ihm nun auch schriftlich vorlagen, an. Seine Rechnung und den Bericht sandte er an den Chef der Polizei. Die Zeugenaussage des Hypnotiseurs oder Ma-giers hatte ihn überzeugt. Der Polizeichef erklärte sich mit der Entscheidung Grahams einverstanden. Die zu-ständigen Behörden des Verwaltungsgebietes unter-nahmen inzwischen alle erforderlichen Schritte, um nicht nur der Verseuchung des Grundwassers entgegen zu wirken, sondern auch die Firma in Verantwortung zu nehmen. Beides erweist sich bisher als schwierig, kostenintensiv und langwierig.

In Glasgow mietete Graham außerhalb des Stadtzentrums eine kleine, aber für drei Personen ausreichend große Wohnung. Seine Mitarbeiter beteiligten sich an der Suche. Zweimal wöchentlich wählten sie ein anderes Objekt aus, das sie dann beobachteten. Auf ihrer Liste standen Theater, Kinos, Supermärkte, Pubs usw.. Nach spätestens vier Wochen, eine längere Frist konnte ihnen der Polizeichef nicht einräumen, wollten sie die Suche auch abbrechen. Die ersten beiden Wochen vergingen, ohne einen Treffer erzielt zu haben. Am Mittwoch darauf meldete einer seiner Mitarbeiter, der einen Supermarkt am Stadtrand Glasgows überwachte, eine Person, die er für Mr. Buchanan hielt. Man könnte dieses Stadtviertel auch Schlaf- oder Satellitenstadt nennen, denn hier standen viele mehretagige Gebäude. Der Detektiv folgte dem Mann bis zu einem dieser Wohnblöcke. Neben einem der Klingelknöpfe stand der Name Cochrane! Graham setzte sich umgehend mit dem Polizeichef und dem Yard in Verbindung. Mit einem aktuellen Foto konnte er nicht aufwarten, denn sein Mitarbeiter konnte im Supermarkt kein Foto schießen. Das wäre zu auffällig gewesen. Deshalb verließ sein Angestellter das Geschäft, um es vor dem Geschäft zu versuchen. Einige Minuten darauf folgte der Mann, den er als Mr. Buchanan zu erkennen glaubte, in einer Gruppe von Kunden, die ihn umgaben. Es klappte wieder nicht.

 Graham und seine Leute behielten den Wohnblock abwechselnd die ganze Nacht über im Auge. Gegen fünf Uhr wurde Graham, der gerade die Wache übernommen hatte, durch zwei Detektive und einen Polizisten in Zivil unterstützt. Kurz nach acht Uhr verließ ein Mann das Haus, der nach ihrer Einschätzung der Gesuchte sein könnte. Sie folgten ihm unauffällig bis zu einem Bekleidungsgeschäft. Eine halbe Stunde verging, doch Mr. Buchanan befand sich immer noch in dem Geschäft. Ein Ehepaar und einige Frauen in Begleitung ihrer Kinder betraten in der Zwischenzeit den Laden. Die Detektive stimmten sich schnell ab und Detektiv Selby betrat einige Minuten darauf den Kleiderladen. In der unteren Etage konnte er Mr. Buchanan nicht entdecken. Das verwunderte ihn nicht, denn dort wurde ausschließlich Kleidung aller Art für Damen angeboten. Die zweite Etage widmete sich ganz den Kindern und Jugendlichen. In der dritten Etage mit Männerbekleidung sah er überhaupt keinen Kunden. Vor einem Ständer (Rondell) mit Sakkos blieb er stehen und überlegte, als er plötzlich von hinten angesprochen wurde.

„Kann ich Ihnen behilflich sein? Suchen Sie ein bestimmtes Sakko?"

Erschrocken drehte sich Selby um. Vor ihm stand, höflich lächelnd, William Buchanan!

„Oh, sicher können Sie mich beraten", erklärte Selby, während er das Namensschild des Verkäufers las, „denn ich suche ein straßentaugliches Sakko, das im natürlichen Licht gut wirkt. Sie, Mr. Cochrane, werden mir bestimmt etwas empfehlen können. Allerdings muss ich darauf bestehen, dass sie das Sakko vor dem Geschäft tragen. So kann ich es richtig beurteilen. Lässt sich das einrichten?"

„Selbstverständlich."

Buchanan und Selby waren zufällig fast gleich groß und schlank. Selby wählte zwei Sakkos aus und begab sich in eine der zwei Umkleidekabinen. Sofort wählte er auf seinem Smartphone die Nummer seines Kollegen, um ihn und die anderen zu informieren. Als er zusammen mit Buchanan das Geschäft verließ, erwarteten sie die Kollegen bereits.

Die Untersuchung Buchanans Wohnung stellte die Ermittler nur vor weitere Fragen, denn offensichtlich lebte er dort allein. In den folgenden Tagen wurde er immer wieder befragt. Seine Antworten wiederholten sich ständig. Er konnte mit den Fragen auch gar nichts anfangen. Er begriff auch nicht, warum er überhaupt befragt wurde, denn schließlich hatte er sich nie etwas zu Schulden kommen lassen.

Jede Antwort Buchanans wurde festgehalten. So auch die folgenden (nicht chronologisch):

Detektiv: „Wie lautet Ihr richtiger Name, Mr. Cochrane?"

Buchanan: „Mein Name ist John Cochrane."

Detektiv: „Sind oder waren Sie jemals verheiratet?"

Buchanan: „Nein."

Detektiv: „Mr. Cochrane, haben Sie Kinder?"

Buchanan: „Nein."

Detektiv: „Wie lange leben Sie schon in Glasgow?"

Buchanan: „Soweit ich mich erinnere, schon immer."

Detektiv: „Welchen Beruf haben Sie erlernt?"

Buchanan erinnerte sich an nichts. Er wurde angeblich in Glasgow geboren, wann und wo genau, war ihm entfallen. Er ging dort in eine Schule, deren Name ihm nicht mehr einfiel. In Hampton sei er nie gewesen usw..

Mr. Buchanan wurde schließlich in eine angesehene,

psychiatrische Anstalt überwiesen. In Hypnose versetzt, beantwortete er alle Fragen wahrheitsgetreu. Lediglich das Verlassen seines Hauses und die Zeit danach, einschließlich seiner Ergreifung, entzogen sich dann seiner Kenntnis. Die Behandlung zeigt erste Erfolge. Die Ärzte sind sich sicher, Mr. Buchanan heilen zu können.

Graham und seine Männer blieben bis zum Ablauf der Frist in Glasgow. Von den beiden Frauen entdeckten sie keine Spur.

Obwohl der sonderbare Fall bisher nicht geklärt werden konnte, ist es doch erstaunlich, dass sich die Anzahl der Anrufe und Zuschriften, die den Yard und auch den Polizeichef der Gemeinden in den vergangenen Wochen erreichten, nicht verringert hat. In Glasgow, Birmingham, London und einigen anderen Städten und Dörfern wollen die Anrufer und Beobachter einige der Personen, deren Fotos sie aus der Presse kannten, z.B. in Bussen, der Underground, in Geschäften oder auf der Straße gesehen haben. Dieser Zustrom an Hinweisen versiegt nicht mit der Zeit, wie man es gewöhnlich erwarten könnte, sondern nimmt sogar noch leicht zu.

Nach einigen Wochen meldeten sich die ersten vom Yard eingebunden Einrichtungen. Einige angesehene Wissenschaftler vertraten die Auffassung, dass die Benutzung des Wassers, unabhängig davon, ob es zum Trinken oder der Zubereitung von Speisen genutzt wurde oder wird, Wahnvorstellungen und Ängste erzeugen könnte, die diese Personen nicht nur zum Verlassen ihrer Häuser getrieben haben, sondern auch die Erinnerung an ihr bisheriges Leben und ihre Identität, besonders in Verbindung mit einfachen Schmerzmedikamenten, auslöschen könnte. Das ist allerdings nur eine Vermutung. Es wurden einige Versuchsreihen in Angriff genommen. Von kurzfristig zur Verfügung stehenden Ergebnissen ist jedoch nicht auszugehen.

Andere Wissenschaftler bezweifeln die Aussagen ihrer Kollegen vehement.

Dennoch gingen und gehen die Ermittler des Yards fast allen Hinweisen nach. Besonders eine Spur in London schien sehr verheißungsvoll zu sein, denn drei Frauen meldeten sich innerhalb kurzer Zeit. Sie glaubten, den jungen Mann gesehen zu haben. Die genannten Plätze wurden zu den angegebenen Uhrzeiten, unter möglicher Einbeziehung der Frauen, sofort und mehrere Tage lang überwacht, aber es konnte keine Person, die dem Vermissten ähnlich sah, entdeckt werden. Selbst die Frauen, die sich gemeldet hatten, wurden unsicher. Bis heute ist die Polizei mit der Aufklärung des Falles befasst.

Die Kammer des Ritters

Maurice Galabru, ein angesehener Chirurg in einer der besten Kliniken von Paris, wurde durch einen Beitrag über die Unterwelt von Paris, der ihn begeisterte, zu seinem Hobby verleitet. Bis dahin wusste er von den vielen Gängen, Kammern und der unglaublichen Ausdehnung dieses Systems nichts. Er begann sich zu informieren und stellte zu seiner Überraschung fest, dass schon die Römer im 1. Jahrhundert mit dem Kalksteinabbau begonnen hatten. Erst Jahrhunderte später wurde der Teil, den man heutzutage Katakomben nennt, zum Einlagern der Toten benutzt. Das faszinierte Galabru. Er beschloss, sich der Erkundung der 300 Kilometer umfassenden Gänge und Kammern zu widmen. Zuerst legte er sich eine entsprechende Ausrüstung zu. Das erwies sich als ziemlich einfach. Im Internet ging er jedem verfügbaren Hinweis, der sich auf den Untergrund von Paris bezog, nach. Durch seine Studien wurde er zu einem bekannten Nutzer der öffentlichen Büchereien der Stadt.

So ausgestattet und präpariert unternahm er seinen ersten Besuch der unterirdischen Gänge. Was er sah, roch und fühlte, hatte er sich so nie vorstellen können. In den folgenden Jahren dehnte er seine Erkundungsgänge oder Expeditionen immer weiter aus. Mit der Zeit, denn er dokumentierte jeden Schritt, entstand eine Karte, ein Übersichtsplan. Ursprünglich wollte er das GPS nutzen, doch er empfing keine Daten, also entschied er sich für den Kompass und das Zählen der Schritte. Er rechnete nach einer Faustformel: Anzahl der Schritte mal 80 cm ergab die zurückgelegte Strecke, die er dann nur noch in Meter umrechnete.

Ziemlich häufig begegnete er in den Anfangsjahren anderen Forschern oder Cataphilen, obwohl die Polizei ihrerseits versuchte, die Katakombenliebhaber zu fassen. Sein erkundetes Gebiet vergrößerte sich und vor drei Jahren traf er in einem abgelegenen Bereich dieses Systems auf Philipp. Philipp Bouvier, ein Ingenieur und genauso dem Hobby verfallen, erkundete die Unterwelt seit einem Jahr. Wie es unter den Forschern üblich ist, begrüßt man sich nicht nur, sondern hält auch einen kleinen Schwatz. Die beiden Männer verstanden sich auf Anhieb. Beide waren verheiratet, hatten Kinder und ihr Hobby. Sie setzten ihre Erkundung gemeinsam fort und beschlossen, weitere Ausflüge in die Unterwelt von Paris als Trupp zu unternehmen.

Einige Tage darauf trafen sie sich in der Wohnung von Maurice.

„Herzlich Willkommen, Philipp. Schön, dass du da bist. Dies ist meine Frau, Ivette. Ivette, ich möchte dir Philipp Bouvier vorstellen, den ich allerdings, ich erzählte es dir bereits, erst tief unter Paris kennengelernt habe."

„Sehr angenehm, Madame", sagte Philipp mit einem Kopfnicken.

„Ich bin erfreut Sie kennen zu lernen, Philipp. Mein Mann spricht nur noch von Ihnen. Doch ich bin ganz froh darüber. Das reißt ihn aus der OP Routine der Klinik heraus. Ich werde mich jetzt zurückziehen. Viel Erfolg."

„Vielen Dank, Madame", stotterte Philipp, „ich fühle mich

hoch geehrt."

Die beiden zogen sich in das Arbeitszimmer zurück. Sie verglichen ihre Unterlagen. Schon bald konnten sie die Skizze von Philipp mit der Karte von Maurice in Verbindung bringen.

„So, Maurice", stellte Philipp fest, „jetzt haben wir zumindest einen guten Überblick über das Zentrum und den nördlichen Bereich dieses Systems, auch wenn wir ihn noch nicht komplett erkundet haben."

„Ja, stimmt ganz genau. Wollen wir ihn weiter erforschen und kartographieren, oder sollten wir uns einem der anderen Sektoren zuwenden?", fragte Maurice.

„Als Ingenieur, wenn auch nur für Schiffbautechnik und Maschinenbau, bin ich für das weitere Erkunden dieses Systems im nördlichen Bereich. Ich würde mich nicht wohlfühlen, wenn ich diese Ungewissheit ständig im Nacken habe würde."

„Ich glaube, Philipp", stellte Maurice fest, „mir würde es auch nicht gefallen. Ob am OP-Tisch oder in der Unterwelt von Paris, ich mag keine ungelösten Rätsel. Wollen wir unsere Untersuchungen am Donnerstag fortsetzen?"

„Donnerstag passt sehr gut. Treffen wir uns um 17 Uhr?"

„Ja, dann bis Donnerstag."

Die beiden Forscher trennten sich. Es dauerte jedoch noch ungefähr zwei Jahre bis sie den nördlichen und westlichen Bereich komplett erforscht und kartographiert hatten. Sie wandten sich dem östlichen Abschnitt zu. Bereits während des zweiten Erkundungsganges geschah es. Philipp rutschte aus und brach sich das rechte Bein.

Maurice schleppte ihn heraus und wies Philipp sofort in

die Klinik, in der er selbst arbeitete, ein. So konnte er Philipp jederzeit besuchen, den Heilungsprozess verfolgen, ihn trösten und über den Fortgang der Erkundung im östlichen Abschnitt informieren. Philipp hatte auf die Fortsetzung der Erforschung bestanden.

Ungefähr eine Woche nach Philipps Unfall untersuchte Maurice einen hohen, breiten Gang, der ziemlich genau in Richtung Osten führte. Das war an sich schon erstaunlich, aber als er das Ende des Ganges erreichte, beschlich Maurice das Gefühl, etwas übersehen zu haben. Langsam ging er zurück. Er betrachtete die Wände und den Boden ganz genau. Einhundert Meter vom Ende entfernt veränderten sich der Farbton und die Struktur auf der jetzt linken Seite des Ganges. Maurice untersuchte die Seitenwand. Nach nur wenigen Augenblicken wusste er Bescheid. Dieser Abschnitt war künstlich hergestellt worden. Allerdings so, dass es nicht sofort auffiel. Eine tolle Arbeit! Maurice fotografierte diesen Abschnitt, der ungefähr eineinhalb mal zwei Meter maß.

Zwei Tage darauf stürmte er in das Krankenzimmer von Philipp. Jede ärztliche Gelassenheit war ihm abhanden gekommen. Diese Informationen musste er Philipp unbedingt mitteilen. Der lag zum Glück für Maurice allein in seinem Zimmer, denn sein Zimmerkollege erwartete Besuch. Ohne große Begrüßung, ohne sich nach dem Befinden von Philipp zu erkundigen, sprudelte es aus Maurice heraus.

„Philipp, sieh dir diese Bilder an!", rief er aufgeregt. Er hielt sie Philipp direkt unter die Nase, doch so konnte Philipp sie nicht erkennen. Philipp nahm die Fotos und betrachtete sie in aller Ruhe.

„Na, was ist? Was siehst du?", rief und fragte Maurice aufgeregt.

„Ja, ich sehe einen aufgeregten Arzt, der sich fast kindisch benimmt. Sei ganz ruhig. Philipp wird sich die Fotos jetzt ansehen. Tief atmen!", erwiderte Philipp, mit einem breiten Lächeln im Gesicht. Endlich konnte er einmal in die Rolle des Arztes schlüpfen. Doch mit jedem Foto, das er betrachtete, stieg auch seine Nervosität. „Wo hast du diese Fotos gemacht?", wollte er wissen.

Sofort holte Maurice die Karte heraus und zeigte auf den entsprechenden Gang.

„Da war ich noch nie", stellte Philipp fest, „und es ist ein Jammer, dass ich hier untätig liegen muss. Das hätte ich gern mit eigenen Augen gesehen. Egal, der Gang führt direkt nach Osten. Sonderbar. Alle anderen Gänge, die wir bisher untersucht haben, verliefen nicht so akkurat nach Osten. Die rechte Seitenwand, vom Zentrum aus gesehen, ist zumindest in diesem Bereich künstlich angelegt worden. Dir ist sicherlich der deutliche Farbunterschied im verwendeten Kalkmörtel aufgefallen. Das Material ist bedeutend heller. Diesen Bereich verbirgt bestimmt ein Blendmauerwerk. Davon bin ich fest überzeugt. Ich schätze, dass es sich um 800 mal 1800 mm handelt. 800 mm ist die Breite, 1800 mm die Höhe. Ich glaube, du musst nochmal runter und diesen Bereich genauer untersuchen. Nimm einen kleinen Hammer mit und klopfe die Wand ab. Sobald es hohl klingt, markierst du diesen Punkt und machst weiter. Alles verstanden, Doktor?"

„Ja, natürlich. Das stimmt übrigens genau. Der Farbunterschied fiel mir zuerst auf. Auf den Fotos ist es nicht leicht zu erkennen, aber auch die Struktur der Oberfläche unterscheidet sich vom Rest des Ganges. Ich werde gleich nach dem Feierabend die Wand abklopfen."

Noch bevor Philipp etwas erwidern konnte, stürmte Maurice aus dem Zimmer.

Am Vormittag des nächsten Tages besuchte Maurice Philipp erneut. Nach einer kurzen Begrüßung kam er sofort auf den Punkt.

„Also Philipp, du hattest völlig richtig gelegen. Ich habe die Wand abgeklopft, wie du es gesagt hattest. Nur die hohle Stelle ist nicht, wie du glaubtest 800 mm, sondern 1000 mm breit. Die Höhe stimmt mit deiner Schätzung überein. Wie machen wir weiter?"

„Einen Moment bitte. Ich möchte mir das eine Foto der Stelle nochmal ansehen", entgegnete Philipp. Er kramte in der kleinen Schublade seines Beistelltisches, holte die Fotos heraus und betrachtete das entsprechende Foto genau.

„Hast du einen kleinen Taschenkalender dabei? Du weißt schon, mit irgendeinem Bild oder Werbung auf der Vorderseite und dem Kalender auf der Rückseite. Viele dieser Kalender haben auf der Rückseite ein aufgedrucktes Lineal von 100 mm Länge. Hat schon einigen Ingenieuren aus der Patsche geholfen."

Maurice untersuchte sofort seine Brieftasche und übergab mit einem strahlenden Gesicht den Kalender.

„Na, wollen mal sehen. Die Breite ist nicht 800 mm, sondern 1000 mm. Das Material in diesem Bereich...."

Maurice konnte das Genuschel von Philipp nicht mehr deuten.

Der legte den Kalender mal senkrecht und dann wieder

waagerecht auf das Foto. Offenbar rechnete er etwas aus. Nach einigen Minuten meldete sich Philipp wieder zurück.

„Alles klar, Maurice. Du fährst nach deinem Feierabend zu irgendeiner Schlosserei. Dort soll man dir ein Winkelprofil 80 mal 80 mal 8 mm, Länge 1500 mm zuschneiden. Danach begibst du dich zu einem Fotografen. Du verlangst eine gute Vergrößerung dieses Fotos hier. Abmaße: 1600 mal 1800 mm. Damit können wir die Stelle tarnen."

„Wir?", fragte erstaunt Maurice.

„Ja, natürlich. Ich sollte eigentlich erst in zwei Tagen entlassen werden, aber du gehst sofort zum Chefarzt. Ich brauche einen Gehgips. Ich weiß ja, dass jedes belegte Bett Gewinn bringt, aber ich will und muss dringend hier raus."

„Wird sofort erledigt, mein Freund. Und was unternehmen wir dann, Ingenieur?"

„Das ist einfach. Wir bauen den Winkel als Sturz ein. Danach müssen wir nur die Putzschicht und die paar Steine entfernen. Ein Kinderspiel."

„Na, hoffentlich. Bis später, Philipp. Ich melde mich, sobald ich alles erledigt habe."

Drei Tage darauf besuchte Maurice den genesenden Philipp. Empfangen wurde er von Philipps Frau.

„Na, wie geht es unserem Patienten?", erkundigte er sich.

„Er ist ungeduldig. So möchte ich es mal ausdrücken. Er kann es kaum erwarten, diese unheimliche Unterwelt wieder aufzusuchen."

Mit diesen Worten geleitete sie Maurice in das Wohnzimmer, wo Philipp es sich auf dem Sofa bequem eingerichtet hatte.

„Hallo Maurice", sagte Philipp, „du wirst bestimmt entschuldigen, dass ich nicht aufspringe, um dich zu begrüßen. Dieser Gips ist verflucht schwer."

„Ist schon in Ordnung, aber ich habe einige Neuigkeiten für dich. Die Sache mit dem Winkel ist geregelt. Liegt im Auto. Die Vergrößerung hat mir mehr Probleme bereitet. Ich habe es selbst gesehen. Die Qualität nahm mit jeder Vergrößerung ab. Die Größe war natürlich ein Problem, aber ich hatte Glück. Der vierte Fotograf versuchte mir zwar zu erklären, wie man es realisieren kann, aber ich habe kein Wort davon verstanden. Von Pixeln, einfügen, kopieren, schärfen, drucken usw. war die Rede. Irgendwann reichte es mir. Ich bat ihn um eine Benachrichtigung, sobald er zu einem brauchbaren Ergebnis gekommen sei. Hier ist es."

Maurice hielt eine Rolle in den Händen. Langsam wickelte er sie ab. Als das vergrößerte Foto vor ihnen auf dem Fußboden lag, begann Philipp zu klatschen.

„Tut mir Leid, aber der Applaus ist ganz dem Fotografen gewidmet", erklärte Philipp begeistert, „Das ist eine wirklich tolle Arbeit. Hat er irgendwelche unangenehmen Fragen gestellt?"

„Ich habe ihm erzählt, dass wir die Vergrößerung für die Dekoration in unserem kleinen Theater benötigen", erklärte Maurice.

„Ausgezeichnet. Hammer, Meißel und noch einige Dinge habe ich bereits eingepackt. Wann wollen wir los?"

„Sofort, wenn es genehm ist."

„Ist es."

Zwei Stunden darauf standen sie vor der Wand. Philipp konnte sich mit dem Gipsbein und der Krücke nicht besonders schnell fortbewegen. Sofort begannen sie mit der Herstellung der Sturzfuge. Dafür benötigten sie eine knappe Stunde. Irgendwann, während sie daran arbeiteten, bemerkte Maurice: „Hat nicht jemand gesagt, dass das ein Kinderspiel wäre?"

„Also bitte Maurice, keine schlechten Scherze. Ich konnte ja nicht ahnen, dass der Putz so dick ist. Es ist sowieso erstaunlich, was für tollen Beton die damals schon herstellen konnten. Außerdem bin ich schließlich, wie du weißt, kein Bauingenieur."

„Ist schon gut. Wollte es nur erwähnt haben."

„Echt lustig. Also weiter!"

Sie setzten das Winkelprofil ein. Es passte genau. Mit ihrer Arbeit sehr zufrieden, entnahm Philipp seiner Tasche einen größeren Meißel. Nach und nach lösten sie von oben nach unten den Putz und die Steine aus dem Mauerwerk. Nachdem sie zwei Reihen der Steine entfernt hatten, erkannten sie, dass eine weitere Schwierigkeit noch vor ihnen lag. Deutlich erblickten sie im Lichtschein ihrer Taschenlampen eine schwere, angerostete Eisentür. Sie schalteten die Taschenlampen wieder aus und setzten, nur mit dem Licht ihrer Helmlampen, ihre Arbeit fort. Nach zwei weiteren Stunden lag die Tür frei. Maurice brachte die meisten Steine und den ganzen Schutt zum Tunnelende. Philipp untersuchte inzwischen das Schloss der Tür. Nach Erledigung seiner Aufgabe gesellte sich Maurice natürlich zu Philipp.

„Na, wie sieht's aus, Ingenieur?", erkundigte er sich.

„Beschissen. Ich kenne jetzt zwar die ungefähre Größe und Kontur des Schlüssels, aber mehr auch nicht. Die Kontur habe ich jedenfalls aufgezeichnet. Mit einer Schieblehre könnte ich vielleicht die Länge des Schlüsselbartes ermitteln, aber so nicht. Wenn du den Handfeger und die Kehrschaufel schon eingepackt hast, dann lass uns das Loch tarnen und abhauen."

„Einverstanden."

Bereits am folgendem Tag meldete sich Philipp telefonisch bei Maurice.

„Hallo, Maurice", begann Philipp das Telefonat, „ich habe die halbe Nacht nachgedacht. Wir benötigen zuerst einen Schlüsselrohling, den wir entsprechend der Kontur, die ich abgenommen habe, von einer Schlosserei oder einem Schlüsseldienst anfertigen lassen können. Dann färben wir ihn ein und sehen vielleicht am Abrieb, wo sich welche Scheiben oder Platten des Schlosses befinden. Was sagst du dazu?"

„Ich habe ebenfalls überlegt. Weshalb sollten wir nicht moderne Technik einsetzen? Wir könnten mit einem Endoskop das Innere des Schlosses erkunden. Mit deiner und meiner Technik sollte es uns doch gelingen, einen brauchbaren Schlüssel herzustellen. Was hältst du davon?", fragte Maurice.

„Also wirklich Maurice, ich bin begeistert, aber ist so ein Gerät nicht unheimlich groß? Können wir es überhaupt bis zu der Tür transportieren?"

„Das ist kein Problem. Lass dich überraschen. Ich werde um 16:30 Uhr bei dir sein, einverstanden?"

„Natürlich."

Gegen 18 Uhr entfernten Maurice und Philipp vorsichtig

die Tarnung vor dem Mauerdurchbruch.

„Maurice, du musst noch das Endoskop und die Technik holen!", forderte Philipp seinen Partner auf.

Maurice sah Philipp an. „Du bist sicherlich ein guter Ingenieur, Philipp, aber ich habe alle benötigten Ausrüstungsgegenstände hier in meinem Rucksack", erwiderte Maurice. Sogleich begann er seinen Rucksack zu leeren. Ein Kabel und ein kleines Notebook kamen zum Vorschein.

„So, Philipp", stellt Maurice fest, „das ist die ganze Ausrüstung. Mehr benötigen wir nicht."

„Wir setzen zur Überprüfung der Rauhigkeit oder der Reinheit in Bohrungen in unserem Betrieb ebenfalls Endoskope ein. Die Kollegen taten immer sehr geheimnisvoll, aber das kann im Prinzip jeder mit dieser Technik, wie du sie mitgebracht hast, durchführen. Diese Kollegen werde ich mir mal gründlich vornehmen!"

Während der folgenden 20 Minuten untersuchten sie das Innere des Schlosses. Sie konnten deutlich die einzelnen, ziemlich korrodierten Bauteile erkennen. Das hatte Philipp erwartet und einen ganz besonderen Rostlöser mitgebracht. Er sprühte das Schloss und die Türscharniere ein.

„Philipp, wenn das alles nicht funktioniert, wir keinen Schlüssel herstellen können, was machen wir dann?", fragte Maurice besorgt.

„Das wird schon funktionieren. Wie du gesehen hast, ist dies kein handelsübliches Produkt, sondern ein spezieller Wirkstoff in einem kleinen Ölkännchen, das ich von meinem Vater geerbt habe. Hat immer geklappt. Mein Vater hat mir auch die genaue Zusammensetzung hinterlassen. Sollte der Versuch scheitern, müssen wir schwerere Geschütze auffahren. Dann brauchen wir einen Schneidbrenner. Kein Problem. Kriegen wir in meiner Firma."

„Was machst du denn jetzt? Weshalb legst du dich hin?"

„Während du dein Endoskop an dein Notebook angeschlossen hast, habe ich unseren Schlüsselrohling in das Schloss gesteckt. Er passt ganz genau. Nur der Bart ist zu lang. Mit meiner Schieblehre habe ich die wahrscheinliche Länge ermittelt und nun werde ich ihn einkürzen. Könntest du bitte den kleinen Schraubstock fest auf den Fußboden drücken?"

„Ja, sicher."

Philipp kürzte den Schlüsselbart und färbte ihn blau. Dann warteten sie. Als Maurice auf seine Armbanduhr sah, stieß er Philipp an.

„Du Philipp, wir müssen wohl eingenickt sein. Das Rostlösemittel, oder wie du es nennst, ist jetzt seit über einer Stunde im Schloss. Können wir es jetzt versuchen?"

„Na, dann wollen wir mal loslegen."

Es dauerte etwas mehr als 80 Minuten, bis sie ihren Schlüssel in den Händen hielten. Sie zählten nicht mit, aber den Rohling hatten sie gefühlt hundert mal blau gefärbt, gefeilt usw.. Jetzt war es soweit. Mit einem quietschenden Geräusch öffnete sich die Tür einen Spalt weit, aber gemeinsam zogen sie Tür soweit auf, dass sie den Raum dahinter betreten konnten. Sie ergriffen ihre Taschenlampen, Maurice außerdem seinen Fotoapparat, und begaben sich in die Kammer.

Bis auf eine kleine Steinstele, ähnlich einem Obelisken mit abgeschnittener Spitze, und vier weiteren, aber größeren Stelen, konnten sie zunächst nichts erkennen. Die Stelen standen im Abstand von ungefähr einem halben Meter zueinander. Die Entfernung zur zentralen Stele betrug einen Meter. Während der weiteren Erkundung entdeckten sie 6 Fackelhalter an der Wand und eine Aussparung auf der Oberseite der kleineren Stele. Auf den Vorderseiten der großen Stelen befanden sich je eine Inschrift und eine gravierte Platte aus Silber.

Philipp wandte sich an Maurice: „Maurice, in meiner Tasche sind ein Gliedermaßstab, ein Maßband, Papier, mein Kompass und ein Bleistift. Du weißt ja, dass ich das immer dabei habe. Wir müssen alles sorgfältig dokumentieren. Würdest du bitte die Tasche holen?"

„Klar. Bin sofort zurück."

Nach einer Stunde betrachteten sie voller Genugtuung ihre Skizze, in die sie alle relevanten Maße und Winkel eingetragen hatten. Sie beschlossen, die weitere Erforschung auf den folgenden Tag zu verschieben. Gemeinsam schlossen sie die Tür, tarnten den Mauerdurchbruch und fuhren zu Philipps Wohnung. Eine halbe Stunde lang planten sie ihre nächsten Schritte. Maurice sollte Fackeln besorgen und Philipp wollte den Rest der benötigten Ausrüstung im Haushalt und Keller auftreiben.

Am darauffolgenden Tag erschien Maurice gegen 16:30 Uhr.

„Na, Philipp", fragte er voller Hochstimmung, „bist du präpariert? Können wir aufbrechen?"

„Selbstverständlich. Ich habe Backpapier, viele Bleistifte, einen Spachtel, Gips, einen Gipsbecher aus Gummi,

Wasser, ein Poliermittel und Lappen eingepackt. Konntest du die Fackeln organisieren?"

„War kein Problem. Also los?"

„Los!"

In der Kammer entzündete Maurice sogleich die Fackeln und steckte sie in die Halterungen. Das Licht der Fackeln tauchte den Raum in ein gespenstisch anmutendes Bild, doch wirklich sonderbar war, dass der Rauch durch eine Öffnung an der Decke abzog.

Philipp ließ sich dadurch nicht aus der Ruhe bringen. Mit einer kleinen Drahtbürste, die wie eine Zahnbürste aussah, reinigte er die Vertiefung auf der Oberseite der zentralen Stele. Anschließend säuberte er auch die Inschriften und silbernen Platten, die er auch noch polierte. Danach goss er die Vertiefung mit Gips aus. Schließlich drückte Maurice das Backpapier, das wie Pergament aussah, auf die vermeintlichen Schriftzeichen und die Gravuren, während Philipp seinen Bleistift über das Pergament bewegte.

„Philipp!", rief Maurice aufgeregt, „das ist Latein. Ich kann es jetzt nicht übersetzen, aber ich kriege es heraus. Das verspreche ich dir. Mit den Gravuren kann ich leider nichts anfangen."

„Das ist schon in Ordnung. Mir geht es ebenso. Vielleicht hilft uns die Übersetzung der Texte."

Sie löschten die Fackeln, verschlossen die Tür und vergaßen auch die Tarnung nicht. Die Pause der Inschriften nahm Maurice an sich, denn Philipp erlernte in der Schule die deutsche Sprache, weil die Deutschen gute Maschinenbauer sind. Dennoch fotografierte Philipp, nachdem Maurice Philipps Tasche in dessen Wohnung gebracht hatte, mit einer Digitalkamera die Skizze und die Bögen von den silbernen Platten der großen Stelen. Anschließend lud er die Bilder in seinen Computer.

Zwei Tage vergingen. Dann tauchte Maurice wieder bei Philipp auf.

„Entschuldige, alter Freund", begann er seine Erklärung, „aber in den vergangenen Jahren brauchte ich nur noch das Fachlatein. Ich musste mir tatsächlich ein Wörterbuch ausleihen. Das ist schon interessant, was einem wieder einfällt, obwohl man glaubt, über keine Kenntnisse mehr zu verfügen. Gut, ich habe auf diesem Blatt die Anordnung der Stelen eingezeichnet. Darunter steht die jeweilige Inschrift, die wir abgenommen haben. Die Übersetzung steht unter den Inschriften. Gute Arbeit, oder? Außerdem lag eine Menge Arbeit in der Klinik an. Die Zeit für die Übersetzung tagsüber zu finden, erwies sich als fast unmöglich. Kommen wir zum Text der großen Stelen. Ließ selbst!"

Philipp ergriff das Blatt Papier. Noch bevor er sich die Zeilen durchlesen konnte, meldete sich Maurice wieder zu Wort.

„Philipp, du sollst wissen, dass ich den Text der Stelen etwas geschliffen, also angepasst habe, damit es sich besser reimt. Dem Inhalt schadet das nicht."

„Das Dunkel der Nacht ist unser Schutz,
wir wissen jedoch, dass es weiter gehen muss,
wir werden nicht weichen, was auch geschieht,
unsere Rückkehr beschert uns den Sieg,
Entzünde die Flammen,
und du wirst sehen!"

Etwas ratlos sah Philipp Maurice an.

„Was kann das nur bedeuten? Hast du dafür eine Erklärung, Maurice?"

„Nein, nicht wirklich. Ich denke nur ständig an die 6 Fackelhalter. Das ist bestimmt von Bedeutung."

„Das glaube ich auch. Geh doch bitte in die Küche. Du hast ja gesehen, dass ich dir selbst die Tür öffnete. Meine Frau und die Kinder sind unterwegs. Hole uns jedem ein Bier. Ach, und bring auch den Aschenbecher mit!"

Während sich Maurice um den Aschenbecher die Getränke und kümmerte, sah sich Philipp die Fotos aus der Kammer wieder an. Maurice war zurückgekehrt und stellte die Getränke und den Aschenbecher auf den Tisch. Danach beobachtete er aufmerksam seinen Freund. Philipp, der den Computer vor einigen Tagen auf einen Servierwagen gestellt hatte, denn mit seinem Gehgips konnte er nicht am Schreibtisch arbeiten, schaltete den PC ein und überraschte Maurice schließlich mit einer technischen Zeichnung.

„Maurice, ich habe die Stelen und die Fackelhalter in der Kammer gezeichnet. Natürlich nur schematisch. Fällt dir auf, dass sich die Fackelhalter sämtlich hinter der kleineren Stele befinden. Im Bereich hinter den anderen Stelen mit den Schriftzeichen befindet sich kein einziger Fackelhalter. Das ist doch irgendwie merkwürdig. Vermutlich wurde das ganz bewusst so angeordnet. Was meinst du dazu?"

Maurice, den Blick immer noch auf den Bildschirm gerichtet, schwieg und überlegte. Nach einigen Augenblicken fragte er: „Wie hast du die Winkel von den Stelen zu den Fackelhaltern so genau bestimmen können?"

„Oh, das war einfach. Mir standen doch alle benötigten Maße und darüber hinaus die Marschzahlen des Kompasses zur Verfügung. Dank deiner Übersetzung ist mir vielleicht eine Erklärung eingefallen. Auf dem Arbeitstisch liegt der Abguss der Vertiefung von der Zentralstele. Könntest du ihn holen?"

„Ja, sicher", antwortete Maurice sofort, holte den Abguss und händigte ihn aus.

„Maurice, ich verfolge eine Theorie. Sie ist vielleicht verrückt, aber lache mich nicht aus. Ich glaube nämlich, dass in die Vertiefung ein Spiegel gehört, der das reflektierte Licht der silbernen Platten umlenkt. Dadurch könnten die Gravuren als Bild an die Wand geworfen werden. Vielleicht soll auch nur ein Punkt markiert werden. Ich habe keine Ahnung, aber es könnte möglich sein, oder?"

„Ich denke schon, aber gibt es überhaupt solche Spiegel zu kaufen?"

„Das glaube ich nicht, aber die kann man anfertigen lassen. Die Stelen wurden nicht umsonst so positioniert. Das spricht dafür, dass es sich tatsächlich um einen Spiegel handelt. Ich werde einige Berechnungen durchführen müssen. Das erfordert etwas Zeit, aber wenn du mir hilfst, geht es schneller."

„Philipp, ich bin nur ein einfacher Landarzt und kein Mathematiker!"

„Schon gut. Entspanne dich!", forderte Philipp Maurice auf. Nach einer Stunde stellte er seine Berechnungen ein.

„So, Maurice, du hast uns durch deine Beinarbeit viel Zeit erspart, aber jetzt liegt eine wirkliche Herausforderung vor dir. Du musst irgendwie und irgendwo eine Firma finden und sie mit der Herstellung dieses Spiegels beauftragen. Ich habe alles genau berechnet. Die Anordnung und Ausrichtung der Stelen, die Winkel und Höhen der Fackeln, ihre Lichtstärke und sogar die Reflexionseigenschaft von Silber habe ich einbezogen."

„Wunderbar. Jetzt weißt du auch, warum ich kein Ingenieur geworden bin. Die ganzen Formeln hätten in meinem Kopf keinen Platz gehabt."

„Das ist totaler Unsinn", entgegneten Philipp sofort, „glaubst du etwa, dass ich mir die Anordnung von Nerven, von Adern, von dem ganzen Kram in unserem Körper merken könnte? Das ist wahrlich nicht mein Metier. Ganz gewiss nicht. Nimm die Zeichnung und mach dich auf den Weg! Ich wünsche dir und mir viel Glück."

Einige Tage vergingen. Maurice informierte Philipp telefonisch über seine Bemühungen, die aber bisher erfolglos blieben. Zwei Tage lang meldete er sich überhaupt nicht. Dann besuchte er Philipp.

„Mensch, du hast ja Humor. Ich brate hier in meinem eigenen Saft und du konntest mich nicht anrufen?", begrüßte Philipp seinen Gast.

„Entschuldige bitte, aber ich habe einen Job. Außerdem war ich die ganze restliche Zeit mit deinem Spiegel beschäftigt. Sieh her!"

Mit diesen Worten entnahm er seiner Umhängetasche einen fein geschliffenen Spiegel, den er Philipp überreichte.

„Ist das schön!", rief Philipp völlig überrascht. Während er zum Sofa humpelte, wiederholte er diesen Satz mehrfach. Auf dem Sofa sitzend, befragte er Maurice. Der hatte es zuerst natürlich bei den Großen der Branche versucht. Die waren sämtlich uninteressiert. Schließlich fand er eine kleine Glashütte unweit von Paris, deren Besitzer es als Herausforderung ansah. Die Werkstatt fertigte den Spiegel exakt nach den Angaben von Philipp an. Erst vor drei Stunden nahm ihn Maurice in Empfang.

„Wann wollen wir es ausprobieren, Philipp?"

„Heute ist es zu spät, aber morgen können wir loslegen. Ich werde alles vorbereiten."

„Wir sehen uns um 16:30 Uhr. Bis dann." So schnell er gekommen war, verschwand Maurice auch.

Behutsam setzte Philipp den Spiegel am nächsten Tag in die Vertiefung der Stele ein. Die Vorderseiten der anderen Stelen hatte er zuvor nochmals gründlich poliert. Maurice entzündete die Fackeln. Nichts geschah. Philipp überprüfte den Sitz des Spiegels und korrigierte ihn geringfügig.

„Komm schnell her, Philipp. Da passiert etwas. Sieh!" Auf der anderen Seite des Raumes begann sich undeutlich ein kleines Bild an der Wand zu formen. Es stellte einen Ritter mit Schwert dar, der einen Eingang zu bewachen schien. Maurice griff in Philipps Rucksack. Mit einem Stück Kreide markierte er die Stelle an der Wand. Philipp hatte an alles gedacht. Deshalb war sein Rucksack auch so schwer. Sofort holten sie den Hammer und den Meißel aus den Rucksack und begannen den Bereich abzureißen. Sie verzichteten auf jede Sicherungsmaßnahme, denn Philipp hatte irgendetwas über ein

Stützdreieck erzählt. Von oben nach unten verbreiterten sie den Durchbruch. Schließlich schafften sie es. Mit aller Vorsicht betraten sie den dahinter liegenden Raum. Die Kammer, ein Rechteck bildete ihre Grundfläche, enthielt einige Fackelhalter - genau sechs an der Zahl - und einen reichlich verzierten Sarg. Auf dem Deckel erkannten sie neben einigen Schriftzeichen auch ein großes Kreuz. Die Seitenwände wiesen ebenfalls Verzierungen auf. Es handelte sich wahrscheinlich, das nahm Maurice an, um bildliche Darstellungen von Bibelgeschichten. Beeindruckt legten Maurice und Philipp eine Pause ein. Erst nach einigen Minuten beschlossen sie, den Sarg zu öffnen. Vorsichtig schoben sie den Deckel zu Seite. Mit ihren Taschenlampen beleuchteten sie den Innenraum. Bis auf einen Schild, einen Helm und ein großes Schwert entdeckten sie nichts. Sie legten die Gegenstände neben dem Sarg ab. Jetzt befanden sich nur noch ein Häufchen Asche und einige Knochenreste auf dem Boden des Sarkophags. Sie untersuchten das Schwert, den Schild und die Inschrift auf dem Deckel.

Plötzlich schrie Maurice laut auf. Auf dem Sargdeckel glaubte er einen Namen zu erkennen. Der Name lautete: Jaques de Molay. Voller Andacht setzte sich Maurice auf den Fußboden. Philipp fiel das durch sein Gipsbein erheblich schwerer. Endlich saßen sie beide vor dem Sarg.

„Wie ist das möglich?", fragte Maurice.

„Darüber denke ich auch gerade nach", erwiderte leise Philipp.

„Philipp, Moley wurde irgendwann zwischen 1310 und 1315 auf dem Scheiterhaufen verbrannt. Das habe ich jedenfalls gelesen. Wie kommen seine Überreste in diese Kammer? Existierte dieser Gang damals überhaupt schon? Wer hat diese Gruft angelegt? Gab es damals denn schon solche Spiegel?"

Erwartungsvoll sah Maurice Philipp an, aber der zündete sich eine Zigarette an und schwieg. Nach einigen Minuten antwortete er.

„Maurice, alles was ich mit Bestimmtheit weiß, ist, dass Molay 1312 verbrannt wurde. Ich bin zutiefst davon überzeugt, dass nicht alle Tempelritter erwischt wurden. Über inhaftierte Unterstützer, Geschäftspartner oder Mitglieder der adligen Familien ist mir nichts bekannt. Die Templer unterhielten weitreichende Handelsbeziehungen. Bergbau und Glas gibt es schon seit Urzeiten. Die wohl ersten Spiegel bestanden aus geschliffenem Metall. In einer Dokumentation wurde berichtet, dass Archimedes mit Spiegeln die Schiffe der Römer in Brand gesetzt haben soll. Angeblich polierten die Soldaten irgendeines Heeres die Innenseiten ihrer Schilde. So konnten sie ihre Gegner bei Bedarf blenden. Also, konvexe Spiegel gibt es schon ewig. Bestimmt sind auch Spiegel durch die Hände der Templer gegangen. Nur wo ist der Spiegel abgeblieben? Ob es diesen Gang damals schon gab, weiß ich nicht. Irgend jemand hat sich die Mühe gemacht, die sterblichen Überreste von Molay zu sichern. Vielleicht wurden sie innerhalb einer oder mehrerer Adelsfamilien über Jahrhunderte in Ehren gehalten. Auch solche Familien können aussterben. Deshalb entschloss man sich vielleicht, diese Kammer anzulegen. Dann müsste der Spiegel irgendwo in der ersten Kammer versteckt sein, oder?"

„Gut gesprochen, Philipp, aber das glaube ich weniger. Du darfst den Schlüssel nicht vergessen. Nur, was machen wir jetzt?"

„Du hast sicher recht. Weshalb sollte sich der Spiegel hier und nicht beim Schlüssel befinden? Ich würde jedenfalls alles wieder herstellen. Jaques de Molay gab sein Leben für den Templerorden. Es ist keinem Menschen genutzt, wenn dieser Ort der Öffentlichkeit bekannt gemacht würde. Das ist meine Meinung."

„Ich teile sie. Lass uns anfangen. Ich werde nur für uns noch einige Fotos schießen. Bist du damit einverstanden?"

„Natürlich."

Es dauerte ungefähr zwei Monate. Philipps handwerkliche Geschicklichkeit und die Entfernung des Gipsverbandes kamen ihnen sehr zu Gute. Maurice unterstützte ihn nach Kräften. Nach der Fertigstellung, darin waren sich Maurice und Philipp völlig einig, würde niemand mehr den Zugang zu Jaques de Molays letzter Ruhestätte entdecken können.

Das seltsame Haus

Vor einigen Tagen erschien in unserer Zeitung folgende kurze Todesanzeige:
Nach einer langen und schweren Krankheit verstarb am 16.05.2003 unser Onkel und Großonkel
Waldemar Clemens
im Alter von 78 Jahren.
Die Beisetzung findet im engsten Familienkreis statt.

Diese Anzeige entband mich nicht nur meines Schwei-gegelöbnisses, sondern versetzte mich gleichsam in meine Kindheit zurück.
Meine Eltern, meine Geschwister und ich lebten damals in einem Neubaugebiet am Rande der Stadt, dass zwischen 1955 und 1965 errichtet wurde. Dazu zählten mehrere Wohnblocks, eine Schule, zwei Kindergärten, ein Industriewarenladen sowie eine Kaufhalle. Eine Straße trennte die Wohnblocks von der Schule mit ihrem Schulhof und dem Schulgarten. Zwei Wohnblöcke standen längs der Straße. Die anderen 6 Wohnblöcke befanden sich jeweils im Abstand von 60 Metern dahinter. Der Abstand von Giebel zu Giebel betrug etwa 25 Meter. Von unserem Kinderzimmerfenster aus sah ich die Schule und den Schulhof. Eingebettet in das Schulgelände stand ein nicht zu den Neubauten passendes Gebäude.
Hinter dem Schulgelände und rechts der Wohnblocks befanden sich im weiten Umkreis Gärten, deren Besitzer sie für das Neubaugebiet verlassen mussten. Jenseits

der Gärten, ungefähr 1,5 Kilometer Luftlinie entfernt in Richtung Westen, stand das Betonplattenwerk. Von unserem Balkon aus, in unserem Wohnblock ganz links, konnten wir es nicht sehen, aber vom Balkon einer befreundeten Familie, die ganz rechts im dritten Aufgang wohnte, sahen wir deutlich, dass hinter dem Betonplattenwerk ein weiteres Neubaugebiet entstand. Wie weit sich die Stadt in den vergangenen Jahren schon ausgedehnt hatte, konnte man daran erkennen, dass zwischen uns und dem Betonplattenwerk die alte Schützenmauer stand. Derartige Einrichtungen befanden sich gewöhnlich außerhalb der Städte.

Wenn wir Kinder, damals war ich sechs Jahre alt, bis kurz vor dem Abendbrot noch draußen spielten, konnten wir bei günstigen Windverhältnissen die Dampfpfeifen der Lokomotiven vom Bahnhof her hören. Mit den Jahren verschwanden die Dampflokomotiven, aber irgendwie fehlte uns etwas. Sicher, wir besaßen eine Lokomotive, aber sie funktionierte nicht mehr. Sie stand neben dem Betonplattenwerk. Dort spielten wir gern Lokführer und Heizer, obwohl der Weg durch die verwilderten Gärten sehr beschwerlich war. Doch auch sie verschwand eines Tages.

Das seltsame Haus kannte ich, aber erst im Alter von 12 Jahren begann ich mich dafür zu interessieren. Die Ursache kann ich mir bis zum heutigen Tag nicht erklären. Vielleicht erweckte eine der vielen Geschichten, die ich abends mit einer kleinen Taschenlampe unter der Bettdecke las, damit mich meine Geschwister nicht verraten konnten, meine Neugierde. Vielleicht war es auch nur der Umstand, dass das Gebäude so gar nicht in unsere

Zeit passte, oder dass das Gebäude schulseitig ein hoher Zaun und viele, die Sicht versperrende Bäume, umgab.

Ich weiß es nicht mehr genau, doch im Alter von etwa 13 Jahren begann ich das Haus zu beobachten. Das Hauptgebäude mit vier und Zinnen besetzten Ecktürmen umgab eine zwei Meter hohe, ebenfalls mit Zinnen versehene Mauer. Nur die Vorderfront ließ einen Blick auf das Haus zu. Sowohl zum kleinen und dem großen Schulhof, sowie zum Schulgarten hin, standen die Bäume und der Zaun. Dass ich die Vorderfront mit der großen, in einen Spitzbogen eingelassenen Tür und den auf zwei Sockeln sitzenden Löwen überhaupt sehen konnte, lag daran, dass sich unsere Wohnung in der vierten Etage befand.

Zwei Jahre lang beobachtete ich von Zeit zu Zeit das Gebäude. Beobachten ist nicht das richtige Wort. Es war eher eine Multimomentaufnahme. Immer dann, wenn ich mich in der Nähe des Fenster befand, warf ich einen Blick auf das Haus. Niemals sah ich einen Menschen das Haus verlassen oder betreten. Mir fiel lediglich auf, dass in den Zimmern abends kein Licht brannte. Weder im Erdgeschoss noch in der Etage darüber. Dort lebte aber jemand. Das hätte ich beschwören können. Der Rasen vor dem Haus wurde eindeutig gepflegt. Gut, vielleicht spielten sich alle Aktivitäten nur in den Vormittagsstunden ab. Durchaus möglich, denn die Vormittage verbrachte ich in der Schule. An den Wochenenden fand ich überhaupt keine Zeit, um an das Haus zu denken. Sonderbar war auch, dass mein Interesse an den Vorgängen dort während der Wintermonate nachließ. Erst zwei Jahre nach dem Vorfall behandelten wir im Biologieunterricht die Ursachen für diesen Rhythmuswechsel beim Menschen.

Irgendwann im Frühjahr 1973, im Alter von 15 Jahren, weihte ich meine beiden Freunde in mein Geheimnis ein. Die beiden wohnten im Gebiet östlich von mir, das man wegen der Straßennamen das Musikerviertel nannte. Dort hätte ich auch gern gewohnt, denn das Viertel entstand vor unseren Neubauten. Es handelte sich um zweistöckige Reihenhäuser mit einem kleinen Garten hinter dem Haus. So verstanden meine Freunde zuerst gar nicht, von welchem Haus ich eigentlich sprach. Sie begriffen es erst, als ich ihnen nach dem Unterricht das Anwesen zeigte. Von nun an besuchten sie mich noch öfter als sonst schon. An einem Abend, es war spät geworden, meine Mutter hatte uns bereits darauf hingewiesen, beendeten wir das Skatspiel, wie wir es ihr versprochen hatten. Andreas warf noch schnell einen Blick aus dem Fenster. Aufgeregt rief er uns zurück.

„Seht selbst, im Minischloss tut sich was. Gerade als ich aus dem Fenster sah, tauchte dieses Auto auf. Jetzt fährt es zum Eingang. Schade, es hat die Beleuchtung gelöscht. Nichts mehr zu sehen."

„Ab jetzt, Andreas, werde ich immer um diese Uhrzeit einen Blick darauf werfen", tröstete ich ihn.

Leider teilten meine jüngere Schwester und ich das Kinderzimmer, aber es gelang mir dennoch. Das Auto erschien jeden zweiten Abend in der Dunkelheit. Morgens stand es nicht mehr vor dem Gebäude. Etwa 14 Tage darauf erzählte jeder von uns Freunden seinen Eltern etwas über eine Geburtstagsfeier, die durchaus etwas länger dauern könnte. Mittlerweile durften wir uns nach dem Abendbrot schon manchmal etwas länger draußen aufhalten, aber für gewöhnlich mussten wir um 22 Uhr zu Hause sein. Gegen 16 Uhr verließ ich unsere Wohnung und ging zu einem unserer Mitschüler, der zwar nicht eingeweiht war, aber zu unseren Freunden zählte. Bis um 22 Uhr spielten wir Rommé. Das bereitete uns mehr Vergnügen als Skat. Anschließend verabschiedeten wir uns und spazierten in Richtung des seltsamen Hauses.

„Hoffentlich kommt das Auto heute. Sonst wäre das alles umsonst gewesen. Die Ausrede mit der Geburtstagsfeier können wir jedenfalls nicht allzu häufig anwenden", stellte Michael fest.

„Dann lassen wir uns eben etwas anderes einfallen", erwiderte ich.

„Völlig richtig. Morgen schlafe ich übrigens bei dir, Michael", warf Andreas ein.

„Bei mir? Davon weiß ich ja noch gar nichts", erstaunte sich Michael.

„Bis vor einer Minute wusste ich es auch noch nicht. Niemand wusste es", antwortete lachend Andreas. Jetzt begriffen wir seinen Plan und lachten ebenfalls.

„Du hättest mal dein verdutztes Gesicht sehen sollen, Michael, einfach köstlich."

Inzwischen hatten wir die Lücke zwischen den beiden an der Straße gelegenen Wohnblöcke erreicht.

„Wir verstecken uns wohl lieber zwischen der Ummauerung für die Mülltonnen und dem Giebel",

schlug Andreas vor.

„Nein, das geht nicht. Von dort aus können wir die Eingangstür nicht sehen. Wir werden uns auf der anderen Seite zwischen den Büschen verstecken. Das ist besser", korrigierte ich ihn.

„Einverstanden, aber ich schlage vor, dass wir, sobald das Auto vom Tor in Richtung Haus fährt, schnell über die Straße laufen. Dann beobachten wir alles vom Tor aus", mischte sich sich Michael ein.

„Gute Idee", sagte ich.

„Finde ich auch", stimmte Andreas zu.

Wir nahmen die Position ein und warten. Nach gefühlten Stunden erschien das Auto und hielt vor dem Tor. Ein Mann stieg aus dem Wagen und ging zum Tor. Im Licht der Innenbeleuchtung sah ich deutlich eine weitere Person. Der Mann öffnete das Tor und für einen kurzen Moment konnte ich sein Gesicht sehen. Er ging um den Wagen herum, stieg ein und fuhr langsam los. Wir spurteten über den Rasen und die Straße. Noch bevor das Auto hielt, erreichten wir das Tor. Der Fahrer schaltete das Abblendlicht aus und schritt nach dem Verlassen des Wagens die Stufen zum Eingang hinauf. Irgendwo musste sich unter dem Türbogen eine ganz schwache Lampe befinden, denn ich erkannte seine Gestalt. Leider konnte ich nicht beobachten, ob er klingelte oder anklopfte, doch die Tür öffnete sich. In diesem Moment entstieg die andere Person dem Wagen, schlug die Beifahrertür ziemlich heftig zu und verschwand, ebenso wie der Mann, im Haus.

„Menschenskinder, wenn da nicht was faul ist, dann weiß ich auch nicht", entfuhr es Michael, „Was hat das zu bedeuten?"

„Ich habe keine Ahnung", entgegnete ich, „aber ich gebe dir völlig recht. Irgendetwas stimmt da nicht."

„Wir sollten uns vielleicht mal die Rückseite des Gebäudes ansehen", schlug Andreas vor.

„Wie können wir das bewerkstelligen? Das Gelände ist doch eingezäunt. Und die Mauer ist ebenfalls sehr hoch", fragte Michael. Ich überlegte.

„Wisst ihr was? Wir besorgen uns zwei Leitern. Die bor-

gen wir uns aus dem Neubaugebiet hinter dem Platten-
werk. Da liegen bestimmt welche herum. Ich habe mir
dort auch Kabelreste besorgt. War ganz einfach", schlug
ich vor.

„Die arbeiten da in drei Schichten. Das ist unmöglich",
stellte Michael fest.

„Ist es nicht. Ganz und gar nicht. Die legen auch Pausen ein. Ziemlich ausgedehnte noch dazu. Ich war zweimal da. Wir benutzen Andreas seine Ausrede. Schließlich hat jeder von uns schon einige Nächte bei seinem
Freund geschlafen. Zugegeben, bei mir hat wegen meiner Schwester noch keiner von euch eine Nacht verbracht, aber das funktioniert dennoch", erklärte ich voller Überzeugung.

In diesem Moment öffnete sich die Eingangstür des
Hauses und wir rannten schnell zurück in die Büsche.
Im Fahrzeug befanden sich wieder zwei Personen. Als
das Auto wegfuhr, fragte ich sofort: „Habt ihr auch zwei
Leute gesehen?"

Beide bestätigten meine Beobachtung. Wir legten noch
schnell fest, wann unser Coup starten sollte und verabschiedeten uns.

In der darauffolgenden Woche führten wir ihn aus.
Andreas und Michael bewohnten jeder im Erdgeschoss
ihrer Elternhäuser ein Zimmer für sich. Meinen Eltern
erzählte ich, dass ich bei Andreas schlafen würde, denn
eine große Klassenarbeit in Mathematik stünde bevor.
Das stimmte alles nur zur Hälfte, aber ich erhielt die
Erlaubnis meiner Eltern. Mit einbrechender Dunkelheit
kletterten wir aus dem Fenster, um uns mit Michael zu

treffen. Er wartete bereits auf uns. Ganz normal durchquerten wir die Wohnviertel und marschierten anschließend im Schein unsere Taschenlampen durch die alten Gärten. Wir überquerten die Straße, die zu dem neuen Wohngebiet führte und gingen entlang des Plattenwerks auf die Rohbauten zu. Dann warteten wir, denn es wurde noch gearbeitet. Nach einiger Zeit verstummte der Lärm und wir beschritten das Baugelände. Auf meine Empfehlung hin trugen wir alte Kleidung und Schuhe. Wir mussten nicht weit gehen, sondern liefen beinahe gegen einen Stapel von Holzleitern. Was für ein glücklicher Zufall! Schnell nahmen wir zwei Leitern vom Stapel herunter und gingen im Gänsemarsch zurück, wobei ich, der in der Mitte ging, in jeder Hand ein Leiterende trug. Mit den Leitern waren wir ziemlich auffällig, doch wir mussten nur ungesehen die Straße überqueren und in den alten Gärten verschwinden.

Diese Route erwies sich als sehr schwierig. Der Hinweg war im Laufe der Zeit zu einem Trampelpfad geworden, aber dieser Bereich erschien uns wie ein Dschungel zu sein. Wir schafften es, versteckten die Leitern und begaben uns in unsere Betten.

Am Tag darauf berieten wir uns. Wir überlegten, wie wir am einfachsten und unauffällig auf das Grundstück gelangen könnten. Von der Straße führte ein gepflasterter, schmaler Weg bis zur Küche. Ein Gehweg bis zum Schulhof schloss sich an. Über diesen Weg erfolgte die Versorgung der Küche und der Abtransport der Abfälle. Auf diese Art zu den beiden Schulhöfen zu gelangen, stellte kein Problem dar, aber es waren lange Wege, die viel Zeit und Kraft erforderten. Letztendlich einigten wir uns auf einen Frontalangriff. Dafür schien uns die rechte Ecke der Mauer des Grundstückes, von der Wohnung meiner Eltern aus betrachtet, an der sich der Zaun anschloss, geeignet zu sein. Einen Tag vor unserer Aktion wollten wir die Straßenbeleuchtung in diesem Bereich ausschalten. Um nicht aufzufallen, würden wir die außen angelegte Leiter ebenfalls über die Mauer ziehen und verstecken.

Allerdings mussten wir mindestens zwei Wochen mit der Ausführung unseres Plans warten, um unsere Eltern nicht zu beunruhigen bzw. ihren Argwohn zu wecken.

Die zwei Wochen erschienen uns eine Ewigkeit zu dauern. Selbstverständlich erkannten wir die Tragweite unseres Vorhabens, aber glaubten nicht einen Moment lang, dass man uns gleich ins Gefängnis werfen würde, sollten wir erwischt werden.

Endlich war es soweit. Für das Ausschalten der Straßenlaternen benötigten wir nur einige Steine. Wir holten die Leitern aus dem Versteck, schleppten sie zum seltsamen Haus und. stellten sie gegen die Mauer. Ich kletterte hinauf und zog die andere Leiter hoch. Auf der anderen Seite stellte ich sie ab und stieg hinunter. Michael folgte mir. Wir warteten auf Andreas und nahmen ihm die Außenleiter ab. Während er noch hinab stieg, versteckten Michael und ich die eine Leiter zwischen den Bäumen. Die andere ließen wir stehen. Behutsam schlichen wir den Giebel entlang. Vorsichtig schaute ich um die Ecke. Es war niemand zu sehen. Das Licht der Fenster erhellte den Hof. Wir liefen geradeaus weiter zu den Bäumen. Nun konnten wir die ganze Rückfront des Hauses einsehen. In mehreren Zimmern brannte Licht. Drei nebeneinanderliegende Fenster im Erdgeschoss waren vergittert und die Gardinen zugezogen. Zweimal glaubten wir die Silhouette eines gebeugten Menschen gesehen zu haben. Das Zimmer daneben war auch erleuchtet, aber nicht vergittert. Im Obergeschoss schien aus zwei Fenstern Licht. Andreas und ich beschlossen, uns das unvergitterte Fenster etwas genauer anzusehen. Als wir es erreichten, flüsterte ich: „Andreas, mach einen Steigbügel, damit ich mal einen Blick riskieren kann."

„Ja, ist gut."

„Das ist ein Vorratsraum. Die Fensterflügel sind nur angelehnt. Ich klettere mal rein", flüsterte ich ihm zu.

„Bist du verrückt? Das ist Einbruch!", flüsterte er zurück.

Sein Einwand kam zu spät, denn ich hatte schon das Fensterkreuz erfasst und zog mich nach oben. Nach einiger Anstrengung stand ich im Vorratsraum. Vorsichtig öffnete ich die Tür. Sie führte auf einen schwach beleuchteten Flur. Da ich nichts Auffälliges bemerkte, ging ich nach links. Die Tür, die zu den erleuchteten Fenstern führen musste, bestand aus solidem Eisen oder Stahl. Ein Guckloch und eine Klappe konnte ich im schwachen Schein der Beleuchtung erkennen. Ich wählte das Guckloch und erstarrte vor Schreck. In diesem Raum ging, an den Füßen gefesselt, ein Mann im Kreis. Mit den Fußfesseln konnte er nur kleine Schritte setzen. Sein Gesicht wirkte irgendwie entstellt und seine....

„Was wollen Sie hier. Wie kamen Sie herein und wer sind Sie überhaupt?", fragte mich eine großgewachsene, hagere und ältere Frau, mit deren Erscheinen ich nicht gerechnet hatte. Vor Aufregung nach Worten ringend, versuchte ich ihre Fragen zu beantworten.

„Folgen Sie mir!", forderte sie mich auf. Was blieb mir übrig? Sie führte mich die Treppe hinauf. Im oberen Flur blieb sie vor einer Tür stehen und klopfte an. Deutlich hörte ich eine Frauenstimme „Herein" sagen. Die große Frau ließ mir den Vortritt, schloss die Tür hinter uns und flüsterte der Frau im Sessel vor dem Kamin etwas zu.

„Ist gut, Annegret, Sie können gehen."

Die Frau im Sessel musterte mich aufmerksam. Sie musste in ihrer Jugend sehr hübsch gewesen sein. Ihre blauen, klaren Augen fixierten mich. Ihr Alter schätzte ich auf ungefähr 60 Jahre. Begleitet von einer Geste forderte sie mich auf: „Setzen Sie sich und erzählen Sie mir die ganze Wahrheit über Ihre Anwesenheit in diesem Haus."

In einem weiteren Sessel nahm ich Platz und erzählte ihr die ganze Geschichte. Besonders betonte ich die, meiner Meinung nach, mysteriösen Vorgänge und bat natürlich um Verzeihung. Geduldig hörte sie sich meine Ausführungen an. Dann schwieg ich. Für einen Moment schloss sie ihre Augen und seufzte einmal auf. Sie öffnete die Augen wieder und schien mir plötzlich gealtert zu sein.

„Wo sind ihre Freunde jetzt?", fragte sie.

„Ich nehme an, dass sie abgehauen sind", antwortete ich. Sie griff zum Telefon und wählte eine kurze Nummer. „Wahrscheinlich ist das ein Haustelefon", dachte ich.

„Annegret, Sie müssen wachsam sein. Es befinden sich zwei weitere junge Männer auf dem Grundstück. Der junge Mann hier ist durch das Fenster des Vorratsraumes eingedrungen. Das haben Sie mir gar nicht erzählt. Wie bitte? Ach so, verstehe. Danke."

„Junger Mann, ich habe Annegret vorhin gebeten, meinen Sohn zu informieren. Wir werden auf ihn warten. Inzwischen kann ich Ihre Neugierde zum Teil befriedigen. Ich bezweifele, dass Ihnen der Name Clemens im Zusammenhang mit dieser Stadt etwas sagt, oder doch?" Erwartungsvoll sah sie mich an.

„Meine Dame, zu meinem Bedauern sagt mir der Name nur etwas in Verbindung mit einem Schriftsteller", beantwortete ich ihre Frage. Ein leichtes Lächeln umspielte ihren Mund. Das Lächeln verschwand sofort wieder und sie fuhr fort: „Nun ja, das hatte ich auch nicht erwartet. Möchten Sie einen Kaffee oder Tee?"

„Oh nein, danke", erwiderte ich erstaunt. Sie bot einem Einbrecher etwas zu trinken an!

„Unsere Familie, nein, diese Stadt ist seit hunderten Jahren mit dem Namen unserer Familie verbunden. Wir zählten zu den einflussreichsten und wohlhabendsten Familien der Stadt und ihrer Umgebung. In den meisten Hanse Städten unterhielten wir Kontore. Dennoch strebte nie ein Mitglied der Familie nach einem Titel oder einer bestimmten Position. Wir blieben lieber im Hintergrund und lenkten so die Entwicklung der Stadt. Ich sage das ganz bewusst, denn ich heiratete ein und trug nicht nur zum Erhalt des Namens bei, sondern wurde ein überzeugter und fester Bestandteil des Hauses.... Doch soweit sind wir noch nicht. Rechtzeitig erkannten unsere Vorfahren den Niedergang der Hanse und wandten sich anderen Geschäftszweigen mit Erfolg zu.

Dieses Landhaus wurde um 1850 errichtet. Das Land, auf dem jetzt soviel gebaut wird, gehörte zum Besitz. Glücklicherweise strebten die Vorfahren, ich erwähnte es bereits, keine Titel oder Ämter an. Ebenso hielten sie sich fern von den verschiedenen politischen Strömungen, wobei es oftmals schwierig bis unmöglich war, dies für den Fortgang guter Geschäfte zu vermeiden. Entschuldigen Sie bitte die kurze Unterbrechung."

Sie griff wieder zum Telefon und wählte auch wieder die kurze Nummer.

„Annegret, würden Sie mir bitte einen Kaffee heraufbringen? Danke."

Wir schwiegen und warteten. Die ganze Zeit über fragte ich mich, warum sie mir das alles erzählte. Sie hätte doch Annegret mit dem Rufen der Polizei anstatt ihres Bruders, beauftragen können. Ich verstand ihr Verhalten einfach nicht. Gleichzeitig fragte ich mich, was meine Freunde jetzt wirklich machten, denn daran, dass sie einfach abgehauen waren, glaubte ich keinen Moment. Sie würden einen Freund nicht im Stich lassen. Bereits am folgenden Tag hatte mir Andreas damals erzählt, was während meiner Abwesenheit draußen geschah.

Nun, Jahre später, lagen die Dinge etwas anders. Vor zwei Tagen schrieb ich ihm eine Nachricht. Zuerst berichtete ich ihm von der Anzeige in der Zeitung. Dann bat ich ihn, die Ereignisse in der betreffenden Nacht mit eigenen Worten niederzuschreiben und Michael zu benachrichtigen. Er kam der Bitte umgehend nach. Ich füge seine Darstellung ganz bewusst an dieser Stelle ein.

Ich half Thomas dabei, einen Blick in den erleuchteten Raum zu werfen. Er teilte mir mit, dass es wahrscheinlich ein Vorratsraum war und er hineinklettern wollte. Da das ein Einbruch gewesen wäre, warnte ich ihn. Das unbefugte Betreten des Grundstücks fand ich ausreichend, aber er kletterte bereits durch das Fenster. Nun konnte ich nur noch warten. Plötzlich stand Michael neben mir.

„Ich hab's gesehen. Ist Thomas nicht klar, dass er und wir in Teufels Küche kommen können?", fragte er mich ganz aufgeregt.

„Mach dir keine Sorgen. Er wird sich schon nicht erwischen lassen. Wir müssen nur abwarten", versuchte ich ihn zu beruhigen.

„Na, hoffentlich stimmt das auch."

Wir warteten. Hin und wieder sah ich auf die Uhr. Nach 20 Minuten hatte ich vom Warten die Nase voll.

„Michael, wir warten jetzt schon 20 Minuten. Ich klettere jetzt auch rein und suche ihn. Hilf mir mal!"

„Jetzt ist der Nächste verrückt geworden. Das gibt es doch nicht. Was soll ich denn hier draußen alleine anfangen? Kannst du mir das mal sagen?", fragte mich Michael, während seine Hände einen Steigbügel formten.

„Entweder du wartest, kommst mit oder gehst nach Hause. Du kannst dich frei entscheiden."

„Frei entscheiden nennst du das. Wenn ich jetzt den Schwanz einziehe, kann ich nie wieder in den Spiegel schauen. Zum Warten so ganz allein habe ich auch keine Lust, also bleibt mir gar keine freie Wahl. Ich komme mit rein. Das Dumme ist nur, dass ich niemanden habe, der den Steigbügel für mich macht."

„Quatsch, ich zieh dich doch hoch", entgegnete ich. Mit seiner Hilfe kletterte ich durchs Fenster und zog Michael anschließend hoch. Das klappte einwandfrei. Vorsichtig öffnete ich die Tür und spähte durch den Türspalt. Es war niemand zu sehen. Doch dann hörte ich, wie irgendwo in der Nähe eine Tür geöffnet wurde. Schnell, aber geräuschlos schloss ich die Tür des Vorratsraumes und gab Michael zu verstehen, sich still zu verhalten. Wir warteten einige Minuten. Ich versuchte es erneut, doch diesmal schaltete ich die Zimmerbeleuchtung aus. Kaum hatte ich die Tür einen Spalt weit geöffnet, erschütterte mich ein ungeheuer lauter Schrei, als ob irgend jemand massakriert würde. Ich schloss also wieder die Tür, schaltete meine Taschenlampe ein und ging zu Michael, der an einem der Kühlschränke lehnte.

„Hast du das auch gehört?", fragte ich ihn.

„Mensch, Andreas, vielleicht foltern die hier irgendwo Thomas. Wir müssen etwas unternehmen. Lass uns abhauen und die Polizei holen."

„Bist du verrückt? Dann wandern wir in den Knast. Wir gehen jetzt weiter, suchen ohne Rücksicht auf Verluste nach Thomas und hauen ihn raus. Danach verschwinden wir. Einverstanden?"

Michael überlegte einen Moment und sagte lakonisch: „Sicher."

Als wir im Flur oder Korridor standen, schaltete ich die Taschenlampe aus. Rechts von uns sahen wir eine metallene Tür mit einem Türspion. Es war aber nur ein Guckloch. Ich schaute in den Raum. Auf dem Fußboden hockte ein Mensch. Das war jedenfalls nicht Thomas.

So schnell bekommt ein Junge wie Thomas keine grauen Haare. Gegenüber befand sich noch eine Tür. Sie war verschlossen. Wir wandten uns um und gingen in Richtung eines Empfangsraumes. Links von uns befand sich eine ebenfalls verschlossene Tür. Die Empfangshalle mit einer großen Treppe wirkte im Licht der spärlichen Beleuchtung angsteinflößend.

Deutlich vernahmen wir die Schritte einer Person, die die Treppe hinunter ging. Unverzüglich versteckten wir uns. Aus meinem Versteck heraus meinte ich eine große Frau, die sich in den rechten Teil des Gebäudes begeben hatte, gesehen zu haben. Wurde Thomas dort oben festgehalten? Das mussten wir herausfinden! Wir stiegen die Stufen der Treppe vorsichtig empor, um ein eventuelles Knarren zu vermeiden. Im Obergeschoss angekommen, fragte ich Michael leise: „Michael, auf welcher Seite brannte das Licht im Obergeschoss?"

„Auf der rechten Seite."

„Dann weiß ich Bescheid. Also weiter!"

Nach einigen Schritten stießen wir auf eine Tür. Bevor ich versuchte sie zu öffnen, guckte ich durch das Schlüsselloch. Was ich erblickte, hätte mich beinahe umgehauen. Während wir in größter Sorge um Thomas auf der Suche nach ihm durch ein fremdes Haus schlichen, saß er ganz ruhig mit einer Frau gemütlich in einem Lehnsessel vor dem Kamin. Die Frau trank gerade irgendetwas aus einer Tasse. Ich wandte mich an Michael: „Gucke du mal durch."

Nach nur einer Minute flüsterte er mir zu: „Na, das ist ja ein Ding. Uns geht der Hintern auf Grundeis und Thomas sitzt gemütlich vor dem Kamin. Was unternehmen wir jetzt? Hast du eine Idee, Andreas?"

„Ich weiß es auch noch nicht. Thomas schwebt jedenfalls nicht in Gefahr. Wir könnten jetzt einfach gehen. Andererseits würde ich gerne und sofort wissen wollen, was hier eigentlich gespielt wird. Die beiden Frauen stellen doch kein Hindernis dar. Weshalb ist er nicht einfach abgehauen? Sollen wir einfach hineingehen? Was meinst du?", fragte ich Michael, dem ich ansah, dass er sich bereits entschlossen hatte.

„Wir werden ganz normal anklopfen und sehen was passiert. So langsam ärgere ich mich nämlich. Uns einfach schmoren zu lassen. Das ist doch nicht in Ordnung, oder?"

„Das sehe ich ganz genauso. Dann wollen wir mal."

Nach meinem Anklopfen hörten wir ein deutliches „Herein" und ich öffnete die Tür. Etwas zögerlich trat ich, gefolgt von Michael, der nach uns die Tür schloss, ein.

„Seien Sie willkommen und nehmen Sie bitte Platz. Sie sind bestimmt die Freunde des jungen Mannes hier. Also nehmen Sie bitte Platz. Ich rede ungern mit stehenden Gästen", forderte die Frau uns auf. Thomas, der sich bei unserem Eintritt erhoben hatte, nahm wieder seinen Platz ein. Wir gingen um eine Couch herum und setzten uns. Ich schaute erst auf die Frau und danach zu Thomas, der mit den Achseln zuckte. Richtig klug wurde ich nicht daraus. Doch dann ergriff die Frau das Wort: „Meine Herren, Ihr Freund hat mir alles erzählt. Ich kann ihre Neugierde bis zu einem gewissen Punkt sogar verstehen, aber zur Zeit warten wir auf meinen Sohn, um uns gemeinsam zu beraten. Sie sehen mich so ungläubig an, doch ich meine es

wirklich so. Gemeinsam. Wer von ihnen ist Andreas?"
„Das bin ich."

„Dann sind Sie also Michael", stellte sie, Michael an-
schauend, fest. Danach ergriff sie ihre Tasse, doch in
diesem Moment betrat ein Mann den Raum. Ich schätzte sein Alter auf 40 bis 45 Jahre. Während wir jede seiner Bewegungen verfolgten, ging er, ohne uns auch nur
anzusehen zu seiner Mutter. Er begrüßte sie und stellte
sich neben ihren Sessel. „Annegret hat mit bereits ein
wenig erzählt, aber was ist hier wirklich geschehen,
Mutter?" Danach musterte er uns gründlich.

„Dieser junge Mann", und sie wies auf Thomas, „beobachtet unser Haus schon seit zwei Jahren. Vor einigen
Wochen weihte er seine Freunde auf der Couch ein. Sie
fanden es merkwürdig, dass sie nie einen Menschen auf
dem Grundstück sahen, obwohl doch der Rasen, um nur
ein Beispiel zu nennen, regelmäßig gepflegt wird.
Ebenso wunderten sie sich darüber, dass sie abends nie
ein erleuchtetes Fenster sahen. Dann entdeckten sie,
dass alle zwei Tage ein Auto in der Nacht vorfuhr, doch
am Morgen verschwunden war. Sie beschlossen, der
Sache auf den Grund zu gehen und sich im ersten
Schritt der nächtlichen Ankunft des Wagens zu widmen.
Das brachte sie nicht viel weiter und deshalb wandten
sie sich der Rückseite des Hauses zu. Einen Einbruch
hatten sie wohl nicht geplant, aber das offene Fenster
im Vorratsraum und die Frage, weshalb drei der Fenster
vergittert sind, verführte und spornte sie an. Der junge
Mann hier", sie zeigte wieder auf Thomas, „hat ihn gesehen. Nun müssen wir das weitere Vorgehen bespre-
chen."

An dieser Stelle werde ich fortfahren. Der Mann, groß und etwas beleibt, forderte mich zuerst auf, mich zu meinen Freunden auf die Couch zu setzen. Er setzte sich in den Sessel, legte die Fingerspitzen aneinander und überlegte. Dann sah er mich an und fragte: „Ihr seid doch noch minderjährig, oder?" Ich nickte.

„Das dachte ich mir. Einbruch bleibt Einbruch, auch nach dem Jugendstrafgesetz. Dessen bist du dir doch bewusst? Aber soweit sind wir noch nicht. Erzähle mir genau, wen oder was du zu sehen geglaubt hast", forderte er mich auf.

„Ich bin durch das Fenster des Vorratsraumes geklettert und habe in den Flur geschaut. Da ich niemanden sah, ging ich nach links bis zur Eisentür und sah durch das Guckloch einen an den Füßen gefesselten Mann mit kleinen Schritten im Kreis gehen. Sein Gesicht wirkte irgendwie entstellt. Ich kann es nicht weiter beschreiben, denn ihre Hausangestellte erwischte mich. Sie führte mich zu ihrer Mutter", berichtete ich ihm.

„Also, Annegret ist nicht unsere Hausangestellte, sondern seit vielen Jahren als Krankenschwester für uns tätig. Der Mann, den du gesehen hast, ist mein zwei Jahre jüngerer Bruder. Ihr werdet es nicht wissen, aber unsere Familie…." Er unterbrach sich, denn ich hatte ganz unabsichtlich mit dem Kopf genickt, und wandte sich seiner Mutter zu:

„Hast du schon alles erzählt, Mutter?"

„Nein, natürlich nicht. Ich sprach lediglich über die Geschichte der Familie."

„Ja, gut. Mein Bruder wuchs, ebenso wie ich, wohlbehütet auf. Zu jener Zeit nutzten meine Eltern dieses Anwesen nur gelegentlich an den Wochenenden. Hier konnten wir richtig spielen und toben. In unserem Stadthaus, in dem meine Familie lebt, war und ist das nicht möglich. Mein Bruder, er heißt übrigens Christian, nahm viele Dinge auf die leichte Schulter. Es mangelte ihm gelegentlich auch an Selbstbeherrschung, Ausdauer, Konzentration und Zielstrebigkeit. Dennoch nahm er nach dem Abitur ein Studium auf. Da ich bereits studierte, um die Interessen der Familie zu wahren und die Geschäfte zu übernehmen, entschied sich Christian für eine künstlerische Laufbahn. Er zeichnete und malte wirklich gut, nur vollendete er kaum eines seiner Bilder. Jedenfalls ging er zum Studium nach Berlin. Berlin war zu jener Zeit noch in Sektoren eingeteilt, aber das wisst ihr sicherlich alles. Er geriet mit Menschen, Leuten zusammen, die das Leben, wie er es uns einmal zu erklären versuchte, genießen wollten. Mehrmals mussten meine Eltern ihren Einfluss geltend machen, um seine Exmatrikulation zu verhindern. Wir hörten von Alkoholexzessen, leichten Mädchen und Drogen. Er veränderte sich zunehmend zu einem Menschen, der jähzornig, gewalttätig und gefährlich werden konnte. Zweimal retteten ihn nur die Beziehungen meiner Eltern vor einer Anklage. Dann, das konnten auch sie nicht mehr verhindern, folgte die Exmatrikulation.

Er blieb jedoch in Berlin und setzte sein ausschweifendes Leben fort. Auf welche Weise er sein Dasein bestritt, erfuhren wir nie. Christian erhielt eine Art Rente, eine monatliche Zahlung, die sein Großvater für ihn und mich testamentarisch verfügt hatte, aber davon konnte man nicht leben. In unserer Familie stand nie das Ausgeben von Geld, sondern das Verdienen und Vermehren desselben im Vordergrund. Sicherlich gönnten sich unsere Vorfahren auch etwas. Ein hübsches Anwesen hier, eine Jacht dort, ausgedehnte Reisen usw., aber das sahen sie als Belohnung für ihre harte Arbeit an. Natürlich nicht körperlicher Art. Ich glaube, ihr versteht schon, was ich damit sagen will. Über mehrere Jahre hinweg hörten wir nichts mehr von meinem Bruder. Auch ein Privatdetektiv, den meine Eltern engagiert hatten, konnte ihn nicht finden. Doch dann erreichte uns ein Brief aus einer Hautklinik. Darin wurde uns mitgeteilt, dass Christian randalierend in Ostberlin festgenommen worden war. Nach einigen Aufenthalten in verschiedenen klinischen Einrichtungen verlegte man ihn wegen des Verdachtes auf eine Geschlechtskrankheit dorthin. Der Verdacht bestätigte sich. Nun schalteten sich meine Eltern natürlich ein. Irgendwie erreichten sie seine Entlassung und Verlegung zurück in seine Heimatstadt. Vielleicht erzählt euch meine Mutter etwas mehr darüber."

Seine Mutter lehnte dies ab.

„Gut, dann eben nicht. Diese ganze Aktion musste völlig geheim bleiben, denn schließlich hatte unsere Familie einen guten Ruf zu verlieren. Er wurde in diesem Haus untergebracht und behandelt. Seine gelegentlichen, ich sage der Einfachheit halber, Ausraster verstärkten sich immer mehr. Außer dem Arzt, zwei Krankenschwestern, meiner Mutter und mir ließ er keinen mehr an sich heran. Meinen Vater verletzte das sehr. Er verstarb vier Jahre nach Christians Rückkehr. Das große Zimmer, in dem Christian untergebracht wurde, verwandelte sich im Laufe der Jahre in dieses Gefängnis. Jeden zweiten Tag wechseln die Krankenschwestern, die ausschließlich für uns arbeiten. Alles, was im Haus benötigt wird, schaffe ich heran. Ich halte unter anderem auch den Rasen kurz. Ihr begreift, dass wir als Familie eine schwere Last zu tragen haben."

Er legte eine kurze Pause ein. Dann fuhr er fort: „Jetzt gibt es meiner Meinung nach nur zwei Möglichkeiten. Der erste Weg ist selbstverständlich eine Anzeige gegen euch. Das widerstrebt uns. Weshalb könnt ihr euch denken. Der zweite Weg besteht darin, dass ihr ein Geständnis unterschreibt und ein Gelöbnis ablegt. Ihr müsst uns schwören, dass ihr bis zu meinem und Christians Tod über das Haus und seine Geschichte gegenüber jeder Person schweigen werdet. Für welche Variante entscheidet ihr euch?"

Wir berieten uns nicht lange. Gemeinsam mit Herrn Clemens setzen wir das Geständnis auf. Anschließend legten wir den Eid oder das Gelöbnis ab.

Herr Clemens sagte uns zum Abschied, dass diese übertriebene Geheimniskrämerei auch seine Phantasie und Neugier im Alter von 15 Jahren belebt und geweckt hätte. Damit waren wir entlassen.

Schnell holten wir unsere Leitern und marschierten in Richtung der alten Gärten. Nach vielleicht 50 Metern stoppte ich, setzte die Leitern ab und fragte meine Freunde: „Sagt mal, was machen wir hier eigentlich?"

Andreas und Michael sahen mich sehr verdutzt an. Das konnte ich im Mondschein gut erkennen.

„Na, wir verstecken wieder die Leitern", meinte Andreas.

„Andreas, eure Eltern haben einen Garten hinter ihren Häusern mit drei, vier Obstbäumen darin. Glaubst du nicht, dass die Leitern in euren Gärten besser aufgehoben wären, als in unserem Versteck?"

„Da hat Thomas völlig recht. Wir müssen die Leitern nur ein oder zwei Tage lang im Garten verstecken. Danach erzählen wir unseren Eltern eine nette Geschichte", schlug Michael vor.

„Apopros Geschichte. Ich bin froh, dass wir aus der Geschichte vorhin mit heiler Haut raus gekommen sind. Ein Geständnis, eine Unterschrift und fertig. Wer will mich abhalten, die Story in 14 Tagen meinen Eltern zu erzählen?", fragte Andreas.

„Ich verstehe dich manchmal nicht, Andreas. Da gibt es ein Geständnis und wir haben einen Eid geschworen. Reicht das nicht aus?", erwiderte ich.

„Wenn ich das meinen Eltern erzählen würde, dann bekäme der Clemens das doch gar nicht mit, oder?"

„Haben deine Eltern einen Eid geleistet? Nein. Warum in drei Teufels Namen sollten sie sich an deinen Eid halten, den du doch dann gebrochen hättest? Außerdem verbreiten sich solche Geschichten sehr schnell und die Clemens haben, du hast es selbst gehört, ihr Ohr an der Masse und beste Beziehungen. Wir müssen die Klappe halten. Anders geht es nicht", führte ich, leicht erregt, aus.

„Ja. du hast recht. War blöd von mir, aber nicht so blöd, einfach einen Einbruch zu begehen, oder?"

„Ja, das stimmt. Ich weiß selbst nicht, was da auf einmal über mich gekommen ist. Es tut mir Leid und ich entschuldige mich dafür bei euch."

„Na, schon vergessen. Wir halten den Mund und reden nicht mehr darüber", sagte Andreas.

„Der Meinung bin ich auch", fügte Michael hinzu.

Wir schnappten unsere Leitern und marschierten nun in Richtung Musikerviertels.

Andreas, Michael und ich hielten uns jedenfalls an unseren Eid, obwohl unser Einbruch ohnehin bald verjährte. Wenn wir in den folgenden Wochen nach diesem Vorfall vom Kinderzimmerfenster aus auf das Gebäude blickten, sahen wir öfter einen Gärtner. Manchmal standen auch ein oder zwei Fahrzeuge vor dem Haus und auch in den Zimmern der Vorderfront des Hauses brannte gelegentlich Licht. Andreas und Michael schoben ihren Eltern die Leitern als zufällige Gelegenheit unter. Sie fielen, als sie sich auf dem Nachhauseweg von der Schule befanden, einem gerade vorbeifahrendem LKW von der Ladefläche. Bei dem Kopfsteinpflaster wäre das doch kein Wunder gewesen. War es auch nicht.

Die Papyrusrollen der Katharer

1. Kapitel

In den vergangenen 60 Jahren beschäftigten sich Betrü-
ger, Forscher, Wissenschaftler, Reporter, Schriftsteller,
Kommentatoren, sogenannte Sachkundige, Produzen-
ten von Spielfilmen, Dokumentationen usw. mit dem
kleinen Ort Rennes-le-Chateau, in der Region Okzitanien, in Südfrankreich gelegen. Vom Heiligen Gral, dem
Schatz der Templer, Katharen und Goten wurde berichtet. Bis hin zu möglichen Nachkommen Jesus
Christus erstreckt sich die Spannweite der Phantasie
und Ausschmückungen. Sehr häufig wurde der Name
Abbe Beringer Sauniere genannt, der angeblich mal einen Schatz, dann wieder irgendwelche Dokumente gefunden haben soll. Auch auf die Prieure de Sion, offensichtlich nur eine Erfindung des Herrn Pierre
Plantard, der 1953 wegen Betrugs und angeblicher Un-
terschlagung, später sogar zu einer Haftstrafe von einem Jahr verurteilt wurde, - der Grund soll die Entfüh-
rung von Minderjährigen gewesen sein - wird in diesem
Zusammenhang öfter Bezug genommen.

Das sind sicherlich alles interessante Geschichten,
aber in der kleinen Stadt Lannemezan, südwestlich von
Toulouse, und etwa 200 Kilometer von Rennes-le-Chateau entfernt, erwarteten zwei Franzosen am 27.6.1998
vor einem kleinen Bistro am Marktplatz drei Herren aus
dem Ausland. Die beiden Franzosen, Gerard Lebeau
und Philipp Granier, gehörten einem Verein der

Stadt Toulouse an, der sich mit der Historie des ganzen Gebietes Okzitanien befasste. Um 14 Uhr 25 hielt ein weißer Ford Escord vor dem Bistro. Zwei Männer entstiegen dem Wagen und wurden von den beiden Franzosen, die sich erhoben hatten, freudig begrüßt. Wer waren diese beiden Herren? William Holden, ein Engländer und Autor von Kurzgeschichten, widmete seine Zeit der Erforschung von Mysterien und der Geschichte Europas. Der Vierte im Bunde, Joachim von Sternau, entstammte einer verarmten Adelsfamilie. Er interessierte sich besonders für die verschiedenen Zweige seines Geschlechts, denn sie reichten nach Frankreich, England und Russland. Während des äußerst zeitintensiven Studiums der Familiengeschichte stieß er auf zwei seiner Vorfahren, die sich im Dienst der Könige Frankreichs befunden hatten. Das war nicht besonders aufregend, denn ein anderer Urahn diente sogar in einem russischen Regiment.

Gemeinsam saßen sie nun vor dem Bistro im Schatten der Arkaden, die den Marktplatz umgaben, an einem Tisch. Das Bistro war um die Mittagszeit nicht sehr besucht. Einige ältere Bewohner und Touristen hatten es sich in den Arkaden und im Bistro gemütlich gemacht. Es war ungewöhnlich warm für die Jahreszeit. Seit einigen Wochen hatte es nicht mehr geregnet. Selbst der Wind blieb aus, und eine drückende Hitze herrschte im Zentrum des Städtchens. Die vier Männer waren sich bisher nie persönlich begegnet. Sie kannten sich nur durch das Internet. Ihr gemeinsames Interesse an der Geschichte und Hinterlassenschaft der Katharer verband sie. Philipp Granier wandte sich Holden zu: „Was

174

kann ich für Sie und Joachim bestellen?" Der Deutsche und auch Holden entschieden sich für ein Glas Bier. Der Wirt servierte kurz darauf die Getränke. Nach einem kräftigen Schluck ergriff von Sternau das Wort. „Entschuldigen Sie bitte unsere kleine Verspätung, aber leider hatten wir uns etwas verfahren. Wir sind uns nicht ganz einig, denn William glaubt, dass wir ein Hinweisschild übersehen haben, während ich mich als Fahrer nur über den Wechsel des Sonnenstandes gewundert habe. Sie kennen das vielleicht auch. Aber, wie ich sehe, müssen wir noch auf das Eintreffen des letzten Mitglieds unseres Clubs warten. Mein Landsmann Michael sollte jedoch bald zu uns stoßen. Geben wir ihm noch etwas Zeit."

Die beiden Franzosen waren gemeinsam aus dem Süden Frankreichs nahe der Grenze zu Spanien angereist, denn sie hatten für einige Tage als Helfer an einer Grabung bei Lourdes teilgenommen. William Holden und Joachim von Sternau reisten aus dem Westen Frankreichs an. Sie trafen sich bereits dort. Sternau besichtigte drei Schlösser, auf deren Namen er während seiner Ahnenforschung gestoßen war. Holden schloss sich ihm gern an, da er sich immer auf der Suche nach einer guten Story befand. Lediglich Michael Werner fuhr alleine nach Lannemezan.

2. Kapitel

Am 25.06. 1996, also zwei Tage vor dem Zusammentreffen der vier Hobbyforscher in Lannemezan, fand folgendes Gespräch in einem kleinen Hotelzimmer statt. Das Hotel befand sich am südlichen Stadtrand von Toulouse. Nur zwei Personen waren anwesend. Der ältere Mann, so um die vierzig Jahre alt, war etwas dicklich und klein. Ein junger Mann, etwa 28 Jahre alt, blond und mit sportlicher Statur, hörte sich gerade die Ausführungen des Älteren an.

„Haben Sie alles verstanden? Sie dürfen nicht versagen. Zuviel hängt davon ab. Es ist unsere Aufgabe, Frankreichs Geschichte, seine Größe und Schätze zu bewahren. Das wissen Sie selbstverständlich, mein lieber Bertrand, aber das weitere Geschehen, unsere Bemühungen dieser Aufgabe gerecht zu werden, ist mit dem Erfolg ihrer Mission verknüpft. Die Folgen eines Versagens wären einfach katastrophal."

„Ich bin auf alles vorbereitet, Monsieur. Erst werde ich mich des Herrn Werners annehmen. Dann sehen wir weiter", erwiderte der junge Mann.

„Unterschätzen Sie diese Leute nicht. Das sind keine gewöhnlichen Menschen. Sie haben in der Vergangenheit nicht nur finanzielle Einbußen und Rückschläge erlebt und überwunden, sie sind bis auf das Äußerste gewillt, unseren Glauben, unsere Vergangenheit und unseren Nationalstolz zu vernichten. Dessen sind sie sich nicht bewusst, aber es liegt an uns, dieses Unheil zu vermeiden. Ich werde Sie, Bertrand, auf jeden Fall sofort informieren, sollten sich unsere Freunde bei mir melden. Sobald Sie Ihre erste Aufgabe erledigt haben, kehren Sie nicht wieder hierher zurück. Das Zimmer hier habe ich nur für heute gemietet. In Lannemezan ist ein Zimmer im Chateau Farbe auf Ihren Namen reserviert.

Nur für eine Nacht. Wenn wir Glück haben, könnten Sie den anderen Gesuchten schon dort begegnen und weitere Schritte unternehmen. Der Wagen vor dem Hotel ist ebenfalls auf Ihren neuen Namen gemietet. Die Papiere sind hier."

Während er die Papiere übergab, bückte er sich, um seine Aktentasche, die auf dem Tisch lag, aufzurichten und zu öffnen. Bertrand nahm die Papiere und schlug sie auf. „Jean-Pierre Levebre? Nicht besonders einfallsreich. Thomas Morel! Ist ja eigentlich auch egal. Der Wagen ist wenigstens gut. Ich heiße jetzt also Jean-Pierre?"

„Richtig. Morel ist nur zur Sicherheit gedacht. Hier ist Ihr Browning. Nicht registriert und sauber."

„Wie sind Sie diesen Leuten eigentlich auf die Schliche gekommen?"

„Oh, das ist durchaus nicht mein Verdienst. Einem unserer Freunde in Lyon fiel ein Artikel des Engländers im Internet auf. Danach schleusten er und seine Hacker, so nennt man sie wohl, irgendein Programm auf den Rechner des Autors. Ich verstehe von diesen Dingen zu wenig. Durch den Schriftverkehr erfuhren wir die Namen der anderen Beteiligten und, leider erst gestern, von ihrem Treffen in Lannemezan. Es ist höchste Zeit für mich. Sie können mich jederzeit anrufen, sollten sich Schwierigkeiten ergeben, oder Sie Unterstützung benötigen. Hals und Beinbruch."

„Das wird sicher nicht der Fall sein, aber vielen Dank", erwiderte Bertrand.

3. Kapitel

Seit geraumer Zeit beobachtete Herr Werner einen schwarzen Audi im Rückspiegel seines Leihwagens. Der Fahrer hatte bereits mehrmals versucht, sein Auto zu überholen, aber die schmale und kurvenreiche Straße vereitelte dessen Bemühungen. Endlich bot sich eine Gelegenheit. Herr Werner drehte schnell die Seitenscheibe herunter und gab dem anderen Fahrer ein Handzeichen. Der Audi beschleunigte sofort, und dankend winkte der Fahrer ihm im Vorbeirauschen zu. Werner konnte den Fahrer nicht genau erkennen, denn die dunkel getönten Scheiben des Wagens ließen das nicht zu. Die Landschaft gefiel ihm. Er freute sich, die Nebenstraße gewählt zu haben, denn der Radiosender mit französischer Volksmusik berichtete gerade über einem Unfall, der sich auf der A64 zugetragen hatte.

Nach ungefähr fünf Kilometern stieß er wieder auf den schwarzen Audi. Das Auto stand mit geöffneter Motorhaube am Straßenrand. Den Fahrer sah er nicht. Herr Werner hielt hinter dem Audi an, stieg aus und ging auf den Wagen zu. Als er die Vorderfront erreichte, erblickte er den Fahrer, der sich über den Motorraum gebeugt hatte.

„Kann ich ihnen behilflich sein, Monsieur?", erkundete sich er sich freundlich. Der angesprochene junge Mann richtete sich auf.

„Das können sie tatsächlich", erwiderte er und wollte anscheinend eine Packung Zigaretten aus der Innentasche seines Sakkos holen. Zweimal bellte der Browning auf.

4. Kapitel

Die vier Männer vor dem Bistro in Lannemezan schauten hin und wieder auf ihre Uhren. Ihr erwartetes Mitglied befand sich offenbar noch auf der Anreise. Seit zwei Stunden warteten sie bereits auf sein Eintreffen. Schließlich wandte sich Granier an seine Begleiter: „Ja, meine Herren, Michael hat sich bestimmt verfahren oder verschätzt. Das kommt öfter vor, aber Frankreich ist nicht so klein, wie es auf der Karte aussieht. Das ist sogar mir passiert, als ich in der Bretagne eine Rundfahrt mit meiner Familie unternahm. Wie dem auch sei, wir sollten nicht länger warten, sondern unsere Zimmer im Hotel beziehen. Bis zur ersten Burg brauchen wir morgen noch gute drei oder vier Stunden. Michael muss das Hotel eben allein finden. Es ist ja nicht weit entfernt von hier. Er muss sich gegebenenfalls durchfragen. Wollen wir aufbrechen?"

Die Männer sahen sich einander fragend an. „Ich schließe mich ganz Ihrer Meinung an, Philipp. Sie und Gerard fahren voraus, Joachim und ich folgen. Wir sollten unsere Zeit nicht verplempern, außerdem haben wir heute genügend Zeit auf den Straßen Ihres Landes verbracht", erwiderte Holden, „Ich möchte schnellstens unter die Dusche."

5. Kapitel

In der Mordkommission von Toulouse klingelte ein Telefon. „Mordkommission Toulouse, Kommissar Bestier am

Apparat." Eine halbe Stunde darauf jagte Bestier mit zwei Kollegen und einem Gerichtsmediziner, den er informiert und abgeholt hatte, in einem Dienstwagen in Richtung Lannemezan.

Die Gendarmerie und der Rettungswagen waren von einem älteren Ehepaar gerufen worden. Als die Gendarmen die Unfallstelle erreichten, versuchten der Notarzt und ein Sanitäter bereits einen Mann aus dem verunglückten Fahrzeug zu bergen. Das gelang ganz gut, aber der Notarzt konnte nur noch den Tod und zwei Einschüsse feststellen.

Unterdessen nahm der eine Gendarm die Aussage des Ehepaares auf, das ihre Reise danach fortsetzen konnte. Der andere Gendarm, der sich nun beim Unfallwagen befand, war ziemlich erstaunt, als ihn der Notarzt informierte. Die Annahme des Gendarms, dass der Fahrer die Kontrolle über seinen Wagen verloren hatte und den Abhang herunter gestürzt war, erwies sich somit als falsch. Umgehend informierte er die Mordkommission und den Abschleppdienst. Die Aussage des Notarztes nahm er auf. Damit war der Einsatz für den Notarzt beendet.

Der Abschleppwagen traf zuerst ein. Die beiden Männer mussten warten. Zwanzig Minuten darauf erreichten Bestier und seine Begleiter den Schauplatz. Während er sich noch mit einem Gendarm unterhielt, erreichte er die Trage, auf der das Opfer lag. „Vielen Dank für Ihren Bericht, Gendarm Dubois. Wir übernehmen ab jetzt."

„Na, Maurice", fragte er den neben der Bahre stehenden Arzt, „kannst du mir schon etwas sagen?"

„Nicht viel, Rene. du hast mich wahrscheinlich ganz

umsonst mitgenommen", erwiderte Maurice lächelnd, „aber ich kann dir nur mitteilen, dass der Mann durch zwei Schüsse aus kurzer Entfernung getötet wurde. Eine Kugel traf direkt ins Herz, die andere traf ihn etwas tiefer. Der Tod trat sofort ein. Der Mann ist seit zwei oder drei Stunden tot. Alles andere nach der Obduktion. Weißt du schon, wer er war?"

„Irgendein Deutscher namens Werner. Da muss ich wohl um Unterstützung der deutschen Behörden bitten. Das ist immer etwas umständlich. Wurde anscheinend nicht in seinem Auto erschossen. Na, egal, Marc und Jean erledigen schnell noch ihre Arbeit und dann können wir hier verschwinden. Trotzdem danke ich dir für deine Mitarbeit. Du weißt ja, dass ich den Dienstweg selten einhalte. Hast du eigentlich Aufnahmen von dem Toten angefertigt?"

„Klar doch!"

Bestier wandte sich um und rief: „Marc!, Marc! Wo zum Teufel steckst du?"

„Na, hier. Ich habe mir den Wagen angesehen und einige Fotos geschossen", meldete sich sein Kollege, während er sich hinter dem Wagen des Opfers aufrichtete. „Wird schwierig werden, die Fingerabdrücke zu identifizieren. Da waren schon zu viele Leute dran. Die beiden Gendarmen, der Notarzt und einer der Männer von der Abschleppfirma auch."

„Egal, wir werden wahrscheinlich ohnehin keine anderen Fingerabdrücke finden. Maurice hat mir gerade erzählt, dass der Bursche hier mit zwei präzisen Schüssen umgelegt wurde. Der Gendarm hat auch berichtet, dass sich nur wenig Blut im Wagen befand. Wird 'ne Profiarbeit gewesen sein. Hast du die Bluttropfen und Spritzer auf der Straße dokumentiert?"

„Sicher doch."

„Dann organisiere den Abtransport der Leiche zur Gerichtsmedizin und lass das Auto zu uns bringen. Sobald Jean alle Aussagen aufgenommen hat, können wir zurück fahren."

Marc verließ die beiden Männer.

„Maurice, müssten wir nicht einige Proben von den Bluttropfen auf der Straße mitnehmen?", fragte Rene.

„Das werde ich."

6. Kapitel

Am Nachmittag des 27.06. betrat ein junger Mann das Foyer des Chateau Farbe, einem Hotel in der Nähe von Lannemezan. „Guten Tag", wandte er sich an der Rezeption dem Hotelangestellten zu, „für mich ist ein Zimmer auf den Namen Levebre, Jean-Pierre Levebre reserviert worden."

„Ja, Monsieur, wir haben Sie bereits erwartet. Das Zimmer 205 ist hergerichtet. Ich wünsche Ihnen einen angenehmen Aufenthalt in unserem Haus." Nach der Erledigung der Anmeldeformalitäten begab sich der junge Mann auf sein Zimmer, das er erst um 18:30 Uhr wieder verließ, um das Abendessen einzunehmen. Aufmerksam betrachtete er die wenigen Gäste, die im Speisesaal Platz genommen hatten. Als zwei Männer, offensichtlich Franzosen, in Begleitung von zwei Männern, die ebenso offensichtlich Ausländer waren, den Speisesaal betraten, umspielte ein Lächeln seine Mundwinkel. „Monsieur Leterier, Sie hatten völlig richtig vermutet. Da habe ich sie", dachte er sich, dennoch leicht überrascht. Erst als sich die vier Männer erhoben, verließ auch er den Saal und folgte ihnen unauffällig. Sie belegten ebenfalls Zimmer in der zweiten Etage. Danach suchte er nochmals die Rezeption auf.

„Ab wann ist die Rezeption morgens geöffnet?", erkundigte er sich.

„Der Empfang ist ab 6 Uhr besetzt, Monsieur", erklärte der Angestellte höflich.

„Das Frühstück können Sie ab 6 Uhr 30 einnehmen."

„Das ist gut, denn ich beabsichtige meine Reise sehr zeitig fortzusetzen. Danke."

Mit diesen Worten suchte er sein Zimmer wieder auf.

7. Kapitel

Kommissar Bestier saß bequem in seinem Sessel und legte gerade den Telefonhörer auf, als sein Mitarbeiter Marc das Büro betrat. „Na, hast du wenigstens gute Nachrichten?", fragte er seinen Kollegen, „Ich hatte leider keinen Erfolg. Mein Gespräch mit Schröder hat mich nicht viel weiter gebracht. Es ist ja manchmal gut, den kurzen Weg zu gehen, und mit Schröder haben wir doch vor ungefähr einem Jahr gut zusammengearbeitet, aber in diesem Fall kann er uns nicht helfen. Der Tote lebte in Niedersachsen. Wenigstens gab er mir den Namen und die Telefonnummer eines Kommissars dort. Ich werde gleich mein Glück versuchen. Und was hast du zu berichten?"

„Meine Vermutung hat sich bestätigt. Es gibt Fingerabdrücke von sechs Personen in und an dem Renault. Die
Gendarmen, den Abschlepper und natürlich den Deutschen konnten wir bereits ausschließen. Jean ist unterwegs zum Notarzt. Er wird sich auch mit dem Autover-
mieter in Toulouse in Verbindung setzen, denn wir wissen ja bereits, dass Werner mit dem Zug bis Toulouse
anreiste und erst hier das Auto gemietet hat. Das ist die
einzige gute Nachricht. Hast du schon etwas von Maurice gehört?"

„Nein, noch nicht." Bestier sah auf seine Armbanduhr.
„Kann eigentlich nicht mehr lange dauern. Macht ihr
weiter, ich werde jetzt in Hannover anrufen. Wenn das
nichts einbringt, muss ich eben den offiziellen Weg gehen."

„Ist klar, Rene", erwiderte Marc und verließ das Büro.

8. Kapitel

Am Morgen des 28.6. nahmen Lebeau, von Sternau und
Holden im Speisesaal ihr Frühstück zu sich. „Unser lieber Freund scheint etwas verschlafen zu haben", äußerte von Sternau nach einem Blick auf die Uhr.

„Von Michael Werner haben wir auch noch nichts gehört. Ob er vielleicht gleich durchgefahren ist? Kann ich
mir eigentlich nicht vorstellen, denn dann hätte er sicherlich einen von uns oder das Hotel benachrichtigt",
ergänzte Lebeau. „Möchte noch jemand eine Zeitung
haben?" Er erhob sich und wartete auf die Beantwor-

tung seiner Frage.

„Ja, gerne. Vielleicht haben die eine britische oder deutsche Zeitung hier", beantwortete Holden die Frage. Gerard ging los, um die Zeitungen zu holen. Mit einer Handbewegung, die sein Bedauern unterstreichen sollte, setzte er sich mit einer Zeitung in der anderen Hand einige Minuten später wieder an den Tisch. „Keine deutsche oder britische Zeitung im Angebot." Er legte die Zeitung auf den Tisch und las sich die neuesten Schlagzeilen durch, während sich von Sternau und Holden leise unterhielten.

„Das gibt's doch nicht!", unterbrach Gerard das Gespräch der beiden Männer, „Das kann doch nicht wahr sein!" Ohne weitere Worte reichte er Holden die Zeitung.

„Sie müssen mir das schon übersetzen, Gerard. So gut sind meine Kenntnisse Ihrer Sprache nicht", lehnte Holden die Zeitung ab.

„Dann hören Sie beide zu."

Nachdem er den Artikel übersetzt hatte, herrschte zunächst betroffenes Schweigen. Von Sternau unterbrach zuerst die Stille: „Ich verstehe das nicht. Allerdings kenne ich die Vergangenheit und das Umfeld Michaels nicht. Wir werden uns mit der Polizei in Verbindung setzen müssen. Sie, Gerard, beherrschen die Sprache, wissen nicht mehr als wir zu berichten, aber können der Behörde unsere Bekanntschaft besser begreiflich machen."

„Das sehe ich ebenso. Ich habe auch keine Ahnung, aber stimme Joachims Vorschlag zu.", äußerte Holden, wobei er sich Gerard zuwandte. Der nickte bestätigend.

„Ich werde sofort anrufen. Danach hole ich Philipp aus den Federn."

Er erhob sich und ging zur Rezeption. Der Concierge oder Rezeptionist verwies verwundert auf eine Kabine, denn die Zimmer waren durchweg mit einem Telefon ausgestattet. Viele Gäste benutzten jedoch nur noch ihre Handys. Nach dem Telefonat teilte Gerard seinen Begleitern mit, dass sich ihre Abreise verzögern würde, denn die Polizei wünsche, sie zu sprechen. Man sei auf dem Weg.

9. Kapitel

Kommissar Rene Bestier und sein Mitarbeiter Marc befanden sich gleich nach dem Anruf auf den Weg nach Lannemezan. Über die A64 kamen sie gut voran.

„Marc, wurden die restlichen Fingerabdrücke inzwischen abgenommen und ausgewertet? Wir konnten uns ja heute noch nicht unterhalten."

„Das haben Jean und die anderen erledigt. Keine neuen Erkenntnisse. Außer den vermuteten Abdrücken gibt es keine weiteren Spuren."

„Das nahm ich auch nicht an. Übrigens haben wir den Obduktionsbefund und die beiden Kugeln erhalten, die ich sofort der Ballistik übergeben habe. Im Obduktionsbefund steht nichts besonderes drin. Es würde mich verwundern, wenn die Waffe, sollten wir sie jemals finden, registriert ist."

„Mich auch, aber vielleicht erfahren wir etwas von den vier Forschern. Das sind sie doch, oder?"

„Keine Ahnung. Es hörte sich so an. Haben wir im Gepäck des Michael Werner eigentlich irgendwelche Papiere gefunden?"

„Nur eine Straßenkarte Frankreichs und einen benutzten, aber leeren Schreibblock."

„Mehr nicht? Das ist ja erstaunlich."

10. Kapitel

Gemeinsam begaben sich Lebeau und Holden in die zweite Etage. Lebeau wollte Philipp wecken und Holden sein Notizheft und Kugelschreiber an sich nehmen. Er ließ seine Tür deshalb auch offen stehen und hörte, wie Gerard an Philipps Tür klopfte und ihn aufforderte, endlich aufzuwachen und sofort die Tür zu öffnen.

Holden ging zu Gerard, der sein Klopfen und Rufen noch verstärkt hatte. Die Tür war verschlossen. „Ob er mich nicht hört?", fragte Gerard. „Unsinn", entgegnete Holden, „ich habe den Lärm bis in mein Zimmer gehört. Vielleicht ist er unter der Dusche. Da höre ich auch nie etwas. Haben Sie seine Handynummer nicht gespeichert?"

„Er hat sich nie ein Handy zugelegt. Ich übrigens auch nicht. Sie können es ja noch weiter versuchen, ihn zu wecken. Ich gehe zur Rezeption."

Der Concierge wusste nichts. Der Zimmerschlüssel hing jedenfalls nicht am Haken. Wenigstens konnte Gerard den Angestellten überreden, die Zimmertür öffnen zu lassen. Der Concierge informierte seinen Chef, der kurz darauf erschien. Nach einigen Minuten standen Lebeau und Holden hinter dem Chef oder Inhaber des Hotels, der die Tür aufschloss und zur Seite trat. Philipp hielt sich weder im Badezimmer noch der Toilette auf. Holden öffnete die Tür zum Wohn- und Schlafzimmer. Nach nur zwei Schritten blieb er plötzlich stehen. Lebeau, der dicht gefolgt war, konnte zwar noch ausweichen, aber auch er erstarrte mit einem Aufschrei für einen Moment. Vor einem kleinen Schreibtisch, ungefähr zwei Meter von ihnen entfernt, lag leblos Philipp Granier auf dem Fußboden. Er trug einen kurzärmligen, spitz ausgeschnittenen Schlafanzug. Deutlich konnten sie eine Schnur um den Hals erkennen. Auf dem Fußboden lagen Garniers Reisetasche und ihr ehemaliger Inhalt. Ohne weiter in den Raum zu gehen, verließen die drei das Zimmer, denn der Inhaber hatte den Aufschrei gehört und das Zimmer ebenfalls betreten. Er verschloss die Tür. „Meine Herren, ich muss sofort die Kriminalpolizei informieren. Entschuldigen Sie mich bitte."

„Das wird nicht nötig sein. Kommissar Bestier von der Mordkommission Toulouse ist bereits auf dem Weg hierher", teilte Lebeau dem erstaunten Inhaber mit, „aber aus welchem Grund kann ich Ihnen nicht mitteilen. Wir brauchen nur etwas zu warten."

11. Kapitel

Auch ein junger Mann wartete. Er saß in seinem dunklen Audi. Das Hotel hatte er sehr früh verlassen. Nach dem Besuch einer Tankstelle fuhr er wieder zum Hotel zurück. Seinen Wagen parkte er so, dass er die Auffahrt

188

zum Hotel beobachten konnte. Kein einziger PKW der Gäste hatte in den vergangenen 35 Minuten das Hotel verlassen. Lediglich die Fahrzeuge der Post und der Müllabfuhr fielen ihm auf. Er wollte sich gerade die Beine vertreten, als ein Kombi mit hohem Tempo an ihm vorbeifuhr, vor dem Hotel abbremste und vorfuhr.

12. Kapitel

Lebeau und Holden informierten inzwischen Sternau, der die Zeitung während Holden erzählte, zur Seite legte.

„Ich verstehe das nicht. Erst Michael und jetzt Philipp. Was wird hier gespielt?", fragte er aufgeregt, ohne eine Antwort zu erwarten. „Gilt das uns? Das wir hier sind, weiß doch kein Mensch, oder hat einer von Ihnen etwas erzählt?"

„Nein, natürlich nicht", erwiderte Holden. Lebeau schüttelte nur den Kopf.

„Dann ist das alles nur Zufall? Das kann ich mir nicht vorstellen. Keiner von uns ist besonders wohlhabend, soviel ich weiß. Das kann nicht der Grund sein, aber weshalb wurde Philipps Reisetasche durchsucht? Wir können ja nicht einmal sagen, ob etwas fehlt. Ich habe zwei Koffer. Der eine ist noch im Kofferraum, hoffe ich zumindest, und der andere enthält ebenfalls nichts Wertvolles. Wie steht es um Ihr Gepäck, William? Sie reisen ja ebenfalls mit zwei Koffern."

„Ja, sicher, aber glauben Sie, ich würde Schätze darin aufbewahren, die ich übrigens auch nicht besitze?"

„Nein, natürlich nicht. Entschuldigen Sie die dumme Frage, aber irgendwie fühle ich mich in Gefahr. Geht es Ihnen nicht ähnlich?"

Abwechselnd sah er von Lebeau zu Holden.

„Das trifft auch auf mich zu. Ich bin sehr verunsichert. Vielleicht hat die Polizei schon eine Spur!", antwortete Lebeau. Holden griff den Faden auf: „Das kann ich mir nicht vorstellen, nicht, wenn beide Vorkommnisse zusammen hängen. Sollte das der Fall sein, dann weiß ich auf das Warum keine Antwort."

Das Gespräch verstummte. Jeder von ihnen grübelte. Sie warteten weiter auf das Erscheinen der Polizei.

Kapitel 13

Bestier und sein Partner erreichten nach einer rasanten Fahrt das Hotel. Sooft der Verkehr sie aufzuhalten drohte, schalteten sie das Blaulicht ein. Sie betraten das Foyer und Bestier meldete sie an. „Die Herren erwarten Sie bereits", teilte ihnen der Concierge mit und wies in Richtung des Speisesaals. Kurz darauf saßen sich die fünf Männer gegenüber. Kaum hatten sie Platz genommen, platzte es aus Lebeau heraus: „Herr Bestier, bevor Sie uns Fragen stellen, muss ich Ihnen mitteilen, dass hier im Hotel ein Mord geschehen ist. Der Tote war ein Bekannter von uns, ebenso wie Herr Werner."

„Wo ist die Leiche?", fragte Bestier erstaunt, während Lebeau und seine Begleiter bei diesem Wort zusammenzuckten.

„In seinem Hotelzimmer."

„Sie können uns gleich alles zeigen und erzählen, aber ich muss zuvor die Spurensicherung und die Gerichtsmedizin verständigen." Bestier erhob sich und führte, einige Meter entfernt, die Telefonate. Danach kehrte er zurück, setzte sich und wandte sich an Lebeau: „Berichten Sie mir bitte, was geschehen ist!" Lebeau und Bestier unterhielten sich in der Landessprache, während Holden und von Sternau angestrengt versuchten, dem Gespräch zu folgen. Lebeau berichtete ausführlich über die Auffindung des ermordeten Granier. Auch hinsichtlich der gemeinsamen Forschungsreise klärte er den Kommissar auf. Mit einem brauchbaren Hinweis konnte er nicht dienen. Bestier wandte sich mit einigen Fragen an Holden und von Sternau. Lebeau dolmetschte. Da die beiden Reisenden im Prinzip nur Lebeaus Erklärungen bestätigten, begaben sie sich gemeinsam zum Zimmer von Granier. Der Inhaber wurde ebenfalls hinzugezogen. Während die Kriminalisten den Tatort flüchtig untersuchten, denn sie warteten noch auf die Spurensicherung, standen die anderen im Korridor. Keiner von ihnen wollte das Zimmer nochmal betreten.

Als sich alle wieder im Foyer befanden und an der Rezeption standen, richtete Bestier seine Fragen an den Inhaber des Hotels. „Herr Fournier, wie viele Gäste haben Sie zur Zeit?"

„Das kann ich Ihnen sofort sagen. Wir brauchen ja nur nachzuschlagen, denn wie Sie sicherlich selbst wissen, wird über die An- und Abreisen exakt Buch geführt." Er drehte das Verzeichnis um und antwortete: „Gestern hatten wir zwölf Gäste. Heute sind es noch elf."

Sofort sahen sich die Kriminalisten die Eintragungen an.

Während sein Kollege die Angaben notierte, befragte der Kommissar den Concierge. „Können Sie den Herrn Levebre beschreiben? Sie haben doch die Frühschicht, oder?"

„Ja, Herr Kommissar, ich trat meinen Dienst um 5 Uhr an. Herr Levebre erschien genau zur eingetragenen Zeit. Es war um 6 Uhr 10. Er gab seinen Schlüssel ab und beglich die Rechnung. Herr Levebre ist vielleicht 1,80 Meter groß, wirkte sehr sportlich, jedenfalls ist er schlank und hat blondes Haar. Sein Alter würde ich auf 28 bis 33 Jahre schätzen."

„Wunderbar. Hast du alles notiert, Marc?"

„Natürlich!"

„Können Sie sich an seine Kleidung erinnern?", setzte Bestier die Befragung des Concierge fort.

„Er trug ein blaues Nicki und eine dunkle Hose. An mehr kann ich mich nicht erinnern."

„Herr Fournier, wie viel Personal arbeitet in der Nacht im Hotel?"

„In der Nacht? Niemand. Unsere Gäste müssen bis spätestens 23 Uhr zurück sein, sonst kommen sie nicht mehr rein. Die Reinigungskräfte von einer Fremdfirma, die wir schon sehr lange unter Vertrag haben, und unsere Küche beginnen um 5 Uhr 15 mit der Arbeit."

„Besitzen diese Mitarbeiter Schlüssel für die Zugänge?"

„Nein, natürlich nicht. Nur der Concierge und ich haben einen Schlüssel für den Hintereingang. Der Concierge lässt die Angestellten ein. Sie betätigen einfach einen Klingelknopf."

„Es gibt doch sicherlich nicht nur einen Concierge, oder? Besitzen die anderen Mitarbeiter der Rezeption einen Schlüssel?"

„Das versteht sich, denn sie müssen ja ins Gebäude gelangen können."

„Benutzen Sie keine Videokameras für die Objektüberwachung?"

„Doch, die haben wir. Sind auf den Haupt- und Hintereingang gerichtet."

„Das ist ja ausgezeichnet!", rief Bestier erfreut, „dann können wir uns ja die Bänder der vergangenen Nacht ansehen."

„Das könnten Sie selbstverständlich", warf Herr Fournier ein, „aber die Aufzeichnung läuft nur von 23 bis 5 Uhr. Dafür nutzen wir eine simple Zeitschaltuhr."

„Sind noch weitere Sicherheitsanlagen installiert, Herr Fournier?"

„Nein. Mehr sind es nicht. Es gab hier noch nie irgendwelche Zwischenfälle dieser Art."

Eine weitere Befragung der Mitarbeiter oder Gäste würde nichts ergeben. Dessen waren sich Bestier und sein Partner sicher. Die Spurensicherung und der Gerichtsmediziner waren inzwischen eingetroffen und hatten mit der Arbeit begonnen.

Lebeau, Holden und von Sternau konnten ihre Reise fortsetzen.

14. Kapitel

Eine halbe Stunde darauf verließen zwei PKW das Hotel. Am Ende der Auffahrt bogen sie in Richtung Lannemezan ab. Ein schwarzer Audi folgte den Fahrzeugen

unauffällig, aber ein weiterer Wagen nahm ebenfalls die Verfolgung auf. Der Fahrer, aus einer Seitenstraße kommend, wollte auf die Hauptstraße abbiegen, als er dem schwarzen Audi die Vorfahrt gewähren musste. „Das ist ja interessant", sagte er zu seinem Begleiter, „leider konnte ich die Nummer nicht erkennen. Du vielleicht?"
„Ich war genauso überrascht. Alles was ich gesehen habe, war ein Audi mit getönten Scheiben. Den werden wir im Auge behalten. Halt ordentlich Abstand. Er soll uns nicht bemerken. Falls das ein Zufall war, ist das auch nicht schlimm. Wir wissen doch Bescheid."

15. Kapitel

Holden und von Sternau, der den Ford lenkte, folgten Lebeau, der sehr darauf achtete, den Abstand nicht zu groß werden zu lassen. „William, im Handschuhfach liegt eine Straßenkarte. Können Sie sie bitte rausholen und feststellen, wie weit es eigentlich bis zu diesem Carcarsonne ist. Ich wollte mir die Karte selbst ansehen, nur weil ich gerne die Routen, Entfernungen und die voraussichtlichen Fahrzeiten vorher wissen möchte. Durch die ganze Aufregung heute Vormittag kam ich nicht mehr dazu. Es ist nicht so, dass ich kein Vertrauen zu Gerard hätte, er wird die Strecke kennen, aber ich folge eben nicht gern blindlings. Verstehen Sie das?"
„Sehr gut sogar", erwiderte Holden, „mir geht es ähnlich, aber heute bin ich nur Beifahrer. Außerdem habe ich vollstes Vertrauen zu Ihnen und Gerard."
Holden wusste, dass sich mehrere Straßenkarten im

Handschuhfach befanden, und nach kurzer Suche breitete er die richtige Karte auf seinen Schenkeln aus.

„Mal sehen! Aha, jetzt hab ich's. Wir sind auf der A64 in Richtung Toulouse. Zum Glück müssen wir da nicht durch. Die Franzosen fahren ziemlich rücksichtslos. Zumindest habe ich das in Paris beobachten können. Ist das vielleicht der Grund dafür, dass Sie, Joachim, die größeren Städte immer umfahren haben?"

„Stimmt ganz genau", beantwortete von Sternau belustigt die Frage, „ich habe mir das vor einigen Jahren, wir besuchten Euro Disney, in Paris ansehen können. Einige Bekannte hatten mich vorgewarnt. Deshalb nahmen wir den Zug in die Stadt. Mit der Metro erreichten wir alle Sehenswürdigkeiten, die auf unserer Liste standen, obwohl man in diesen vielen Gängen sehr leicht die Übersicht verlieren kann. Während die Kinder mit meiner Frau durch einige große Geschäfte zogen, bestellte ich mir in einem Restaurant ein Bier und setzte mich draußen hin. Das Restaurant lag an einer großen Kreuzung. Die Ampeln waren außer Betrieb. In der Seitenstraße, dort wo ich saß, stauten sich die Autos, denn auf der Hauptstraße herrschte dichter Verkehr. Ich möchte behaupten, dass jedes zweite Auto verbeult war. Kein Wunder. Die Fahrer befuhren einfach so die Hauptstraße. Mehr als einmal hörte ich das Quietschen der Bremsen."

Holden lachte. „So etwas habe ich nicht gesehen, aber ich konnte beobachten, wie sich ein Fahrer, der seine Parklücke verlassen wollte, den nötigen Platz verschaffte. Die Wagen standen so eng hintereinander, dass es gar keine andere Möglichkeit gab, als die Fahrzeuge vor und dahinter mit dem eigenem Auto zusammenzuschieben. Ich war sprachlos. Na, egal, zurück zum Thema. Vor Toulouse halten wir uns links und fahren auf die A61. Wenn der Maßstab stimmt, sind das bestimmt 250 Kilometer. Lebeau hält sich ziemlich genau an die Vorschriften, vielleicht wegen uns. Dann werden wir so zwei bis drei Stunden unterwegs sein."

„Danke, William, jetzt sind wir wenigstens im Bilde."

16. Kapitel

„Es ist verdammt langweilig, dem Audi und den anderen Wagen zu folgen. Findest du das nicht auch Marcel?", wandte sich der Beifahrer an seinen Chauffeur.

„Das stimmt. In einer Stadt kann es manchmal aufregend sein, aber hier passiert ja nichts. Absolut monoton. Ich könnte jedoch an der nächsten Raststätte eine kurze Pause einlegen und wir tauschen die Rollen", schlug Marcel vor.

„Davon halte ich gar nichts."

„Na, dann eben nicht." Nach einigen Minuten rief Marcel aufgeregt: „Thomas, da passiert was! Der Audi hat gerade zwei Autos überholt und zu den anderen beiden Wagen aufgeschlossen. Jetzt überholt er die auch. Was unternehmen wir?"

„Gute Frage. Wir folgen dem Audi. Ich glaube nicht an solche Zufälle. Gib Gas!"

Das brauchte sich Marcel nicht zweimal sagen zu lassen. Während der Wagen beschleunigte, sagte er zu seinem Beifahrer: „Thomas, ich bin ganz deiner

Meinung. Der Audi passt nicht recht ins Bild."

17. Kapitel

Während Bestier und Marc die Treppe in die zweite Etage hinaufgingen, wurde die Bahre mit dem Opfer an ihnen vorbei zum Hintereingang gebracht. Auf Wunsch des Hotelliers standen die Fahrzeuge der Spurensicherung und der Gerichtsmedizin auf dem Mitarbeiterparkplatz. Sie betraten das Zimmer.

„Hallo Maurice, ich hatte nicht erwartet, dich sobald wiederzusehen", begrüßte Bestier den Gerichtsmediziner.

„Ich auch nicht", murmelte der Angesprochene, aber vernehmlich sprechend, „da hat es jemand eilig, uns mit Arbeit zu versorgen. Erst der Deutsche gestern und heute ein Franzose. Leider kann ich dir nicht noch nicht viel mitteilen. Tod durch..., aber das weißt du ja schon. Der Mann wurde zwischen zwei und drei Uhr ermordet. Wir werden den Zeitraum sicher noch eingrenzen können. Den Bericht erhältst du aber erst morgen Vormittag."

„Ihr braucht euch, glaube ich, nicht so sehr anstrengen. Die Morde hängen zusammen. Wir kennen weder das Motiv noch haben wir eine heiße Spur. Nur eine Vermutung. Mehr nicht."

„Ich weiß, dass du eine gute Nase hast. Meine Aufgabe hier ist erledigt und ich fahre gleich zurück. Ich hoffe, wir halten uns gegenseitig auf dem Laufenden."

„Wie immer, Maurice."

Maurice verließ das Zimmer, während sich Bestier an einen der Spurensicherer wandte. „Na, Gernot, was gefunden?"

„Hallo, Rene. Einige Fingerabdrücke, die meisten vom Opfer. Wir werden uns gleich das Personal vornehmen. Sollen wir auch die Gäste erfassen?"

„Nein, ich glaube nicht, dass es einer der Gäste war. Bis auf einen, waren alle Gäste schon seit mindestens fünf Tagen hier. Zwei der Ehepaare sind heute zwar abgereist, aber es sind fast alles ältere Ehepaare. Die Buchung des Opfers erfolgte erst vor drei Tagen. Habt ihr den Fußboden abgesaugt?"

„Natürlich!" ,erwiderte der Gefragte entrüstet, „wir sind doch keine Anfänger. Also, mit den Zimmer, dem Bad, der Toilette und dem Flur sind wir fertig. Die Kleidung des Toten haben wir auch gleich abgeklebt. Hier sind wir also fast fertig. Ihr könnt euch frei bewegen."

„So war das nicht gemeint, aber das ist schon, wie du ja weißt, der zweite Mordfall innerhalb kurzer Zeit. Entschuldige bitte."

„Schon vergessen."

Bestiers Partner Marc beschäftigte sich bereits mit den persönlichen Gegenständen des Toten und seiner Kleidung. Er trat auf Bestier zu: „Nichts gefunden, Rene. Es gibt, bis auf den Ausweis und die Fahrerlaubnis, keinerlei Papiere, Unterlagen oder Hefte - genau wie bei dem Deutschen. Nur ein Kugelschreiber steckte in der Innentasche seines großen Koffers. Wenn ich verreise, ist diese immer gut gefüllt. Kartenmaterial, Kugelschreiber, Notizblock, Quittungen und noch viel mehr schleppe ich dann mit mir herum."

„Geht mir genauso", bestätigte Bestier, „ich denke, wir können zurückfahren."

18. Kapitel

Auf der A64 hatte der schwarze Audi bereits einige Kilometer zwischen sich und den beiden Fahrzeugen der Forscher gebracht, als ein Schild auf eine Raststätte in fünf Kilometern Entfernung hinwies. Wenig später verließ der Audi die A64. Der Fahrer fand einen freien Parkplatz in unmittelbarer Nähe des Restaurants. Im Restaurant sah er sich um und ging zu einer Telefonzelle. Nach kurzer Zeit meldete sich ein Mann: „Leterier hier, wer spricht?"

„Monsieur, hier ist Jean-Pierre Levebre. Zwei unserer Freunde haben uns verlassen. Die anderen halten zusammen. Habe nicht viel Zeit. Aurevoir."

„Ausgezeichnet – weiter so. Aurevoir"

Der blonde Mann hängte den Hörer auf und verließ hastig das Restaurant."

19. Kapitel

Die beiden Männer, die dem Audi folgten, achteten darauf, dass sich immer drei oder vier Fahrzeuge zwischen ihnen und dem Audi befanden. Der Fahrer des Audis hatte seit kurzer Zeit seine Überholmanöver eingestellt.

„Der fährt so brav - der will bestimmt zur Raststätte. Es

kann nicht mehr sehr weit sein. Wenn uns niemand folgt, werde ich ganz kurz direkt davor anhalten, damit du ihm folgen kannst. In Ordnung?", fragte Marcel.

„Ja, sicher doch. Aber nein, das gibt's doch nicht! Der vor uns will auch abbiegen. Hoffentlich trödelt der nicht so."

Als sie das Restaurant erreichten, sahen sie nur noch einen blonden Mann das Restaurant betreten. Wie besprochen, stoppte Marcel kurz. Im Restaurant konnte Thomas den blonden Mann zunächst nicht entdecken. Doch dann sah er ihn die Telefonzelle verlassen und folgte ihm. „Das ist der Mann mit dem schwarzen Audi!", dachte er erfreut.

Marcel hatte nur einen Parkplatz weiter hinten gefunden. Langsam ging Thomas am Audi vorbei in Richtung ihres Wagens, den er sofort bemerkt hatte, denn Marcel wollte das Restaurant beobachten können. Noch bevor Thomas den Wagen erreichte, fuhr der Audi langsam an ihm vorbei. Doch zu seiner Verwunderung suchte der Fahrer nur einen Parkplatz am Ende, kurz vor der Ausfahrt und der Einfädelungsspur. Kaum saß Thomas wieder in ihrem Wagen, fragte Marcel: „Und?"

„Ein junger, blonder, sportlicher Mann, ungefähr 30 Jahre alt, vielleicht 1,75 bis 1,85 groß und hat nur telefoniert. Er kam, kurz nachdem ich eingetreten war, aus einer Telefonzelle. Muss ein kurzes Gespräch gewesen sein. Wir müssen uns entweder aufteilen, oder uns einen anderen Parkplatz suchen, denn er ist noch hier."

„Noch hier? Ich habe den Audi doch gesehen, als er vorbeifuhr!"

„Er hat sich einen anderen Parkplatz gesucht."

„Das ist mir zu hoch. Erst jagt er die A64 wie ein Irrer entlang, führt ein kurzes Telefongespräch und macht dann ein Nickerchen. Sonderbar – nein warte. Ich hab's. Der wartet auf etwas oder jemanden. Vielleicht hat er seinem Gesprächspartner nur mitgeteilt, wo er zu treffen ist."

„Marcel, du bist nicht schlecht, aber ich glaube, dass er auf die beiden Wagen wartet. Deshalb sprintest du schnell zum Restaurant, holst uns etwas zu Trinken und ein paar Brötchen, während ich mich schon an einen dieser Tische setze, die hier entlang des Parkplatzes stehen. Einverstanden?"

„Wird sofort erledigt. Wie gewöhnlich?", fragte Marcel, während er schon die Fahrertür öffnete.

„Ja."

Nur wenige Minuten darauf saßen die beiden Männer an einem Tisch, von dem aus sie den Audi und die A64 gut beobachten konnten. Nach noch nicht einmal sechs Minuten sahen sie die beiden Fahrzeuge vorbeifahren. Auch der Fahrer des Audis hatte offensichtlich alles beobachtet. Schnell packten sie alles zusammen, liefen zum Auto und nahmen die Verfolgung wieder auf.

20. Kapitel

Lebeau nutzte während der Fahrt die Zeit. Er achtete auf den Verkehr, die Geschwindigkeit, vergewisserte sich von Zeit zu Zeit der Anwesenheit seiner Freunde und überließ sich seinen Gedanken. Er überlegte: „Die ganze Geschichte ist doch einfach unvorstellbar. Zwei

Menschen wurden ermordet. Sie gehörten unserer Expedition an. Sollte unser Vorhaben der Grund dafür sein. Aber niemand wusste darüber Bescheid - oder vielleicht doch? Wenn dem so wäre, sollten wir die Aktion abbrechen. Bei der nächsten Raststätte werde ich jedenfalls anhalten."

21. Kapitel

„Ich finde, dass wir ruhig eine kleine Pause einlegen könnten. Wir sind schon auf der A61. Langsam bekomme ich Hunger. Was sagen Sie dazu, William?"

„Mir geht es ebenso", entgegnete Holden, „fahren Sie doch einfach etwas auf und betätigen dann die Lichthupe."

„Das bringt leider gar nichts ein. Selbst wenn er es bemerkte, würde er doch nicht wissen, was mir meinen."

„Das ist nur zum Teil richtig, denn er würde sich fragen, was das soll und die nächste Raststätte anfahren, um die Ursache zu erfahren."

„Vielleicht haben Sie recht."

Aber erst zwanzig Kilometer weiter setzte Lebeau den Blinker. Nachdem alle drei die Fahrzeuge verlassen hatten, fragte Lebeau sofort: „Ist etwas mit dem Auto nicht in Ordnung?"

"Oh, nein Gerard, wir haben nur Hunger und Durst. Hier sind wir goldrichtig", beantwortete von Sternau die Frage.

Zehn Minuten darauf saßen sie an einem Tisch in Fensternähe. Das Essen war nicht besonders gut, aber der

Kaffee munterte sie auf.

„Also, ich verstehe das nicht. Da wird die französische Küche immer so hoch gelobt, aber ich finde hier keinen großen Unterschied zum Angebot deutscher Raststätten", unterbrach von Sternau das Schweigen seiner Begleiter und schmunzelte.

„Ihren Humor möchte ich nicht haben", warf Lebeau ein, „denn ich habe mir während der Fahrt den Kopf zerbrochen. Irgendwas ganz Übles geht hier vor und es betrifft uns."

Das Schmunzeln verschwand umgehend aus von Sternaus Gesicht, während Lebeau fortfuhr.

„Wenn ich richtig liege, befinden wir uns alle in Lebensgefahr. Vielleicht sollten wir die Expedition sicherheitshalber abbrechen, oder zumindest für zwei, drei Tage unterbrechen. Schließlich arbeitet die Polizei mit Hochdruck an der Auflösung des Falles. Bestimmt verfolgt sie schon eine Spur!"

„Die erschien mir doch ziemlich ratlos zu sein", kommentierte Holden Lebeaus Worte, „allerdings ist an Ihren Überlegungen etwas dran. Ich sehe nur keinen vernünftigen Grund. Wir besitzen kein Geld, haben niemandem etwas angetan oder jemanden beleidigt, suchen keinen Schatz, an den wir sowieso nicht glauben und befinden uns dennoch in Gefahr. Ich bin unter diesen Umständen gern bereit, drei Tage lang unsere Suche zu unterbrechen. Dadurch habe ich wenigstens die Zeit, mir Carcassonne genauer anzusehen, wie ich es ursprünglich ja auch wollte. Was ist Ihre Meinung dazu, Joachim?"

„Es ist wohl das Vernünftigste, aber bedenken Sie, dass

ich nur noch sieben Tage Urlaub habe. Innerhalb dieser Zeit müssen wir unsere Untersuchung abgeschlossen haben. Unsere Zimmer sind ohnehin bestellt. Die Buchungen für Philipp und Michael, unsere bedauernswerten Freunde, werden wir erstmal stornieren. Sie sind doch auch mit von der Partie, Gerard?"

„Nein. Ich wohne doch am äußeren Rand von Toulouse, in einer fast noch ländlichen Umgebung. Dorthin werde ich jetzt fahren. Wir bleiben telefonisch in Kontakt. Einverstanden?"

Holden und von Sternau stimmten zu.

22. Kapitel

Der junge Mann parkte seinen Audi nicht allzu weit entfernt von den Wagen der Forscher. Er stieg nicht aus, sondern beobachtete nur das Restaurant. Der silbergraue Citroen Kombi, der nur zwei Minuten nach ihm den Parkplatz erreichte, viel ihm nicht auf. Endlich verließen die Männer das Restaurant. Er schaute auf die Uhr und dachte: „Die haben sich aber Zeit gelassen. Wenigstens geht es weiter."

23. Kapitel

Auch der silbergraue Citroen setzte sich in Bewegung und folgte in gebotenem Abstand. „Wollen wir nicht einfach vorausfahren, Thomas? Wir kennen doch das Ziel. Diese Zottelei regt mich einfach auf", stellte Marcel nach zehn Minuten fest.

„Kommt gar nicht in Frage. Ich möchte unbedingt wissen, was der Bursche vor hat. Wir bleiben an ihm dran."

„War nur 'ne Frage."

Beide schwiegen. „Pass auf, Marcel, der erste Wagen verlässt die A61. Der Zweite fährt geradeaus weiter. Der Audi biegt ebenfalls ab. Hinterher! Ich weiß nicht, was das zu bedeuten hat. Ist doch sonderbar. Ob die bemerkt haben, dass sie verfolgt werden?"

„Das kann ich mir nicht vorstellen. Der Bursche, wie du ihn nennst, macht das sehr professionell. Der ist fast so gut wie wir", beantwortete Marcel die Frage.

„Ich hab's. Die haben ihre Meinung geändert. Die geben auf! Würde mich jedenfalls nicht wundern", sagte Thomas.

„Mich auch nicht."

24. Kapitel

In seinem Büro angekommen, erwarteten Bestier mehrere Nachrichten. Nachdem er alle gelesen hatte, telefonierte er und rief anschließend Marc zu sich. „Marc, ich muss zum Chef. Der deutsche Kommissar wollte mich vor einer Stunde sprechen. Da wir unterwegs waren, wurde er mit dem Chef verbunden. Das gibt Ärger. Na, egal."

„Hätte der nicht noch einmal anrufen können? Ist wirklich dumm gelaufen."

„Halb so schlimm. Lass inzwischen dieses Autokennzeichen überprüfen. Haben wir schon etwas über den

Levebre rein bekommen?"

„Noch nichts, Rene. Ich rufe gleich an und mache denen Dampf. Sonst noch etwas?"

„Ja. Finde über den Philipp Granier und die anderen soviel wie möglich heraus. Gewohnheiten, Umgang und so weiter. Du weißt schon. Es gibt noch etwas Neues, aber das erzähle ich dir später. Jetzt hole ich mir erstmal die Standpauke ab. Ich kenne den Text schon auswendig. Hängt mir zum Halse raus. Bis nachher, Marc."

„Viel Glück, Rene."

25. Kapitel

Thomas, der gerade den Hörer des Autotelefons auflegte, schimpfte laut: „Wenn man mal jemanden braucht, ist keiner da. Typisch. Na, wenigstens konnte ich Jean erreichen. Der wird die Nachricht schon irgendwie weiterleiten. Wo ist denn der Audi hin?"

„Der ist weg. Während du telefoniert hast, ist der Bursche plötzlich wie ein Irrer losgerast. Ich hatte keine Chance. Mit dem Audi kann unser Citroen einfach nicht mithalten", erklärte Marcel.

„Verdammter Mist. Angenommen der Bursche ist über Lebeau informiert, wie groß könnte sein Vorsprung sein, bis wir dort eintreffen?"

„Ich schätze zehn oder zwanzig Minuten. Mehr auf keinen Fall. Was soll schon passieren. Lebeau wird uns bei dem Tempo in einigen Minuten wieder überholen, vorausgesetzt natürlich, dass er seine Fahrweise nicht geändert hat. Dann haben wir die Situation wieder im

Griff."

„Hoffentlich", sagte Thomas, während er sich umdrehte, um den Verkehr hinter ihnen zu beobachten.

26. Kapitel

Am frühen Nachmittag erreichte Lebeau sein Grundstück. Im Doppelcarport, direkt an den Giebel angebaut und von zwei Seiten mit Weinspalier umgeben, stand kein Wagen. Seine Frau arbeitete noch. Als er den Kofferraum öffnete, um sein Gepäck auszuladen, sprach ihn plötzlich jemand von hinten an. „Monsieur Lebeau? Ich bin vom Zustelldienst und soll das hier überbringen." Erschrocken drehte sich Lebeau um.

27.Kapitel

„Siehst du, ich hatte recht. Ich werde dort vorn parken. Von dort aus können wir Lebeaus Grundstück gut beobachten", schlug Marcel vor.
„Nein. fahre dran vorbei bis zum Ende der Straße. Wir müssen nach dem Audi suchen. Der steckt hier irgendwo. Das spüre ich regelrecht."
Sie fuhren langsam an Lebeaus Grundstück vorbei, während der gerade aus seinem Wagen ausstieg. Sie überprüften jede Auffahrt und jeden Seitenweg. Den schwarzen Audi konnten sie nicht entdecken. Langsam näherten sie sich einer Kreuzung.
„Bieg zweimal nach links ab", forderte Thomas Marcel

auf, „vielleicht steht er in der Parallelstraße."

„In Ordnung." Doch auch hier fanden sie den Audi nicht.

„Und nun?", fragte Marcel.

„Na, zurück zum Haus von Lebeau. Parke gegenüber seiner Auffahrt, dann haben wir alles im Blick."

Als sie das Grundstück erreichten und noch ehe Marcel ein Wort sagen konnte, sprang Thomas aus dem Wagen und rannte die Auffahrt zum Carport entlang. Vor dem geöffneten Kofferraum seines Wagens lag Lebeau. Er war tot.

28. Kapitel

Am späten Nachmittag beriet sich Bestier mit den verbliebenen Mitarbeitern seines Teams, denn er hatte vier Kollegen nach Carcassonne geschickt, die Holden und von Sternau überwachen sollten.

„Also Marc, was hat die Überprüfung der Hotelanmeldung ergeben?", fragte Bestier.

„Einen Jean-Pierre Levebre, auf den die angegeben Daten passen, gab es tatsächlich. Er starb ein Jahr nach seiner Geburt. Der Ausweis ist sicherlich gefälscht. Muss sich um eine gute Arbeit handeln, denn dem Concierge war nichts aufgefallen. Der Audi A8 wurde am 25.6. in Toulouse auf den Namen Levebre gemietet. Der Vermieter erinnert sich an einen älteren und dicken Mann, der das Auto für seinen Sohn gemietet hat. Ich werde den Vermieter nochmal befragen. Vielleicht erhalte ich eine bessere Beschreibung. Philipp Granier genießt einen guten Ruf in der Nachbarschaft und seinem Kollegenkreis. Keine Vorstrafen oder etwas in der Art. Das gilt auch für Gerard Lebeau. Über die anderen konnte ich nichts herausbekommen. Das muss offiziell laufen."

Bestier zuckte beim letzten Satz leicht zusammen.

„Danke Marc. Nun zu dir Thomas. Was hat die Befragung von Lebeaus Nachbarn ergeben?"

„Das Haus von Lebeau grenzt an fünf Grundstücke. Die Bewohner der drei hinter seinem Grundstück liegenden Häuser waren zum Tatzeitpunkt nicht anwesend. Seine direkten Nachbarn haben nichts gesehen und gehört. Das trifft auch auf die Bewohner der Häuser gegenüber zu. Der Täter muss einen Schalldämpfer benutzt haben. Es wurden einige abgeknickte Zweige einer Hecke, die zum Grundstück des direkt hinter Lebeaus liegendem Haus gehört, ohne Faserspuren daran, entdeckt. Sonst nichts."

„Das verstehe ich nicht. Als der Täter mit den beiden Koffern flüchtete, müsste er doch eigentlich mehr Spuren hinterlassen haben. Wir wissen zwar, dass der Name Levebre nur eine Tarnung ist, aber können den Mann mit dem Mord nicht in Verbindung bringen, denn keiner der Befragten aus der Gegend hat einen schwarzen Audi bemerkt. Ihr ja auch nicht. Der Bericht der Ballistik liegt auch noch nicht vor. Ich habe mir eine Beschreibung der Koffer von Frau Lebeau geben lassen. Wir müssen uns damit an die Presse wenden. Ich möchte nur wissen, ob wieder alle Papiere fehlen. Jean, du versuchst, wenigstens einen Koffer dieses Typs aufzutreiben. Die Herren vom Landeskriminalamt können ruhig mal etwas tun für ihr Geld. Solltest du Erfolg haben, darf der Fall Lebeau nicht erwähnt werden. Nimm einen unserer Standardaufrufe um Mithilfe. Du weißt schon: „In Zusammenhang mit der Aufklärung einer Straftat und so weiter, wird die Bevölkerung gebeten, bla, bla, bla." Ich habe unseren Chef gebeten, eine Nachrichtensperre zu veranlassen. Das hat er auch verstanden, aber es passt ihm nicht, dass wir diesen Holden und den verarmten Adligen als Köder benutzen, obwohl das natürlich nicht der Fall ist. Die stehen so oder so auf der Abschussliste. Jetzt sind sie gemeinsam in Carcassonne und die Situation ist überschaubar. Was können wir aber noch unternehmen, falls sich von Sternau und Holden trennen? Nichts - außer sie in Schutzhaft nehmen. Das hat unser Chef dann auch so gesehen. Wir können nur versuchen, von Sternau und Holden so gut wie möglich zu beschützen. Vielleicht können wir uns dabei den Killer greifen. Deshalb, Thomas und Marcel, fahrt ihr morgen früh ebenfalls nach Carcassonne. Versucht im Hotel von Holden und Sternau unterzukommen. Und falls nur noch ein Zimmer mit Doppelbett, oder eine Besenkammer frei sein sollte, dann nehmt ihr sie!"

Niemand lachte. Vor drei Tagen hätte das noch ganz anders ausgesehen.

„Ich glaube das war's. Habt ihr alles verstanden?"

Die Angesprochenen nickten.

„Gut, ich danke allen und erkläre die Sitzung für beendet. Guten Abend."

29. Kapitel

Jean-Pierre Levebre traf am späten Nachmittag in Carcarsonne ein. Er telefonierte von einem kleinen Lokal aus, in dem sich nur vier Gäste befanden. Der Teilnehmer meldete sich sofort.

„Leterier. Wer spricht?"

„Monsieur Leterier, mein Name ist Thomas Morel. Ich rufe aus Carcassonne an. Ein weiterer Freund hat uns verlassen. Ich habe aber seit Lannemezan einen Begleiter. Das stellt kein Problem dar, aber ich benötige einen anderen Wagen. Der Audi ist bekannt. Er muss leider verschrottet werden. Die Schlüssel und Papiere liegen auf dem rechten Querlenker."

„Gut, Herr Morel, in welchem Hotel werden Sie absteigen?"

„Die Adresse kennen Sie. In der rechten Nebenstraße steht auch der Audi. Ich habe einige Dinge in meinem Gepäck, die mir jetzt sehr viel nutzen werden. Übrigens hatte sich unser Freund von den anderen getrennt. Ich habe ihn kurz zu Hause gesprochen."

„Dann wünsche ich Ihnen einen angenehmen Aufenthalt. In spätestens zwei Stunden steht ein Ersatzwagen bereit. Er wird den Parkplatz des Audis einnehmen. Die Papiere und Schlüssel positionieren wir wie üblich. Guten Abend."

„Guten Abend."

Anschließend begab sich Morel zur Toilette.

30. Kapitel

Holden und von Sternau nahmen ihr Abendessen gemeinsam im Restaurant des Hotel Soleil Carcassonne, unweit des Bahnhofs von Carcassonne, ein. Nur einige Tische entfernt saß Oberwachtmeister Sebastien Perrin. Obwohl er sich gerne nur seinem Abendessen widmen würde, galt seine Aufmerksamkeit von Sternau und seinem Begleiter. Er dachte auch an seinen Partner Alain, der vor dem Hotel Stellung bezogen hatte. Das war eigentlich nur eine nette Geste, denn neben dem Haupteingang gab es noch mehrere Lieferanten- und Personaleingänge auf der Rückseite. Auch die Zufahrt zur Tiefgarage hätte eigentlich überwacht werden müssen. Während er sich mit diesen Gedanken beschäftigte, beobachtete er ebenfalls den Eingang zum Speisesaal und die anderen Gäste des Restaurants. Zwei Ehepaare, drei Frauen unterschiedlichen Alters und zwei Männer hatten, seitdem er hier seiner Aufgabe nachkam, das Restaurant betreten. Auf keinen von ihnen traf die Beschreibung, die ihm sein Chef und Marc gegeben hatten, zu.

31. Kapitel

Als Jean-Pierre Levebre hatte Bertrand das kleine Lokal betreten. Geräuschlos öffnete er das Toilettenfenster und kletterte hinaus. Jetzt war er Thomas Morel mit dunklem Haar. Langsam schlenderte er in Richtung des Bahnhofs. Auf dem Weg dorthin verstaute er seine Reisetasche im Audi und nahm einen Koffer an sich. Nach nur fünf Minuten erreichte er den Eingang des Hotels Soleil Carcassonne.

32. Kapitel

„Wenn ich es mir richtig überlege, war unser Entschluss, die Erkundung zu unterbrechen, doch nicht so gut. Wir verlieren viel zu viel Zeit. Ich glaube schon, dass wir uns in Gefahr befinden, aber was kann hier schon passieren. Wir sind zu zweit und haben uns außerdem entschlossen, das eine Doppelzimmer, zumindest während der Nacht gemeinsam zu nutzen. Das sollte uns doch Sicherheit geben. Den ganzen morgigen Tag können wir uns die Cite, die Stadtmauern, das Chateau und die Basilika ansehen. Damit wäre dieser Tag wenigstens nicht vergeudet. Übermorgen sollten wir uns nach Queribus begeben. Sie und ich favorisierten dieses Chateau doch sowieso von Anfang an. Die Story von den vier Leuten, die angeblich den Schatz der Katharer im letzten Moment retteten und versteckten, ist jedenfalls sehr fraglich. Von Montsegur ist ohnehin nicht viel übrig geblieben. Was soll das überhaupt für ein Schatz sein, den vier Männer in diesem unwegsamen Gelände transportieren konnten?", fragte Holden. Von Sternau, sichtlich überrascht, überlegte noch, während Holden die Frage selbst beantwortete:

„Das haben wir uns in der Vergangenheit schon häufig gefragt. Die Katharer waren der römischen Kirche ein Dorn im Auge, weil die Albingenser, wie die Katharer eigentlich genannt wurden, eine antiklerale und asketische Lebensweise bevorzugten. Eigentum lehnten sie ab. In ihrem Einflussgebiet wurde auch kein Zehnt als Kirchensteuer eingefordert. Für die römische Kirche stellten sie eine gefährliche Bedrohung dar. Deshalb kam es ja zu dem Albingenserkreuzzug. Und die Inquisition verfolgte die Katharer ebenfalls. Nein, nein, wir waren uns ja einig, dass es sich um keinen Schatz, wie man ihn sich gewöhnlich vorstellt, handeln kann. Ein paar Pergamentblätter, oder auch mehr, lassen sich nicht nur leichter transportieren, sondern auch verstecken. Und Queribus haben wir beide bevorzugt, weil sich die Burg bis 1255 gehalten hat, während Montsegur schon elf Jahre zuvor in Schutt und Asche gelegt wurde. Im Prinzip war sie der letzte Zufluchtsort der Verfolgten. Hätte ich wichtige Dokumente in jener Zeit zu verstecken versucht, wäre ich zur Burg Queribus gegangen. Ist ja auch nicht weit von Montsegur entfernt. Also, Joachim, was meinen Sie?"

„Das ist alles richtig, William, aber ich glaube doch, dass wir hier sicherer sind und auf Gerard warten sollten. Die Gefahr ist einfach zu groß. Denken Sie an Philipp! In einem Hotel und vor unserer Nase wurde er ermordet! Gut, wir werden die Nacht in einem Zimmer verbringen, aber haben Sie schon einmal das Wort Doppelmord gehört? Wenn mich etwas beunruhigt, meldet sich immer mein Magen, und wenn ich an Michael, Philipp und uns denke, dann tobt ein Orkan in mir. Vielleicht sieht das morgen Abend anders aus, aber bis dahin bleibe ich bei meiner Meinung. Ich halte mich an unsere Abmachung mit Gerard. Außerdem wäre er nicht

sehr erbaut, wenn wir ihn informierten, dass wir übermorgen zur Burg Queribus fahren wollen", erwiderte von
Sternau und trank etwas Bier.

„Mein lieber Joachim, ich unterschätze die Gefahr keineswegs. Sie haben nicht unrecht, aber ich würde
selbst Gerard anrufen und ihn in Kenntnis setzen. Dann
kann er sich entscheiden. Besichtigen wir morgen also
erstmal Carcassonne. Danach können wir erneut über
meinen Vorschlag reden."

33. Kapitel

Bertrand meldete sich an der Rezeption und hatte
Glück. Drei Zimmer standen zur Auswahl. Er meldete
sich an, begab sich auf sein Zimmer und stellte den Ra-
diowecker.

 Als der Wecker ansprang, erfrischte er sich und verließ
das Hotel. Von dem beeindruckenden Foyer nahm er
keine Notiz. Auf dem Parkplatz des Audis stand ein sil-
bergrauer Opel Omega. Bertrand schaute sich kurz um,
bückte sich schnell und ertastete die kleine Tüte mit den
Papieren und dem Schlüssel. Er stieg in den Wagen und
fuhr in die Tiefgarage des Hotels. Anschließend suchte
er das Restaurant des Hotels auf.

34. Kapitel

Kommissar Bestier zog sich nach der Besprechung mit
seinen Mitarbeitern in sein Büro zurück. In Gedanken

versunken saß er, in eine dichte Rauchwolke gehüllt, an einem kleinen runden Tisch mit zwei Sesseln, der gewöhnlich für besondere Gespräche benutzt wurde. Vor ihm lagen Stapel von Anmeldeformularen der Hotels von Toulouse, Carcassonne und Umgebung. Erstaunlich war, dass Carcarsonne mit seinen rund 45000 tausend Einwohnern, im Vergleich zu Toulouse mit 920000 Einwohnern, prozentual mit mehr Hotels aufwarten konnte. Ohne große Erwartung nahm er den nächsten Stapel vom Tisch, als das Telefon schrillte. Er legte den Stapel zurück und ging zu seinem Schreibtisch, um das Gespräch entgegenzunehmen.

„Bestier!"

„Kommissar Bestier, hier spricht Oberwachtmeister Macron. Wir haben eine Mitteilung der örtlichen Polizeidienststelle von Carcarsonne erhalten. Ein schwarzer Audi mit dem gesuchten Kennzeichen wurde vor einer halben Stunde von einer Streife in unmittelbarer Nähe eines Hotels entdeckt."

„Macron! Verbinden Sie mich umgehend mit der dortigen Polizei. Ich rufe inzwischen meine Leute an."

„Verstanden. Wird sofort erledigt."

Vierzig Minuten darauf befanden sich zwei PKW der Mordkommission von Toulouse auf der Fahrt nach Carcarsonne. Noch bevor sie die Stadt erreichten, setzte sich Bestier mit dem diensthabenden Beamten des Polizeireviers vor Ort in Verbindung. Die Mitteilung erschreckte ihn. Die Polizeistreife hatte ihren Rundgang nach der Entdeckung des Audis fortgesetzt, aber nach zwei Stunden, als sie nochmal die Straße entlang gingen, stand der Audi nicht mehr auf seinem Parkplatz.

Bestier setzte sofort alle verfügbaren Kräfte in und um Carcassonne in Bewegung. Der schwarze Audi konnte keinen großen Vorsprung haben. Sämtliche Zufahrtsstraßen sollten sofort kontrolliert werden. Parallel wurden Beamte in die Hotels, die im Umkreis von zwei Kilometern des Fundortes lagen, befohlen, um die neuesten Anmeldeformulare zu überprüfen.

35. Kapitel

Ungefähr zu der Zeit, als Bestier in fieberhafter Eile seine telefonischen Anweisungen erteilte, fuhr ein schwarzer Audi in eine Autowerkstatt. Ein junger Mann entstieg dem Wagen. „Ihr wisst Bescheid, hoffe ich. In zwei Stunden werden nur noch Einzelteile des Wagens auf dem Markt verfügbar sein. Die Motornummer ändere ich selbst. Ist das Schweißgerät einsatzbereit?"
„Ist doch klar, Chef", antwortete einer der Schlosser.
„Also los!"
Die vier angesprochen Mitarbeiter setzten sich in Bewegung.

36. Kapitel

Von Sternau und Holden zogen sich nach dem Abendessen in Holdens Zimmer zurück.
„Welchen Film wollen wir uns ansehen, William?"
„Joachim, wir sind in Frankreich! Haben Sie außer Alain Delon jemals einen gut aussehenden, französischen

Schauspieler gesehen? Ich nicht. An Sean Connery, obwohl er Schotte ist, kommt doch keiner heran."

„Das mag sein, aber wir haben Glück. Würde Ihnen ein alter Schmarren mit Kenneth Williams zusagen? Ist doch fast ein Namensvetter von Ihnen, oder?"

„Oh! Das war ein erstklassiger Komiker und Schauspieler. Sie haben ausgerechnet einen Film mit ihm dabei? Welcher ist es? Egal, legen Sie ihn ein!"

„Ich muss erst zum Auto. Die Filme liegen im anderen Koffer. Wir haben ja schon Glück, dass wir überhaupt einen Recorder in unserem Zimmer haben."

„Das werden Sie keineswegs tun, Joachim! Entweder gehen wir gemeinsam, oder gar nicht."

„Na, Sie sind ja drollig! Erst schlagen Sie vor, dass wir uns übermorgen Queribus ansehen sollten, und jetzt wollen Sie mich nicht alleine zum Auto gehen lassen."

„Ich finde das keineswegs drollig. Wir müssen unbedingt jedem Risiko aus dem Weg gehen. Die Geschichte mit Philipp reicht doch wohl. Glauben Sie wirklich, dass es mir besonders angenehm ist, eine Nacht mit einem Mann im Doppelbett zu verbringen?"

„Nun, begeistert bin ich auch nicht darüber, aber ich kann ja noch immer das andere Zimmer nehmen", erwiderte von Sternau.

„Das werden Sie schön bleiben lassen, aber wir müssen tatsächlich zum Auto gehen. Ich habe doch wirklich den falschen Koffer mitgenommen. Das ist einfach zu ärgerlich. Wo war ich bloß mit meinen Gedanken?"

Kopfschüttelnd verschloss Holden seinen Reisekoffer und stellte ihn auf dem Fußboden ab.

„Ich bin soweit. Hier sind die Autoschlüssel", sagte von

Sternau.

„Na, dann können wir ja gehen. Den Koffer nehme ich gleich mit."

37. Kapitel

Oberwachtmeister Perrin, der sich in einem Sessel im Foyer befand, schien in eine Zeitung vertieft zu sein, aber er verfolgte das Kommen und Gehen der Hotelgäste. Sein Kollege Alain hatte inzwischen Posten in der Tiefgarage bezogen. Perrin, über die neueste Entwicklung durch Alain informiert, wartete auf das Eintreffen seiner Kollegen aus Toulouse. Seit von Sternau und Holden nach dem Abendessen ihre Zimmer aufgesucht hatten, war keiner der beiden wieder im Foyer aufgetaucht. Das bedeutete nicht allzu viel, denn mit dem Aufzug ließ sich die Tiefgarage auch erreichen. Aber dort überwachte Alain alle Zugänge.

38. Kapitel

Holden verschloss die Zimmertür, während von Sternau ihn beobachtete.

„Sie müssen mir nicht auf die Finger gucken, Joachim. Ich kann das schon seit einiger Zeit. Vielleicht sollte ich die Tür gegenüber auch abschließen. Ist schon sonderbar! Wir schlafen in einem Zimmer, weil wir verängstigt sind, und unser Gegenüber lässt seine Tür offen."

In diesem Moment öffnete ein junger Mann die Tür

gegenüber. Anscheinend überrascht, entschuldigte er sein plötzliches Erscheinen: „Guten Abend, meine Herren", denn Holden und von Sternau hatten sich sofort umge-dreht, „ich wollte Sie keineswegs erschrecken, aber ich war auf dem Weg zu meinem Wagen, als mir einfiel, dass ich etwas vergessen hatte. Ich muss mich viel-mals bei Ihnen entschuldigen."

„Aber, ich bitte Sie! Mein Freund und ich sind gegenwärtig etwas schreckhaft", erklärte von Sternau. „Es besteht kein Grund für Sie, sich zu entschuldigen."

„Vielen Dank für Ihr Entgegenkommen. Dann werde ich mich jetzt zu meinem Wagen begeben."

„Wir wollten ebenfalls in die Tiefgarage."

39. Kapitel

Alain, noch immer mit seinem Abendbrot beschäftigt, beobachtete, wie sich die Tür des Aufzugs öffnete, aber niemand den Lift verließ. „Das ist typisch", dachte er, „irgendein Blödian hat wieder alle Knöpfe gedrückt, nur um seine Freundin zu beeindrucken."

Seine Sicht war durch die nebenstehenden PKW eingeschränkt, aber als der Aufzug nach fünf Minuten mit immer noch offener Tür still stand, entschloss er sich, das Auto zu verlassen, um den Lift in das Foyer zu schicken. Er legte nur einige Schritte zurück und erblickte zwei Männer, die regungslos auf dem Fußboden des Aufzuges lagen. Sofort rannte er auf sie zu und fühlte ihren Puls. Einer schien noch zu leben. Alain richtete sich auf und wollte den Notrufknopf drücken, als er hinter sich das Geräusch von Schritten vernahm. Instinktiv versteckte er sich im Aufzug und beobachtete einen jun-gen Mann, der gerade den Kofferraum des Autos öffne-te, das er selbst seit einiger Zeit beobachtet hatte. Geräuschlos verließ Alain sein Versteck und näherte sich dem Mann. Er zog seine Pistole, entsicherte sie und richtete sie auf den Mann. Er sprach ihn an: „Kann ich Ihnen behilflich sein?"

40. Kapitel

Perrin, der immer noch in einem bequemen Sessel des Foyers saß, zuckte zusammen, als Bestier, in Begleit-ung von Marc, das Hotel betrat. Bestier trat auf ihn zu und fragte sogleich: „Sind sie auf ihren Zimmern?"
„Ich nehme es doch an". Alle drei begaben sich nach oben, aber beide Türen der Zimmer waren verschlos-sen. Bestier sagte zu Marc: „Los Marc, ruf den Haus-meister. Er soll die Türen öffnen. Kurze Zeit später er-schien der Mann. Gemeinsam betraten sie das Zimmer von von Sternau, aber die Räumlichkeit war leer. Sofort drehte sich Bestier um und gab dem Hausmeister die Order, die Tür von Holdens Zimmer zu öffnen, aber auch in diesem Raum fehlte jede Spur von Holden und von von Sternau. Auf ihrem Weg zurück fiel Perrin auf, dass die Aufzugstür geschlossen war und der Aufzug offensichtlich in der Tiefgarage stand. Sofort teilte er Kommissar Bestier seine Feststellung mit. Marc rea-gierte umgehend und drückte gleich den Schalter, um den Aufzug zu rufen, aber nichts geschah. Bestier fragte

den Hausangestellten: „Wie viele Zugänge zur Tiefgarage gibt es?" Der Hausmeister erwiderte sofort: „Es gibt zwei Eingänge, wenn ich die Auffahrt zur Tiefgarage und den rückwärtigen Ausgang nicht berücksichtige." Bestiers Anweisung war kurz: „Los, ab in die Garage!" So schnell sie konnten, rannten sie die Treppe hinab. Als sie die Tiefgarage erreichten, bot sich ihnen ein schrecklicher Anblick. In der Aufzugstür lag eine männliche Person reglos auf dem Boden. Ein weiterer Mann lag nur einen Meter entfernt. Nun suchten sie ihren Kollegen Alain. Nur vier Meter entfernt zwischen zwei Fahrzeugen fanden sie ihn.

Der Notarzt, der sofort von Bestier gerufen wurde, konnte nur noch den Tod zweier Menschen feststellen. Lediglich von Sternau war noch am Leben. Er wurde umgehend ins nächste Krankenhaus gebracht.

41. Kapitel

Auszug aus dem Protokoll der Befragung des Herrn von Sternau eine Woche darauf: „Herr von Sternau, können Sie sich an die Ereignisse in der Tiefgarage noch erinnern?"

„Nein. Ich weiß nur noch, dass sich die Aufzugstür öffnete. Wir waren zu dritt im Aufzug. Ich stand unmittelbar an der Tür, die sich gerade öffnete, als mich ein schwerer Schlag in die Schulter traf. Ich knickte ein. Dann kam ich erst im Krankenhaus wieder zu Bewusstsein."

„Können Sie mir denn erklären, weshalb der Mann auf Sie geschossen hat?"

„Überhaupt nicht. Dieser Mann war mir vorher nie begegnet. Wir trafen ihn im Flur."

„Was war eigentlich der Grund für Ihren Aufenthalt in Frankreich?"

„Meine Freunde und ich waren der Meinung, dass der Schatz der Katharer auf der Burg Queribus gesichert wurde, denn von Montsegur sollen angeblich vier Männer mit einer Kiste voller Wertgegenstände geflüchtet sein. Wenn Sie Montsegur und seine Lage kennen, dann wissen Sie vielleicht auch, dass es vier Menschen unmöglich gewesen wäre, eine oder zwei schwere Truhen transportiert zu haben. Die Festung wurde schließlich belagert. Der einzige Fluchtweg war äußerst beschwerlich. Unserer Meinung nach kann es sich nur um leicht transportable Dinge gehandelt haben, wie es Schriftrollen gewesen wären. Wir waren der Überzeugung, dass diese Pergamente die Weisheiten und Lebensgewohnheiten der Katharer enthielten. Deshalb begaben wir uns auf die Suche, aber irgend jemanden müssen wir damit in die Quere gekommen sein."

42. Kapitel

Von Sternau wurde am 2.09.1996 in seiner Wohnung erschossen aufgefunden. Der Fall ist bis heute nicht aufgeklärt.

Der Getränkeautomat

Im Juni des Jahres 2004 befand sich Herbert Gruber auf einer Reise durch die USA. Er hatte alles geplant. Die Route, die er nehmen wollte, die Hotels und Motels, die er für die Übernachtungen buchen könnte - alles hatte er sich sorgsam ausgewählt.

Gruber mietete sich in den USA einen Wagen. Er folgte der Route 66, auch wenn sie heute kaum noch eine Rolle spielt. Allerdings befuhr er die Interstate Highways und nur dort, wo es noch gut befahrbare Abschnitte der Route 66 gab, wechselte er über. In der Nähe der kleinen Stadt Galena mit ihren rund 3000 Einwohnern im Cherokee County, im äußersten Osten von Kansas gelegen, legte er eine kurze Pause zur Erfrischung ein. Das Gebäude und die Tankstelle schienen aus längst vergangenen Zeiten zu stammen, und noch bevor der Betreiber oder Besitzer herbeikam, um ihn zu bedienen, betankte er seinen Wagen selbst.

„Gibt es hier eine Toilette?", fragte Gruber den Tankwart.

„Ja, sicher. Gleich um die Ecke."

„Danke."

Gruber ging zum Giebel und öffnete die Tür. Der Anblick, der sich ihm bot, erschreckte ihn. Ein kleines Klosett, ein Waschbecken und ein fast blinder Spiegel an der Wand bildeten die gesamte Ausstattung des kleinen Raumes. Wenigstens gab es Toilettenpapier.

Nachdem sich Gruber etwas erfrischt hatte, ging er in das Büro der Tankstelle, um seine Rechnung zu begleichen. Gegenüber der Eingangstür stand der Verkaufstisch mit der Kasse, die wahrscheinlich genauso alt wie die Zapfsäule war, und dahinter sah er einige gut gefüllte Regale. Eine Tür daneben, nur angelehnt, führte in das Büro. Rechts von ihm befand sich ein Ständer mit Zeitschriften und Zeitungen. Wenigstens die Zeitungen waren aktuell.

An der anderen Wand stand ein Automat, der Süßigkeiten und Getränke enthielt. Gruber beglich seine Rechnung. Obwohl er sich nicht sicher war, weshalb er dem Tankwart ein Trinkgeld geben sollte, legte er noch einige Cents drauf. Gruber ging zum Getränkeautomaten, um sich noch eine Pepsidose und einen Schokoriegel aus dem Automaten zu ziehen. Er warf das Geld ein, doch nichts geschah. Verwundert und auch etwas wütend wandte er sich um. Doch der Tankwart hatte das Büro verlassen. Herbert Gruber, gelernter Mechaniker, öffnete schnell die Vorderfront des Automaten, um wenigstens sein Geld wieder zu bekommen. Hinter der Tür befand sich im oberen Bereich eine Folie, doch Gruber konnte deutlich mehrere Schalter, die er allerdings nicht direkt erreichen konnte, erkennen. Mit seinem Taschenmesser, das er immer bei sich trug, durchtrennte er die Folie. Gruber versuchte, die Schalter mit der Hand zu erreichen. Er fühlte und betätigte sie wahllos. Doch plötzlich vergrößerte sich der Getränkeautomat. Alle Gegenstände des Raumes, ja sogar der Raum selbst wuchsen enorm an. Verängstigt und verwundert beobachtete Gruber diese Veränderungen. Sein Verstand, der sich kurzfristig, verursacht durch die sonderbaren Vorgänge, ausgeschaltet hatte, begann langsam wieder zu funktionieren.

„Es gibt nur zwei Möglichkeiten", dachte er sich, „entweder hat sich alles um mich herum vergrößert, oder ich bin unheimlich geschrumpft." Doch weshalb sollte sich seine Umgebung derartig vergrößert haben? Gruber schloss diese Möglichkeit aus. Er musste irgendwie auf unerklärliche Art und Weise geschrumpft sein. Gruber sah sich um. Neben ihm lag ein großer Baumstamm in der Form eines Zahnstochers. Nur mit seinem Taschenmesser gelang es ihm, die Spitze des Baumstammes so abzutrennen, dass er sie auch transportieren konnte. Diese Arbeit dauerte einige Minuten.

Gruber war hungrig und durstig. Er ging zur Rückseite des Automaten und kletterte durch einen Lüftungsschlitz mühselig in das Innere der Maschine. Der Anblick eines riesig großen, dunklen und zylindrischen Gebildes verschlug ihm den Atem. Herbert Gruber war Handwerker und wusste, dass dies der Verdichter war. Doch musste er irgendwie diese Hürde nehmen. Auf der Rückseite erkannte er einige dicke Schläuche, die er alsbald als Stromkabel identifizierte. An einer dieser Leitungen kletterte Gruber hinauf. Das erwies sich als extrem anstrengend, doch er hatte keine Wahl. Er musste unbedingt die Kammern mit den Schokoriegeln und den Getränken erreichen. Der Zucker eines Riegels würde ihm neue Kraft verleihen und ein Getränk seinen Durst löschen.

Das Stromkabel, in seiner Wahrnehmung nicht nur ungeheuerlich dick, erwies sich als besonders glatt. Mehrmals verlor er den Halt und rutschte gefühlt mehrere Meter hinab. Unter immensen Anstrengungen gelang es ihm, den oberen Rand des Verdichtergehäuses zu erreichen. Gruber gönnte sich nur eine kurze Pause.

Wie lange würde er seinen Weg noch fortsetzen können, wenn er nicht schnellstens an die benötigte Nahrung gelangte? Diese Frage trieb ihn voran. Er stand zwar jetzt auf dem großen Verdichtergehäuse, aber außer zwei noch dickeren Röhren, die er erklettern musste, sah er keine weitere Möglichkeit. Beherzt oder verzweifelt wählte er die schwarze Röhre. Mutig klammerte er sich an sie fest und schob sich Stück für Stück hinauf.

Endlich erreichte er die erste Kammer. Mit seinem Taschenmesser gelang es ihm nach einiger Zeit, ein Loch in die Rückwand der Kammer zu bohren. Das Loch, noch winzig klein, bedurfte unbedingt der Vergrößerung. Mit der kleinen Säge seines Messers erweiterte er die Öffnung, bis er der Auffassung war, hindurchzupassen. Vorsichtig quetschte er sich durch das Loch, denn an den scharfen Schnittkanten hätte er sich leicht verletzen können. Erleichtert stand er zwar auf der anderen Seite, doch schon wartete die nächste Herausforderung auf ihn. Die Riegel lagen auf einem Metallgitter. Mehrere Gitter unterteilten die Kammer in mindestens drei Abschnitte, die mit verschiedenen Riegeln bestückt waren. Außerdem war es ziemlich kühl. Gruber dachte nicht weiter darüber nach, sondern setzte ganz vorsichtig jeden Schritt in Richtung des ersten Riegels. Schließlich erreichte er ihn. Die enorme Größe des Riegels beeindruckte ihn. Langsam beruhigte sich Gruber, trennte die Außenhülle und schnitt sich zwei Stückchen des Riegels heraus. Das erste Stück verschlang Gruber voller Heißhunger. Erst das zweite Stück konnte er wirklich genießen. In den Fetzen Verpackungsfolie, den er herausgeschnitten hatte, wickelte er noch zwei weitere Stücke des Schokoriegels ein und entschied sich, schnell nach oben zu steigen, um an die Schalter zu gelangen. Vielleicht würde er unterwegs auch das Fach mit den Getränkedosen entdecken können.

Behutsam ging er zurück und quetschte sich wieder durch die Öffnung in der Rückwand. Das Rohr, an dem er bis hierher geklettert war, nutzte er auch zum weiteren Aufstieg. Er bot alle Kräfte auf, und langsam näherte er sich dem nächsten Fach. Diese Rückwand bestand aus einem Gitter, das er erreichen konnte. Deutlich erkannte er eine Getränkedose und klammerte sich an einen der Gitterstäbe. Gruber schwang sich hinüber und stellte fest, dass er sich ohne Schwierigkeiten durch das Gitter bewegen konnte. Auch hier unterteilten Gitterwände das Fach in mehrere Abschnitte. Er musste sehr darauf achten, nicht durch das Gitter des Bodens zu fallen. Vorsichtig näherte er sich einer Coladose. Um welche Marke es sich tatsächlich handelte, konnte er nicht erkennen, aber das war ihm auch egal. Als er sie erreichte, benutzte er sein Taschenmesser, um ein Loch in die Getränkedose zu schneiden. Das war zumindest sein Plan. Verbissen arbeitete er an dessen Umsetzung. Nicht nur sein unbequemer und unsicherer Stand auf zwei Gitterstäben erschwerte die Arbeit, auch das Material der Dose kam ihm in dieser Situation härter und dicker vor, als er angenommen hatte.

Gruber ließ sich nicht entmutigen und setzte seine Bemühungen fort. Der Schnitt vertiefte sich langsam, und er legte eine kurze Pause ein, um sich zu entspannen. Seine Gedanken kreisten um den Schnitt, denn damit wurde die Lage kritisch. Sobald der Schlitz tief genug sein würde, musste er damit rechnen, dass durch den Druck in der Dose ihr Inhalt herausschießen und ihn unter Umständen sogar wegspülen könnte. Er sollte also seine Position wechseln, um nicht direkt vor dem Spalt zu stehen. Ein anderes Problem beschäftigte ihn ebenfalls. Womit könnte er, sobald er seine Arbeit geschafft hätte, die Flüssigkeit auffangen. Gruber besaß keine Flasche, kein Glas oder eine Tüte. Vorsichtig zog er sich die Schuhe und Socken aus. Er band die Schnürsenkel zusammen und hängte sich die Schuhe um den Hals. Die Socken steckte er sich in die Hosentaschen. Ohne Socken stand er auch viel sicherer auf dem Gitter. Mit aller Kraft setzte er seine Arbeit fort. Plötzlich schoss mit einem lautem Zischen die Cola aus dem Spalt. Sofort steckte Gruber sein Messer in die Westentasche seiner Hose, ergriff seine Schuhe und hielt sie in den Flüssigkeitsstrahl. Es dauerte nicht lange und die Schuhe waren gefüllt. Begierig trank Gruber die Cola aus den Schuhen, um diese gleich wieder zu befüllen. Zufrieden mit sich, setzte er sich auf eine Gitterstange, während er die Füße gegen die Stange vor sich drückte. Die Schuhe legte er in seinen Schoß, immer darauf bedacht, nichts zu verschütten. In aller Ruhe und mit Vorsicht nahm er seinen eingewickelten Proviant aus der Brusttasche seiner leichten Jacke. Direkt genussvoll aß er ein Stück und trank seine Cola. Derart gesättigt und erfrischt, wischte er mit seinem Taschentuch die Schuhe trocken und zog sich die Socken und die Schuhe wieder an. Anschließend setzte er seinen Weg fort.

Der weitere Aufstieg fiel ihm jetzt leichter. Gruber wusste, dass er irgendwie zur Vorderseite des Gerätes gelangen musste, denn die Schalter befanden sich dort. Er kletterte weiter und hoffte, oberhalb des Getränkefachs einen Weg zur Vorderfront zu finden. Endlich näherte sich Gruber der Oberseite des Getränkefachs. Mit viel Geschick und Kraft gelang es ihm endlich, sich auf die Abdeckung zu hangeln. Dort legte er zuerst eine kurze Pause ein. Das war dringend nötig, denn der Aufstieg hatte ihn sehr erschöpft. Erholt begann er einen Weg zu suchen. Einige Stromkabel behinderten ihn, aber Gruber wusste, dass er sich den Schaltern mit jedem Schritt näherte. Allerdings fragte er sich ständig, wie und in welcher Reihenfolge er die Schalter bedienen musste. Gruber verbannte diese Gedanken aus seinem Kopf. Zuerst musste er die Schalter erreichen, dann würde er sich schon eine Lösung einfallen lassen. Davon war er fest überzeugt. Er kroch und kletterte weiter. Nach einigen Minuten anstrengender Schinderei erreichte er die Vorderseite und sah auch die Folie mit dem großen Schlitz, den er mit seinem Taschenmesser hineingeschnitten hatte. Gruber wusste jetzt, dass er sich unmittelbar unter den Schaltern befand. Er sah sich um und entdeckte eine Steuerleitung, die er für den weiteren Aufstieg nutzen konnte. Er begann mit dem Aufstieg und erreichte die Schalter. Mit dem Stück des Zahnstochers versuchte er einen der Schalter zu betätigen. Dieser und alle folgenden Versuche scheiterten. Er kletterte zurück und untersuchte die Anschlussstellen.

Für Gruber gab es nur eine Möglichkeit. Langsam glitt er wieder abwärts und ließ sich auf der Abdeckung des

Getränkefachs nieder. Mit Geduld schnitt er aus einem anderen Kabel ein Stück heraus, bog die Enden um 90 Grad nach oben und entfernte in diesem Bereich die Isolierung. Dieses Stück Kabel befestigte er mit einem der Schnürsenkel an seinem Körper, denn die Hände benötigte er für den Aufstieg. Als er sich wieder im Bereich der Anschlüsse befand, setzte er das Stück Kabel ein, um die einzelnen Anschlüsse kurzzuschließen. Bei den ersten beiden Polen geschah überhaupt nichts. Gruber wechselte seine Position, um die Kabelanschlüsse drei und vier erreichen zu können. Wieder setzte er seinen Draht ein. Als er die beiden Kabelanschlüsse berührte, ertönte ein lauter Knall. Blitze und Funken schlugen ihm entgegen. Gruber verlor das Gleichgewicht und stürzte ab.

Als der Tankwart wieder den Verkaufsraum betrat, wunderte er sich über die nur angelehnte Tür des Automaten und den leichten Brandgeruch, den er deutlich wahrzunehmen glaubte. Er öffnete die Tür und stellte fest, dass die Folie, die sich im Bereich der Steuerung befand, einen Riss aufwies. Umgehend prüfte er die Fächer. Sie waren wohl gefüllt. Es schien nichts zu fehlen. Derartig beruhigt, schloss er die Tür und versuchte, den Automaten wieder in Betrieb zu nehmen. Da ihm dies nicht gelang, untersuchte er den Sicherungskasten. Tatsächlich: Eine der Sicherungen war durchgebrannt. Er setzte eine andere ein und versuchte erneut den Getränkeautomaten einzuschalten. Das gelang ihm auch. Aber die Funktionsprobe, die er durchführte, ergab, dass noch irgendein Defekt vorliegen musste. Verärgert wählte er die Telefonnummer der Serviceabteilung des Herstellers, die er auf einem Aufkleber an der rechten Seite des Automaten fand. Er teilte dem Mitarbeiter, so genau er nur konnte, das Problem mit. Die Antwort wirkte ziemlich enttäuschend. Man würde das Gerät in den nächsten Tagen austauschen, denn jetzt, während der Saison, sei für langwierige Fehlersuchen und Reparaturen keine Zeit. Den genauen Termin konnte der Mitarbeiter noch nicht festlegen.

Unbefriedigt legte der Tankwart auf. Viel war hier in der Stadt zwar nicht los, die Kunden drängelten sich nicht gerade, aber in den Abendstunden belebte sich das Geschäft zumeist. An den Wochenenden sah es besser aus, denn viele Leute aus den umliegenden Dörfern kamen in die Stadt. Während er noch grübelte, fiel sein Blick auf den Ford, der noch immer neben der Zapfsäule stand und die Zufahrt blockierte. Er verließ den Verkaufsraum, schloss die Tür ab und ging zur Toilette. Sie war leer. Verwundert umrundete er die Tankstelle. Er überprüfte jede Tür, stellte aber nichts fest. Alles schien in bester Ordnung zu sein. Jetzt wandte sich der Tankwart dem Ford zu. Der Zündschlüssel steckte im Zündschloss! Sonderbar.

Wieder im Verkaufsraum informierte er die Polizei. Nur 30 Minuten darauf erschien ein Mitarbeiter des Sheriffs, der Streife fuhr. Der Deputy Sheriff wohnte zufällig in Galena. Er stieg aus seinem Wagen und betrat den Verkaufsraum.

„Hallo Al, du vermisst einen Kunden?"

„Hallo Cid, hast du schon wieder Dienst? Ja, so etwas habe ich noch nie erlebt, obwohl ich doch schon seit 32

Jahren unsere Familientankstelle bewirtschafte. Das ein Kunde bezahlt, abhaut und sein Auto stehen lässt, also wirklich, das ist neu."

„Na, nun beruhige dich mal. Danach erzählst du mir der Reihe nach, was eigentlich passiert ist."

Al schilderte seine Begegnung mit dem Mann, der mit einem ausländischen Akzent gesprochen hatte, in allen Details. Nachdem Al seine Geschichte erzählt hatte, ging Cid zu seinem Wagen, um sich ein Paar Gummihandschuhe zu holen. Mit aller Sorgfalt untersuchte er das Auto des Fremden. Im Gepäck im Kofferraum fand er einen deutschen Pass. Anschließend informierte er den Sheriff. Nach einer Stunde erschien der Sheriff mit zwei weiteren Deputy Sheriffs und einigen Freiwilligen. Cid informierte alle über den verschwundenen Mann. Es handelte sich um einen Deutschen namens Herbert Gruber, der mit Akzent sprach, 43 Jahre alt ist und mit einem roten, karierten Hemd, einer hellen Windjacke und einer Jeans bekleidet war. Die Körpergröße hatte Al auf 1,78 Meter geschätzt. Die Haarfarbe war brünett. Augenfarbe blau. Mehr konnte Cid den Männern nicht mitteilen.

Die Männer wurden in vier Gruppen eingeteilt. Anschließend schwärmten sie aus. Nach vier Stunden trudelten die Suchtrupps wieder bei der Tankstelle ein. Von Herbert Gruber fehlte jede Spur. Selbst der Einsatz eines Fährtenhundes, den einer der Freiwilligen mitgebracht hatte, blieb erfolglos.

Der Sheriff bedankte sich bei allen Beteiligten, und ein Wagen nach dem anderen verließ das Gelände der Tankstelle.

Die Ermittlungen wurden in den darauffolgenden Tagen fortgesetzt. Alle Geschäfte, es gab nur vier, das kleine Hotel und die beiden Gaststätten, die jeweils mit einer kleinen Bühne und einer großen Tanzfläche ausgestattet waren, denn an den Wochenenden fanden gut besuchte Tanzabende mit Lifemusik statt, wurden aufgesucht und die Angestellten befragt. Sogar das weit außerhalb von Galena liegende Motel ließ man nicht aus. Niemandem war ein Fremder aufgefallen.

Auch die noch genauere Untersuchung der beiden Koffer ergab keine weiteren Ermittlungsansätze. Schließlich legte der Sheriff den Fall zu den Akten und informierte seine übergeordneten Stelle. Die meldete es weiter und irgendwann landete die Nachricht bei der zuständigen Polizeibehörde in Deutschland. Herbert Gruber war geschieden. Seine Exfrau und Angehörigen wurden informiert. Gruber gilt bis heute als vermisst.

Tatsächlich tauschte die Firma den defekten Getränkeautomaten gegen ein anderes Gerät aus. Ob er jemals repariert wurde, ist nicht bekannt.

Ein Fall in England

Als sich vor drei Monaten Herr Huber an Bord einer Ka-
nalfähre von den Niederlanden nach London befand,
stand er an der Reling des Hecks und verfolgte das Verschwinden der Küste hinter dem Horizont. In nur vier
Metern Entfernung beobachtete er einen gutgekleideten
Herrn, der diesen Anblick ebenso genoss. Damals ahnte
Huber noch nicht, dass er diesen Herrn in einigen Tagen
ermordet in einem Appartement in London wiedersehen
würde.

Seine Fahrt beruhte lediglich auf der Einladung seines
Freundes Michael Graham. Leider vergaß Graham aus
einem bestimmten Grund, ihm genauere Einzelheiten
mitzuteilen. Graham und Huber kannten sich seit ihrer
Zeit in Eton. Huber, ein in Hamburg gebürtiger Deutscher, legte zwar in Deutschland sein Abitur ab, aber
studierte auf den ausdrücklichen Wunsch seiner Eltern
in Eton Jura. Nach dem Studium erwog er, sich in
London als Anwalt niederzulassen. Doch das Heimweh
zog ihn zurück. Im Polizeidienst fand er sich zunächst
gut aufgehoben, doch nach einiger Zeit fühlte er sich
eingeschränkt. Er beschloss, ein Detektivbüro zu gründen. Hamburg, Bremen und Lübeck würden ihm sicherlich schon genügend einträgliche Fälle liefern.

Michael Graham hatte eine ähnliche Laufbahn einge-
schlagen. Auch er war zuerst im Polizeidienst tätig, aber
entschied, sich mit zwei Kollegen selbstständig zu machen. Sein Detektivbüro lief hervorragend, zumal er nur
interessante Fälle annahm. Sein Name tauchte in den

Medien nicht auf, doch seine Detektei wurde häufig erwähnt.

Kurz nach vier Uhr verließ Huber die Fähre. Ein Taxi brachte ihn in die Rillington Place Nr. 10, dem Office von M. Graham, der gerade eine große Niederlage bei der Auffindung von sieben Personen aus dem schottischen Dörfchen Hampton erlitten hatte. Graham begrüßte ihn voller Freude: „Hallo Werner, alter Knabe. Ich freue mich, dich zu sehen. Das kannst du dir gar nicht vorstellen. Wie lange ist es her? Egal, du bist hier. Wie war die Überfahrt?"

„Gut. Ich freue mich auch, dich wiederzusehen, aber du hast dich ziemlich bedeckt gehalten. Was soll ich hier?"

„Setzt dich erstmal hin. Ich werde dir die Situation gleich erläutern. Wenn du nichts dagegen hast, werden wir uns zuerst einen Drink genehmigen, in Ordnung?"

„Kommt mir gelegen."

„Fein."

Während Graham die Drinks einschenkte, kam er sofort auf das Thema zu sprechen.

„Du musst wissen, dass in den vergangenen Wochen zwei Mitarbeiter des Innenministeriums und ein Angestellter des Außenministeriums ermordet wurden."

„Wie kamen sie ums Leben?"

„Unerwartet."

Graham nahm ebenfalls Platz und reichte Huber ein Glas.

„Du bevorzugst doch immer noch Scotch?"

Huber nickte.

„Ja, also", setzte Graham seine Erklärung fort, „Jim Hawkins, der erste Todesfall, ein Mitarbeiter des Innenministeriums, wurde vor vier Wochen in seiner Wohnung erschossen. Seine Frau und auch die Aufwartefrau erklärten der Polizei, dass nichts aus der Wohnung entfernt wurde. Du kannst dir vorstellen, dass der Yard allen Spuren nachging. So fanden sie heraus, dass Hawkins ein Schließfach im Bahnhof Paddington mit der Nummer 1650 gemietet hatte. Das Fach war leer. Beruflich hatte es Hawkins mit Sicherheitsangelegenheiten bezüglich der Abwehr ausländischer Kräfte, zu tun. Doch auch diese Spur führte den Yard nicht weiter.

Shaun Day starb nur zwei Tage nach Hawkins. Ein Lorry hat ihn überfahren. Day und Hawkins verband nichts miteinander. Day beschäftigte sich mit der Koordinierung der Polizeikräfte während bestimmter Großveranstaltungen und Demonstrationen. Vielleicht war sein Tod nur ein Zufall. Weder der Lorry noch der Fahrer konnten bisher ermittelt werden.

Der dritte Fall...."

„... interessiert mich selbstverständlich", unterbrach Huber seinen Freund, „aber gab es denn keine Zeugen? Dieser Day wird doch nicht auf einer einsamen Landstraße unterwegs gewesen sein, oder?"

„Du wirst lachen, aber genauso war es. Die Polizei fand seinen Wagen verlassen, nur einige Kilometer von Notting Hill entfernt, auf. Day musste ihn, verursacht durch einen Defekt an der Bremsanlage, stehen lassen. Ob es sich um ein zufälliges Ereignis oder eine Manipulation handelte, konnte bisher nicht ermittelt werden. Day wandte sich zurück und marschierte in Richtung des nächsten Dorfes, um wahrscheinlich um Unterstützung zu bitten. Mehr ist eigentlich nicht zu berichten.

Day und Hawkins arbeiteten in verschiedenen Häusern des Innenministeriums. Bestimmt kannten sie sich, doch mehr wurde vom Yard nicht herausgefunden."

„Das ist ziemlich dürftig. Vielleicht pflegten ihre Ehefrauen engere Beziehungen?"

„Das ist eigentlich ausgeschlossen, denn Day war Junggeselle."

„Oh, wie unangenehm für ihn."

„Das würde ich nicht behaupten, denn Day genoss sein Leben in vollen Zügen. Nicht nur der Yard, sondern auch wir konnten einige hübsche Mädchen und Frauen ausfindig machen."

„Was für ein Verlust für die Damen, doch das muss Day einiges an Geld gekostet haben, nehme ich an. Woher kam es? Verdiente er soviel oder hatte er noch andere Geldquellen? Besaß er ein Haus oder wohnte er noch bei seinen Eltern?"

„Das haben wir alles überprüft. Day hatte ein einfaches Appartement gemietet. Nichts Besonderes, aber angenehm möbliert. Nebeneinnahmen bezog er nicht. Wenn er eine Erholungspause von seinen Weibergeschichten benötigte, zog er sich über das Wochenende nach Yorkshire zurück. Dort leben seine Eltern."

„Hatte Hawkins ebenfalls viele Frauenbekanntschaften?"

„Nein. Er war ein ganz normaler Ehemann und Familienvater."

„Da du es gerade erwähnst, wo waren seine Frau und die Kinder, als er erschossen wurde?"

„Seine Frau besuchte ihre Eltern. Die Kinder begleiteten sie. Noch irgendwelche Fragen?"

„Nicht im Moment. Doch. Hast du noch einen Drink?"

„Ja, sicher."

Graham ergriff Hubers Glas und erhob sich.

„Wo war ich eigentlich", fragte er, während er an der Bar nachschenkte, „bevor du mich unterbrochen hast?"

„Ich glaube", und Huber nahm das gefüllte Glas entgegen, „du wolltest gerade auf den Knaben vom Außenministerium eingehen."

Graham nahm wieder Platz und wirkte plötzlich sehr bedrückt. Offensichtlich suchte er nach den richtigen Worten. Huber beobachtete Graham kurz, aber ganz genau. Irgendetwas musste seinen Freund und Kollegen innerlich aufwühlen.

Nach nur einigen Sekunden setzte Graham in seiner gewohnt sachlichen Art seine Rede fort.

„Der dritte Fall betrifft Robert Graham."

Huber erhob völlig überrascht seinen Kopf und starrte Graham an. „Aber, das ist doch der Name deines Onkels!", rief Huber aufgeregt.

Graham nickte. „Ja, so ist es. Du kannst mir glauben, aber ein Graham steht unter allen Umständen loyal zur Regierung. Mein Onkel wurde durch mehrere Messerstiche ermordet. Der Anschlag erfolgte unweit seines Büros in der Nähe von Charing Cross. Es gab einige Zeugen, doch ihre Aussagen widersprachen sich. Der oder die Täter waren vermummt. Der Yard und wir gingen allen Spuren nach. Ich glaube, dass der Yard bereits die Ermittlungen eingestellt hat, doch wir machen weiter. Das ist eine Ehrensache für uns. Wir konnten immerhin einen Zusammenhang zwischen Hawkins und meinem Onkel feststellen. Beide besuchten gelegentlich eine gewisse Mrs. O'Donnel. Sie entstammt einer alten deutschen Adelsfamilie. Ihr Gatte und auch sie pflegen enge Kontakte zu deutschen Unternehmen, die besonders in England einige Niederlassungen betreiben. Womit sich die Firmen wirklich beschäftigen, ist nicht bekannt. Angeblich werden Autoersatzteile, Schädlingsbekämpfungsmittel, Dünger oder Kleidung hergestellt.

Ihr Anwesen, das Haus „Blutbuchen" in Hampshire gehört sicherlich zu einem der sehenswertesten Häuser des Landes. Dort empfängt sie die einflussreichsten Männer des britischen Empire, zu denen ich meinen Onkel sicherlich zählen darf. Jetzt wird es interessant, denn auch Hawkins, das erste Opfer, verkehrte regelmäßig in ihren Haus. Einen Moment bitte, aber mein Hals wird durch das ganze Gerede trocken."

Graham ergriff sein Glas, und auch Huber nahm einen Schluck Scotch zu sich.

„Michael, habt ihr denn sonst noch irgendwelche Hinweise entdecken können. Welchen Grund könnte dein Onkel gehabt haben, um mit dieser Familie zu verkehren?"

„Haben wir nicht, leider. Mrs. O'Donnel pflegt zwar enge Kontakte zu den deutschen Firmen, aber das will nichts besagen, denn in den USA und der Schweiz leben Angehörige ihrer Familie. In Detroit soll einer ihrer Vorfahren ein merkwürdiges Hotel geführt haben. Der Witz an der Sache ist, dass der Mann ein Namensvetter unseres bekanntesten Detektivs war.

Doch nun komme ich zu dem Grund, warum ich dich bat, so kurzfristig nach London zu kommen. Du sollst dich in ihrem Kreis umschauen und ihr Zutrauen gewinnen. Als Deutscher könntest du leicht in ihr Blickfeld geraten. Und allzu hässlich bist du auch nicht. Na, was sagst du dazu?"

„Dein Kompliment schmeichelt mir wirklich, aber wie kann ein Betreiber einer Detektei in Hamburg in derartige Kreise vorstoßen? Außerdem verstehe ich noch nicht, warum dein Onkel dort verkehrte."

„Du wirst selbstverständlich als deutscher Mitarbeiter des Außenministeriums von einem guten Freund, der leider über keine Eignung zum Detektiv verfügt, eingeführt. Er nennt sich Lord Crayton und du nennst dich...."

„.... beunruhigt.", unterbrach Huber den Redefluss seines Freundes erneut. Graham ließ sich nicht aus dem Konzept bringen.

„Und du wirst von ihm als Herr Weber, einen einflussreichen Mitarbeiter des Ministeriums vorgestellt. Keine Sorge, denn diese Angaben halten jeder Überprüfung stand. Dafür haben wir in Zusammenarbeit mit den deutschen Behörden gesorgt. Nur sehr wenige Menschen wissen überhaupt Bescheid. Du brauchst dir also keine Sorgen zu machen."

„Ich soll mich, während du deinen Whisky in aller Seelenruhe genießt, in die vermeintliche Höhle des Löwen begeben und die einzige Haut, die ich habe, riskieren?"

Hier endet einstweilen die Geschichte. Wenn Sie, geehrte Leserin und Leser, erfahren wollen, wie es weitergeht, müssen Sie zuerst die in der Geschichte versteckten Hinweise auf tatsächliche und fiktive Kriminalfälle entdecken. Viel Spass.

Auflösung:

1. Rillington Place Nr. 10 – Der Fall Christie
2. 16 Uhr 50 ab Paddinton – Roman von Agatha Christie (die Namensgleichheit ist zufällig)
3. Der Würger von Notting Hill – der Fall des John Reginald Christie (ich kann wirklich nichts dafür, dass diese Menschen allesamt Christie hießen)
4. Blutbuchen – ein Fall für Sherlock Holmes, kreiert von Arthur Conan Doyle
5. Henry Howard Holmes (eigentlich Herman Webster) betrieb in Chicago ein Hotel und tötete, obwohl er Medizin studiert hatte, eine nicht bekannte Anzahl seiner Ehegattinnen und viele andere Frauen
6. Der Yorkshire Ripper – ein grausiger Fall.
7. Charing Cross – Die Kofferleiche-gruselig
8. Das ist kein Kriminalfall im herkömmlichen Sinn, doch Jim Hawkins ist der Ich-Erzähler im Roman „Die Schatzinsel" von Robert Louis Stevenson.

Das war doch relativ einfach, oder?
Jetzt werde ich Sie in das Genre des Films und vielleicht auch wieder in die Literatur entführen.

„So ist es. Natürlich werde ich hier nicht in Ruhe meinen Whisky genießen, sondern dich mit meinen Männern rund um die Uhr überwachen."

„Dann schaltet eure Geräte bitte zwischen 2 und 8 Uhr europäischer Zeit aus. Ich möchte euch nicht in Verlegenheit bringen. Ich nehme dein Angebot an. Hawkins, Day oder dein Onkel sind mir nicht egal, keineswegs, aber vor zwei Monaten erhielt ich ein zweifelhaftes Angebot. Ein Herr Schreier wollte mich im Auftrag seiner Botschaft überreden, mich mit einer Frau O'Donnel, lebend in England, zu beschäftigen. Vielmehr wollte er nicht preisgeben. Deshalb lehnte ich ab. Entweder hatte er zu viel oder zu wenig erzählt. Ich erwarte eine hochhackige Frau mit Hüftgürtel und...."

„....vergiss es. Die Frau ist nach euren Maßen 1,65 groß, trägt für gewöhnlich flache Schuhe und ist leicht adipös. Dennoch würde ich sie nicht von der Bettkante schubsen."

„Das ist ja wirklich hervorragend. Habt ihr wenigstens ein Foto von der Frau?"

„Die Akte liegt auf meinem Schreibtisch. Einen Augenblick."

Graham erhob sich, holte die Akte und übergab sie Huber.

„Wow! Das ist ja tatsächlich eine steiler Zahn. Du hast gewaltig untertrieben. Ich werde mich gleich morgen an die Arbeit machen."

„Das wirst du nicht! Zuerst wird dich Lord Crayton in die Umgangsformen dieser Gesellschaft einweihen. Das ist alles nur Zinnober, Schall und Rauch könnte man sagen, aber du musst dich eben in diese sonderbare

Gesellschaft hinabbewegen. Wenigstens ist das Essen exzellent. Iranischer Kaviar, Zunge oder Krokodilfleisch erwarten dich. Ist doch toll, nicht wahr?"

„Ich bin begeistert. Sonst noch irgendeine hilfreiche Information? Diese Akte hier ist doch Schrott!"

„Ja. Du musst ein Buch lesen."

„Jetzt wird es verrückt! Ich habe unzählige Bücher in meinem Leben gelesen."

„Das mag sein, aber du musst ein Buch eines heute in Mode gekommenen Autors lesen. Wie idiotisch dir die Handlung auch vorkommen mag, es ist zwingend erforderlich. Sollte dich jemand mit seinem Wissen über das einzige Buch, dass er wahrscheinlich gelesen hat, zu beeindrucken versuchen, schwenkst du einfach auf dein Buch um. Das bekommst du hin."

„Ist es wirklich so einfach?"

„Natürlich. Diese Leute haben ihr Geld von den Vorfahren oder Ehegatten geerbt. In ihrer Scheinwelt zählen nur Schmuck, Jachten oder der Besitz einer Insel. Die Menschen, die für diese Damen und Herren arbeiten, verfügen über mehr Wissen, als ihre Arbeitgeber in dreißig Jahren in ihren Gehirnen speichern könnten."

„Das ist dennoch keine besonders erfreuliche Aussicht für mich. Welches Buch soll ich übrigens lesen?"

„Das Buch handelt von Schlangen. Damit wirst du Furore machen."

Einige Tage darauf erschienen Lord Crayton und Herr Weber im Haus „Blutbuchen". Es schien ihnen der Hauch des Bösen entgegen zu wehen. Die Diele, nur schwach beleuchtet, und eine Angestellte hinterließen einen unangenehmen Beigeschmack. Nachdem sie sich ihrer Mäntel entledigt hatten, erschien die Dame des Hauses. Sie sah einfach umwerfend aus.

Ihr dunkles Haar, ihre Figur und ihre Ausdrucksweise beeindruckten Huber. Im Verlauf des Abends tanzte Huber selbstverständlich mit Mrs. O'Donnel, denn er hatte sich in die Tanzkarte eintragen lassen. Es war ihm nicht unangenehm. Diese Frau durfte er unter keinen Umständen unterschätzen. Sie war intelligent, gebildet, sprachgewandt und gutaussehend. Eine äußerst gefährliche Mischung. Huber wusste von Graham, dass die nächste Aktion der vermuteten Organisation hinter dieser Frau in nur 72 Stunden geschehen würde. Sein Partner, Lord Crayton, hielt sich ganz gut, doch langsam schien der Alkohol seine Zunge zu lösen.

Huber verabschiedete sich und Crayton eiligst. Mrs. O'Donnel lud ihn für den folgenden Tag um zwölf Uhr zum Mittagessen ein. Huber nahm dankend und geehrt an. Doch ich lege wiederum eine Pause ein.

Auflösung

Botschafter morden nicht – ein dreiteiliger Kriminalfilm
Der Hauch des Bösen – ein schauriger Film
Nur noch 72 Stunden – mit R. Widmark
12 Uhr Mittags – High Noon – mit G. Cooper

Sollten Sie Interesse an einer Fortsetzung haben, stehe ich gern zur Verfügung.

Der Zentralnervensystemmanipulator

Raleigh (North Carolina) – Juni 2018

David Pickford setzte den rechten Blinker, verließ den McGuire Drive und befuhr die Garagenzufahrt seines Grundstücks. Die Häuser in dieser Wohngegend standen alle etwas von der Straße zurückgesetzt zwischen hohen Bäumen. Es war eine ruhige Gegend. Vor der Garage hielt er an, schaltete den Motor ab und blieb noch zwei, drei Minuten lang im Auto sitzen. Danach stieg er aus, schlug den gepflasterten Weg zum Haupteingang ein und betrat sein Haus. Im großen Wohnzimmer saß sein Sohn Allen vor dem Fernseher und schaute sich Trickfilme an. Allen stand sofort, nachdem er seinen Vater erblickt hatte, auf, um ihn zu begrüßen.

„Hi, Dad. Du kommst ziemlich spät. Wir müssen in knapp einer Stunde losfahren, wenn wir nicht zu spät zu Onkel Daniels Geburtstagsfeier kommen wollen."

„Hi, Allen. Ich schätze, die Zeit wird gerade noch ausreichen, um mich zu erfrischen und umzuziehen, oder? Wo stecken deine Mutter und Mark?", erwiderte Pickford lächelnd.

„Ich meinte ja nur. Mom ist im Garten. Mark hilft ihr."

„Wobei?"

„Mom meinte, dass auf dem rechten Blumenbeet bald mehr Unkraut als Blumen wachsen würden. Also sind die beiden vor einer Stunde rausgegangen."

„Weshalb hilfst du ihnen nicht?"

„Ich musste erst noch die Hausaufgaben erledigen. Das hat eine ganze Weile gedauert. Und vor fünf Minuten habe ich dann den Fernseher eingeschaltet."

„Na, ich schaue mir das im Garten einmal an."

„Ich komme mit, Dad."

„Gut, aber schalte den Fernseher aus. Du sollst ohnehin nicht soviel Zeit vor der Glotze verbringen. Dadurch wird man dumm. Warum trägst du nicht deine Zahnspange?"

„Die drückt so."

„Ich habe dir doch erklärt, wie wichtig es ist, dass du diese Spange trägst. Wenn du also keine schiefen Zähne haben willst und überhaupt noch Wert auf dein Gebiss legst, dann setze die Spange ein", erklärte David mit einem breiten Lächeln und einem angedeuteten Faustschlag seinem verdutzten Sohn.

Allen schaltete den Fernseher aus. Beide verließen durch die geöffnete Terrassentür das Wohnzimmer.

Nach einer kurzen, herzlichen Begrüßung musterte David das Blumenbeet und lobte Mark als auch seine Frau Christine.

Pünktlich zur geplanten Uhrzeit traf die Familie auf der Party ein. Die beiden Kinder von Daniel und dessen Frau Anne verstanden sich gut mit Allen und Mark. Nach nur wenigen Minuten hatten sich die Kinder in eines der Zimmer zurückgezogen und tauchten erst wieder auf, als Daniel mit dem Grillen begann.

David wirkte irgendwie zerstreut und unaufmerksam. Auf Fragen seines Bruders oder seiner Schwägerin reagierte er ziemlich einsilbig. Christine schaute ihn mehrfach fragend an, doch David fiel das gar nicht auf.

Wieder daheim – die Jungen lagen in ihren Betten – saß David in seinem bevorzugten Sessel, während es sich Anne auf der Couch bequem gemacht hatte. Der Fernseher lief leise, denn die Nachrichten hatten noch nicht begonnen.

Anne trank einen kleinen Schluck aus ihrem Weinglas und fragte: „Also David, was ist los? Du warst mit deinen Gedanken heute Nachmittag doch ganz woanders. Hast du Probleme im Job?"

David schreckte auf. „Nein, habe ich nicht." Nach einem kurzen Moment fuhr er fort: „Ich hatte dir doch erzählt, dass ich heute nach dem Feierabend kurz bei Walter vorbeischauen wollte."

„Ja, und warst du bei ihm?"

„Sicher. Seit seiner Scheidung sehen wir uns ja kaum noch. Er hat sich doch ziemlich verändert und zurückgezogen. Ich stand also vor seiner Wohnungstür und klingelte. Kurz darauf öffnete er die Tür, aber nur einen Spalt breit. Gerade so weit, dass er seinen Kopf zeigen konnte. ‚Oh, David', sagte er, ‚ich habe dich nicht vergessen, wirklich nicht, aber ich habe schon Besuch. Es ist etwas heikel. Ich melde mich bei dir, ja? Übrigens - sagt dir der Name van Gelder etwas?' ‚Nein, sagt mir nichts', erwiderte ich verblüfft und auch etwas enttäuscht, denn schließlich hatte ich meinen Besuch bei ihm doch angemeldet.

‚Kannst ja mal darüber nachdenken. Ich muss mich jetzt aber wieder meinem Besuch widmen. Ich melde mich bestimmt. Tschüss David.'

Und damit schloss er abrupt die Tür. Ich kam mir wie ein begossener Pudel vor. Auf der Fahrt hierher zermaterte ich mir das Gehirn. Hatte ich ihn vielleicht zufällig irgendwie oder irgendwann verletzt oder beleidigt? Während des kurzen Telefonats klang er ganz vernünftig. Er freute sich auf meinen Besuch. Das ist mir ein Rätsel. Verstehst du das, Anne?"

„Nein. Ich weiß natürlich nicht, wann und warum sein Besuch bei ihm erschien, aber Walter hätte dich doch sofort informieren können. Er hat doch deine Mobilfunknummer, oder?"

„Natürlich hat er sie."

„Dann war es bestimmt eine Frau, die ihn besucht hat."

„Wie kommst du denn darauf?"

„Nun, ein Mann hätte ihn bestimmt nicht die guten Manieren vergessen lassen. Hast du gesehen, ob er noch angezogen war?"

„Also wirklich, Anne! Viel konnte ich tatsächlich nicht von ihm sehen, aber er trug ein Hemd, und die Hose hatte er auch an."

„Noch an, vielleicht", kommentierte Anne.

„Walter wollte bestimmt nur vermeiden, dass ich einen Blick auf seinen Besucher werfen könnte. Wenn seine Exfrau der Gast gewesen wäre, hätte er sich sicherlich nicht so sehr sonderbar verhalten. Schließlich kenne ich sie.

Wie dem auch sei, ich werde mal in unserem Archiv nach diesem van Gelder suchen lassen. Ansonsten warte ich ab. Irgendwann wird sich Walter schon melden, nicht wahr?"

„Viel mehr solltest du auch nicht unternehmen. So wichtig ist das nicht. Er wird schon noch anrufen", entgegnete Anne und nahm sich die Fernbedienung vom Tisch, um die Lautstärke zu erhöhen.

Am folgenden Tag suchte Pickford seinen Kollegen Arthur im Archiv auf. Arthur stand in dem Ruf, ein ungeheuer gutes Gedächtnis zu haben oder wenigstens zu wissen, wo er suchen musste, um die Anfragen zufriedenstellend beantworten zu können.

„Hallo Arthur", begann David das Gespräch, „du hast wohl gerade viel zu erledigen. Worum handelt es sich?"

David legte seine linke Hand auf einen Stapel alter Ausgaben, der auf Arthurs Schreibtisch lag und schaute ihn lächelnd an.

„Hallo David. Das ist nur für die Marotte vom Chef. Der Fall Winslet beschäftigt ihn immer noch. Wie es scheint, will er den Neuen, Jack Corbin heißt er wohl, auf den Fall ansetzen. Ich trage gerade alles zusammen."

„Den Fall Winslet will er wieder aufrollen? Da ist doch damals gar nichts herausgekommen! Na, mir soll's egal sein. Hauptsache, ich muss mich nicht selbst wieder damit beschäftigen, aber der Jack Corbin gehört zu meinen Leuten. Ich habe ihn schon auf eine ganz aktuelle Sache angesetzt. Vielleicht sollte ich mal ein ernstes Wörtchen mit unserem Boss wechseln. Er kann doch nicht meine guten Leute mit solchem Kram von wichtigen Storys abhalten. Na, das dürfte dir ja egal sein, Arthur, aber wenn du mal ein bisschen Zeit hast, kannst du dann mal nach einem van Gelder suchen? Vielleicht haben wir etwas über den Mann."

„Van Gelder, van Gelder", wiederholte Arthur bedächtig. „Der Name sagt mir überhaupt nichts. In welchem Zusammenhang suchst du nach ihm?"

„In gar keinem. Mein Kumpel fragte mich gestern, ob mir der Name etwas sagen würde. Dem war nicht so, also dachte ich, dass du vielleicht etwas herausfinden könntest. Nun, deshalb bin ich hier."

„Ich mach' das auch, David. Nur jetzt muss ich erst einmal den Chef versorgen. Wenn du allerdings wirklich mit ihm sprechen willst, könnte ich mir die Arbeit sparen, oder?"

„Weißt du denn genau, dass Jack Corbin gemeint ist?"

„Genau weiß ich es nicht. Ich dachte mir das so, weil er doch noch nicht lange bei uns ist."

„Arthur, dann stelle besser die Akte zusammen. Mit dem Chef rede ich aber trotzdem."

„Gut. Ich melde mich bei dir, einverstanden?"

„Danke Arthur. Viel Glück."

Drei Wochen später

Am Sonnabend stand David in der geräumigen Küche neben dem Esstisch und sah seiner Frau bei der Zubereitung eines Salates zu.

„David, ich mag es nicht, wenn du mir ständig auf die Finger schaust. Das macht mich nervös. Hast du nichts Besseres zu tun?"

„Oh, entschuldige bitte. So genau habe ich gar nicht hingesehen. Ich habe nur ein wenig nachgedacht."

Nach einer kurzen Pause redete er weiter: „ Anne, ich werde nach dem Essen zu Walter fahren. Er hat sich in den vergangenen drei Wochen trotz seines Versprechens nicht gemeldet. Das sieht ihm gar nicht ähnlich.

Mit seinen Telefonnummern scheint auch etwas nicht zu stimmen. Es ist völlig egal, ob ich die Festnetznummer oder sein Mobiltelefon anwähle, ich bekomme immer nur „Kein Anschluss unter dieser Nummer" oder ein Besetztzeichen zu hören. Das ist doch sonderbar. Irgendwas stimmt da nicht."

„Das hört sich tatsächlich etwas merkwürdig an. Vielleicht liegt er im Krankenhaus."

„Dann müsste er schon im Koma liegen. Telefonieren ist doch erlaubt. Außerdem hat er mich neugierig gemacht. Selbst Arthur aus dem Archiv konnte nichts über diesen van Gelder herausfinden. Du weißt ja, wie sehr ich offene Fragen hasse, aber bis zum Abendbrot bin ich bestimmt wieder zurück. Ich habe nicht vor, mich lange bei ihm aufzuhalten, denn dafür habe ich mich zu sehr über sein Verhalten geärgert."

„Ja, sonderbar ist das schon. Grüße ihn jedenfalls von mir."

Am Nachmittag klingelte Pickford an der Wohnungstür seines Freundes. Zu seiner Überraschung öffnete eine circa 40jährige, gut aussehende Frau mit hochgesteckten dunklen Haaren die Tür.

„Ja, bitte?"

„Äh, entschuldigen Sie die Störung. Das ist doch das Appartement 206? Meine Name ist Pickford. Ist Walter nicht daheim? Ich wollte ihn besuchen", erklärte Stonbridge überrascht.

„Walter? Hier wohnt kein Walter", stellte sie klar.

„Ach, Sie meinen bestimmt den Vormieter. Armer Mann. Er ist tot, wissen Sie? Ist jetzt wohl etwa drei Wochen her, und seit zwei Wochen wohne ich hier. Tut mir leid für Sie."

„Er ist tot?"

Ungläubig sah er die Frau an.

„Vor drei Wochen ist das passiert, sagen Sie? Ich kann das einfach nicht glauben. Was ist mit seinen Sachen, seinen Möbeln, überhaupt mit seinem Besitz passiert? Wissen Sie das?"

„Ein Mann hat sich um alles gekümmert. Soll ein Bruder des Toten gewesen sein. Mehr kann ich Ihnen dazu auch nicht sagen. Also, ich würde dann ganz gern…."

„Oh, selbstverständlich. Vielen Dank dafür, dass Sie mir Ihre Zeit geopfert haben."

„Nichts zu danken", erwiderte die Frau und schloss die Wohnungstür.

Als Pickford nach Hause fuhr, beschlich ihn das Gefühl, beobachtet zu werden. Mehrmals schaute er in den Rückspiegel, doch er konnte keinen Verfolger ausmachen. Halbwegs beruhigt, erreichte er sein Grundstück. Pickford teilte seiner Frau, während er sich im Wohnzimmer einen Brandy eingoss, die Neuigkeit mit. Anne reagierte ganz pragmatisch.

„Das ist wirklich traurig. Walter war kein schlechter Kerl, und an der Scheidung trug er bestimmt nicht die Schuld. Ich nehme an, dass er bereits beerdigt wurde, oder?"

„Das weiß ich nicht, Anne. Vielleicht sollte ich mal mit seinem Bruder reden. Ich bin ihm zwar nur einmal begegnet, aber ich kann mich erinnern, dass er mit einem Partner einen Buchladen in der Nähe der UNI betreibt. Den werde ich wohl finden. So viele Geschäfte dieser Art kann dort ja nicht geben."

„Warum siehst du nicht einfach im Telefonbuch nach? Das würde ich jedenfalls tun."

„Natürlich. Du merkst ja, dass ich noch nicht wieder vernünftig denken kann. Das ist ist alles so unbegreiflich, so unfassbar. Damit muss ich erst einmal klarkommen. Heute werde jedenfalls nicht mehr das Telefonbuch wälzen. Das kann ich in der Redaktion erledigen. Und nach der Arbeit fahre ich, falls Walters Bruder nichts dagegen einzuwenden hat, zu ihm. So, und jetzt genehmige ich mir noch einen Brandy. Möchtest du auch etwas trinken?"

„Ich schätze, ein kleiner Brandy auf Walters Andenken ist wohl angebracht."

„Das denke ich auch."

Raleigh - Police Departement

Ken Doherty saß an seinem Schreibtisch und verfasste einen Bericht, als das Telefon auf einer Dienstleitung klingelte. „Der kann's nicht abwarten", dachte er und nahm widerwillig den Hörer ab.

„Ich bin gleich fertig, Jeff. Einen Moment noch."

„Vergiss den Bericht und komme sofort in mein Büro."

Doherty legte den Hörer auf und erhob sich. Der Unterton in Jeffs Stimme ließ Doherty vermuten, dass sein Chef Besuch hatte. Doherty erhob sich, nahm sein Sakko von der Lehne seines Drehsessels und schaute seinen Partner Jack, der ihm gegenüber saß, an.

„Jack, ich muss zum Chef." Der nahm das mit einem

Nicken zur Kenntnis. Erst vor der Tür seines Chefs zog sich Doherty das Sakko an. Nach einem kurzen Klopfen trat er ein.

Sein Chef, Jeff Thompson, und zwei Besucher erhoben sich.

„Ken, das sind die Agenten Costello und seine Kollegin McGill vom FBI." Sich den beiden zuwendend fügte Thompson hinzu: „Und das hier ist Inspektor Doherty, der den Fall bearbeitet hat."

Doherty begrüßte die Gäste, nahm anschließend Platz und schaute seinen Chef erwartungsvoll an.

„Also Ken", sagte Thompson, den Blick auf Doherty gerichtet, „Agent Costello ist hierher gekommen, weil du auf die Anfrage des FBI nach mysteriösen Selbstmorden reagiert hast. Es wird wohl das Beste sein, wenn uns Agent Costello zuerst erläutert, weshalb das FBI an etwas sonderbar wirkenden Selbstmorden interessiert ist. Danach kannst du über unseren Suizid berichten. Vielleicht", Thompson schaute jetzt seine Gäste an," gibt es tatsächlich einen Zusammenhang ihrer Ermittlungen mit unserem Fall."

Costello nickte bestätigend, holte tief Luft und erklärte: „In den vergangenen Monaten liefen mehrere Meldungen über, ich möchte es so ausdrücken, sonderbare Unfälle beim FBI ein. Auf den ersten Blick scheint es sich um Selbstmorde zu handeln, aber einige Indizien deuten auf Mord hin. Begonnen hat diese außergewöhnliche Zunahme an Selbstmorden vor knapp zwei Monaten in New York in einem Vergnügungspark auf Coney Island. Die Polizei des Stadtteils Brooklyn wandte sich an das FBI, denn die fünf Opfer stammten sämtlich aus anderen Staaten der USA. Die bisher sechs augenscheinlichen Suizide geschahen innerhalb von nur zwei Wochen und immer in diesem Vergnügungspark. Wir haben jeden Fall genauestens untersucht. Für keine der Personen konnten wir im familiären oder im sozialen Umfeld Gründe für einen solchen Schritt entdecken. Auch berufliche oder gesundheitliche Ursachen sind eigentlich auszuschließen. Ich will hier nur auf den Fall des Kyren Grey eingehen, der aber symtomatisch für die anderen steht. Kyren Grey, 52 Jahre alt, wohnte in Arizona und verbrachte mit seiner Frau einige Urlaubstage in New York. Die beiden führten eine glückliche Ehe. Ihre Kinder besuchten zu diesem Zeitpunkt die Highschool. Am 4. Mai hielten sie sich auf Coney Island, in der einigen der Vergnügungsparks auf. Sie fuhren mit der Achterbahn, als Grey plötzlich versuchte, sich aus seinem Sitz zu befreien. Das schaffte er auch, obwohl seine Frau versuchte, ihn mit aller Kraft zurückzuhalten. Zum Glück verlief der Sprung aus dem Wagen, der kurz vor dem Haltepunkt kaum noch Geschwindigkeit und Höhe hatte, für ihn glimpflich. Nur sein rechter Arm war gebrochen. Während seine Frau und zwei Mitarbeiter des Ausstellers auf das Eintreffen der Polizei und des Rettungswagens warteten, weinte Grey und beklagte das Scheitern seines Selbstmordversuches. Letztendlich beruhigte er sich. Man lieferte ihn in ein Krankenhaus in der Nähe ein. Seine Gattin, die den Polizisten Rede und Antwort gestanden hatte, begleitete ihn. Nach seiner Aufnahme in der Klinik wurde Grey in die Chirurgie verbracht. Auf dem Weg dorthin gelang es ihm, von der Transportbahre zu springen, ein Fenster des

Korridors in der vierten Etage zu öffnen und sich hinauszustürzen. Weder der Pfleger noch Greys Frau konnten rechtzeitig einschreiten. Greys Aktion hatte sie völlig überrascht. Die Klinikleitung bedauerte zwar den Vorfall, aber lehnt es ab, die Fenster aus der Zeit der Gebäudeerrichtung in den 60ziger Jahren auszutauschen. Wir sind der Auffassung, dass Grey sich unbedingt töten wollte. Wenn sich nicht zufällig die Fenster angeboten hätten, dann würde Grey andere Mittel und Wege gefunden haben.

Sie verstehen jetzt sicherlich, warum wir mehr als besorgt sind, zumal sich vor drei Wochen, ebenfalls in einem Vergnügungspark, allerdings in Atlanta, eine weitere Person unter mysteriösen Umständen das Leben genommen hat.

Wenn Sie uns jetzt erzählten, warum Sie uns ihren Fall gemeldet haben, dann könnte dies der erste Suizid außerhalb eines Vergnügungsparks sein."

Costillo lehnte sich zurück und sah Doherty erwartungsvoll an.

Doherty beugte sich nach vorn und berichtete:

„Ja..., kurz gesagt: Es ist so, dass sich ein Mann, sein Name war Walter Nash, auf der Hauptstraße in der Nähe seines Appartementblocks vor ein entgegenkommendes Auto geworfen hat. Der Fahrer des PKW hatte keine Chance. Der Unfall oder Selbstmord wurde von einer Nachbarin von ihrem Balkon aus beobachtet. Sie sagte aus, dass Nash seine Wohnung kurz vor dem Unfall verließ und sich zu Fuß direkt der Straße zuwandte. Das habe sie sehr verwundert, denn das Auto von Nash stand auf dem Parkplatz. Das Fahrzeug wurde von uns überprüft. Es war einsatzbereit. Nash ging an den parkenden Fahrzeugen vorbei, legte die 250 Meter Auffahrt zurück und befand sich auf der Hauptstraße. Es gibt dort keinen Bürgersteig. Er wandte sich nach links. Etwa zwanzig Meter weiter geschah dann der Unfall. Auch wir sind allen Spuren nachgegangen, aber haben nichts entdecken können, dass das Geschehene erklären würde. Weder der Bruder noch die Exfrau von Nash konnten uns mit Hinweisen oder Vermutungen unterstützen. Von der Firma, in der Nash als Ingenieur für Entwicklungen beschäftigt war, erhielten wir wenig Unterstützung. Das ist nicht weiter verwunderlich, denn dort wird an neuen medizinischen Präparaten und Hilfsmitteln gearbeitet. Nash wurde uns als ein versierter Fachmann und beliebter Mitarbeiter beschrieben. Ein gewöhnlicher Unfall scheint es dennoch nicht gewesen zu sein, denn sowohl der Fahrer als auch die Zeugin aus der Nachbarschaft beschrieben den Vorgang so, als ob Nash absichtlich vor den Wagen gelaufen war. Den Fahrer, der gleichzeitig auch der Eigentümer des Wagens ist, überprüften wir selbstverständlich auch. Er befand sich auf dem Weg zum Supermarkt, der sich nur zwei Kilometer vom Unfallort entfernt befindet. Ansonsten ist er ein ganz gewöhnlicher Ehegatte, Vater von drei Kindern und arbeitet an der hiesigen Universität. Er ist nie negativ aufgefallen. Die Zeugin, eine 63 jährige Pensionärin, bewohnt seit neun Jahren das Appartement 208 und verbringt viel Zeit auf ihrem Balkon. Mit Nash hatte sie sich zwar mehrmals auf dem Korridor unterhalten, aber eben nur so, wie es Nachbarn gewöhnlich tun. Vielmehr kann ich Ihnen leider nicht erzählen, aber ich fand das

Verhalten von Nash schon etwas sonderbar. Darüber hinaus verwirrte mich der Zustand seiner Wohnung. Meine Frau und ich lassen zuhause auch nicht gern etwas rumliegen, aber eine so ordentlich aufgeräumte Wohnung habe ich noch nie gesehen. Nash hatte einen kleinen Schreibtisch in seiner Wohnung. Ich kann Ihnen, wenn Sie wollen, nachher die Fotos zeigen. Auf dem Tisch stand links das Telefon, in der Mitte befand sich auf einer Schreibtischunterlage ein Laptop und rechts lagen ein Schreibblock und in einer länglichen, schmalen Schale zwei Kullis. Zwei der drei Schubfächer waren leer. Das dritte Schubfach enthielt nur das örtliche Telefonbuch. In der Wohnung standen sechs Bücher aus der Auflage der Casanova Reihe in einem Regal. Der Zeitungsständer neben der Couch enthielt nur eine Programmvorschau. Dafür fanden wir ungefähr 400 DVDs mit aufgezeichneten Filmen. Das Smartphone von Nash wurde beim Unfall zu schwer beschädigt, als dass es für uns von Nutzen sein konnte, aber wir hofften, dass die Auswertung der Daten auf dem Labtop uns weiterhelfen würde. Leider enthielt der Labtop nichts weiter als das Betriebssystem! Das war's soweit."

Doherty lehnte sich wieder zurück, sah dann seinen Chef und danach wieder Costillo an. Dessen Begleiterin beugte sich leicht vor und wandte sich an Doherty.

„Sie haben also keinen Abschiedsbrief gefunden?"

„Nein, Agent...äh...McGill. Das haben wir nicht."

„Gab es denn überhaupt keine handschriftlichen Notizen, Briefe oder sonstige Schriftstücke in seiner Wohnung?"

„Wir haben nichts gefunden."

„Das ist wirklich sonderbar."

„Nicht wahr? Selbst sein Bruder fand das merkwürdig, obgleich er uns erklärte, dass Walter Nash wirklich schreibfaul war und eher sein Handy oder Laptop benutzte."

„Aber dann ist es doch gar nicht zu verstehen, dass der Laptop nur das Betriebssystem enthält. Wer macht sich denn die Mühe, alle Daten zu löschen und das Betriebssystem dann wieder aufzuspielen? Und wozu?"

Doherty zuckte mit den Schultern.

„Das und alle anderen Begleitumstände haben uns ja bewogen, auf ihre Anfrage einzugehen. Wir stehen vor einem Rätsel, und so was mögen wir überhaupt nicht. Ich will nicht behaupten, dass wir unsere Fälle alle vollständig geklärt haben, ganz gewiss nicht, aber einen solchen Fall hatten wir noch nie."

„Uns geht es ebenso, Inspektor Doherty", bestätigte in diesem Moment Agent Costillo.

„Auch wir stecken in einer Sackgasse. Wir hatten gehofft auf ähnlich gelagerte Fälle zu stoßen, um eventuell weiteren neuen Spuren nachgehen zu können. Die Sache mit ihrem Mister Nash bringt uns wahrscheinlich auch nicht weiter, obwohl ich zugeben muss, dass die Angelegenheit noch mysteriöser als unsere Suizide zu sein scheint. Dennoch sollten wir in Verbindung bleiben. Vielleicht ergibt sich ja bei Ihnen oder uns etwas Neues. Einverstanden?"

Mit einem schnellen Blick in Richtung seines Chefs antwortete Doherty: „Natürlich, Agent Costillo."

Nach der Verabschiedung der Gäste, die Doherty bis zu ihrem Wagen begleitete, saß Jeff Thompson rauchend in seinem Sessel und wartete auf die Rückkehr seines Inspektors. Der ließ nicht lange auf sich warten. Ken setzte sich und schaute seinen Chef erwartungsvoll an.

Während Jeff die Pfeife zur Seite legte, sagte er: „Das hat uns nicht weitergebracht, Ken. Vom FBI können wir jedenfalls keine Unterstützung erwarten. Ich möchte, dass du und Jack nochmal alle Zeugen, Angehörige, Freunde, Kollegen usw. befragt. Apropos Freunde. Hatte er überhaupt welche?"

„Einige Bekanntschaften hatte er wohl, aber engere Freunde, so nennt man das ja gewöhnlich, hatte er unseres Wissens nach nicht. Wir werden das nochmal genau untersuchen, Jeff."

„Das und Frage, warum er oder jemand anderes sich solche Mühe gemacht hat, seinen Laptop zu manipulieren. Die McGill hatte vorhin völlig recht, oder?"

„Natürlich, aber das haben wir uns doch selber schon gefragt."

„Fragt nicht euch, sondern in seinem Umfeld."

Am späten Nachmittag klingelte Pickford an der Wohnungstür von Frank Nash. Er wurde erwartet, denn er hatte Nash an ihre Begegnung auf der Geburtstagsfeier dessen Bruders erinnert und ihm mitgeteilt, dass er die ganze Geschichte nicht begreifen könne. Frank Nash empfing ihn nicht in seinem Buchladen, sondern in seinem hübschen und großen Haus am Rande der Stadt. Er öffnete selbst.

„Hallo David. Kommen Sie rein."

Er trat zur Seite und ließ seinen Gast durch. Nash führte David in ein wirklich geräumiges Wohnzimmer und bot ihm einen Sessel an. Er selbst nahm gegenüber auf einer großen Couch Platz.

„Kann ich Ihnen etwas anbieten?", fragte Nash.

Pickford schüttelte den Kopf.

„Nein, danke."

„Also, David, unser Telefonat war sehr kurz, aber selbst wenn wir uns länger unterhalten hätten, so würde ich Ihnen nur gesagt habe können, dass ich die ganze leidige Sache auch nicht verstehe", stellte Nash ohne Umschweife klar.

„Oh, ich verstehe. Dabei hatte ich gehofft, dass Sie etwas Licht in das Dunkel bringen könnten. Als das passierte, muss Walter doch nicht Herr seiner Sinne gewesen sein. Es stimmt schon, wir hatten uns in den letzten Monaten nicht mehr sehr häufig gesehen, aber wenn wir uns trafen, war er immer nüchtern. Und er muss doch angetrunken gewesen sein oder unter Drogen gestanden haben, denn sonst wäre das doch niemals geschehen."

„Da muss ich Sie enttäuschen. Das konnte die Polizei ausschließen. Ich weiß nur, dass die Scheidung ihn sehr belastet und er sich in seine Arbeit gestürzt hat. Die ganze Sache kommt mir nicht geheuer vor. Als ich seinen Haushalt auflöste, war ich mehr als nur erstaunt über die Ordnung in seiner Wohnung. Sie sah so gar nicht nach Walter aus. Sicher, er war ein schreibfauler Zeitgenosse, aber dass es nicht ein einziges beschriebenes Stück Papier gab, hat mich dann doch verwundert.

Und von der Polizei erfuhr ich dann auch noch, dass sein Laptop gar keine Daten enthielt. Das kann ich nun überhaupt nicht verstehen. Und dann die Sache mit dem Auto. Das ist genauso mysteriös. Walter liebte es. Wenn er sich entscheiden musste, entschied er sich immer dafür, den Wagen zu benutzen. Zu Fuß zu gehen, betrachtete er als pure Zeitvergeudung. Wie gesagt, das ist alles unverständlich."

„Das war mir alles nicht bekannt, und ich verstehe es auch nicht. Es kann sein, dass sich Walter in seine Arbeit gestürzt hat, denn als ich ihn vor drei Wochen besuchte, hatte er Besuch und ließ mich nicht ein, obwohl wir uns verabredet hatten. Vielleicht waren das Kollegen von ihm, denn er wimmelte mich an der Wohnungstür ab. Er hat die Tür nur einen Spalt breit geöffnet und sich entschuldigt. Das fand ich ziemlich merkwürdig. So etwas hätte ich von ihm nicht erwartet. Und dann fragte er mich, ob mir der Name van Gelder etwas sagt. Als ich verneinte, sagte er noch, dass er sich melden würde. Aber dazu kam er nicht mehr. Leider."

„Ja…, ja wirklich. Es tut mir Leid, dass ich Ihnen nicht weiter behilflich sein kann, aber ich habe etwas für Sie, denn bei dem Namen van Gelder hat etwas in mir geklingelt. Einen Moment, bitte."

Nash erhob sich und wandte sich der großen Schrankwand zu. Er durchsuchte ein Regalteil und kehrte zu Pickford zurück. Bevor er wieder Platz nahm, reichte er David eine DVD-Hülle.

„Hier haben Sie Ihren van Gelder. Zumindest ist das der einzige Gelder, an den ich mich erinnern kann. Er ist eine fiktive Figur in einem Teil der Enterprise-Serie mit Kirk und Spock. Ich bin ein großer Fan dieser Serie, doch weshalb Walter Sie nach van Gelder gefragt hat, kann ich mir nicht erklären. Ich werde Ihnen gern eine opie anfertigen, wenn Sie wollen. Die DVD-Sammlung habe ich von ihm geerbt."

„Ja, gerne. War denn Walter auch ein Fan von Enterprise?

„Das ist es ja. Er kannte die einzelnen Teile der Serie, natürlich, denn als Kinder haben wir keinen Teil ausgelassen, aber ein Fan wie ich war er nie. Ich mach dann mal die Kopie fertig. Der Teil trägt übrigens den bezeichnenden Titel ,Der Zentralnervensystemmanipulator' oder so ähnlich."

Nash nahm die DVD wieder entgegen und begab sich in die rechte Ecke des Raumes, wo er sich an einen großen Schreibtisch, auf dem ein Monitor stand, setzte.

„Es dauert nur ein paar Minuten", rief er Pickford zu, der gedankenverloren in seinem Sessel saß und geduldig wartete.

Es dauerte tatsächlich nur einige Minuten, bis Nash ihm DVD übergab. Anschließend verabschiedeten und trennten sich die Männer. Pickford fuhr nach Hause. Während der Fahrt beschlich ihn wieder das Gefühl, beobachtet zu werden.

Raleigh - Police Departement

Das Telefon klingelte. Ken Doherty nahm den Hörer ab.
„Doherty. Wer spricht?"
„Miles. Ken, du wolltest doch informiert werden, falls es wieder einen unerklärlichen Selbstmord gibt, nicht wahr?"

264

„Ja. Worum geht's?"

„Ein gewisser Pickford hat sich in der Garage seines Hauses am McGuire Drive erhängt. Seine Frau ist total von der Rolle und hat keine Erklärung dafür. Du weißt schon: Ehe gut, Job gut, Kinder gut und so weiter. Also, wir sind bestimmt noch ein bis zwei Stunden lang hier beschäftigt. Kommst du vorbei?"

„Bin schon unterwegs."

New York, Brooklyn

Bereits seit zwei Stunden schlenderte ich nun wieder durch einen der Freizeitparks auf Coney Island. Das war nun schon der dritte Tag in der zweiten Woche. Ich war wie ein ganz normaler Tourist aus Arizona gekleidet. Zumindest glaubten das die Jungs aus der Abteilung. Ich sollte ähnlich wie Jeff Jennings gekleidet sein, der sich vor sechs Wochen hier das Leben genommen hatte.

Insgesamt arbeiteten wir jetzt schon sechs Wochen an der Aufklärung einiger Suizide, die sich bis auf einen hier auf Coney Island zugetragen hatten. Ein Fall hatte uns vor sechs Wochen zwar auch in einen Vergnügungspark in Atlanta geführt, aber nach einer gründlichen Untersuchung mussten wir einsehen, dass dieser Fall nicht in das Muster der Fälle hier passte. Also konzentrierten wir uns wieder auf Coney Island und beschlossen, mich als Lockvogel einzusetzen. Eigentlich ist es Costillo gewesen, der die Idee hatte. Dabei kannte ich damals nur den Fall in Atlanta etwas besser, weil ich im Umfeld des Burschen ermittelte. Von den Fällen hier hatte ich nur gehört. Dieses Manko räumte Frank damit aus, dass er mir die Akten zur Durchsicht übergab.

Ich sollte mich damit beschäftigen und danach entscheiden, ob ich die Rolle des Lockvogels übernehme. Er gab mir dafür zwei Tage Zeit.

Das tat ich bei mir zuhause.

Nach einem flüchtigen Durchsehen der Fälle stellte ich zuerst fest, das nur Männer darin verwickelt waren. Ihr Alter lag zwischen 44 und 56 Jahren. Ich selbst zähle 45 Lenze. Das passte also. Alle diese Männer waren mehr oder weniger wohlhabend, weiß und leicht adipös. Auch das hatte ich mit ihnen gemein. Das war sicherlich auch ein Grund dafür, dass vier von ihnen in Wellnesshotels in und um New York abgestiegen waren. Von den Vieren war nur einer ein Single. Ein Aufenthalt in einer solchen Einrichtung ohne meine Frau würde auch mir sehr entgegen kommen. So dachte ich damals jedenfalls. Drei von ihnen reisten mit ihrer Ehefrau und vier besuchten New York ohne jede Begleitung. Die Tagesabläufe der Herren in Begleitung ihrer Frauen konnten, dank der Mitarbeit der Witwen, besonders gut rekonstruiert werden.

Bleibt noch zu erwähnen, dass zwei von ihnen kurzsichtig und einer weitsichtig war. Ach ja, fünf von ihnen rauchten.

Das erste Suizidopfer hieß John Lagrappe und lebte in einer Kleinstadt in Gorgia, Augusta, wo er einen Supermarkt betrieb. Er und seine Frau reisten mit dem Flugzeug an und hatten vor, mehrere Tage in New York zu verbringen. Lagrappe war 53 Jahre alt. Dazu mieteten sich einen Wagen, denn die Subway war ihnen nicht geheuer. Sie stiegen in einem Hotel mit einem ausgedehnten SPA-Bereich ab. Drei Tage verbrachten sie damit, einige der vielen Sehenswürdigkeiten der Stadt zu besichtigen. Für den vierten Tag hatten sie sich Coney Island auf die Fahne geschrieben.

Nach einem herzhaften und ausgedehnten Frühstück in ihrem Hotel, trafen sie gegen 10 Uhr in dem Vergnügungspark ein. Fast vier Stunden lang gingen sie von einer Attraktion zur nächsten. Nachdem sie etwas gerudert hatten, stießen sie auf eine Gruppe von Menschen, die sich an einem ‚Hau den Lukas' Stand amüsierten. Sie sahen den Leuten eine ganze Weile lang belustigt zu, aber plötzlich begann Lagrappe unruhig zu werden. Er konnte sich kaum noch vernünftig äußern und wollte schnellstmöglich eine Toilette aufsuchen, was er auch tat. Seine Frau wartete in der Nähe auf ihn. Die Minuten vergingen, doch er kam nicht wieder heraus. Frau Lagrappe machte sich mittlerweile groß Sorgen, aber traute sich nicht die Herrentoilette zu betreten.

Schließlich sprach sie einen älteren Herrn an und bat um dessen Hilfe. Er erklärte sich auch bereit, nach ihrem Mann zu sehen und betrat die Toilette. Ungeachtet der Tatsache, dass sich mehrere Männer dort befanden, rief er mehrmals nach Lagrappe und untersuchte alle Kabinen. Eine war verschlossen. Zusammen mit zwei jüngeren Männern brach er die Tür auf. Lagrappe hatte sich erhängt. Dann folgte das Übliche. Die Polizei wurde gerufen.

Jeff Jennings besuchte ebenfalls mit seiner Frau New York. Das stand schon lange auf ihrem Wunschzettel, doch da er in einen großen Firma in Maine als Abteilungsleiter arbeitete und auch Frau Jennings beruflich in Alberta tätig war, hatte sich nie die Möglichkeit eines ausgedehnten, gemeinsamen Urlaubs ergeben. Jetzt waren die Kinder aus dem Haus und sie fanden endlich Zeit für sich selbst.

Er war 56 Jahre alt und trug eine Brille. Beide waren in einem noblen Wellnesshotel abgestiegen, wo sie die unterschiedlichsten Massagen und Bäder ausprobierten, die man sich kaum vorstellen kann.

Der Besuch schloss natürlich auch die Sehenswürdigkeiten der Stadt und die Parks auf Coney Island ein. Insgesamt wollten sie sieben Tage in New York und danach zwei Tage in Washington D.C. verbringen. Am sechsten Tag besuchten sie den Park, denn den siebenten Tag wollten sie als Erholungstag in ihrer Farm verbringen. Nach vier Stunden des Herumschlenderns stellten sie sich beim Rafting an. Bis dahin hatten sie schon einige Fahrten in kleineren Achterbahnen und Karussells absolviert. Zum Warmmachen, denn die Fahrt auf der großen Achterbahn hoben sie sich bis zuletzt auf. Beide waren in einer ausgelassenen, freudigen Stimmung.

Nach dem Rafting bemerkte Frau Jennings deutliche Veränderungen im Verhalten ihres Mannes. Er wurde zunehmend nervöser, drehte sich häufig um, als befürchtete er verfolgt zu werden, und sprach kaum noch mit seiner Frau. In der Nähe eines Imbissstands sucht auch er eine Toilette auf. Er erhängte sich zwar nicht, aber mit einem kleinen und sehr scharfen Taschenmesser schnitt er sich gekonnt die Pulsadern auf. Er wurde zwar noch lebend aufgefunden, aber auf der Fahrt in ein nahegelegenes Krankenhaus erlag er dem großen Blutverlust.

Jennings trug immer das Taschenmesser bei sich.

Nach diesem zweiten Selbstmord wurde das FBI hinzugezogen. Ich selbst stieß erst nach dem sechsten und vorletzten Suizid dazu. Die Polizei, der Parkbetreiber, das FBI und einige Vertreter der Medien vereinbarten, ab sofort Stillschweigen walten zu lassen. Man wollte jede Panik vermeiden und sich den Rücken während der Ermittlungen freihalten.

Und das nächste Opfer ließ nicht lange auf sich warten. Es kam in der Gestalt von Edward Sherman daher. Sherman war Arzt, seit einiger Zeit Witwer, führte eine gutgehende Praxis als Allgemeinmediziner und war 46 Jahre alt. Er lebte in Minnesota, in einer größeren Stadt namens Eagan in. Wie auch bei der anderen Singles kostete es eine Menge Laufwege und Zeit, um die Motive für den Besuch New Yorks und die Tagesabläufe zu ermitteln. Wie wir erfuhren, hatte Sherman 14 Tage eingeplant. Seine Wunschliste umfasste selbstverständlich nicht nur die Sehenswürdigkeiten der City. Time Sqare, Brooklyn Bridge, die weltbekannte Freiheitsstatue, The Vessel, das Metropolitan Museum of Art und noch einige mehr standen darauf. Mithilfe des Stadtplans, in den er die vielen zu besuchenden Sehenswürdigkeiten eingetragen hatte, einiger Eintrittskarten und Prospekte gelang es uns, seine Tagesausflüge bis einschließlich seines Besuches der Parks auf Coney Islands nachzuvollziehen. Er hatte weder einen Wagen gemietet noch die Subway genutzt, sondern ließ sich mit Taxis fahren. Ein kostspieliges Unterfangen.

Aus den Unterlagen war nicht zu entnehmen, in welcher Reihenfolge er die Parks oder Attraktionen aufgesucht hat, dennoch ist sein Weg besser dokumentiert als die der anderen Opfer, die allein die Parks besuchten.

Besonders wichtig ist die Aussage des Taxifahrers, der Sherman von Coney Island zur Brooklyn Bridge fuhr. Er gab an, dass Sherman sich im Taxi wie ein Verrückter benahm. Mehrmals hielt er ihm sein Portemonnaie vor die Nase und sagte, dass man dahinter her sei. Zuerst wollte er in sein Wellnesshotel gefahren werden. Dann änderte er seine Meinung und gab als Ziel das Flatiron Building an. Doch schon kurze Zeit später wollte er die Brooklyn Bridge besuchen. Der Fahrer war froh, seinen Gast dort losgeworden zu sein.

Irgendwie hat es Sherman geschafft, von der Brücke zu springen.

Sam Cammack lebte in Oregon. Er wohnte und arbeitete in Springfield. Cammack war ein leitender Angestellte in der Gebietsverwaltung und zum Zeitpunkt seines Todes 44 Jahre alt, ledig, aber liiert. Auch er reiste allein und besichtigte unter anderem die Freiheitsstatue, Grand Central Terminal und die St. Patricks Cathedral. Untergekommen war er in einem normalen Hotel außerhalb der City. Für New York hatte er fünf Tage eingeplant. Dass er auf Coney Island war, belegten zwei Quittungen und eine kleinere Prügelei. Zu dem Gerangel kam es, weil ihm ein Kartenabreißer den Zutritt zur

Achterbahn untersagte, denn schon vorher hatte er sich seltsam und auffällig benommen. Die Aufseher im Park mussten einschreiten und trennten die beiden.

Cammack verließ aufgebracht den Park, stieg in seinen Mietwagen und fuhr los. Er war circa zwei Stunden unterwegs, bis er sein Auto in einen entgegenkommenden LKW lenkte. Er verstarb noch am Unfallort.

Über den Fall David Carpenter gibt es nicht so sehr viel zu berichten. Er stammte aus Great Falls, einer Stadt in Montana, und war auch erst 45 Jahre alt. Vor zwei Jahren verstarb seine Ehefrau an Krebs. Sie hatten keine Kinder, und Carpenter lebte seitdem sehr zurückgezogen. Er unterrichtete an einem College in der Stadt. Über seine Pläne in New York konnten die Kollegen nicht besonders viel herausbekommen. Auch wurden lediglich vier Tickets in seinen persönlichen Unterlagen gefunden, so dass die Tagesabläufe in New York nicht geklärt werden konnten. Er starb erst am sechsten Tag seines Aufenthaltes in der Stadt. Immerhin befand sich in seinem Gepäck ein Zettel mit dem Text: George, 3 p.m.. Leider konnten wir weder ermitteln, wer dieser George ist noch an welchem Tag und wo das Treffen stattfand. Es fand aber definitiv nicht im Hotel statt. Auch Carpenter hatte sich einen Wagen gemietet und wurde im Park auffällig, weil er sich unflätig gegenüber einer Frau benahm, woraufhin ihn der Ehemann der Dame zur Seite nahm und gehörig verprügelte. Die Polizei musste einschreiten.

Während der Vernehmung wirkte er zuerst äußert aufgeregt und verwirrt, aber beruhigte sich dann wieder.

Die Angelegenheit blieb bis auf ein Veilchen ohne Folgen.

Er fuhr zurück zum Hotel, wo er sich wie ein Verrückter verhielt und sich mit den beiden Angestellten an der Rezeption anlegte, die schon die Polizei rufen wollten. Doch wie schon im Park beruhigte er sich wieder. Am nächsten Morgen wurde er tot aufgefunden. Er starb an einer Überdosis Heroin. Die weiteren Ermittlungen ergaben, dass Carpenter nach dem Tod seiner Frau häufig Drogen nahm und zur Flasche gegriffen hat.

Wie gesagt, für die Ermittlungen zum sechsten Opfer wurde ich hinzugezogen.

Kyren Grey, 52 Jahre alt, wohnte in Arizona. Er und seine Frau besuchten New York, um sich endlich einmal gemeinsam einen Bildungs- und Wellnessurlaub zu gönnen. Die Kinder waren mittlerweile alt genug, um ein paar Tage ohne sie auszukommen. Dem entsprechend hatten sie eine Unterkunft am Rande von New York gebucht. Auch einen Wagen hatten sie sich gemietet.

Das Unglück geschah am fünften Tag ihres Aufenthaltes. Nachdem sie einige Zeit an der Achterbahn angestanden hatten, freuten sie sich auf die Fahrt, während der Grey völlig den Verstand verlor und sich aus dem Wagen stürzen wollte. Kurz vor dem Haltepunkt gelang es ihm auch, wobei er sich so verletzte, dass er in ein Krankenhaus eingeliefert werden musste. Er war verwirrt und heulte wegen des misslungenen Selbstmordversuchs. Im Krankenhaus schaffte er es. Er sprang von der Bahre, öffnete ein Fenster und sprang in den Tod. Wir haben, wie man so sagt, jeden Stein umgedreht, aber konnten auch dieses Mal kein Motiv für dieses verrückte Verhalten finden.

Der siebente und bislang letzte Fall geschah vor drei Wochen.

Frank Morris aus Wisconsin wohnte in der Stadt Eau Claire und war 47 Jahre alt. Auch er arbeitete als leitender Angestellter, aber in einem Verteilerzentrum einer großen Firma. Er verdiente sehr gut. Da er nicht verheiratet war, reiste er gern und viel. Vor knapp drei Monaten lernte er eine gutaussehende, geschiedene Frau kennen, dennoch reiste er allein nach New York. Von ihr erfuhren wir, welche Pläne er sich für den Urlaub dort gemacht hatte. Für neun Tage hatte er ein Hotel mit einem SPA-Bereich gebucht und einen Mietwagen bestellt.

Neben den, ich möchte sagen, obligatorischen Sehenswürdigkeiten wollte er auch Ellis Island und den Oculus besichtigen. Obgleich er nicht täglich sportlich aktiv war, wollte er im Central Park ein paar Runden laufen. Wir fanden in seinem Hotel eine Menge Flyer, Prospekte, Eintrittskarten und Quittungen, so dass es uns gelang, den Verlauf seines Urlaubs bis ins Detail festzustellen.

Das Unglück erfolgte am neunten, also dem letzten Ferientag. An diesem Tag hielt er sich auf Coney Island auf. In einem der Parks fiel er gegen 15 Uhr den Sicherheitskräften durch sein äußerst außergewöhnliches Verhalten auf. Er redete wirr und griff andere Gäste an. Ganz plötzlich benahm er sich dann fast wieder wie ein vernünftiger Mensch. Er entschuldigt sich für sein Verhalten, das er sich selbst nicht erklären konnte, und fuhr anschließend erst zum Hotel zurück, um am Abend noch eine Runde im Central Park zu Laufen. Das tat er auch, nur flippte er auch dort aus und entging nur knapp einer Verhaftung. Wie er es letztlich geschafft hat, sich unbemerkt im Park zu erhängen, bleibt ein Rätsel. Es geschah zwar in den Abendstunden, aber selbst zu dieser Zeit ist der Park eigentlich noch ziemlich belebt.

Nur der Vollständigkeit halber möchte ich noch erwähnen, dass sämtliche der breit angelegten Ermittlungen im Sande verliefen. Wir konnten nichts entdecken, dass den plötzlichen Wandel im Verhalten dieser Männer verursacht hat. Nach dem Studium der Akte, die bis dahin nur fünf Fälle enthielt, erklärte ich mich bereit, den Lockvogel abzugeben. Mir war aufgefallen, dass man sich in den Parks an den einzelnen Attraktionen anstellen musste, sich also viele Menschen an einem Punkt konzentrierten. Gut, das brachte uns nicht weiter, aber vielleicht bedeutete es doch etwas. Und noch etwas fand ich bemerkenswert. Wir hatten zwar in allen Fällen die Unterstützung von sehr guten Psychologen, aber diese wurden nur dann eingesetzt, wenn es um die Befragung der Hinterbliebenen, Bekannten und Freunde ging.

Die so unterschiedlichen Methoden aus dem Leben zu scheiden, schienen ihre Ursache in den unterschiedlichen Charakteren der Opfer zu haben. Man könnte meinen, dass sich jeder nach seinen Fasson ins Abseits begeben hatte.

Das lag deutlich auf der Hand und wurde von allen Kollegen akzeptiert. Ebenso merkwürdig fand ich, dass sich im Schnitt fast alle zwei Wochen ein Todesfall ereignet hat. Wir haben natürlich die Betreiber der Parks und die Polizei befragt, denn wir gingen davon aus, dass es außer den Selbstmorden auch noch andere, nicht so schlimme Fälle gegeben hat. In zwei Parks wurden wir tatsächlich fündig. Insgesamt gab es noch acht Fälle, in denen Verrücktheit, gepaart mit Gewalt gegen andere, eine Rolle spielte. Wir untersuchten auch diese Vorfälle, deren Beteiligte sich ihr Verhalten selbst nicht erklären konnten. Es sei plötzlich über sie gekommen.

Wir waren auch heute zu dritt unterwegs. Joe und Frank bildeten nicht nur meine persönliche Schutztruppe, sondern beobachteten sich gegenseitig. Sie konnte es ja auch jeden Moment erwischen, denn das ganze Team ging mittlerweile davon aus, dass die Opfer von außen her zu ihren Taten getrieben wurden.

Von den drei Witwen wussten wir, dass sie Restaurants oder Imbissstände aufgesucht hatten. Allerdings haben die Autopsien, bis auf eine, keine Auffälligkeiten zu Tage gebracht. Nur bei Carpenter wurden natürlich die Drogen nachgewiesen.

Eigentlich war es ein ziemlich ermüdender Job. Anstehen, Anstehen und wieder Anstehen. An Raftings, Karussells, Achterbahnen und anderen Ridern musste man einfach Zeit mitbringen. Ich mochte besonders das große Piratenschiff. Auch das Einbootfahren gefiel mir. Achterbahnfahren hingegen mochte ich noch nie. Deshalb stellte ich mich trotzdem an, doch kurz bevor ich an der Reihe war, scherte ich wieder aus.

Und dann passierte es wieder. In einem Parkbereich südlich von uns hatte ein Gast erst um sich geschossen und sich dann selbst das Licht ausgeknipst. Wir drei waren alle verkabelt und wurden so darüber informiert. Auf keinen Fall sollten wir unsere Tour unterbrechen. Diese Anweisung erhielten wie vom Stab, der seine Stellung in der Überwachungszentrale des Parks bezogen hatte. Die Order ging auch an die zweite Truppe, die ebenso wir aus drei Kollegen bestand und im Park herumging. Insgesamt waren so 12 Kollegen direkt vor Ort. Ein enormer personeller Aufwand, der aber auch die Bedeutung, die diesen sieben Fällen zugeordnet wurde, unterstreicht. Zwei Kollegen des Stabes wurden in den naheliegenden Parkbereich geschickt.

Wir hangelten uns in den folgenden langen zwei Stunden weiter von einer Attraktion zur nächsten. Zum dritten Mal an diesem Tag stellten wir uns beim Rafting an. Nach einer halben Stunde beschlich mich ganz plötzlich ein Gefühl der Angst, das sich mit jeder Sekunde verstärkte. Ich fühlte mich bedroht und beobachtet. Natürlich kämpfte ich dagegen an und schaffte es noch meine Leute zu informieren. Doch dann schlug das Gefühl um, und ich wurde maßlos wütend. Schnell drehte ich mich um und sah einen Mann, der sich auffällig schnell einen Weg zurück aus der Schlange bahnte. Ich war außer mir.

„Warte, du Schwein! Dich krieg ich!", rief ich ihm zu und begann ihn zu verfolgen. An meine Kollegen oder den Auftrag dachte ich in diesem Moment überhaupt nicht mehr. Nur der Mann war noch wichtig für mich. Kurz bevor ich ihn erreichte schlug die Stimmung um. Jetzt sah ich nur noch einen Ausweg, um die große, schon übermächtige Angst und die reine Verzweiflung loszuwerden:

Ich musste meiner elendigen Existenz ein Ende setzen. Nach nur wenigen Momenten hielt ich meine Waffe in der Hand und führte sie an meine Schläfe. In diesem Moment wurde ich angegriffen und erhielt im folgendem Kampf irgendwie einen Schlag gegen meinen Kopf, der mir das Bewusstsein raubte.

Raleigh - Police Departement

Im Büro des Polizeipräsidium warteten Jeff Thompson und Ken Doherty auf ihren Besuch.
Agent Costello hatte sich angekündigt und erschien in Begleitung eines Kollegen, den er als Agent Greg Mull vorstellte. Nach der Begrüßung und ein wenig Small Talk fragte Thompson: „Agent Costello, was hat Sie in unsere Stadt geführt. Ist es ein neuer Fall oder immer noch die sonderbare Serie von Selbstmorden?"
„Es sind die Selbstmorde, Chief. Wir haben den Fall auch Dank der aufopferungsvollen Mitarbeit von Agent Mull, der die gefährliche Rolle eines Lockvogels über-nommen hatte, gelöst. Doch ich will Ihnen erzählen, was nach unserem ersten Besuch hier geschehen ist. Da-mals hatten wir vier Suizide in New York, genauer auf Coney Island zu bearbeiten. Mit der Zeit wurden es sie-ben. Dazu kamen noch einige ähnlich gelagerte Fälle, die aber Gott sei Dank glimpflich verliefen. Wir bildeten einen Stab, der sich in der Überwachungszentrale des Deno's Wonderwheel Amusement Parks einquartierte. Der Stab bildete vier Teams zu je drei Mann, die als Touristen getarnt in Schichten den Park durchstreiften

und auch die verschiedenen Attraktionen des Parks genießen konnten. Ich muss noch erwähnen, dass es Agent Mull war, der die Idee hatte, sich in die anstehenden Menschengruppen vor den verschiedenen Einrichtungen des Parks zu mischen. Dazu zählten auch die Restaurants, Imbissstuben und kleinere Fahrgeschäfte. Im Großen und Kleinen waren so fast täglich 12 unserer Leute in einer Schicht zeitgleich im Einsatz. Da wir im Stab und den Teams immer in zwei Schichten arbeiteten, können Sie sich den immensen Aufwand vorstellen, aber wir wollten den oder die Täter auf frischer Tat erwischen. Das war zumindest der Plan. Es war uns natürlich bewusst, dass wir dieses Vorgehen nicht ewig würden durchführen können, aber wir hatten Glück, doppeltes Glück sogar.

Agent Mull wurde eines Nachmittags, als er beim Rafting anstand, plötzlich angegriffen und drehte durch. Seinen zwei Kollegen gelang es, ihn zu überwältigen und zu fesseln. Im Stab hatte wir alles verfolgen können und eine Person ausgemacht, die sich schnellstens aus der großen Menschengruppe entfernen wollte, während viele von den Leuten neugierig zum Ort des Geschehens stürmten. Der Stab reagierte umgehend. Das zweite Team wurde informiert, während sich, bis auf einen im Stab, die Mitarbeiter auf die Suche nach dem weißen Verdächtigen machten, der inzwischen in der Nähe der Raftingbahn Stellung bezogen hatte und die Vorgänge dort verfolgte. Der Zugriff erfolgte für ihn völlig überraschend. Er leistete angesichts der Überzahl unserer Leute keinen Widerstand.

Inzwischen waren auch die Mediziner der Notfallzentrale eingetroffen und versorgen den Agenten Mull, der nur kurz infolge eines heftigen Kopfstoßes das Bewusstsein verloren hatte und sich sich nun wie ein Irrer aufführte, um die Hand und Fußfesseln loszuwerden. Er wurde sediert und in ein in der Nähe gelegenes Krankenhaus überführt.

Der Täter war unbewaffnet und führte einen kleinen schwarzen Kasten mit einer Anzeige, einem Aus- und Einschalter und einem kleinen Bedienknopf mit sich. Das Kästchen wurde umgehend in unsere Laboratorien zur weiteren Untersuchung geschickt. Der Mann wurde mehrere Tage lang intensiv vernommen. Was er uns, nach einer Absprache mit der Staatsanwaltschaft, erzählte, war absolut unvorstellbar, aber eben doch Realität.

Der kleine Kasten war der Prototyp eines Nervensystemmanipulators und befand sich in der Erprobung. Die ganze Sache war streng geheim. Es ging um die Kriegsführung. Das Ziel bestand darin, den vermeintlichen Gegner zu beeinflussen und ihn kampfunfähig zu machen. Da Tierversuche nicht weiterführten, wurde der Apparat am Menschen erprobt. Dafür schienen die Parks auf Coney Island wie geschaffen zu sein. Als Probanden wurden in der ersten Phase der Erprobung Männer ab 40 Jahren ins Auge gefasst. Es galt die Dauer und die Dosierung der Bestrahlung festzulegen. Das Gerät hatte eine Reichweite von knapp sechs Metern und konnte zielgerichtet auf eine Person eingesetzt werden. Nicht jeder Versuch endete daher tödlich. Im Zuge der Vernehmungen wurden Namen genannt und insgesamt weitere 21 Festnahmen durchgeführt. Ohne zu viel auszuplaudern, kann ich sagen, dass eine große Firma, die sich eigentlich der breiten Entwicklung medizintechnischer Präparate und Hilfsmittel widmet, vom Ministerium für die Verteidigung mit der Entwicklung einer solchen Waffe beauftragt wurde. Sie ahnen es sicher schon, aber es war die Firma, bei der ihr Herr Nash gearbeitet hat."

Doherty wollte sofort etwas sagen, öffnete schon seinen Mund, doch eine Geste Costillos ließ ihn sofort verstummen.

„Seien Sie versichert, aber Nash war weder an der Entwicklung noch Erprobung dieses Geräts beteiligt. Das wurde in einem ganz anderen Bereich des Firmengeflechtes entwickelt. Nash wurde durch eine fehlgeleitete E-Mail darauf aufmerksam gemacht. Er fiel durch seine Nachforschungen auf und erhielt Besuch von unserem Inhaftierten und einem Komplizen. Nash musste zusehen, wie seine Wohnung von allem befreit wurde, dass irgendwie belastend sein konnte. Selbst sein Smartphone und sein Laptop wurden gesäubert. Anschließend wurde er der Strahlung des Gerätes ausgesetzt. Der Rest ist Ihnen bekannt. Dumm für die Verbrecher war, dass ein gewisser Pickford während ihres Besuches bei Nash auftauchte und einige Worte mit ihm wechselte. Sie behielten ihn im Auge und als er ihrer Meinung nach zu neugierig wurde, besuchten sie auch ihn. Kommt Ihnen der Name Pickford bekannt vor, Chief?"

Bevor Thompson antworten konnte, ergriff Doherty das Wort.

„Natürlich kenne ich den Namen. Der Mann hat sich in seiner Garage erhängt. Motiv nicht zu klären.

Fremdeinwirkung ausgeschlossen. Zumindest nahmen wir das an."

„Ja, das dachte ich mir, doch daran können sie sehen, wie effektiv diese Waffe ist. Eine Minute Strahlung reicht aus. Zumeist werden die Leute erst aggressiv und dann kippt die Stimmung bei dieser Strahlungsintensität, und die Leute bringen sich um. Bei kleineren Dosen werden die Leute nur für eine kurze Zeit aggressiv. Sie verlieren jegliche Kontrolle über ihr Verhalten und ihre Emotionen. Agent Mull kann ein Lied davon singen, nicht wahr?"

„Das kann ich. Ich war für einige Momente nicht in der Lage meine Wut zu kontrollieren und dann wollte ich mich nur noch umbringen. Wenn meine beiden Kollegen mich nicht überwältigt und gefesselt hätten, würde ich heute nicht hier sein. Das ist so sicher wie das Amen in der Kirche. Dass wir den Urhebern auf die Schliche gekommen sind und dass ich noch lebe, war wirklich doppeltes Glück."

Geschichten am Grillabend

Wir saßen im Halbkreis vor dem Feuer des offenen Grills auf der Terrasse unseres Freundes Thomas und dessen Frau Gisela. Es dämmerte bereits, doch die Flammen wärmten uns und zauberten wechselnde Schattenbilder in unsere Gesichter. Heidi berichtete gerade über ihre und Michaels Erlebnisse nach unserem letzten Zusammensein vor einem Jahr.

„Natürlich könnt ihr es nicht wissen", unterbrach Peter Heidis Redefluss, die nach einem sehr langen Satz erst einmal Luft holen musste, „aber dieser Abend erinnert mich an einen Vorgang vor einigen Jahren, der mich zutiefst berührt und erschüttert hat."

Er wandte sich seiner Frau zu und fragte: „Gabi, du hast doch sicher nichts dagegen, wenn ich darüber spreche, oder?"

Sie bewegte verneinend ihren Kopf und bekräftigte ihre Meinung mit den Worten: „Nein Peter, erzähle es. Ist ganz gut so. Vielleicht haben die anderen eine vernünftige Erklärung für dein Erlebnis."

Peter schaute erwartungsvoll ich die Gesichter der Anwesenden, doch Thomas reagierte zuerst, sah Peter an und sagte mit einem breiten Lächeln: „ Also gut Peter, du hast mich neugierig gemacht. Als Hausherr glaube ich auch für Gisela, Heidi, Michael oder Volker zu sprechen und erteile dir das Wort. Ich bin nach dem Steak ohnehin zu faul zum Reden und höre lieber zu."

„Und ich auch", bestätigte Michael. Heidi nickte nur.

„Ja, also es ist jetzt ungefähr drei Jahre her, dass Gabi

und ich an einer Geburtstagsfeier im Haus einer ihrer Bekannten teilnahmen. Die Frau hatte lediglich die Örtlichkeit zur Verfügung gestellt, um ihrer Schwester Silke , die in einer kleinen Wohnung in der Stadt lebte, einen Gefallen zu erweisen. Ihr wisst ja wie das ist. Die Kinder sind aus dem Haus und man hat Zeit. Da kann eine Feier hier und da eine willkommenen Abwechslung sein. Diese Silke trug ein weißes Hemd und enge Jeans und sah auch sonst wesentlich besser als ihre Schwester aus. Sie gefiel mir, doch für ein längeres Gespräch bot sich keine Gelegenheit. Immerhin waren etwa 20 Personen, vorwiegend Familienangehörige, zugegen. Als es bereits zu dämmern begann, stahl ich mich aus dem Wohnzimmer und unternahm einen Verdauungsspaziergang. Ich hatte mir mein Sakko übergeworfen, ein Bier und meine Zigaretten mitgenommen und setze mich auf eine der Bänke, die den Grillplatz umgaben. Der Grillplatz ist ungefähr 150 Meter vom Haus entfernt. Ich zündete mir eine Zigarette an und beobachtete, wie sich langsam die ersten Nebelschwaden aus der Niederung entlang des Baches am Rande des ausgedehnten Grundstückes ausbreiteten. Ungefähr 30 Meter von mit entfernt sah ich plötzlich die Schwester unserer Gastgeberin aus einer Gruppe von kleinen Fichten und Kiefern treten. Sie ging in Richtung des Baches, der nun nicht mehr zu sehen war und verschwand aus meinem Blickfeld. Ich wollte ihr noch eine Warnung ob ihrer leichten Bekleidung zurufen, unterließ es aber und widmete mich dem Bier und meiner Zigarette. Die Abende waren schon ziemlich kühl, und nach etwa zehn Minuten ging ich zum Haus zurück.
Erstaunt stellte ich fest, das sich Gabi angeregt mit eben jener Silke unterhielt. Ungefähr eine Stunde darauf

brachen wir auf.

Zuhause erzählte ich Gabi von meiner Beobachtung und lobte die Silke ob ihrer guten Fitness, denn schließlich musste sie mich auf dem Rückweg zum Haus ihrer Schwester überholt haben. Gabi hat mich damals nur ungläubig angeschaut und mir erklärt, dass Silke das Wohnzimmer während meiner Abwesenheit nicht verlassen hatte. Ich muss, bevor ich euch den Rest erzähle, erstmal etwas trinken."

Peter griff zum Bierglas. Michael, der gerne witzelte, nutzte die Gelegenheit und meinte: „Trink bloß nicht zu viel! Du bekommst sonst wieder Halluzinationen und siehst noch weiße Mäuse."

Während außer Peter und seiner Frau die anderen über die Bemerkung lachten, nahm Peter einen großen Schluck zu sich und setzte seine Erzählung fort.

„Ja, lacht mich nur aus, aber jetzt hört euch das Ende der Geschichte an." Langsam kehrte Ruhe ein.

„Gabi und ich haben das Thema in den folgenden Tagen nicht mehr aufgegriffen, bis, ja bis Gabi eines Abends mit der Nachricht, dass die Schwester ihrer Bekannten noch in der Nacht der Geburtstagsfeier Selbstmord begangen hat, nach Hause kam. Sie hatte sich im Bach ertränkt. So, und jetzt ist euch das Lachen vergangen, nicht wahr? Kann uns einer von euch diese Geschichte erklären. Ihr kennt mich und wisst, dass ich weder besonders romantisch noch emphatisch veranlagt bin. Und über hellsichtige Fähigkeiten verfüge ich auch nicht."

Nach einigen Minuten des Schweigens meinte Heidi, sich äußern zu müssen.

„Ja, Peter, solche Vorahnungen hat wohl jeder schon

irgendwann einmal erlebt. Ich habe mal einen jungen Mann kennengelernt, es war eigentlich nichts Besonderes an ihm, und doch war ich sofort der Meinung, dass seine Tage gezählt seien. So kam es auch. Eine Woche später stürzte er beim Klettern ab und verstarb noch an Ort und Stelle. Du stehst also nicht allein da."

Peter schmunzelte. „Liebe Heidi, du verkennst, dass ich diese Frau auf ihrem letzten Gang im Leben gesehen habe. Ich sah sie so deutlich, wie ich dich jetzt sehe. Das war doch wohl mehr als eine einfache Vorahnung. Es war, wie soll ich es ausdrücken, es war wie im Kino, nur eben absolut realistisch. Ich hätte sie berühren und mit ihr sprechen können, wenn ich es gewollt hätte. So real kann doch keine Vorahnung oder Halluzination sein!"

„Also Peter, ich glaube dir", sagte Michael, „denn ein Kollege hat mir vor einiger Zeit, es ist ungefähr vier Jahre her, eine wirklich unglaublich klingende Geschichte erzählt, die sich in einem Haus in einem Kurort ereignet hat."

„Oh, jetzt kommen wir zum beliebten und bekannten Hausgeist, der um Mitternacht durch die Zimmer schwebt und die Einwohner ängstigt", spottete Thomas.

„Nein, so war es nicht, aber ich kriege die Geschichte noch zusammen und kann sie euch erzählen, wenn ihr es wollt." Wir stimmten zu.

„Gut denn", begann Michael zu erzählen, "aber beschwert euch hinterher nicht darüber, dass ihr Alpträume bekommen habt. Also, mein Kollege hatte das Glück, eine Kur von seinem Arzt verschrieben zu bekommen. Er schilderte mir den Kurort so detailgetreu, dass ich meinte, selbst dort gewesen zu sein. Er genoss die Tage, lobte den Service und das gute Essen in höchsten Tönen. Langeweile kam überhaupt nicht auf, denn er nahm an fast allen Maßnahmen teil. Dazu gehörten auch Yoga, autogenes Training, Wassersport, Rückentraining und Massagen. Irgendwann, das habe ich mir fest vorgenommen, werde ich mir auch eine Kur gönnen."

Seine Frau mischte sich sofort ein: „Das wird ja immer schöner. Eine Kur für Ehepaare gerne, da bin ich sofort dabei. Ich möchte mich auch einmal verwöhnen lassen."

Michael ließ sich nicht aus dem Konzept bringen.

„Dann eben gemeinsam, wenn es so etwas überhaupt gibt. Doch jetzt zurück zur Geschichte. Nach dem Mittagsessen hatte er eine Stunde Pause. Er nutzte in den ersten Wochen die Zeit, um sich mit dem Ort vertraut zu machen und die besten Gaststätten zu finden. Besondere Sehenswürdigkeiten gab es nicht, doch die Prachtstraße inmitten des Ortes lud zum Verweilen ein. Hübsche Villen säumten sie und in der Mitte hatte man vor langer Zeit eine Baumreihe gepflanzt. Zwischen den hohen Bäumen luden Bänke zum Verweilen ein. Auf einer dieser Bänke pflegte er seine Mittagszigarette zu rauchen, eine Pepsi zu trinken oder etwas Obst zu essen. An einem trüben Tag, er rauchte gerade eine Zigarette, fiel sei Blick zufällig auf das Haus vor ihm, als im Obergeschoss eine Gardine zur Seite gezogen wurde. Wenig später sah er eine ausgesprochen hübsche junge Frau, die zu ihm herunterzuschauen schien. Er war gebannt von ihrem Anblick, als er plötzlich einen heftigen Schmerz in seiner rechten Hand spürte. Die Zigarette, die er völlig vergessen hatte, war heruntergebrannt. Schnellstens warf er die Kippe zur Seite und untersuchte die Verletzung. Es war weniger schlimm, als der Schmerz vermuten ließ. Er sah wieder zum Fenster hoch, doch die Frau war verschwunden und die Gardine wieder vorgezogen. Verärgert goss er etwas Cola auf den verletzten Finger, stand auf und beschloss, das Fenster am folgenden Tag wieder zu beobachten. Doch er hatte Pech. Zwei Tage schien die Sonne zur Mittagszeit so hell, dass er außer der Reflexion des Sonnenlichts nichts sehen konnte. Am dritten Tag hatte sich eine schwere Wolkendecke über das Tal gelegt. Obwohl es stark nach Regen aussah, hatte er, in der Hoffnung die schöne Frau wiederzusehen, seinen Posten auf der Bank bezogen. Und er hatte Glück. Kaum hatte er sich hingesetzt, wurde die Gardine wieder zur Seite gezogen. Mein Kollege hatte sich vorgenommen, sich durch nichts ablenken zu lassen und deshalb auf die Mitnahme seiner Zigaretten und der Cola verzichtet. Die Frau trat an das Fenster heran und schaute in seine Richtung. Obwohl er kaum den Blick von ihrem fein geschnittenen Antlitz nehmen konnte, fiel ihm ihr Kleid auf, dass etwas aus der Mode gekommen aussah. Er gestand sich ein, von diesen Dingen nichts zu verstehen und konzentrierte sich wieder auf ihr hübsches Gesicht und ihr Haar, dass sie zu einem Dutt gebunden hatte. Plötzlich erschien ein Mann neben ihr, legte erst die Hände auf ihre Schultern, doch gleich danach begann er sie zu würgen. Wie von der Tarantel gestochen, sprang mein Kollege auf und lief auf das Haus zu. Das Gartentor war verschlossen, aber niedrig genug, um schnell darüber zu steigen. Er erreichte leicht außer Atem die Haustür und klingelte und hämmerte mit der linken Faust gegen die Tür. Nach einer gefühlten Ewigkeit öffnete sich die Tür.

‚Ein Mord, ein Mord geschieht oben in ihrem Haus‘, schrie er den verdutzten Mann, der ihm die Tür geöffnet hatte, an, schob ihn dann aber zur Seite und rannte die Treppe nach oben. Nur eine Tür befand sich auf der, der Straße zugewandten Seite. Er stieß sie auf und blieb überrascht stehen. Das Zimmer war bis auf die Einrichtung leer. Die Gardine hing ganz ruhig herunter. Nichts deutete auf das Verbrechen, dessen Zeuge er geworden war, hin. Natürlich untersuchte er den Raum so gründlich er nur konnte. Er sah unter dem Bett nach, in der Ecke hinter der Spiegeltoilette und schreckte auch nicht davor zurück, die beiden großen Schränke zu öffnen und zu inspizieren. Nichts. Keine Spur von der hübschen Frau und dem verfluchten Mann. Inzwischen hatten der Hausherr und dessen Frau, beide wohl schon lange im Rentenalter, das Zimmer betreten. Mein Kollege stand mitten im Zimmer und versuchte seine Gedanken zu ordnen, als der Hausherr fragte: ‚Sie haben die beiden gesehen, nicht wahr?‘

‚Ja, aber ich verstehe das nicht. Wohin sind die beiden verschwunden?‘

‚Sie sind nicht verschwunden. Das ist leider schon öfter passiert. Wir haben das Haus vor etwa 40 Jahren gekauft. Seit damals sind die beiden vier Mal erschienen. Alle zehn Jahre scheint sich das zu wiederholen, aber nur zweimal wurden sie von einem Fremden gesehen. Das erste Mal war vor 40 Jahren. Wir hatten das Haus gerade erst bezogen. Ein Kurgast hatte die beiden gesehen und die Polizei informiert. Die hat damals das Haus auf den Kopf gestellt, doch letztendlich nahmen alle an, dass der Mann nur eine blühende Fantasie hatte. Der zweite Fremde sind Sie. Die anderen beiden stammten aus der Stadt und kannten die Geschichte. Das Haus wurde von einem wohlhabenden Händler um die Jahrhundertwende gebaut. Seine Frau und er führten, so erzählten es uns die Leute aus der Stadt später, eine glückliche Ehe. Doch aus welchen Gründen auch immer, sie wurde nicht schwanger. Damals war es noch üblich, Gesellschaften zu geben. Er, der Händler soll fürchterlich eifersüchtig gewesen sein. Nachdem er sie schon eine Zeitlang der Untreue verdächtigt hatte, ergab es sich, dass er am 15. Juli gegen Mittag zu seinem Haus zurückkehrte und einen Mann das Anwesen verlassen sah. Wütend stellte er seine Frau, die sich gerade in ihrem Schlafzimmer befand, zur Rede. Was Sie auch sagte, es machte ihn immer wütender. Sie zog die Gardine auf und wollte wohl das Fenster öffnen, um Hilfe zu rufen, als er sie in seiner Rage angriff und zu Tode würgte. Er wurde verhaftet, angeklagt und zu einer langen Zuchthausstrafe verurteilt. Das Haus stand dann einige Jahre leer, wurde dann aber von einem Verwandten verkauft. Tja, das ist jetzt fast 130 Jahre her. Das Haus hat noch mehrere Male den Besitzer gewechselt und es hieß, dass es in ihm von Zeit zu Zeit spuken würde. Aber das stimmt nicht. Wir selbst oder unsere Kinder haben jemals im Haus weder etwas Besonderes gehört noch gesehen. Es scheint, als würden nur besonders einfühlsame oder leicht zu beeinflussende Menschen die beiden alle zehn Jahre um den 15. Juli herum sehen können.'

Mein Kollege entschuldigte sich selbstverständlich in aller Form bei den Eigentümern. Es stimmte. Während der beiden ihm noch zur Verfügung stehenden Wochen suchte er täglich, aber vergebens die Bank auf. So, das war's. Das hat mit Halluzinationen oder Wahnvorstellungen nichts zu tun. Dann schon eher mit einem Spuk oder einem Fluch. Mich hat die Geschichte damals jedenfalls beeindruckt."

„Mich heute auch" bemerkte Thomas. „Entschuldige, dass ich mich vorhin lustig gemacht habe, aber ich hatte ehrlich geglaubt, du würdest so eine abgedroschene Spukgeschichte erzählen."

„Mach dir darüber keine Gedanken. Ist schon vergessen", entgegnete Michael.

„Es ist doch sonderbar", sagte Gisela, „Man glaubt immer, dass sich solche Geschichten vielleicht im Mittelalter, als die Menschen noch an Geister, Hexen, Gott oder den Teufel glaubten, abgespielt haben. Kein rational denkender Mensch würde doch heute davon ausgehen, dass es immer noch Menschen gibt, die an derartige Dinge glauben. Thomas und ich sind Atheisten und glauben eigentlich an gar nichts. Nicht wahr, Schatz?"

„Vielleicht etwas an die Dummheit der Menschen. Ich für meinen ..."

Das war wohl nur eine rhetorische Frage, denn ohne auf eine vollständige Antwort zu warten, fuhr Gisela fort.

„Wenn überhaupt, dann glaube ich auch an die Dummheit der Masse. Ein einzelner Mensch mag schlau sein, doch die Masse ist es nicht, kann es nicht sein. Dafür mangelt es einfach an Bildung. Deshalb verstand ich auch nicht unseren Führer, der uns vor zwei Jahren zu einem der vielen Vulkane auf Island führte, deren Namen man nicht aussprechen kann. Hast du dir den Namen behalten können, Thomas? Na, egal. Jedenfalls fuhren wir nach dem Frühstück los. Das war so gegen 9 Uhr. Die Straße war zwar nicht besonders breit, aber asphaltiert. Hin und wieder standen sonderbare Schilder am Straßenrand und einmal führte die Straße um einen kleinen Felsen herum. Ich fand das etwas komisch, aber als wir die Straße verließen und auf einem geschotterten Weg fuhren, sah ich noch zwei dieser Schilder. Nach drei Stunden langsamer und beschwerlicher Fahrt erreichten wir endlich unser Ziel. Es war einfach beeindruckend. Was die Natur nicht alles erschaffen konnte! Wir waren sogar in einem langen Tunnel, den die Lava gebildet hatte. Wahnsinn. Kurz bevor wir zurückfuhren, fragte ich den Isländer, was es mit den Schildern und der Straße auf sich hatte. Er erzählte uns, dass dort Elfen wohnen würden. Ich bat ihn um weitere Informationen über die Elfen. Er kam der Bitte auffallend rasch nach. Elfenwohnungen, daran erinnere ich mich noch, gibt es auf Island massenweise. Man nennt die Elfen auch das unsichtbare Volk. Und genau in dem Felsen, um den die Straße gebaut wurde, wohnte eine Elfenfamilie. Natürlich habe ich sofort gefragt, woher man das wusste. Er erklärte uns, dass es Menschen geben würde, die die Elfen und Trolle sehen könnten, aber bei dem Felsen erkannte man es erst, nachdem bei dem Versuch, den Felsen zu sprengen, ein Arbeiter verletzt wurde und ein Zweiter anschließend ums Leben kam. Außerdem zeigte er uns auf dem Rückweg eine Felswand, deren Struktur mit ein wenig Phantasie einem Gesicht gleichen sollte. Dort soll ein Troll versteinert sein. Aber das sind alles nur Sagen und natürlich nicht mit deiner Geschichte zu vergleichen."

„Ich wusste gar nicht, dass Trolle versteinern können", bemerkte Peter.

„Genau kriege ich das auch nicht mehr zusammen. Ich glaube, dass das irgendwie mit dem Dunkelwerden zusammenhing. Ja, ich erinnere mich jetzt. Wenn ein Troll es nicht schaffte, rechtzeitig bei Einbruch der Nacht in seiner

Wohnung zu sein, wurde er zu Stein. So war es doch Thomas, oder?"

„So genau kann ich mich nicht erinnern, Gisela. Es kann auch sein, dass er versteinerte, wenn er sich bei Tagesanbruch noch außerhalb seiner Wohnung aufhielt."

„Nein, das glaube ich nicht. Da bringst du etwas durcheinander, Thomas."

„Ja, kann schon sein, aber ich habe mich gerade an eine Geschichte erinnert, die in unserem Dorf häufig von den Eltern erzählt wurde, wenn wir, die Kinder, ungehorsam gewesen sind. Dann hieß es immer: Denke an den bösen Kaspar! Wenn du weiterhin ungehorsam bist, wird es mit dir auch ein böses Ende nehmen. Es gruselt mich noch heute, wenn ich daran denke."

„Aber du hast mir nie etwas darüber erzählt."

„Nein Gisela, ich hatte es irgendwann einfach vergessen. Selbst als Anne und Christian noch klein waren, dachte ich nicht mehr daran. Ich hatte es einfach irgendwie verdrängt."

„Dann erzähle sie uns doch jetzt!"

„Ja, ich will es gern versuchen. Also, wenn ich mal etwas angestellt hatte, das war nicht sehr häufig, da ich ein, wie sagt man doch, folgsames Kind war, setzte sich abends meine Mutter an mein Bett und erzählte mir die Geschichte von Kaspar. Sie begann ihre Erzählung immer mit den Worten: ‚Thomas, vor vielen, vielen Jahren, ich weiß eigentlich nicht genau, wie viele es sind, lebten schon unsere Vorfahren in diesem Ort. Das Dorf war nie besonders groß, aber dennoch gab es schon zu jener Zeit, in der die Geschichte handelt, so um die 50 Häuser. Im Gegensatz zu heute, lebten viele Kinder im Ort. Es gab auch so etwas wie eine Schule, aber nur eine Klasse und einen Lehrer. Eine dieser Familien hieß Felgenhauer. In ihrem Haus lebten, wie in den anderen Häusern auch, mehrere Generationen unter einem Dach. Da waren die Großeltern, die Eltern und natürlich die sechs Kinder, zwei Jungen und vier Mädchen. Die Familie war sehr arbeitsam und hatte es zu einigem Wohlstand gebracht, doch trotzdem wurden die Eltern ihres Lebens nicht froh, denn ihr jüngstes Kind, ein Junge namens Kaspar, war völlig aus der Art geschlagen. Anstatt zu lernen und seine Eltern zu unterstützen, trieb er sich lieber rum, schwänzte auch häufig die Schule, prügelte sich mit anderen Jungen und stahl hin und wieder. Am Ende des Dorfes stand damals ein Haus, in dem eine Frau von vielleicht 50 Jahren ganz allein wohnte. Sie lebte davon, dass sie Wolle spann, sie färbte und wunderschönes Tuch webte. Und doch gab es unter den Dorfbewohnern einige, die meinten, dass die Frau eine Hexe sei, denn es müsse doch wohl ein Zauber nötig sein, um solch schöne Stoffe herstellen zu können. Sie selbst hielt zwar einige Schafe, doch jene Leute sagten, dass die Wolle ihrer Schafe nicht für Herstellung von so viel Stoff ausreichen würde. Außerdem verloren ihre Stoffe nach dem Waschen nicht ihre Farbe. Ich glaube, dass die Leute einfach nur neidisch waren. Wie dem auch sei, die Eltern des Kaspars mussten sich immer wieder für das Verhalten ihres Sohnes schämen und manchmal auch für die Wiedergutmachung in ihren Geldbeutel greifen. Damals war es noch üblich, mit einer Tracht Prügel unartige Kinder zu bestrafen. Das tat der Vater von Kaspar auch, aber es hielt nie lange vor. Kaspar konnte oder wollte sich einfach nicht ändern. Die Eltern wussten schon nicht mehr, was sie machen sollten. Und dann passierte der erste Vorfall. Kaspar hatte sich am Rande des Dorfes herumgetrieben, war über einen Zaun geklettert auf stand auf der Schafweide der „Hexe". Kurzentschlossen bewarf er die Schafe mit Steinen und mit Lehmklumpen. Unter lautem Blöcken trieb er die Herde auseinander und war anschließend mit seinem Werk zufrieden. Doch die gute Frau hatte alles beobachten können und erschien am Abend bei Kaspars Eltern. Sie schilderte ihnen den Vorfall und forderte die Eltern auf, mehr Einfluss auf ihren verzogenen Sohn auszuüben. Bevor sie sich verabschiedete, drohte sie den Eltern, dass sie in dem Fall, dass ihr Sohn sie oder die Schafe noch einmal belästigte, die Sache selbst in die Hand nehmen würde. Dabei fiel ihr Blick auf ein Schneekugelhaus, dass auf einem Regal neben dem großen Kachelofen stand. Du musst wissen, dass die damals noch sehr selten und teuer waren. In dieser Kugel stand neben einem großen Baum ein Bauernhaus. Das Haus und der Baum sahen täuschend echt aus. Für einen ganz kurzen Moment huschte ein böses Lächeln über das Gesicht der Hexe und ihre Augen schienen kurz aufzuleuchten. Das konnte natürlich auch eine Täuschung sein, die das flackernde Licht der Petroleumlampe verursacht hatte. Kaum hatte die Frau das Haus verlassen, holte Kaspars Vater seine Gerte und verabreicht Kaspar eine ordentliche Tracht Prügel auf den Allerwertesten. Anstatt über sein ungezogenes Verhalten nachzudenken, wurde Kaspar mit jedem Schlag wütender und beschloss, sich sobald wie möglich an der Frau zu rächen.

Nur einige Tage danach setzte er seinen Plan, den er sich nach der Tracht Prügel hatte einfallen lassen, in die Tat um. Er stellte aus Mist und Lehm einen Brei her, schlich zum Anwesen der Hexe und beschmierte mit einem Pinsel die zum Trocknen aufgehängte Wäsche. Doch er hatte Pech, denn die Frau erschien plötzlich und erwischte ihn auf frischer Tat. Ihr Gesicht nahm einen teuflischen Ausdruck an, während sie einige Worte vor sich hin murmelte. Mit einen lauten Knall und einem grellen Blitz verschwand Kaspar vom Wäscheplatz. Doch auch die Hexe verschwand mitsamt ihren Schafen an diesem Tag und wurde nie wieder gesehen. Die Leute erzählten sich, dass Kaspar seit diesem Tag in dem Haus in der Schneekugel lebte. Manchmal, wenn seine Eltern die Schneekugel kräftig schüttelten, erschien er für eine kurze Zeit am Fenster des Bauernhauses. Und mit den Jahren alterte auch Kaspar. Es heißt, dass die Kugel in der Familie vererbt wurde und ein Enkel von Kaspars Eltern ihn letztmalig als alten, gebeugten Mann gesehen haben soll.' Ja, Leute, das war also die Geschichte, die mir meine Mutter erzählt hat."

„Also, wenn meine Mutter mir diese Geschichte erzählt hätte, wäre ich bestimmt auch ein folgsamer Junge geworden", kommentierte ich diese unglaubliche Hexengeschichte, „Solche Geschichten gibt es doch zuhauf. Ich denke da nur an den Suppenkasper."

„Aber das ist doch ein Märchen!", warf Gisela entrüstet ein, „und hat mit phantastischen Gespenstergeschichten wenig gemein".

„Das sagst du ja nur, weil du den Unterschied zwischen einer Geistergeschichte und einem Märchen nicht sehen und außerdem deinem Mann zur Seite stehen willst. Ich habe irgendwann einmal gelesen, dass ein hoher Geldbetrag von einem Menschen oder einer Institution in Aussicht gestellt wurde, wenn der oder die Bewerber beweisen können, dass sie über hellsichtige Fähigkeiten verfügen. Bisher hat das wohl keiner geschafft. Oder nimm nur die vielen Filme, die sich geradezu widersprechen, wenn es um um die Frage geht, ob ein Geist fotografiert werden kann, oder nicht. Da spalten sich nämlich die Geister."

„Das mag alles richtig sein, doch erklärt es nicht ansatzweise die Geschichten, die wir heute gehört haben."

„Nein, Gisela, ich versuche auch gar nicht, diese Geschichten zu begründen oder zu erklären, denn ich kann nicht an ihren Wahrheitsgehalt glauben. Nehmen wir zum Beispiel Trill...."

„Entschuldige bitte, Volker, aber wer ist Trill, und was hat er mit diesem Thema zu schaffen?", wollte Peter wissen

„Du kennst die Geschichte nicht? Nun, Trill ist oder war ein Marsbewohner, der von einem Astronauten entdeckt wurde und der diesem in der Folge bei einigen Abenteuern zur Seite stand. In den sechziger und siebziger Jahren erschienen unzählige Kurzgeschichten dieser Art, doch nur wenige konnten wirklich überzeugen. Wenn heute über Rover berichtet wird, die den Mars erkunden sollen, hoffe ich immer, dass sie Trill oder wenigstens seine Nachkommen finden würden."

„Volker, das ist Science Fiction und hat mit dem, worüber wir bisher gesprochen haben, doch gar nichts zu tun."

„Das stimmt schon, Gisela, aber es zeigt doch immerhin, was sich der Mensch mit ein wenig Phantasie alles vorstellen kann. Und als was würdest du dann die Geschichten von Steven King bezeichnen? Da treten die Geister immerhin auch körperlich in Erscheinung."

„Das ist wohl wahr, Volker", mischte sich Thomas ein,

„aber das sind reine Grusel- oder Horrorgeschichten und haben mit den klassischen oder normalen Geistern nichts gemein, denn die trachten dir nicht nach dem Leben."

„Da wäre ich mir gar nicht so sicher, Thomas", warf Heidi ein, „Es soll Menschen gegeben haben, die sich, von Geistern besessen, umgebracht haben sollen. Und apropos Fotos von Geistern. Selbst wenn man sie nicht fotografieren kann, so wurden früher doch irgendwelche Messgeräte eingesetzt, um über Energieschwankungen den Nachweis ihrer Existenz zu führen, oder etwa nicht? Ich wenigstens habe das in verschiedenen Filmen schon einmal gesehen."

„Da hast du dich ganz schon ins Bockshorn jagen lassen, Heidi", stellte Gisela fest, „denn das funktioniert genauso wenig wie das Fotografieren."

„Und warum nicht?", wollte Michael wissen.

„Weil es schlichtweg unmöglich ist. Irgendwo habe ich mal gehört, dass man die Masse der Seele eines Menschen ermittelt hat. Das hat mich interessiert, und ich hab dann mal etwas gegoogelt und unterschiedliche Gewichtsangaben gefunden. Das ging von 8 bis 30 oder 35 g. Und nun rechne das mal in Energie um. Wenn Einstein recht hat, dann ist die Energie das Produkt aus Masse und der Lichtgeschwindigkeit zum Quadrat. Das Ergebnis ist eine solch kleine Zahl, dass kein Messgerät der Welt in der Lage sein dürfte, die Energie zu messen. Und schon gar nicht Anfang des 20zigsten Jahrhunderts."

„Aber...."

„....nichts mit aber, Michael", unter brach ich ihn, "denn ich finde, wir sollten es für heute bei diesen Geschichten belassen. Morgen ist auch noch ein Tag".

Die anderen pflichteten mir bei. So endete denn der erste Abend unseres Treffens.

Mors certa, hora incerta oder eine abenteuerliche Krankengeschichte

Frei übersetzt: Der Tod ist uns sicher, aber wir kennen die Stunde nicht.

Sein Name ist Karsten Albrecht. Bevor ich Ihnen seine Geschichte erzähle, muss ich Ihnen erklären, dass er den menschlichen Körper nie als ein Mysterium, sondern immer als eine biologische Maschine angesehen hat. Natürlich muss diese Maschine im Rahmen der vorbeugenden Instandhaltung von Zeit zu Zeit gecheckt werden, doch ließ er sich die Zeitintervalle von seinen bisherigen Hausärzten niemals diktieren. Er bediente sich ihrer Dienste in derselben Form, wie er sich auch eines Glasers bedienen würde, sollte ein Fenster entzwei gegangen sein. Ein Beispiel soll das verdeutlichen. Als er auf das Land zog, praktizierte noch ein Arzt in seinem Dorf, der nicht darauf bestand, ihn vierteljährlich zu untersuchen. Das wurde ihm allerdings erst bewusst, als er dessen Praxis eines Tages aufsuchte, aber einem jungen Arzt, der die Urlaubsvertretung übernommen hatte, begegnete. Dieser Arzt schlug ihm vor, seine Blutwerte untersuchen zu lassen. In der Tat lag die letzte Untersuchung bereits zwei Jahre zurück, und so willigte er ein. In der Woche darauf erschien er pünktlich zum Termin in der Praxis. Das folgende kurze Gespräch spielte sich wie folgt ab:
„Herr Albrecht, ich muss Ihnen leider sagen, dass Ihr Stoffwechsel völlig aus der Bahn geraten ist", teilte der Arzt ihm, den Befund vor sich liegend, mit.
Albrecht wurde sogleich misstrauisch.

„Oh! Bedeutet das, dass ich zusätzlich zu meinen Blut-drucktabletten und den Magentropfen weitere Medikamen-te zu mir nehmen muss?"

„Nein, noch nicht, aber wir müssen diese Werte im Auge behalten. Das Beste wird sein, wenn Sie mich, sagen wir in drei Monaten, in meiner Praxis aufsuchen würden. Dann könnte wir einen vernünftigen Behandlungsplan entwer-fen."

„Herr Ullrich, darüber muss ich zuerst mit Herrn Kleinert reden. Er ist ja immerhin mein Hausarzt."

Ungefähr zwei Monate später hatte sich Albrecht sich wie-der einmal verletzt und suchte seinen Hausarzt auf. Bei dieser Gelegenheit erzählte er von dem Gespräch mit des-sen Vertretung. Der Arzt blätterte in seiner Krankenakte, fand den Befund, studierte ihn kurz und sagte.: „Also Herr Albrecht, ich kann da nichts entdecken, was irgendwie auf-fällig wäre."

„Das dachte ich mir, Herr Kleinert."

Doch jetzt zu der Geschichte, die Ihnen eigentlich erzählen will. Alles begann damit, dass Albrecht einige Tage lang nur sehr wenig getrunken hatte. Bereits seit mehreren Mo-naten verweigerte er, soweit möglich, die Nahrungsaufnah-me. Natürlich verlor er in dieser Zeit viel an Gewicht, doch das störte ihn weniger als der Geruch auch des wohl-schmeckendsten Essens, dass seine Frau für ihn zuberei-tete. Den ganzen Tag über hatte er sich nicht wohl gefühlt. Am frühen Abend unterhielt er sich mit seiner Frau, aber ihre Stimme schien nicht nur immer dumpfer zu klingen, sondern sich auch von ihm zu entfernen. Zwei oder drei Mal versuchte er, sich zusammenzureißen und auf das, was sie sagte, zu konzentrieren, doch plötzlich wurde alles um ihn herum schwarz.

Er kam erst wieder in einem Fahrzeug, das in Richtung der Kreisstadt über den Plattenweg zum Nachbardorf rumpelte, zu sich.

„Wo bin ich hier? Was ist denn los", fragte er und öffnete die Augen. Aus dem Augenwinkel sah er vorbeirauschende Baumkronen.

„Oh, sind Sie wieder zu sich gekommen", hörte er eine männliche Stimme neben sich feststellen, „Das ist gut. Ich bin der Notarzt, der Sie wieder zurückgeholt hat."

Er wollte den Mann anschauen, doch als er versuchte, sein Gesicht dem Sprecher zuzuwenden, durchfuhr ihn ein heftiger Schmerz. Leise stöhnend gab er den Versuch auf.

„Was ist denn bloß passiert? Ich kann mich an nichts erinnern? Und weshalb kann ich meinen Kopf und die Beine nicht bewegen?"

„Sie hatten einen Anfall, zitterten am ganzen Körper und hatten Schaum vor dem Mund. Als wir eintrafen, waren Sie bewusstlos. Hatten sie früher schon einmal Anfälle dieser Art?"

„Nein, hatte ich nicht."

Völlig zusammenhangslos fügte er hinzu: „Es gibt nur zwei Möglichkeiten: entweder bringt dieses Rumpeln auf der Straße jemanden um oder man gesundet plötzlich. Ich jedenfalls habe starke Schmerzen und spüre jeden Knochen. Wie haben Sie mich in den Wagen bringen können? Durch das Fenster im Kaminzimmer?"

„Nein, in einer Decke und durch die Türen. Es wäre gut, wenn Sie nicht soviel reden würden."

Damit endete das Gespräch. Das Rumpeln hielt noch eine Weile an und endete erst nach dem Erreichen der Stadt mit ihren asphaltierten Straßen. Nach vielleicht weiteren zehn Minuten erreichte der Rettungswagen die Notaufnahme. Er hatte die Augen geschlossen und spürte, dass die Hecktüren geöffnet und die Bahre herausgezogen wurde. Kurz darauf vernahm er wieder die Stimme des Arztes, der ihn aufforderte, von der Bahre in das nebenstehende Bett zu rollen. Er öffnete seine Augen und versuchte sich zu bewegen, aber die Schmerzen wuchsen ins Unerträgliche.

„Ich…, ich schaffe es nicht. Die Schmerzen sind zu stark" brachte er keuchend hervor.

Kräftige Hände packten ihn und rollten ihn auf das Bett, dass man anschließend in einen Untersuchungsraum schob. Eine Schwester entkleidete ihn, streifte ihm eine Art Bluse über und schloss ihn an mehreren Instrumente an. Ein junger Arzt, offensichtlich ein Neubürger mit indischen Wurzeln, beugte sich über ihn.

„Herr Albrecht, Sie haben angegeben, dass Sie noch nie solche oder ähnliche Anfälle hatten. Ist das richtig?"

Der Arzt sprach mit starkem Akzent, und es fiel ihm schwer, dessen Worte zu verstehen.

„Ja."

„Gibt es Epilepsie in Ihrer Familie?"

„Nein."

Ein weiterer Arzt strich eine kalte Paste oder ein Gel auf seinen Unterleib.

„Ultraschall", dachte er.

„Was und wie viel haben Sie heute getrunken?"

„Heute früh trank ich einen Kaffee und heute Mittag ein Bier und zum Abend hin eineinhalb. Ich habe während der vergangenen Tage nämlich zu wenig Flüssigkeit und Nahrung zu mir genommen."

„Sie haben Wassereinlagerungen im Bauchbereich, stellte der zweite Arzt fest, „Wussten Sie das?" Danach diktierte er der Schwester offensichtlich seine Erkenntnisse unter Verwendung medizinischer Fachausdrücke, mit denen Herr Albrecht nur bedingt etwas anfangen konnte. Jetzt zahlte es sich doch noch etwas aus, dass er gemeinsam mit seiner jüngsten Tochter Latein gelernt hatte.

„Nein."

„Ihre Leber sieht nicht gut aus. Trinken Sie regelmäßig so viel Bier?"

Wieder folgten fachchinesische Äußerungen in Richtung der Schwester.

„Wieso? Ich finde zwei bis drei Bier am Tag sind nicht besonders viel, aber die trinke ich auch. Meistens."

„Sie trinken doch bestimmt mehr als nur zwei oder drei Bier am Tag. Vielleicht sechs oder sieben?", fragte der erste Arzt.

„Nein. Ich weiß, wie viel ich trinke."

„Dann trinken Sie vielleicht noch etwas härtere Sachen?"

„Nein."

„Na gut. Lassen wie das. Wir werden jetzt noch ein CT anfertigen."

Jetzt konnte er auch wieder die Schwester sehen, die ihn von den Gerätschaften befreite. Leider bekam er nicht mit, in welchem Teil des Krankenhauses sein Bett und er geschoben wurden, denn er begann sich zu ärgern.

„Was sollte diese Unterstellung mit dem Trinken bedeuten?", fragte er sich.

Ihm fiel ein ehemaliger Kollege aus der Transportabteilung ein, der vor einigen Jahren fast zwei Wochen im Krankenhaus verbrachte, weil er Probleme mit der

Bauchspeicheldrüse hatte. Der erzählte ihm, dass er sich von den Ärzten wie ein Säufer behandelt fühlte. Der Stationsarzt soll in der ersten Woche zu Beginn einer jeden Visite, die Patienten in seinem Zimmer sogar als „unsere Alkoholkranken" begrüßt haben. Das unterließ dieser Arzt erst, als der Kollege sich beschwerte. Wurde er bereits ebenso angesehen, in eine Schublade gesteckt? Es sah ganz danach aus.

„Einen Moment bitte! Können Sie mir nicht irgendetwas geben, um meine Blöße zu bedecken? Dieses Hemd ist verdammt kurz", fragte er die Schwester auf dem Weg zum CT, als sie an einem Wagen vorbeikamen.

Sie stoppte das Bett, ging zu dem Wagen und bot ihm dann eine Windel an.

„Mehr war da nicht drin. Tut mir Leid", sagte sie und hielt ihm die Windel hin, die er mit zusammengebissenen Zähnen entgegennahm und auf seinen Schoß legte.

Im Raum mit dem CT fiel es ihm schwer, seinen Kopf in die gewünschte Position zu drehen. Dieses Mal konnte er mit den Fachausdrücken nichts anfangen. Wenigstens verstand er, dass ein Verdacht auf ein „Korsakov Syndrom" bestehen würde. Anschließend, doch davon bekam er nicht mehr viel mit, brachte man ihn auf der „Inneren" unter.

Der Lärm, den eine Schwester am folgenden Morgen verursachte, weckte ihn. An einer Stange mit einer daran befindlichen Schlaufe richtete er unter Aufbietung aller seiner Kräfte seinen Oberkörper auf. Mehrere Minuten lang saß er so in seinem Bett, bevor er mit den Händen seine Beine nacheinander, dabei stöhnend und keuchend, über die Bettkante schob. Dann ließ er sich einfach nur hinunterrutschen. Er wickelte sich die Bettdecke so gut er es vermochte um seinen Körper und humpelte ganz langsam in Richtung der Toilette, wo er sich, obwohl er keinerlei Waschzeug besaß, eine halbe Stunde lang aufhielt. Kaum lag er wieder in seinem Bett, den anderen beiden Patienten hatte man inzwischen das Frühstück gebracht, erschien eine andere Schwester, fragte ihn, ob er Herr Albrecht sei und teilte ihm, nachdem er die Frage bejaht hatte, mit, dass sie bei ihm einen Venenkatheter einbinden müsse. Wahrend sie sich mit seinem linken Unterarm beschäftigte, fragte er:

„Schwester, wann bekomme ich eigentlich mein Frühstück und etwas zu trinken?"

„Das kann ich Ihnen nicht sagen. Ich arbeite nicht auf dieser Station. Ich soll nur diesen Katheder legen. So, gleich wird es etwas piksen."

Eine halbe Stunde darauf erschien eine weitere Schwester, ebenfalls nicht auf dieser Station arbeitend, um ihm Blut abzunehmen. Dieses Mal musste sein rechter Arm herhalten.

Gegen 10 Uhr trat dann ein Pfleger an sein Bett und fragte nach seinem Namen.

Der Pfleger legte ein Mappe zu seinen Füßen auf die Bettdecke und brachte ihn und das Bett zu einem ausgedehnten Wartebereich, von dem er nach circa 10 Minuten in einen kleinen Raum geschoben wurde.

Der Arzt dort stellte sich kurz vor und vergewisserte sich wortkarg, dass der Patient auch wirklich Herr Albrecht war, denn es sollte eine weitere Ultraschalluntersuchung durchgeführt werden. Weder der Arzt noch Albrecht verspürten den Wunsch nach einer weiteren Konversation. Ungefähr eine Stunde darauf befand er sich wieder in seinem Zimmer. Nachdem eine halbe Stunde vergangen war, betraten zwei Ärzte das Zimmer. Vielleicht ist es nicht verkehrt, wenn ich Ihnen den Raum und die Bettenbelegung kurz schildere. Im Zimmer standen fünf Betten, drei auf der Seite ihm gegenüber, das andere neben dem seinen. Sein Bett stand, von der Tür aus gesehen, vor dem rechten Fenster, das einen Spalt breit geöffnet war. Nun, es war Sommer, doch ihm fröstelte, weshalb er am Nachmittag um eine weitere Bettdecke bat. Die Toilette befand sich neben der Zimmertür auf seiner Seite. Er teilte sich das Zimmer mit zwei weiteren Patienten, die auf der anderen Seite, aber zum Fenster hin lagen. Das Bett neben der Tür dort war nicht belegt. Zwischen den Bettreihen und den beiden Fenstern befand sich an der Fensterwand ein Tisch mit vier Stühlen. Ein fünfter Stuhl stand neben dem Bett links von ihm. Die beiden Ärzte wandten sich zuerst dem Mann, etwas jünger als er, im mittleren Bett ihm gegenüber zu. Sie unterhielten sich nicht allzu laut, so dass er auch nur verstand, dass der Mann an einer Leberzirrhose litt und sie ihm vorschlugen, einer Magenspiegelung mit dem eventuell notwendigen Abklemmen von Krampfadern zuzustimmen.

„Aha", dachte er, „da hat der Bernd (das ist der Name seines ehemaligen Kollegen) doch tatsächlich nicht übertrieben". Und schon regte er sich wieder auf. Er war ohnehin sauer, denn schließlich hatte er nichts gefrühstückt und auch noch keine Zigarette geraucht. Außerdem fragte er sich, warum sich seine Frau noch nicht hatte sehen lassen. Das waren keine besonders guten Voraussetzungen für das bevorstehende Gespräch mit den beiden Ärzten.

Als sie an sein Bett herantraten, stellte sich der Mann mit den blonden Haaren als der Stationsarzt vor. Seinem Namen und Akzent nach vermutete Albrecht, einen Russen vor sich zu sehen. Der Arzt stammte tatsächlich, wie er später erfuhr, aus der Ukraine. Der andere, etwas kleinere Mann war sein Vorgesetzter. Beide schienen noch sehr jung zu sein.

„Herr Albrecht, ich muss Ihnen mitteilen, dass Sie sehr krank sind", sagte der Stationsarzt.

Weiter kam der Ukrainer nicht, denn verärgert wie Albrecht war, fiel er ihm ins Wort.

„Sie werden es kaum glauben, aber dessen bin ich mir gestern auch bewusst geworden."

Irgendwie hatte er ihn wohl irritiert, denn der Arzt vergaß völlig, ihm mitzuteilen, woran er denn nun erkrankt war. Sicher, er war abgemagert und sein Bauch etwas angeschwollen, doch wenn er nicht gerade diesen Anfall mit den nachfolgend entsetzlichen Schmerzen, die aber nur einsetzten, wenn er sich zu bewegen versuchte, gehabt hätte, wäre er nicht so schnell darauf gekommen, dass er ernsthaft krank war.

So ging der Arzt gleich dazu über, ihm, mit einfachen Worten ausgedrückt, eine Magenspiegelung zur Feststellung von Krampfadern und deren Stilllegung sowie die Verlegung eines Katheders im Bauchbereich zur Beseitigung der Flüssigkeitsansammlung vorzuschlagen.

Obgleich er den Arzt aus dem Konzept gebrach hatte, verärgerte es ihn noch mehr, dass der Arzt ihm nicht erklärt hatte, was genau ihm denn nun fehlte.

„Herr Doktor" erwiderte er unter Nichtnennung dessen Namen, er kann sich slawische Namen nicht besonders gut merken, „ich konnte bisher an mir noch keine Krampfadern bemerken. Darüber hinaus nehme ich seit gut vierzig Jahren Medikamente gegen Bluthochdruck ein, so dass ich davon ausgehe, auch innerlich keine Krampfadern zu haben. Außerdem wurde früher schon zweimal versucht, mir einen Schlauch bis in den Magen zu schieben. Beide Versuche mussten abgebrochen werden, weil ich den Schlauch wieder herauszog, als ich das Gefühl hatte, mich übergeben zu müssen oder zu ersticken."

„Aber Sie würden vor dem Eingriff narkotisiert werden und nichts merken."

„Narkotisiert? Nein, ich lehne trotzdem ab."

„Nun, es ist Ihre Entscheidung. Und wie entscheiden Sie sich hinsichtlich der Punktion, Herr Albrecht?"

„Herr Doktor, es gibt doch sicherlich Medikamente, die man zuerst einmal einsetzen könnte, nicht wahr?".

„Ja, natürlich gibt es eine Reihe diesbezüglicher Präparate, aber erstens ist deren Anwendung mit Nebenwirkungen verbunden und zweitens ist die Behandlung langwierig."

„Gut, dann versuchen wir es mit den Medikamenten. Die kann ich auch zu Hause einnehmen. Auf diese Weise komme ich hier schnellstens wieder raus."

„Da irren Sie sich, Herr Albrecht", mischte sich sein Chef ein, „es braucht einige Tage, um Sie einzustellen und die Wirksamkeit der Maßnahme zu beurteilen".

„Wie lange?"

„Einige Tage."

„Ich vermute, dass es zehn Tage sein werden, nicht wahr?"

„Das hängt ganz davon ab, welche Fortschritte wir erzielen."

„Gut, dann geben Sie mit vorerst wenigstens etwas gegen die Schmerzen, denn wenn meine Frau mich besucht, möchte ich mich etwas bewegen können."

Ich will den weiteren Verlauf des Gespräches nicht wiedergeben, denn seine Wut steigerte sich mit jeder Sekunde. Vor einiger Zeit hatte er, wirklich nur ganz zufällig, einen Bericht darüber gesehen, wie in den privat geführten Krankenhäusern Geld verdient wird. Da wurde von 10 Tagen Verweildauer im Krankenhaus gesprochen, um gewinnbringend wirtschaften zu können.

Sei's drum, er bekam auch kein Mittagsessen und seine Stimmung sank, obwohl er ohnehin keinen Appetit verspürte, in den Keller. Wenigstens wurden ihm mehrere Tabletten und ein 50 ml Plastikbecher mit einer sirupähnlichen Flüssigkeit gebracht. Dazu reichte man ihm ein Glas Wasser.

Am Nachmittag besuchten ihn seine Frau und die Kinder. Sofort zog er sich um. Da er nicht gut laufen konnte, wurde ein Rollstuhl organisiert und sie verließen das Gebäude. Auf einer Parkbank in der Nähe einer Raucherinsel tauschten sie sich aus, wobei sich seine Laune erst besserte, nachdem er endlich eine Zigarette geraucht hatte. Seine Frau brachte es auf den Punkt: „Wenn jeder, der abends zwei Bier trinkt, nach deren Auffassung ein Alkoholiker ist, dann wären ja 90 Prozent der Männer im Dorf Alkoholiker. Ich sehe doch, was da jeden Tag aus dem Laden geschleppt wird. Und das sind keine Rentner! Oder denk mal an den jungen Mann, der schräg gegenüber von meinem Geschäft in dieser Bruchbude wohnt. Den habe ich überhaupt noch nie nüchtern gesehen. Also wirklich, dagegen bist du ein Abstinenzler!"

„Na, das würde ich nicht behaupten wollen, aber es ist nun einmal so, dass sich die ärztliche Meinung, aus welchen Gründen auch immer, immer wieder mal ändert. Vor sechzig, siebzig Jahren haben selbst Ärzte noch das gelegentliche Rauchen und den Genuss von alkoholischen Getränken als positive Stimulierung angesehen. Zumindest habe ich das mal irgendwann gelesen. Oder nimm die Mär von den schlechten Cholesterinwerten. Ich denke auch gerade an die Millionen Menschen, die über Nacht zu Blutdruckkranken gestempelt wurden, nur weil man die Grenzwerte heruntergesetzt hat. Das ist alles nicht zu verstehen, aber ich bin jetzt ein Alkoholiker mit einer kaputten Leber."

„Papa, das bist du nicht. Sobald wir wieder oben sind, werde ich mal mit dem Russen reden", nahm sich seine große, also ältere Tochter vor. Beide Mädchen lebten schon seit einigen Jahren in der Stadt.

„Ukrainer, wenn der Alte mir gegenüber Recht hat."

„Das ist doch egal. Ich komme mit dir mit, Heidi", sagte die Jüngere.

Da er nicht wusste, wann er die nächste Zigarette würde rauchen können, zündete er sich noch eine an und wandte sich an die Mädchen.

„Wenn ihr wollt, könnt ihr schon vorausgehen und mit dem Arzt sprechen. Mama und ich kommen nach."

Seit vielleicht 15 Minuten lag er wieder in seinem Bett, als die Mädchen von ihrer Unterhaltung mit dem Stationsarzt zurückkehrten. Ihre Gesichter glühten. Heidi war ohnehin ziemlich temperamentvoll und nahm selten ein Blatt vor den Mund. Kaum hatte sie sich auf sein Bett gesetzt, wollte es aus ihr heraus.

„Also Papa, ich glaube, dass wir es hier mit voreingenommenen und eingebildeten Ignoranten zu tun haben. Der Russe hat uns gesagt, dass du eine fortgeschrittene Leberzirrhose hast. Die Ursache sei dein übermäßiger Konsum von Alkohol. Ich habe ihn gefragt, woher er das mit dem Alkoholkonsum wissen will. Da hat er auf den Bericht des Arztes in der Notaufnahme hingewiesen, der behauptet hat, dass du vermutlich mindestens sechs bis sieben Bier täglich getrunken hast. Dein aggressives Verhalten wertet er als Entzugserscheinung. Wir haben ihm erklärt, dass du immer sauer wirst, wenn man Lügen über dich erzählt und dass das sicher keine Entzugserscheinungen sind, sondern deinem Naturell entspricht. Wir haben ihm auch gesagt, dass es eine andere Ursache für deine Erkrankung geben muss und er sich damit beschäftigen sollte, sie zu finden."

„Hoffentlich hast du ihm das in aller Ruhe erzählt."

„Wie soll man da denn ruhig bleiben, Papa! Ich weiß jetzt jedenfalls, dass ich mich über die Ursachen für die Entstehung einer Leberzirrhose zuhause gründlich belesen werde."

„Das würde ich auch gern, aber ich weiß nicht, ob der Laptop hier überhaupt funktioniert. Außerdem hat mir in diesem Wartebereich ein anderer Patient erklärt, dass in diesem Krankenhaus alles geklaut wird, was nicht niet- und nagelfest ist."

„Ich mach das schon, und Kirsten kann ja auch einmal nachgucken. Sie hat ja einen Laptop."

„Ja, Papa, ich werde mich auch damit beschäftigen."

„Fein. Übrigens habe ich versucht dieses Gerät einzuschalten, aber auf dem Bildschirm erscheint nur der Hinweis, dass ich eine Fernsehkarte brauche."

„Ja, das stimmt", sagte seine Frau, „Die kann man an der Rezeption kaufen. Das erledige ich noch, bevor ich nach Hause fahre."

„Das ist ja eine Frechheit. Bis jetzt wurde ich beleidigt und dem Verhungern ausgesetzt, und dann soll ich auch noch Geld ausgeben, um den Fernseher nutzen zu können? Ich denke, die kassieren pro Tag zehn Euro für jedes belegte Bett? Das war in der Uniklinik aber anders. Na gut, dann kauf' so eine Karte. Schade um das Geld."

Das weitere Gespräch betraf ihren Enkel und dann seine Versorgung.

Die folgenden Tage vergingen in der Eintönigkeit des Patientenalltags. Er durfte wieder essen und trinken, sollte jedoch darauf achten, nicht mehr als einen Liter am Tag zu sich zu nehmen. Das war leicht, denn was als Kaffee angeboten wurde, entpuppte sich als ungenießbare Plörre mit Kondensmilch. Die alten, kalten und trockenen Scheiben Brot zum Frühstück und Abendbrot passten gut in das Bild, dass er sich von einem privatisierten Krankenhaus gemacht hatte. Mit den kleinen Butterstücken hätte er die Fenster einwerfen können, so kalt waren sie. Er hatte Tilsiter zum Frühstück und Cervelatwurst zum Abendbrot bestellt, erhielt aber weder das Eine noch das Andere, sondern irgendwelche Käse- und Salamischeiben. Natürlich genauso kalt wie die Butter und das Brot. Wenn er also mindestens eine halbe Stunde wartete, konnte er diese beiden Mahlzeiten „genießen". Doch was zum Mittag angeboten wurde, das bezeichnete er der Frau gegenüber, die für den Caterer arbeitend, die Bestellungen entgegen nahm, als Schweinefraß. Vielleicht lag es daran, dass er als Schlesier eine andere Küche gewohnt war. Das nahm er zumindest an, doch am vierten Tag bezog ein Mann das Bett neben ihm, der, man glaubt es kaum, den Beruf des Kochs erlernt hatte, aber nicht mehr als solcher arbeitete. Er bestätigte ihm, dass das Essen das Letzte war. Ein Beispiel soll das verdeutlichen. Grundsätzlich konnte man die Hauptmahlzeit aus drei Angeboten auswählen. Diese Dame vom Caterer empfahl ihnen eines Tages aber das Kassler mit einer pikanten Soße. Da er ohnehin meistens nur zwei Kartoffeln mit etwas Soße zu sich nahm, mehr war auch nicht genießbar, entschied er sich für das Kassler. Da konnten die Köche wenigstens nicht viel verderben. Weit gefehlt! Das wenige und zähe Fleisch hätte er sich aus Klumpen von Knorpel, Sehnen und Fett herausschneiden müssen. Dazu gab es die ewig glasig aussehenden Kartoffeln und eine Aprikosensoße! Voller Abscheu, allein vom Geruch abgestoßen, stülpte er den Deckel wieder auf den Teller, setzte sich in den Rollstuhl, fuhr in den Park und beruhigte sich mit einer Zigarette.

Zu seinen täglichen Pflichten gehörte es, sich wiegen zu lassen. Der Arzt wollte über die Messwerte Rückschlüsse auf die Abnahme der Flüssigkeitsmenge ziehen. Das konnte Albrecht verstehen. Was er nicht verstand war, dass die Messungen nicht unmittelbar nach dem Wecken oder doch wenigstens vor dem Frühstück, also zu einer festgesetzten Zeit erfolgten. So besaßen die Messwerte seiner Meinung nach nur eine geringe Aussagekraft. Während seines Studiums musste er sich zwangsläufig ein Semester lang mit Messtechniken beschäftigen. Er wies den Arzt auf diesen Mangel hin, doch bis zur seiner Entlassung änderte sich nichts.

Bereits nach drei Tagen spürte er deutlich die ersten

Nebenwirkungen der Tabletten. Ihm wurde häufig schwindelig und sowohl seine Hände als auch seine Füße verkrampften sich schmerzhaft mehrmals am Tag. Magnesium sollte Abhilfe schaffen und es funktionierte. Mittlerweile wusste er auch, was es mit dem Sirup auf sich hatte. Es handelte sich dabei um Lactose Sirup, der dem Darm Wasser entzog. Er vertrug das Zeug nicht und nippte immer nur an den Bechern.

Sowohl seine Frau als auch die Mädchen besuchten ihn täglich. Seine Frau versorgte ihn mit Essen und Getränken, seine Kinder berichteten ihm von ihren Fortschritten. Die Kinder teilten ihm am siebenten Tag mit, dass Eisen, wenn man zu viel davon im Körper hat, zu starken Organschäden führen kann. Als seine Frau das hörte, sagte sie aufgeregt: „Das ist es! Als Papa vor zwei Jahren in der Uniklinik lag, stand im Entlassungsbericht, dass er sehr stark erhöhte Eisenwerte hatte."

„Habt ihr den Bericht noch?", wollte Kerstin wissen.

„Aber ja. Den habe ich aufgehoben", antwortete Albrecht, „Der steckt in einer roten Mappe, oben rechts im Schrank mit den Ordnern."

„Dann musst du morgen eine Kopie mitbringen, Mama. Die geben wir dem Stationsarzt. Ich bin gespannt, was er dazu sagen wird", schlug Heidi vor.

„Ich verstehe nur nicht, weshalb die Ärzte hier nicht diese Möglichkeit untersucht haben?", warf Kerstin ein.

„Das verstehst du nicht! Die bilden sich etwas auf ihr Schulwissen ein, beziehen sich auf die häufigste Ursache und pressen alle Befunde und Angaben in ihre Diagnose. Das enthebt sie des Problems, ist praktisch und simpel. Die Polizei sucht auch nicht nach dem wahren Mörder, wenn sie sich erst einmal auf einen Verdächtigen festgelegt hat", erklärte Albrecht voller Überzeugung.

„Ich glaube, du hast recht, Papa. Ich habe unter anderem gelesen, dass dieses Korsakow Syndrom auch einen Bezug zu Alkoholikern haben soll."

„Das meine ich ja, Kerstin. Der Arzt von der Notaufnahme hat nicht nur gelogen, sondern alles, was ihm im Zusammenhang mit Alkoholismus eingetrichtert wurde, in seinen Befund einfließen lassen."

Seine Frau brachte am folgenden Tag eine Kopie des Entlassungsberichtes mit, und anschließend sprachen sie mit dem Stationsarzt. Es ist erstaunlich, aber am achten Tag wurde ihm zweimal Blut abgenommen. Später erfuhr er, dass man ein Speziallabor mit der Untersuchung der zweiten Probe beauftragt hatte. Bis zur seiner Entlassung am späten Nachmittag des zehnten Tages, lag noch kein Ergebnis vor. Doch damit endet diese Geschichte nicht.

Am Tag nach der Entlassung rief er seinen neuen Hausarzt an, der ihn nur selten in seiner Praxis hatte begrüßen können, aber immerhin brav die Rezepte für die Blutdruckmedikamente ausgestellte, und bat um einen Hausbesuch. Zuerst lehnte der Arzt ab, aber letztendlich willigte er ein. Ihm übergab Albrecht den mit Unterstellungen gespikten Entlassungsbericht des Krankenhauses und sofort begann auch der Hausarzt ihn als Alkoholiker zu betrachten, obwohl er es hätte besser wissen müssen, denn er behandelte Herrn Albrecht schließlich auch schon etwa zehn Jahre lang. Jedenfalls überredete der Arzt ihn, die Magenspiegelung und die Punktion durchführen zu lassen.

Eine Woche darauf ließ sich Albrecht wieder einweisen. Er landete auch wieder auf der ihm bekannten Station, aber in einer anderen Abteilung. Dieses Mal führte eine Ärztin die Regie. Von der Magenspiegelung bekam er nicht viel mit. Er wachte, in seinem Bett liegend, in einem ihm fremden Raum auf. Jemand hatte ihn an einen Tropf angeschlossen. Einige Minuten lang verfolgte er das Tropfen der Flüssigkeit und schlummerte wieder ein. Richtig munter wurde er erst, als eine Schwester die leere Flasche durch eine volle ersetzte.

Weil man von einer Punktion gesprochen hatte und er sich auch nicht darüber informiert hatte, verlief dieser Eingriff ganz anders als erwartet. Eine Irakerin führte ihn aus, nachdem ein Arzt mittels Ultraschall die beste Einstichstelle festgelegt und auf dem Bauch markiert hatte. Albrecht verfolgte aber die Bewegungen einer Schwester auf der linken Seite des Bettes, die die benötigten Utensilien bereit legte.

„Ist das die Spritze für die örtliche Betäubung?", fragte er, denn plötzlich wollte er doch etwas mehr über das, was ihn erwartete, wissen.

„Ja", erwiderte sie, „das ist sie. Wir verwenden diese Sorte heute zum ersten Mal. Sie soll wie eine Betäubung beim Zahnarzt wirken."

„Aha, und der Beutel mit dem Schlauch soll wohl die Flüssigkeit aufnehmen, nicht wahr?"

„Das ist richtig. Diese Beutel verwenden wir auch noch nicht lange. Die werden immer mit einem offenen Ventil geliefert, dass vor dem Eingriff geschlossen werden muss. Das wissen wir jetzt, doch als der erste Beutel dieser Sorte eingesetzt wurde, hat es hier eine ganz schöne Überraschung gegeben."

„Ich verstehe überhaupt nicht, weshalb dieser Beutel

zwischengeschaltet wird. Sie können die Flüssigkeit doch gleich in ein größeres Gefäß einleiten."

„Aber wir legen hier doch nur den Katheder. Die Flüssigkeitsansammlung beseitigen wir nicht."

„Ich verstehe."

Inzwischen war die Ärztin von rechts an das Bett herangetreten und übernahm von einer Schwester über ihn hinweg die Spritze.

„Oje", sagte sie mit einem starken Akzent, „ich habe die Markierung abgewischt. Nicht schlimm, ich weiß, wo Markierung war."

Mit fahrigen Bewegungen nahm sie einen Stift und erneuerte die Markierung. Sie schien ihm noch aufgeregter zu sein als er selbst.

„Sagen Sie, haben Sie das schon Mal gemacht?"

„Oh, viele hundert Mal."

„Das war glatt gelogen", dachte er sich.

Kurz darauf spürte er den unangenehmen Einstich der Betäubungsspritze. Danach verstrichen einige Minuten, in denen der Beutel mit dem langen Schlauch die Seiten wechselte. Dann wurde wieder am Bauch gearbeitet.

„So, Katheter ist drin. War unangenehm?", fragte die Ärztin.

„Ich habe gar nichts gespürt. Das ist gut, dann sind wir immerhin sehr schnell am Ende der Vorstellung angelangt."

„Noch nicht fertig. Noch Manschette annähen."

„Welche Manschette denn?"

„Diese Manschette ist mit dem Schlauch verbunden und soll ein Herausziehen des Schlauches verhindern. Sie wird mit drei bis vier Stichen befestigt", erklärte die Schwester. Schon die ersten beiden Stiche schmerzten ihn, aber beim dritten Stich griff er ein und versuchte die Ärztin wegzuschieben.

„Was machen Sie denn da? Das ist ja nicht auszuhalten. Wenn dieser Stich außerhalb der betäubten Zone liegt oder die Betäubung nicht mehr wirkt, können sie doch nicht einfach weitermachen. Das geht doch nicht!", fuhr er die Ärztin an, während ihn die Schwester abhielt und seinen Oberkörper auf das Bett drückte.

„Sie können doch nicht einfach so eingreifen!", sagte sie aufgeregt und schwer atmend. Er beruhigte sich etwas, weil auch der Schmerz langsam nachließ.

„Tut mir Leid, aber dann müsste die Stelle entweder betäubt werden oder zügiger gearbeitet worden sein."

„Jetzt muss ich Knoten wieder aufmachen", mischte sich die Ärztin ein. „Geht schnell", versicherte sie ihm. Er ballte seine Hände und biss die Zähne zusammen. Den anderen Arzt hatte offensichtlich der Lärm aufgeschreckt, denn er stand plötzlich im Durchgang zum benachbarten Raum.

„Alles in Ordnung?", fragte er.

„Ja, alles wieder gut", antwortet die Ärztin, während Herr Albrecht gegen den Schmerz ankämpfte.

In den folgenden Tagen wurde einerseits die Körperflüssigkeit abgelassen und andererseits über den Tropf dem Körper wieder etwas Flüssigkeit zugeführt.

Am neunten Tag erschien die Stationsärztin und erklärte ihm, dass er am darauffolgenden Tag entlassen würde.

„Herr Albrecht", fügte sie hinzu, „wir haben heute den Befund des Labors erhalten und diskutiert. Wir glauben jetzt an das, was Sie in der Notaufnahme erzählt haben. In ihrem Fall liegt ein genetischer Defekt vor. Dadurch kam es mit hoher Wahrscheinlichkeit zu diesen hohen Eisenwerten und der Leberzirrhose. Ich weiß, dass Sie das von Anfang an behauptet haben, aber Ihr Rauchen und auch das Bier, also Ihre etwas ungesunde Lebensweise werden dazu beigetragen haben."

„Ich danke Ihnen für Ihre Aufrichtigkeit angesichts des Laborbefundes, aber Sie vergaßen die Medikamente zu erwähnen, die ich seit über vierzig Jahren einnehme, zu erwähnen."

Am Vormittag des folgendes Tages entfernte ein ihm noch unbekannter Arzt dieser Station den Katheder aus seinem Bauch. Auch der äußerte sich nochmal zum Laborbefund.

„Es ist doch gut, Herr Albrecht, dass Herr Korolew Ihr Blut durch das Speziallabor untersuchen ließ. Dadurch wurden Sie, wie soll ich sagen, doch noch rehabilitiert."

„Es war gut, dass meine Familie auf diese Untersuchung bestanden hat. Da meine Tage ganz offensichtlich gezählt sind, bedarf ich keiner Rehabilitation mehr", erwiderte Herr Albrecht.

Auch den neuen Entlassungsbericht übergab er seinem Hausarzt. Der hat ihn nicht einmal gelesen und frönt seinen Vorurteilen.

Während seiner beruflichen Karriere als leitender Angestellter lernte Albrecht viele Menschen kennen. Unter einhundert Schlossern gibt es zwei, vielleicht drei, die ihr Fach beherrschen. Dann folgen 20 bis 30 Schlosser, die ihre Arbeit gut erledigen, doch der große Rest beschäftigt sich nur. Das trifft ohne Einschränkung auf jede Berufsgruppe zu, auch auf die der Mediziner. Übrigens kann sein Hausarzt auch zwei Jahre nach den geschilderten Ereignissen nicht verstehen, dass Albrecht immer noch lebt.

Wie bereits gesagt: Der Tod ist uns sicher, aber wir kennen die Stunde nicht.

Die Scheune

1. Kapitel

Wie an jedem Abend legte Jürgen ein Buch zur Seite und knipste die Taschenlampe, in der Größe einer Streichholzschachtel, aus. Er musste unter der Bettdecke lesen, denn seine Eltern bestanden auf die Einhaltung der Schlafenszeit und der Nachtruhe. Außerdem war seine Schwester, mit der er sich zur Zeit das Kinderzimmer teilte, eine große Petze. Zum Glück würden sein Vater und er die Tapezierarbeiten in seinem Zimmer in zwei Tagen abschließen.

Jürgen schlief nie gleich ein. Er legte sich auf die rechte Seite und ging das Gelesene gedanklich nochmal durch. Das Buch „Der Waldläufer" gefiel ihm, aber wie in den meisten Romanen enthielt es viel zu viele ausführliche Beschreibungen von Landschaften, Gebäuden, Wohnungseinrichtungen und Gefühlen. Er nannte das Füllstoff, der nur dazu diente eine bestimmte Seitenzahl zu erreichen. Aber schon ließ er den vergangenen Tag noch einmal Revue passieren. Bis auf einige Kleinigkeiten konnte er mit sich und dem Geleisteten zufrieden sein. Morgen würde es endlich die Zeugnisse geben. Viele Kinder aus seiner Klasse nannten sie Giftblätter, aber Jürgen wusste, welche Noten und was für eine Beurteilung er vorfinden würde. Er fragte sich, was seine drei Freude im Augenblick wohl noch unternahmen und wechselte in seine eigentliche Schlafposition. Auf der rechten Seite liegend, schloss er die Augen, und nach wenigen Augenblicken erschienen die ersten Bilder. Jürgen kannte das nicht nur, er erwartete die Bilder sogar. Es erschienen Gestalten aus seinen Büchern, der Schule, des Dorfes, Landschaften und vieles mehr. Jürgen schlief ein.

Schorsch, eigentlich hieß er Georg und war ein Freund von Jürgen, lag ebenfalls schon im Bett. Er hatte sich nach dem Abendbrot mit seinem älteren Bruder gestritten. Sie hätten sich beinahe geprügelt. Das passierte schon mal unter Brüdern, aber ihre Mutter griff rigoros ein und schickte beide auf ihre Zimmer.
Schorsch ärgerte sich darüber, denn eigentlich wollte er seinem Vater bei der Reparatur des Trabbis behilflich sein. Alles was irgendwie mit Technik in Verbindung stand, interessierte ihn. Dutzende Broschüren und Bücher lagen in und auf den Schränken herum. Während seine Eltern und auch seine Freunde ihn immer wieder mal aufforderten, seine Literatur zu ordnen und vernünftig hinzustellen, hielt Schorsch eisern an seinem System der Unordnung fest, denn nur so könnte er, das behauptete er immer wieder, den Überblick bewahren. Er las sich noch einen Abschnitt über das Einstellen der Zündung beim Moped Schwalbe durch und schlief ein.

Thomas, der dritte im Bunde, schlief bereits. Sicher befand er sich schon längst auf dem Mond und raste mit seinem Lunachod über die Piste. Er begeisterte sich für die Raumfahrt und wusste, wie es schien, darüber bestens Bescheid.

Der Letzte der vier Freunde, Jörg, ruhte ebenfalls schon in Morpheus Armen. Bestimmt befand er sich an Bord eines

Piratenschiffes und kämpfte an der Seite von Drake, Flint oder Blackbeard.

Obwohl, oder gerade, weil ihre Geschmäcker so unterschiedlich waren, freundeten sie sich mehr als nur an, denn alle vier verband die Neigung zu großen Abenteuern.

2. Kapitel

Am folgenden Tag, noch während der Unterrichtszeit, legten sie für den Nachmittag eine Uhrzeit für eine Zusammenkunft fest, denn die Zeit und ihre Aktivitäten in den Sommerferien wollten geplant sein. Gegen 15 Uhr trafen sie nach und nach am Treffpunkt, es war wie immer ein schon halb verfallener Bauernhof außerhalb ihres großen Dorfes, ein. Dort fühlten sie sich unbeobachtet und konnten sich, in einem der Zimmer, sollte es zu regnen anfangen, unterstellen, obwohl das Dach des alten Wohnhauses schon von ziemlich vielen Löchern gekennzeichnet war.

Thomas, der als erster eintraf, setzte sich auf einen der zwei Stühle und wartete auf das Eintreffen der anderen Jungen. Nach und nach trudelten sie ein. Jeder ließ sich auf seinem Stammplatz nieder. Jürgen eröffnete die Unterhaltung.

„So, Leute, wie in den vergangenen Jahren auch, liegen acht Wochen Sommerferien vor uns. Was wollen und können wir unternehmen? Ich schlage vor, dass wir auch in diesem Jahr öfter angeln sollten, denn irgendwann muss doch auch einem von uns ein großer Fisch an die Angel gehen. Meinen Großvater habe ich schon gefragt. Wir dürfen seinen Kahn benutzen. Allerdings müssen wir ihn erst auf Vordermann bringen. Außerdem kenne ich jetzt die richtigen Stellen. Die hat mir mein Opa verraten. Gut, nicht wahr?"

„Jürgen, wir haben doch schon an allen Seiten des Sees geangelt. Was soll das jetzt bringen?", fragte Georg.

„Stimmt Schorsch, aber wir standen immer am Ufer. Mein Opa sagt, dass man so nichts fangen kann. Deshalb dürfen wir ja auch seinen Kahn benutzen. Das ist doch viel besser, oder?"

„Na ja, das stimmt schon. Also gut, ich bin dafür. Nur auf dem See kann man uns leicht entdecken. Seitdem der Anglerverein im vergangenem Jahr gegründet wurde, ist das Angeln nicht mehr so einfach. Wir müssen schon aufpassen."

Thomas und Jörg stimmten ebenfalls zu.

„So, das hätten wir, aber die Ferien sind lang. Ich nehme an, dass deine Eltern wieder mit dir in den Urlaub fahren, oder Jürgen?"

„Ja sicher, Jörg. Du fährst doch bestimmt auch wieder weg. Das ist doch jedes Jahr so. Deine und meine Eltern fahren mit uns immer in den Urlaub, und Schorsch und Thomas bleiben hier. Wir werden wohl wieder die Spätsaison an der Ostsee genießen. Ist schon nicht einfach, wenn die Väter in der LPG arbeiten", stellte Jürgen fest.

„Hat auch seine Vorteile. Ich kann meinem Vater bei der Reparatur der Fahrzeuge helfen. Das ist immer interessant und macht mir Spaß", fügte Schorsch hinzu.

„Und ich freue mich darauf, wieder den Mähdrescher fahren zu dürfen. So eine riesige Maschine zu bedienen, ist nicht ganz einfach. Natürlich ist mein Vater immer dabei, um eventuell eingreifen zu können. Kam letztes Jahr nur ganz selten vor. Für dieses Jahr habe ich mir fest vorgenommen, keine Fehler einzubauen. Zumindest keine groben Fehler. Mal sehen", ergänzte Thomas.

„Das würde ich auch ganz gerne mal probieren", meinte Jürgen. „Frag doch mal deinen Vater!", forderte er Thomas auf.

Ohne auf eine Antwort zu warten, fuhr er fort: „Ich habe mir den Kahn meines Opas genau angesehen. Für die Reparaturen benötigen wir bestimmt drei Tage, und dann muss die Farbe auch noch trocknen. Wenn wir Morgen beginnen, könnten wir Mitte der nächsten Woche in See stechen. Gehen wir eigentlich auch wieder ins Kino? Bis zur Stadt ist es mit den Fahrrädern, im letzten Jahr lag unser Rekord bei knapp zwei Stunden, in einer Stunde und 45 Minuten zu schaffen. Wir sollten versuchen, unseren alten Rekord zu verbessern."

„Du bist lustig Jürgen. Wir waren hinterher fix und fertig, und jetzt willst du noch 15 Minuten weniger brauchen. Das schaffen wir nie", empörte sich Jörg.

„Jörg, wir können es doch wenigsten versuchen", schlug Thomas vor.

„Der Meinung bin ich auch. Der Mensch braucht die Herausforderung. Das wäre doch langweilig, wenn ich nur am Trabbi herumschrauben würde", bestätigte Schorsch.

„Also gut, überstimmt. Aber wenn ich nicht mehr kann, dann dürft ihr mich nicht allein lassen", forderte Jörg.

„Nein, das wäre ja gegen jedes Ehrgefühl gehandelt", versicherte Jürgen.

Thomas und Schorsch nickten bestätigend.

„Also, was steht bis jetzt auf unserer Liste? Da wäre die

Kahnreparatur, das Angeln und zwei Kinobesuche. Öfter waren wir im vergangenen Sommer auch nicht im Kino. Weitere Vorschläge?", wollte Thomas wissen.

Da die Jungen noch überlegten, schlug er selbst etwas vor: „Ihr habt doch sicherlich gehört, dass die alte Scheune samt Grundstück an den Anglerverein verkauft wurde. Die Gemeinde, so sagt meine Mutter, wollte die Bruchbude entweder an den Verein verkaufen oder abreißen lassen. Der Verein hat sich die Scheune mit irgendwelchen Spezialisten bereits genau angesehen und will die Scheune ebenfalls abreißen. Ich war da noch nie. Vielleicht finden wir noch etwas Brauchbares darin. Was meint ihr dazu?"

„Was wollen die Angler denn mit dem Gelände anfangen? Die Scheune ist doch mindestens einen Kilometer vom See entfernt. Außerdem müssen sie vom See bis zur Scheune nur bergauf kraxeln. Das verstehe, wer will", fragte Jörg sogleich.

„Das stimmt, Jörg, aber meine Mutter meint, dass der Verein ein neues Gebäude errichten und eine Fischaufzucht betreiben will. Das Grundstück wird sicher nicht viel gekostet haben. Der Weg ist allerdings beschwerlich, aber dafür geht es zum See abwärts", erwiderte Thomas.

„Was deine Mutter alles so hört und in Erfahrung bringt, ist schon erstaunlich. Hat bestimmt mit ihrer Arbeit für die Gemeinde zu tun. Also, ich bin jedenfalls dafür, denn in der Scheune war ich auch noch nie", erklärte Jürgen.

„Ich auch nicht", pflichtete ihm Schorsch bei.

„Das mit der Scheune dauert ja nicht lange. Das sollten wir gleich morgen früh erledigen. Danach beschäftigen wir uns mit dem Boot. Für heute haben wir uns erstmal genügend Aktivitäten vorgenommen. Sobald der Kahn repariert ist, fällt uns beim Angeln bestimmt noch mehr ein. Wenn ihr einverstanden seid, dann brechen wir jetzt auf. Es ist gleich Abendbrotzeit, und mein Vater wird sich bestimmt noch zu meinem Zeugnis äußern wollen", prophezeite Thomas.

„Unsere Noten sind doch ganz gut. Weshalb sollte dein Vater denn meckern?", wollte Jörg wissen.

„Er meckert ja nicht wirklich, aber irgendetwas findet er immer. Du könntest ruhig mehr Einsen auf dem Zeugnis haben, wenn du, anstatt deine Piratenabenteuer zu lesen, mehr lernen würdest. So in der Art. Verstehst du?"

„Das kenne ich auch", entgegnete Jörg, „aber das ist harmlos."

Die Freunde brachen ihre Zelte ab und gingen nach Hause.

3. Kapitel

Am Vormittag des folgenden Tages, gegen 9 Uhr, befanden sich die Jungen auf dem Weg zur Scheune. Unterwegs wurde nicht viel gesprochen, denn auch vom Dorf aus stieg der Weg steil an. Ungefähr 60 Meter trennten sie noch vom Ziel, als sich eine Tür, die in einem der Torflügel eingelassen war, öffnete, und ein Mann heraus trat.

„Los, schnell verstecken!", forderte Jürgen seine Freunde auf. So schnell sie es nur vermochten, versteckten sie sich hinter den Buchenbäumen. Der Mann ging an ihnen vorbei. Als er sich außer Sicht- und Hörweite befand, versammelten sie sich wieder auf dem zugewachsenen Weg.

„Das war Bruno. Der arbeitet als Tischler für die LPG.

Sonderbar", platzte es aus Thomas heraus.

„Der ist bei den Maurern", verbesserte ihn Schorsch, „aber warum ist er nicht im Betrieb. Vielleicht hat er Urlaub. Komisch, unsere Eltern bekommen erst im Herbst frei, und der Bruno hat Urlaub im Sommer."

„Vielleicht macht der nur ein paar Stunden blau", vermutete Jürgen, „doch was suchte er in der Scheune? Lasst uns nachsehen. Übrigens wollte ich vorhin nur lästigen Fragen des Mannes, der also Bruno ist, aus dem Weg gehen. Zum Glück befanden wir uns am Waldrand. Einige Meter weiter hätten wir uns nicht mehr verstecken können. Glück gehabt."

Sie näherten sich der Scheune. Verwundert stellte Jörg fest: „Also, obwohl das Unkraut und das Gestrüpp hier eindeutig die Oberhand gewinnen, ist die gesamte Fläche vom Waldrand bis zur Scheune gepflastert. Ich möchte mal wissen, wo das Haus gestanden hat?"

„Oh, das kann ich dir sagen. Der Hof gehörte einst zu den schönsten Anwesen im Dorf. Von drei Seiten ist er vom Wald umgeben, und die gesamte Fläche links von hier, die jetzt die LPG bewirtschaftet, gehörte dem Bauern. Das Haus stand ungefähr 50 Meter links von der Scheune entfernt. Ein Schotterweg, der auch heute noch existiert, verbindet den Hof mit dem Dorf. Das Haus wurde 1962 oder 63 abgerissen. Der Bauer zog mit der gesamten Familie nach Niedersachsen. Ob er oder ein anderer das Feuer gelegt hatten, wurde nie bekannt. Das haben mir alles meine Eltern mal erzählt", erläuterte Thomas.

Inzwischen standen sie vor dem Tor, öffneten die Tür und betraten die Scheune. Den Fußboden bedeckte Stroh, aber viele Möbel, ein Fuhrwerk, mehrere Eggen und ein

Pflug füllten den Raum. In einer der zwei Pferdeboxen hing das Geschirr. Eine dicke Staubschicht bedeckte das gesamte Inventar.

„Das sieht alles ziemlich wurmstichig aus. Durch das Stroh können wir natürlich keine Fußspuren erkennen, aber wir wollen uns die Möbel ansehen. Ich schlage vor, dass Schorsch und ich uns die linke Seite vornehmen. Ihr nehmt die andere", ordnete Jürgen an. Ein Vorschlag war das nicht. Jürgen und Schorsch gingen links um das Fuhrwerk herum, als Jörg sie zu sich rief: „Kommt schnell her! Der Kerl hat die Schubladen durchsucht!"

Jürgen und Schorsch, der sich nur mit Schwierigkeiten vom Fuhrwerk trennen konnte, gesellten sich zu Jörg und Thomas.

„Seht her! Wir haben noch nichts angefasst, aber der Knauf ist frei von Staub", erklärte Jörg, „und das gilt auch für die anderen Schubladen und die Tür der Kommode."

„Sieh nach, ob etwas drin ist!", forderte Thomas ihn auf.

„Na gut." Vorsichtig öffnete Jörg die oberste Lade. Bis auf einige Kleidungsstücke, die er sorgfältig untersuchte, enthielt die Lade nur noch ein Buch. Das händigte er Thomas aus und widmete sich den anderen Schubladen. Zum Schluss versuchte er die Tür zu öffnen, aber sie klemmte. Schließlich half Schorsch ihm. Unter Aufwendung aller Kräfte gab die Tür ihren Widerstand auf. Sie fanden nur einige Paar Schuhe, die Jörg jedoch gründlich untersuchte. Nichts.

„Gut, suchen wir gemeinsam weiter", schlug Thomas vor. Nach einer einstündigen, intensiven Erkundung, legten sie die gefundenen Gegenstände auf dem Fußboden ab, denn sie wollten keine Spuren hinterlassen. Die Ausbeute stand in keinem Verhältnis zum Aufwand. Sie setzte sich aus einem rostigen Messer, einem uralten Bajonett mit abgebrochener Spitze und zwei Brillen zusammen. Jürgen versteckte die Stücke wieder und schlug den Weg zurück hinter den Kommoden und Schränken ein. Plötzlich stolperte er und fiel hin. Sofort eilten ihm seine Freunde zu Hilfe, aber Jürgen rappelte sich schon wieder auf.

„Ja, das kommt vor, wenn man nicht die Augen offen hält", lästerte Thomas.

„Quatsch, ich bin über etwas gestolpert. Das muss hier irgendwo im Stroh verborgen sein."

Jürgen bückte sich und tastete im Stroh herum, während die anderen Jungen ihn beobachteten. Mit beiden Händen schob er das Stroh an einer Stelle zur Seite, denn er hatte deutlich einen Ring ertastet. Schorsch und Jörg unterstützten ihn.

Thomas hielt sich zurück, denn er hielt immer noch das Buch in den Händen. Innerhalb weniger Minuten legten sie eine Falltür frei, die sie anschließend mit vereinten Kräften öffneten. Deutlich konnte sie einige Stufen einer Stiege erkennen, doch der restliche Raum lag im Dunklen.

„Wir müssen uns Taschenlampen besorgen. Lasst uns die Falltür wieder schließen und tarnen. Danach sollten wir zu deinem Opa gehen", schlug Jörg vor.

Die Jungs stimmten zu, und zwanzig Minuten darauf schlugen sie den Rückweg ein.

„Thomas, und Schorsch natürlich auch, könnt ihr eure Väter vorsichtig, also nicht so direkt fragen, ob dieser Bruno heute im Betrieb gearbeitet hat?", fragte Jörg unvermittelt.

„Das hatte ich mir bereits vorgenommen", erwiderte Thomas.

„Ich werde meinen Vater schon ausquetschen", versicherte Schorsch.

Eine Stunde darauf erreichten sie den Hof von Jürgens Opa. Das Boot lag kieloben auf zwei Böcken. Die Kalfaterung musste stellenweise erneuert, der Rumpf geschliffen und gestrichen werden. Jürgens Opa erschien und erklärte ihnen, wie man diese Arbeiten ausführen muss und wo das benötigte Material lag.

„So, jetzt wisst ihr Bescheid, allerdings seid ihr ziemlich spät gekommen. Ich hatte früher mit euch gerechnet. Dann fangt ihr eben nach dem Mittagessen an."

„Ja, Opa, wir mussten erst noch etwas Anderes erledigen, und morgen Vormittag kommen wir auch erst um diese Zeit", entschuldigte sich Jürgen.

„Na, mir soll's egal sein. Ich will ja nicht angeln", stellte der Opa lächelnd fest, wandte sich ab und verschwand im Haus.

Auch die Jungen gingen zum Essen. Um 13 Uhr wollten sie sich in Arbeitskleidung im Bootsschuppen treffen.

Das Kalfatern bereitete ihnen große Schwierigkeiten. Letztendlich übernahmen Schorsch und Jürgen, sich abwechselnd, diese Arbeit, während sich Thomas und Jörg mit dem Schleifen beschäftigten. Kurz bevor sie zum Abendbrot aufbrachen, begutachteten sie ihr Tagewerk und stellten fest, dass die Arbeit am Boot vielleicht ein oder zwei Tage länger in Anspruch nehmen würde. Dennoch blickten sie voller Stolz, ob dieser ungewohnten Tätigkeit, auf die Arbeit der vergangenen Stunden zurück. Den Ablauf des morgigen Tages noch kurz besprechend, gingen sie nach Hause. Heute würde jedenfalls keiner von ihnen schlecht einschlafen. Dessen waren sie sich sicher.

Kapitel 4

Pünktlich um 9 Uhr marschierte sie zur Scheune. Jörg brachte das Gespräch in Schwung, denn er fragte Thomas und Schorsch unvermittelt: „Habt ihr etwas über den Bruno in Erfahrung bringen können? Hatte er gestern frei?"

„Mein Vater konnte ihn nicht sehen, denn er war den ganzen Tag mit dem Traktor auf einem der Felder unterwegs", bedauerte Thomas.

„Da hatte ich mehr Glück. Ich habe mich ganz beiläufig über den Fortschritt beim neuen Schweinestall erkundigt. Du müsstest es eigentlich wissen, Thomas, denn ganz hinter den alten Ställen baut die LPG einen ganz neuen und modernen Stall. Da sind natürlich Maurer, Tischler und Zimmerleute gefragt. Den Bruno sah mein Vater zur Mittagszeit in der Kantine. Der Kerl hatte sich am Vormittag einfach verdrückt. Wir sollten auf jeden Fall ganz vorsichtig sein und zuerst überprüfen, ob er oder jemand anderes in der Scheune umherschleicht. Außerdem müssen wir eine Wache aufstellen", empfahl Schorsch.

„Da hast du völlig recht. Ich schlage vor, dass wir uns dabei ablösen", meinte Jörg. Da sich niemand äußerte, galt der Vorschlag als angenommen. Inzwischen trennte sie nur noch die Pflasterfläche von der Scheune. Vorsichtig näherten sie sich dem Gebäude und guckten durch einige Astlöcher. Da sie nichts ungewöhnliches sehen oder hören konnten, öffneten sie die Tür. Jörg übernahm freiwillig die erste Wache, während die anderen die Falltür öffneten. Jürgen stieg als Erster hinab. Die anderen beleuchteten mit ihren Taschenlampen die Stiege. Unten angekommen, schaltete Jürgen seine Taschenlampe ein. Thomas und Schorsch folgten ihm. Im Lichtkegel ihrer Taschenlampen sahen sie sich den Raum an. Er maß ungefähr vier mal fünf Meter. An der linken Wand, von der Stiege aus gesehen, standen vier große Weinfässer. Thomas klopfte dagegen, aber die Fässer waren leer. An den Wänden hingen insgesamt fünf Petroleumlampen. Schorsch nahm eine Lampe ab und schüttelte sie.

„Leute, da ist noch Petroleum drin. Hat einer von euch Streichhölzer?", fragte er hoffnungsvoll.

„Ich nicht."

„Ich habe auch keins dabei."

Schorsch stieg die Stiege hinauf und rief Jörg an.

„Jörg, hast du zufällig Streichhölzer eingesteckt?"

„Nein, aber ich habe mein Sturmfeuerzeug für alle Fälle mitgebracht. Die Batterien meiner Taschenlampe sind schon ziemlich leer, aber meine Mutter hat noch keine gekauft. Darum das Feuerzeug."

„Klasse. Hier unten sind Petroleumlampen. Gib mir bitte dein Feuerzeug."

Schorsch kletterte wieder hinab und entzündete die alten Lampen. Nachdem sie ihre Taschenlampen ausgeschaltet hatten, wirkte der Raum irgendwie gespenstisch. An der Wand gegenüber den Fässern standen ein Schreibtisch und mehrere Regale. Alles war voller Staub und Spinnweben. Die Lampe auf dem Schreibtisch war leer. In den Schubfächern entdeckten sie einige Papiere und zwei schmale Notizbücher, mit den sich Thomas umgehend beschäftigte. Die Regale enthielten nur einige Werkzeuge. Jörg erschien und wollte abgelöst werden.

„Das werde ich übernehmen. Das Licht ist oben besser. Hier kann ich die Papiere und Bücher kaum lesen," stellte sich Thomas bereitwillig zu Verfügung.

Genau gegenüber der Treppe befand sich ein breiter Gang. Breit genug jedenfalls, um ein solches Fass durchrollen zu können. Jeder nahm sich eine Petroleumlampe. Gemeinsam erkundeten sie den Gang. Sie passierte zwei Abzweigungen links von ihnen, aber folgten weiterhin dem Hauptgang. Dieser endete in einem Raum, der deutlich größer als der vorherige war. An allen Wänden standen die großen Weinfässer. Die Jungen kehrten um und untersuchten noch die zwei Abzweigungen. Außer Fässern entdeckten nichts. Sie verließen die unterirdischen Gänge und Räume, löschten die Lampen, schlossen und tarnten die Falltür.

Anschließend unterrichteten sie Thomas. Als sie ihren Bericht beendet hatten, fragte Thomas: „Habt ihr auch den Gang auf der rechten Seite untersucht?"

„Was für einen Gang auf der rechten Seite? Da ist kein Gang. Das können Jörg und Schorsch bestätigen", sagte Jürgen.

„Hier, seht euch mal diese Karte an! Da ist ein Gang auf der rechten Seite, ungefähr in der Mitte zwischen den anderen Gängen auf der linken Seite, eingezeichnet", erklärte Thomas.

Die anderen betrachteten die Karte. Jörg räusperte sich: „Sieht tatsächlich nach einem Abzweig aus. Dann müssen wir noch einmal runter und nachsehen. Vielleicht wurde der Zugang absichtlich verschlossen."

„Das werden wir schon rauskriegen, aber jetzt müssen wir zu meinem Opa. Der wartet bestimmt schon auf uns", stellte Jürgen fest.

Sie brachen auf und verbrachten den restlichen Tag mit der Reparatur des Bootes. Auf das Mittagessen verzichteten sie, um die verlorene Zeit aufzuholen. Kurz vor dem Abendbrot brachen sie auf. Schorsch hatte im Bootsschuppen einen Kanister mit Petroleum entdeckt und eine Flasche gefüllt.

Die Untersuchung des Ganges am folgenden Tag verlief zunächst ergebnislos. In einer Nische standen lediglich sechs Fässer. Jürgen holte das Bajonett von oben und versuchte eines der Fässer zu öffnen. Mit dem Bajonett funktionierte es nicht.

„Ja, Leute, ohne gescheites Werkzeug kommen wir nicht weiter. Schorsch, dein Vater hat doch bestimmt einen schweren Hammer und einen guten Meißel im Keller, nicht wahr?", fragte Jürgen.

„Ich glaube schon, aber Thomas' Vater ist handwerklich auch sehr geschickt. Er erledigt doch, genau wie mein Vater, alle anfallenden Arbeiten Haus selbst. Stimmt doch, Thomas?"

„Ja, das stimmt. Gleich nach dem Abendbrot sehe ich nach. Schorsch, dann könnten wir uns um 19 Uhr an der Poststelle treffen. Es wäre doch dumm, wenn wir zwei Hämmer und Meißel mitschleppen würden. Natürlich nur, wenn du kommen kannst."

„Das geht in Ordnung, Thomas. Gut, das hätten wir geregelt. Lasst uns verschwinden. Dein Opa wird Augen machen, wenn wir schon so zeitig kommen. Bin auf sein

Gesicht gespannt."

Die vier Freunde richteten alles wieder so her, dass niemand auch nur ahnen konnte, dass sie hier am Werke gewesen waren.

Kurz nachdem sie den Bootsschuppen betreten hatten, erschien Jürgens Opa.

„Ja, was ist denn heute los? Seid ihr aus dem Bett gefallen? Das ist ja ein Wunder."

Er lästerte noch eine Weile weiter und überließ die Jungen schließlich ihrer Arbeit, denn er erhielt auf seine Sticheleien keine Antwort. Die Freunde arbeiteten stumm und verbissen am Kahn. Zur Mittagszeit legten sie eine Pause ein, gingen nach Hause und setzten anschließend ihre Arbeit fort.

„Jürgen, wir haben es endlich geschafft. Das war das letzte schadhafte Stück. Helfen wir jetzt den anderen?", fragte Schorsch, obwohl er die Antwort bereits kannte.

„Selbstverständlich, dieses Schleifen ist zwar langweilig, aber notwendig."

Beide versorgten sich mit Schmirgelleinen und einem Stück Holz. Sie schnitten vom Schmirgelleinen soviel ab, dass sie die Streifen um Holzstückchen wickeln konnten. Danach schmirgelten sie auf ihrer Seite des Rumpfes. 20 Minuten vor dem Abendbrot hörte Thomas mit dem Schleifen auf.

„Jungs, ich kann nicht mehr. Meine Arme schmerzen gewaltig. Ich glaube nicht, dass ich heute noch eine Stulle anheben kann. Meine Eltern werden sich wundern. Ich mach' Feierabend, ihr auch?"

Wie auf Kommando legten die anderen, sichtlich

erleichtert, die Holzstückchen zu Seite.

„Mir reicht es auch für heute. Ich bin ganz froh, dass Thomas zuerst aufgehört hat. Ansonsten hätte ich es getan", gestand Jörg ein.

„Mach dir keine unnützen Gedanken, Thomas, denn Jürgen und ich haben auch die Nase voll. Stimmt doch, oder?", beruhigte Schorsch den Thomas.

Jürgen nickte nur zustimmend.

„Egal wie erledigt wir sind, denkt bitte an den Hammer und den Meißel, denn sonst können wir morgen den ganzen Tag schmirgeln", erinnerte Jürgen Thomas und Schorsch.

„Das geht klar. Ich haue jetzt ab", bestätigte und kündigte Thomas an.

5. Kapitel

Noch müde und von der anstrengenden Arbeit des Vortages erschöpft, befanden sich drei der Jungen im Gang vor der markierten Stelle. Thomas hatte wieder freiwillig die Wache übernommen, denn mit dem Buch, dass sie in der Kommode gefunden hatte, musste er sich noch beschäftigen. Als er wieder einen Blick durch das Astloch warf, erblickte er Bruno, der langsam auf die Scheune zuging. Sofort eilte er zur Falltür und informierte Jörg, der dort Posten bezogen hatte. Schnell schlossen sie die Falltür, und Thomas stellte in Windeseile die Tarnung her. Danach versteckte er sich hinter einem Schrank, der so dicht an der Wand stand, dass niemand eine Person dahinter vermuten würde. Jetzt konnte er nur noch hoffen, dass es funktionierte.

Bruno betrat die Scheune. Ohne sich noch um die Möbel zu kümmern, begann er den Fußboden zu untersuchen. Nach fast einer Stunde stellte er seine Bemühungen ein und verschwand. Thomas verließ sein Versteck, lief zum Guckloch und sah Bruno im Wald verschwinden. Sofort ging er zur Falltür und rief nach Jörg. Doch Jörg antwortete nicht. Thomas räumte das Stroh zu Seite und öffnete die Falltür. Schorsch hatte die Scharniere geölt. Er stieg die Stufen hinab, doch hier waren seine Freunde nicht. Mit einer der Petroleumlampen ging er den Gang entlang und stieß auf seine Freunde.

„Der Kerl, dieser Bruno, ist wieder weg. Was macht ihr denn da?"

„Hinter den aufgestapelten Fässern befindet sich der Gang. Die Zeichnung stimmt. Wir müssen die Weinfässer aus dem Weg räumen. Dumm ist nur, dass sie unheimlich schwer sind. Vielleicht schaffen wir es gemeinsam. Falls nicht, werden wir doch mit Hammer und Meißel arbeiten müssen", erklärte Jürgen und schaute in die Gesichter seiner Freunde.

„Was ist denn mit dir los, Schorsch?"

„Mir geht dieser Bruno nicht aus dem Kopf. Wir haben bei unserer Durchsuchung der Scheune bestimmt etwas übersehen. Ohne einen guten Grund haut der doch nicht einfach von der Arbeit ab."

„Ich kann mir das auch nicht vorstellen", bekräftigte Jörg.

„Vielleicht sollten wir oben doch noch einmal alles gründlich durchsuchen."

„Der Meinung bin ich auch, aber jetzt räumen wir die Fässer weg. Ich will unbedingt wissen, was sich in diesem Gang befindet", ordnete Thomas an.

Nach einer halben Stunde anstrengender Arbeit betraten die Jungen den Gang. Ungefähr 25 Schritte vom Eingang entfernt erreichten sie eine Kammer, die mit wertvollen Möbeln, Kerzenleuchtern, Gemälden und vielen anderen Gegenständen angefüllt war.

„Menschenskinder, ob der Bruno das hier gesucht hat?", fragte Thomas beeindruckt und flüsternd.

„Das kann ich mir nicht vorstellen", antwortete Jürgen. Auch er sprach ganz leise. „Wir müssen unsere Entdeckung jedenfalls dem ABV oder der Gemeinde melden."

„Das glaube ich auch, aber jetzt sollten wir die Scheune gründlich durchsuchen", forderte Schorsch seine Freunde auf.

„Mein Opa wird sich wundern. So spät waren wir noch nie dran", stellte Jürgen fest.

Sie gingen zurück, löschten die Lampen, verschlossen und tarnten die Falltür. Jürgen und Schorsch übernahmen wieder die rechte Seite. Im Gegensatz zur ersten Durchsuchung schauten alle Jungen diesmal ganz genau in jede Ritze und auch unter jedes Möbelstück. Als sie sich trafen, war ihnen die Enttäuschung deutlich anzumerken.

„Jungs, wir haben überall gründlich nachgesehen. Man kann nicht immer Glück haben", stellte Thomas fest.

„Wir haben überall gründlich nachgesehen", murmelte Schorsch. Plötzlich rief er: „Wir haben das Fuhrwerk noch nie untersucht!"

So schnell er konnte, rannte er, gefolgt von seinen Freunden, zum Fuhrwerk. Gemeinsam untersuchten sie es, als Schorsch, der sich die Unterseite und das Fahrwerk vorgenommen hatte, aufschrie: „Hier ist es Leute! Das müsst ihr euch ansehen!"

Jemand hatte mit Klebestreifen eine Plastiktüte unter der Ladefläche befestigt.

„Reiß sie ab, Schorsch!", forderte Jürgen ihn auf. Schorsch kam dieser Aufforderung umgehend nach und richtete sich auf.

„Los, sieh nach dem Inhalt!"

Thomas konnte es kaum noch erwarten. Schorsch griff in die Tüte und hielt etwas später ein dickes Geldbündel in der Hand.

„Seht euch das an! Danach hat der Bruno also gesucht", stellte Jörg fest.

„Wir gehen sofort zum ABV. Dem können wir das Geld übergeben und die ganze Geschichte erzählen. Pack das Geld wieder ein, Schorsch. Wir gehen sofort los. Ihr seid doch auch dafür, oder?", fragte Jürgen.

Sie schlossen sich ohne jede Diskussion seiner Meinung an. Bevor sie die Scheune verließen, vergewisserten sie sich, dass sie keine Spuren ihrer Suche hinterlassen hatten. Nach einem prüfenden Blick durch das Guckloch verließen sie die Scheune.

Eine Stunde darauf übergaben sie dem verdutzten Polizisten die Tüte. Zuvor hatten die Jungen ihm ihr ganzes Abenteuer erzählt.

„So, jetzt hört mir aufmerksam zu! Ich werde den ganzen Vorfall der Kriminalpolizei melden, aber ihr dürft vorläufig wirklich keinem Menschen, auch euren Eltern nicht, davon erzählen. Das ist ganz wichtig. Dabei geht es auch um eure Sicherheit. Ihr könnt mir allerdings noch die Stelle zeigen, an der die Tüte befestigt war. Damit wir nicht auffallen, geht ihr durch den Wald zur Scheune, während ich mit dem Moped über die Feldwege dorthin fahre. Danach habt ihr in der Scheune nichts mehr zu suchen. Habt ihr das verstanden?", fragte der Polizist. Die vier Jungen versprachen, den Anweisungen zu folgen.

„Gut, dann treffen wir uns in der Scheune. Bis gleich."

6. Kapitel

In den folgenden Tagen hielten sich die Jungen strikt an ihre Zusage. Sie beendeten die Arbeiten an ihrem Kahn und ließen ihn zu Wasser. Jürgen hatte seinen Freunden nicht zu viel versprochen. Bereits die erste Kahnfahrt verlief erfolgreich, obwohl keiner von ihnen eine richtige Angel besaß. Zwei Tage darauf ruderten sie wieder hinaus. Den ganzen Tag schien die Sonne erbarmungslos. Die ohnehin schon hohen Temperaturen, erreichten gegen 14 Uhr einen neuen Rekord. Das Baden und Schwimmen vom Ufer aus war durch das Schilf nur an zwei Stellen möglich, aber vom Boot aus war es einfach herrlich. Nachdem sie sich ausgiebig erfrischt hatten, sonnten sie sich. Thomas unterbrach die Stille.

„Wir liegen hier faul herum, genießen das Schaukeln des Kahns und die Wärme der Sonne, aber weshalb hören wir nichts von dem ABV oder der Kripo? Das ist doch irgendwie merkwürdig. Findet ihr das nicht auch?"

Jörg, der sich vorgebeugt hatte, schaute Thomas an und schüttelte den Kopf.

„Das solltest du doch eigentlich wissen. Die müssen doch erst einmal ermitteln. Das geht nicht so schnell."

Jetzt mischte sich Jürgen ein, der das Gespräch

aufmerksam verfolgte.

„Ich bin ganz Thomas' Meinung. Die haben das Geld. Jeder Schein besitzt eine Nummer. Es kann doch nicht sechs Tage dauern, um die Herkunft zu bestimmen. Ich habe jedenfalls noch nicht gehört, dass dieser Bruno vernommen wurde. Das würde sich doch sofort herumsprechen. Hat deine Mutter nichts berichtet, Thomas?"

„Das ist es ja. Sie hat überhaupt nichts erzählt."

„Wenn mein Vater etwas gehört hätte, dann wüsste ich es", äußerte Schorsch.

„Das sage ich doch. Irgendetwas ist faul an der Geschichte. Vielleicht hat der ABV die Kripo gar nicht benachrichtet, und das Geld liegt jetzt schon auf seinem Konto", entrüstete sich Thomas.

„Das glaubst du doch selber nicht. Schließlich sind wir doch die…, die Zeugen. Schließlich haben wir das Geld entdeckt", erwiderte Jörg aufgebracht.

„Ich bin der Meinung, dass wir den ABV aufsuchen und befragen sollten", schlug Jürgen vor.

Sein Vorschlag wurde einstimmig angenommen. Sie kleideten sich an und ruderten zurück.

Sie hatten Glück und wurden vom ABV empfangen. Ruhig hörte er sich die Fragen der Jungen an. Anschließend dachte er mit gerunzelter Stirn zwei oder drei Minuten lang an. Schließlich holte er tief Luft und wandte sich an die vier Freunde.

„Gut, ich kann eure Überlegungen nachvollziehen. Natürlich habe ich die Kripo informiert. Die Kollegen bearbeiten diesen Fall mit allen Mittel. Bruno wird unauffällig beobachtet. Habt ihr davon gehört, dass die Scheune in zwei

Tagen abgerissen werden soll?"

Die Freunde sahen sich gegenseitig an.

„Nein, haben wir nicht. Wir hatten mit dem Kahn meines Opas genug zu tun", beantwortete Jürgen die Frage.

„Ist auch nicht so wichtig. Die Hauptsache ist, dass Bruno das Gerücht gehört hat. Ihm bleiben noch zwei Tage, um nach dem Geld zu suchen. Mehr darf ich euch nun wirklich nicht erzählen. Das muss unbedingt unter uns bleiben. Ich hoffe, dass wir uns verstanden haben."

Die Jungen bestätigten dies, verabschiedeten sich und verließen etwas betreten das Büro. Auf dem Heimweg gewannen sie ihre Ausgeglichenheit zurück. Plötzlich blieb Thomas stehen.

„Weshalb überwachen wir den Bruno eigentlich nicht selbst?", fragte er.

„Weil das unmöglich ist. Wir müssten ihn rund um die Uhr beobachten, aber er kann doch auch in der Nacht nach dem Geld suchen. Da hätten wir große Probleme. Ich könnte mich abends sicherlich durch das Fenster meines Zimmers verdrücken, aber ihr auch?", fragte Jürgen.

„Mir wäre das möglich", stellte Thomas fest, „aber bei Jörg und Schorsch geht das nicht. Das weißt du doch."

„Natürlich weiß ich das. Ich habe dir nur begreiflich machen wollen, dass das nicht funktioniert. Irgendwie komme ich mit dem, was uns der ABV mitgeteilt hat, nicht zurecht. Der Bruno wird überwacht. Das war klar und verständlich. Die Frage ist das Warum? Ich vermute, dass die Kripo das Geld wieder unter dem Fuhrwerk versteckt hat. Was glaubst du, Thomas?"

„Wenn ich so darüber nachdenke, glaube ich das auch."

„Das können wir doch sofort feststellen. Wir sehen einfach

nach", schlug Schorsch vor.

„Schorsch, das geht nicht. Wir haben versprochen, uns von der Scheune fernzuhalten. Bestimmt wird die Scheune auch überwacht", wandte Jörg ein.

„Ich kann mir das jedenfalls gut vorstellen, aber glaubst du wirklich, dass die Polizei die Scheune rund um die Uhr beobachtet?", fragte Jürgen.

Bevor Jörg die Frage beantworten konnte, mischte sich Schorsch ein.

„Das glaub ich nie und nimmer. Wir müssen ja nicht unbedingt in die Scheune gehen. Wenn wir tatsächlich auf fremde Männer stoßen, hauen wir sofort ab."

„Glaubst du wirklich, dass die Kripo vor der Scheune Wache hält? Möglich wäre das schon. Die Mitarbeiter werden sich irgendwo im Wald versteckt haben und von dort aus den Weg und die Scheune beobachten. Wir könnten aber mit Jürgens Kahn zum alten Anlegesteg rudern, und dann durch den Wald bis zur Scheune marschieren", schlug Thomas vor.

„Das ist wirklich eine gute Idee. Außerdem kommen wir von dieser Seite ganz dicht an die Scheune heran", stellte Jürgen fest. Schorsch und Jörg stimmten ebenfalls zu. Das Quartett schlug den Weg zum Kahn ein. Nach 50 Minuten erreichten sie den alten Anlegesteg. Die Mitglieder des Anglervereins hatten den Steg bereits teilweise repariert und begonnen, einen schmalen, aber ordentlichen Weg durch den Wald anzulegen. Sie banden ihren Kahn fest und wollten sich auf den Weg machen, als Jürgen sie zurückhielt.

„Jungs, ab jetzt müssen wir ganz leise sein. Vermeidet jedes unnötige Geräusch. Also los."

Schweigend marschierten sie durch den Wald. Nach gut 15 Minuten konnten sie die Scheune erkennen. Vorsichtig schlichen sie sich näher heran, als hinter ihnen ein Zweig oder Ast zerbrach. Erschrocken drehten sie sich um. Dort standen der ABV und ein fremder Mann.

„Könnt ihr mir mal sagen, was ihr hier sucht? Ihr hattet mir versprochen, euch von der Scheune fernzuhalten. Ich bin ziemlich enttäuscht. Ihr werdet sofort ver...."

In diesem Moment wurde der fremde Mann über sein Sprechfunkgerät gerufen.

„Sperber an Falke. Zielperson nähert sich."

„Falke an Sperber. Verstanden."

Er wandte sich an die Jungen.

„Ihr geht sofort einige Schritte zurück, legt euch flach auf den Boden und gebt keinen Ton von euch!"

Eine Minute später lagen die Jungen und die beiden Männer hinter den Bäumen und einigem Gestrüpp auf dem Waldboden. Nach einiger Zeit erschien Bruno. Er ging geradewegs auf die Scheune zu. Kurz darauf konnten sie ihn nicht mehr sehen, denn sie versteckten sich am Giebel. Sie hörten jedoch, dass Bruno die Tür öffnete und wieder verschloss. In diesem Moment erhob sich der ABV. Vorsichtig näherte er sich der Giebelwand, hockte sich hin und spähte durch ein Guckloch. Die Nerven der Jungen waren zum Zerreißen gespannt. Nach einer gefühlten Ewigkeit erhob sich der ABV, kehrte zur Gruppe zurück und sprach leise mit dem fremden Mann. Der Kriminalist schaltete sein Sprechgerät ein.

„Falke an Sperber. Zugriff."

„Sperber an Falke. Verstanden."

Gleich darauf hörten sie, dass die Tür geöffnet und wieder

geschlossen wurde. Jetzt sahen sie auch Bruno, der sich dem Wald näherte. Der ABV und der Mann von der Kripo hatten sich erhoben und schlichen hinter Bruno her. Bruno hatte inzwischen beinahe den Waldrand erreicht, als plötzlich zwei Männer erschienen und auf Bruno zugingen. Bruno drehte sich um und wollte flüchten, aber der ABV und der Kriminalist versperrten ihm den Weg. Die Jungen konnten nicht verstehen, worüber gesprochen wurde, aber deutlich die Handschellen erkennen. Nun standen auch sie auf und wollten zu der Gruppe der Männer gehen, doch der ABV kam ihnen lächelnd entgegen.

„Na, Jungs, konntet ihr alles gut verfolgen?"

„Hatte der Bruno das Geld bei sich?", wollte Jürgen wissen.

„Natürlich. Ich konnte durch das Guckloch beobachten, dass er die Tüte fand und anschließend das Geld zählte. Dafür hatte ich das Loch doch gebohrt."

„Woher wusste er, dass das Geld in der Scheune zu finden war?", fragte Schorsch.

„Von seinem Kumpan. Vor drei Wochen wurde doch die Sparkasse in der Kreisstadt überfallen. Davon habt ihr sicherlich gehört. Den einen der beiden Ganoven konnte die Kriminalpolizei bereits nach einer Woche festnehmen. Doch der hüllte sich in Schweigen. Für ihn gab es eine gute Täterbeschreibung. Der Bruno sicherte die Eingangstür und stand im Hintergrund. Wahrscheinlich hatten sie sich im Vorfeld über das Versteck geeinigt. Der Kumpan von Bruno wuchs im Nachbardorf auf und kannte die alte Scheune auch. Er versteckte die Beute, aber bevor er Bruno einweihen konnte, wurde er verhaftet. Bruno wusste nur, dass das Geld in der Scheune versteckt war.

Deshalb durchsuchte er alle Möbelstücke usw.. Auf den Gedanken, auch unter dem Fuhrwerk nachzusehen, kam er wohl erst heute. Ohne euch hätten wir ihn nicht geschnappt. Also, vielen Dank. Jetzt ist es wohl besser, dass ihr hier verschwindet. Wir werden uns bald wiedersehen."

Die Jungen verabschiedeten sich und traten den Rückweg an.

So endete ihr erstes Ferienabenteuer.

Worterklärung

LPG – Landwirtschaftliche Produktionsgenossenschaft
ABV - Abschnittsbevollmächtigter – Mitarbeiter der Polizei

In den Everglades

Vor drei Jahren beschlossen zwei junge Männer, Richard und Werner, einen Teil ihres Jahresurlaubs in den Everglades Floridas zu verbringen, um einen Alligator in freier Wildnis zu fotografieren. Beide arbeiteten als Ingenieure in einer bekannten deutschen Firma als Konstrukteure. Selbstverständlich würden sie lieber mit ihren Frauen und Kindern die gesamte Urlaubszeit verbracht haben, aber irgendwie gelang es in den zurückliegenden Jahren nur sehr selten, eine hundertprozentige Übereinstimmung mit der zeitlichen Urlaubsplanung ihrer Frauen zu erreichen. Um den Rest ihres Urlaubs, gewöhnlich handelte es sich um 8 bis 10 Tage, nicht sinnlos zu verschwenden, entschieden sie sich vor einigen Jahren, an einer Safari in Kenia teilzunehmen. Unter anderem beobachteten sie Giraffengazellen, die sie während eines Besuchs mit ihren Familien im Tierpark schon gesehen hatten. Es besteht doch ein erheblicher Unterschied darin, ob man ein wildes Tier in seiner natürlichen Umgebung beobachten oder im Tierpark eben nur ansehen kann. Diese Erfahrung hatten sie jedenfalls gemacht.

Ihr nächster Urlaub führte sie nach Norwegen. Die Begegnung mit einem Elch bei Trysil in Norwegen nahe der schwedischen Grenze beeindruckte und begeisterte sie noch mehr. Dort kann man zwar an einer sogenannten Elchsafari teilnehmen, aber sie begaben sich allein auf die Suche und hatten Glück.

Als nächstes Reiseziel wählten sie Rumänien, denn im Internet lasen sie einen Reisebericht, der davon handelte, dass dort in einer bestimmten Gegend, in der Region Transsilvanien oder auch Siebenbürgen genannt, Wölfe jede Scheu vor dem Menschen verloren haben sollten und in der Nacht sogar die Stadt Brasov und ein Dorf in der Nähe nach Futter durchsuchten. Diese Reise stand unter keinem guten Stern. Gewiss beobachteten sie Wölfe in den Wäldern um Brasov herum, aber direkt in der Stadt entdeckten sie keinen einzigen Wolf. Es handelte sich nur um verwilderte Hunde. Enttäuscht reisten sie nach Maguro, einem Dorf, ungefähr 20 Kilometer von Brasov entfernt, ab. Die Ortschaft war sehr hübsch. Es gab außerhalb der geschlossenen Bebauung jedoch auch kleine Ansammlungen von Häusern, die weder besonders schön oder gepflegt aussahen. Noch etwas weiter entfernt fanden sie einzeln stehende Gehöfte. Die Familien dort hielten sich neben Hühnern, Schweinen, Pferden, Kühen, Ziegen auch Esel. Sie bezogen in einem dieser Häuser eine bescheidene, aber günstige Unterkunft. Die Tage verschliefen sie, aber gegen 22 Uhr bezogen sie ihren Beobachtungsstand, den sie aus einigen Ästen und zwei Zeltplanen hergestellt hatten.

Am Abend des vierten Tages entdeckten die beiden Männer einige dunkle Schatten, die sich in Richtung des Dorfes bewegten. Sofort kramten sie ihre Nachtsichtgeräte, die sie bereits seit zwei Jahren besaßen, aus ihren Rucksäcken. Jetzt konnten sie die Tiere deutlich erkennen. Sie sahen tatsächlich vier Wölfe in freiem Gelände, konnten aber die Anwesenheit weiterer Tiere nicht ausschließen, denn der nahe gelegene Wald bot weiteren Mitgliedern des Rudels eine gute Deckung. Sie harrten bis zum Sonnenaufgang aus, doch die Wölfe mussten einen anderen

Weg zurück eingeschlagen haben.

Ihre Urlaubstage neigten sich dem Ende zu. Ohne eine weitere Sichtung brachen Werner und Richard zwei Tage darauf auf.

Wieder in der Heimat begutachteten sie ihre Ausbeute an Fotos und Filmen. Als sie die Wölfe in der Nähe des Dorfes mit ihren Nachtsichtgeräten beobachteten, hielten sie einfach eines der Nachtsichtgeräte vor ihre Kamera und filmten. Das war wohl nicht ganz die beste Lösung, denn die Bilder waren von schlechter Qualität.

So beschlossen sie, ihren nächsten Urlaub, vorausgesetzt es blieben wieder einige Tage nach der Abstimmung mit ihren Ehefrauen übrig, einer Tierart zu widmen, die sie tagsüber beobachten, filmen und fotografieren konnten. Die Wahl fiel auf die Alligatoren in den Everglades Floridas. Ein Jahr lang bereiteten sie sich vor. Flugverbindungen, Karten von Florida, den Everglades, Hotels und Bootsausleihstationen suchten sie sich im Internet zusammen. Endlich glaubten sie, den idealen Ort gefunden zu haben.

Ende Juni 2001 reisten sie ab. Ihr erstes Ziel war Miami. Sie besichtigten innerhalb von zwei Tagen die Stadt und verbanden das Angenehme mit dem Nützlichen, denn sie besorgten sich die benötigte Ausrüstung. Ganz oben auf ihrer Einkaufsliste stand der Mückenschutz. Sie kauften verschiedene Produkte, sowohl Cremes oder Gele als auch Sprays. Ein einfaches Zelt für vier Personen zu finden, erwies sich als besonders schwierig. Ihnen wurden sehr viele Produkte angeboten, aber sie benötigten kein vier Sterne Zelt, sondern wirklich nur eine ganz einfache Ausfertigung. Am zweiten Tag, in einem Vorort von Miami, fanden sie, der Empfehlung eines Hotelangestellten folgend, ihr Wunschzelt.

Am Tag darauf setzten sie ihre Reise fort. Nach einer beschwerlichen Fahrt, verursacht durch ihre schwere Ausrüstung, erreichten sie am Nachmittag das Camp Lane Bay Cherickee. Sie bauten ihr Zelt auf und verstauten ihre Rucksäcke. Mit einem Vorhängeschloss und einer Vorrichtung, die sie zusammen mit dem Zelt erworben hatten, verschlossen sie es. Die Vorrichtung legten sie sich auf Anraten des Ladenbetreibers zu. Danach besichtigten Richard und Werner den Zeltplatz. Die Quälerei, das ganze Geschleppe und der Transport der schweren Rucksäcke erwiesen sich als völlig unnötig, denn hier wurden alle Artikel, die man sich im Zusammenhang mit Camping nur vorstellen kann, angeboten. Allerdings zu unwahrscheinlich erhöhten, direkt schon unverschämten Preisen. Sie kauften sich jedoch eine Landkarte, denn ihr Kartenmaterial enthielt nicht allzu viele Informationen und Details. Langsam spazierten sie danach zum Anlegesteg.

„Mensch, Werner", unterbrach Richard das Schweigen, „ich bin doch heilfroh, dass wir uns in Miami mit allem so reichlich eingedeckt haben. Bei den Preisen hier wären wir in null Komma nichts arm wie die Kirchenmäuse geworden. Ich habe während unseres Rundgangs nur mal schnell einige Preise miteinander verglichen. In meine überschlägliche Rechnung habe ich nur unsere Lebensmittel und Getränke für fünf Tage, den kleinen Spirituskocher, die zwei kleinen Töpfe, die zwei Pfannen, die vier Tassen, die zwei Zeltbahnen und das Seil aufgenommen. Soll ich dir die Differenz nennen?"

„Das brauchst du nicht", erwiderte Richard, "ich habe

ebenfalls mitgerechnet, aber auch den neuen Kompass berücksichtigt. Weshalb wir unseren zu Hause vergessen haben, ist mir immer noch ein Rätsel? Na, egal, wir haben trotzdem gutes Geld gespart."

Währenddessen hatten sie den Anlegesteg erreicht. Sie betrachteten eines der beiden Kanus, die hier angebunden lagen.

„Du, Richard", fragte Werner mit einiger Skepsis, „glaubst du wirklich, dass wir mit so einem Ding zurechtkommen? Sieht ziemlich wackelig aus. Vielleicht hätten wir doch vorher etwas üben sollen."

„Ja, vielleicht. Lass uns nach den Preisen sehen."

In unmittelbarer Nähe des Steges stand ein größeres Gebäude. Hier konnten Kanus und Airboote ausgeliehen werden. Die Entscheidung fiel ihnen angesichts der Preise nicht schwer. Wieder in ihrem Zelt studierten sie sorgfältig ihre neue Karte. Die Route für ihren ersten Ausflug festzulegen, bereitete ihnen einige Schwierigkeiten, zumal sie nicht wussten, wie schnell sie mit dem Kanu vorankommen würden. Die Karte zeigte mehrere Seitenarme des Sees, aber sie entschieden sich für einen tief in das Land reichenden Kanal. Er lag auf der rechten Seite des Sees. Um ihn zu erreichen, müssten sie wohl gute vier Stunden paddeln. Für die Erkundung desselben veranschlagten sie drei Stunden.

„So, Richard, das hätten wir", stellte Werner fest und legte den Kugelschreiber zur Seite. „Jetzt werden wir alles an Ausrüstung für zwei Tage zurechtlegen, denn eine Übernachtung müssen wir schon einplanen."

„Ja, leider", murmelte Richard vor sich hin. Der Gedanke erschreckte ihn. „Hoffentlich besucht uns kein Alligator, während wir schlafen!", dachte er sich.

Anschließend nahmen sie vor dem Zelt ihr Abendbrot zu sich. Jeder von ihnen trank noch ein Bier zur Zigarette. Werner ließ einige hübsche Rauchringe aufsteigen, die gleichzeitig die lästigen Mücken in Schach halten sollten. Das hoffte er zumindest. Schnell gingen sie nochmal die Ausrüstung, die sie mitnehmen wollten, Stück für Stück durch. Offensichtlich hatten sie nichts vergessen. Derart beruhigt, hing jeder seinen eigenen Gedanken nach. Eine gewisse Spannung verspürten sie schon.

„Wir dürfen uns jedenfalls nicht zu dumm anstellen, wenn wir mit dem Kanu vom Steg ablegen und paddeln müssen", sagte Richard unvermittelt, während er eine Mücke verscheuchte.

„Na, du bist lustig. Vorhin am Steg hast du dich anders angehört", entgegnete Werner verwundert.

„Das war vorhin und jetzt ist jetzt. Nein wirklich, stelle dir mal vor, wir würden dort schon beim Einsteigen ins Kanu kentern. Ganz abgesehen von dem Schaden, der entstehen würde, wäre das doch verdammt peinlich, oder?"

„Na, und? Hier kennt uns doch keiner. Wir müssen eben ein wenig vorsichtig sein. Das wird schon klappen. Das Paddeln kann nicht besonders schwierig sein. Die anderen Camper haben bestimmt auch klein angefangen. Da ist sicher keiner unter ihnen, dem das Paddel in die Wiege gelegt wurde. Außerdem gilt immer noch mein Leitspruch: Die alten Krieger verlässt der Himmel nicht."

„Das sagst du jedes Mal, wenn es brenzlig wird."

„Ja", antwortete Werner, „aber es hat doch bisher auch immer gestimmt. Erinnere dich mal an Maguro. Ganze drei Tage lang hast du behauptet, dass wir während des

Urlaubs überhaupt keinen Wolf sehen würden."

Richard öffnete seinen Mund, um Werner zu unterbrechen, der aber mit einer Handbewegung reagierte.

„Ich gebe gerne zu, dass ich in Norwegen zuerst an einer Elchsafari teilnehmen wollte. Das wolltest du doch sicherlich sagen, aber getreu meinen Leitsätzen hatte ich mich deiner Meinung angeschlossen. Also höre mit der Unkerei auf und lass uns schlafen gehen. Morgen müssen wir sehr gut ausgeruht und fit sein."

Der Morgen darauf empfing sie mit bestem Wetter. Nach der Morgentoilette im Camp nahmen sie den Spirituskocher in Betrieb, um sich Eier, Toastbrot und Kaffee zu zubereiten. Im Lager schienen noch alle zu schlafen. Eine angenehme Stille umgab sie. Nur die Vögel meldeten sich gelegentlich mit lautem Gezwitscher. Nach dem Frühstück suchten sie nochmals das Zentrum des Camps auf, um ihre Töpfe und das Geschirr abzuwaschen. Danach füllten sie ihre Feldflaschen. Auf dem Rückweg begegneten sie auch den ersten, noch verschlafen wirkenden Campern, die ihnen jedoch einen Guten Morgen wünschten. Richard und Werner erwiderten natürlich ebenso freundlich den Gruß.

Eine viertel Stunde benötigten sie, um ihre Rucksäcke zu packen. Richard verschloss das Zelt. Sie mieteten sich ein Kanu für fünf Tage. Das war auf jeden Fall billiger, als sich täglich ein Kanu auszuleihen. Es konnte auch immer in der Ausleihstation in Verwahrung gegeben werden. Gemeinsam beluden sie ihr Kanu und nahmen vorsichtig Platz. Ihre ersten Paddelschläge, unkoordiniert und unrhythmisch, verwunderten sicherlich die beiden Mitarbeiter der Station. Richard und Werner sahen nicht zurück, sondern versuchten, sich an das Paddeln zu gewöhnen und einen guten Rhythmus zu finden. Nach ungefähr 45 Minuten zeigten sich deutliche Fortschritte. Ruhig und sanft glitt das Kanu durch das Wasser. An jeder kleinen Abzweigung rechts von sich legten sie die Paddel kurz ab, um die Uhrzeit in ihre Karte einzutragen.

Sie hatten ihre Tour um 8:10 Uhr gestartet. Um 12:43 Uhr erreichten sie den Seitenarm, für den sie sich entschieden hatten. Damit lagen sie zwar etwas im Zeitplan zurück, aber das beunruhigte sie keineswegs. Leider fanden sie nicht sofort eine geeignete Stelle, um anzulanden. Sie benötigten unbedingt eine Pause. Sie mussten sich etwas erholen. Hunger hatten sie ebenfalls. Der Uferbereich war mit Schilf oder anderen Gräsern bewachsen. Nach ungefähr 300 Metern, die sie bereits auf dem Seitenarm zurückgelegt hatten, bot sich ihnen eine ausgezeichnete, sandige Stelle an. Das Kanu stieß an Land und sie entledigten sich ihrer Schuhe, Socken und Hosen, um in das Wasser springen zu können. Gemeinsam zogen sie das Boot an Land und entluden es teilweise.

Die Mahlzeit und der Kaffee schmeckten ihnen nach den ungewohnten Bewegungen außergewöhnlich gut. Sie reinigten und verstauten, bis auf die Tassen, sofort das Geschirr und die Töpfe. In aller Ruhe tranken sie ihren Kaffee und rauchten. Werner ergriff zuerst das Wort.

„Nun, Richard", fragte er lächelnd, „bist du mit unserem Vorankommen zufrieden? Hat dir das Essen geschmeckt? Kann ich sonst noch etwas für dich tun?"

Richard sah Werner mit gerunzelter Stirn an.

„Ich kenne dich und du kennst mich. Daher weiß ich auch, dass ich deine spöttischen Fragen nicht beantworten werde. Du lässt sowieso gleich die Katze aus dem Sack. Also, was ist es? Spuck's aus!"

Werner griente noch immer.

„Hast du dich schon mit der Frage beschäftigt, wie wir wieder ins Kanu kommen sollen? Hier gibt es keinen Steg, von dem aus wir bequem einsteigen können."

„War's das? Mit dieser Frage werde ich mich beschäftigen, wenn es soweit ist. Jetzt genieße ich den Kaffee. Ist dir die Umgebung nicht irgendwie bekannt?", erwiderte Richard und wechselte damit das Thema.

„Sicher nicht. Du musst wissen, dass ich zum ersten Mal in dieser Gegend bin. Habe ich dir das nie erzählt? Entschuldige bitte mein Versäumnis."

Er langte nach seiner Tasse und schlürfte genüsslich den Kaffee.

„Mich erinnert das hier an unsere Safari", erklärte Richard, während Werner ihn erstaunt ansah, „denn, wenn du dir das Wasser wegdenkst, kommt das hin."

„Jetzt verstehe ich dich. Ich ersetze das Wasser teilweise durch die Savanne und schon haben wir es. Nur standen da noch weniger Bäume herum."

„Richtig. Ich habe ausgetrunken, du auch? Dann gib mir die Tasse!"

Richard ging zum Ufer, um den Abwasch zu erledigen. Werner verstaute inzwischen den ersten Rucksack im Kanu. Endlich hatten sie alles eingepackt und im Boot verstaut. Mühsam schoben sie das Kanu ins Wasser. Ihre ersten Versuche in das Boot zu gelangen, scheiterten kläglich.

„Verflucht, so klappt das nicht. Ich habe eben an eine Räuberleiter gedacht, aber es wird wohl besser sein, wenn du das Kanu auf der anderen Seite festhältst und herunter-drückst. Ich werde dann einen weiteren Versuch unternehmen. Wenn es klappt, ziehe ich dich danach ins Boot. Bist du damit einverstanden, Richard?", fragte Werner, schon leicht außer Atem.

„Ja, natürlich. Versuchen wir es", lautete Richards lakonische Antwort.

Es funktionierte, und sie setzten die Erkundung des Kanals fort. An den Ufern zu beiden Seiten standen einige Bäume, die besonders durch ihr spanisches Moos auffielen. Schilfbewachsene Uferabschnitte lösten sich mit sandigen Uferstreifen ab. Alligatoren sahen sie keine. Sie stoppten das Kanu, denn ihre Beine und Füße waren trocken genug, um die Hosen, Socken und Schuhe wieder anziehen zu können. Leider hatten sie kein Handtuch eingepackt. Das würde ihnen nicht wieder passieren.

Sie fuhren weiter den Seitenarm entlang. Das Wasser trübte sich immer mehr ein. Bereits seit zwei Stunden befuhren sie den Kanal, der sich ein wenig verengt hatte, als sie nach einer der vielen Biegungen auf einige Alligatoren trafen. Es waren noch ziemlich kleine Exemplare, die am linken Ufer eines dieser Strände lagen. Die beiden Männer paddelten noch etwas näher heran, fotografierten und filmten die Tiere, als ihr Kanu plötzlich von einem heftigen Stoß erschüttert wurde. Sofort setzten sie sich wieder hin und beobachteten die Wasseroberfläche. Die Alligatoren am Ufer hatten sich nicht bewegt. Im Wasser konnten sie auch nichts weiter entdecken. Beunruhigt ergriffen sie ihre Paddel und wollten sofort umkehren, als ein weiterer, noch heftigerer Stoß ihr Boot traf. Da war der Angreifer! Sie sahen einen großen Alligator, der gute vier Meter maß, und anscheinend zum nächsten Angriff ansetzte. Die Männer setzten sich, so schnell sie nur konnten, andersherum ins Boot. Kaum hatten sie die Paddel im Wasser, als das Kanu erneut gerammt wurde. Es hob sich mit dem Bug aus dem Wasser und kippte zur Seite. Beide wurden herausgeschleudert, landeten im Wasser, und schwammen schnellstens in Richtung des Ufers, das nur fünf bis sechs Meter entfernt war. Voller Panik gelang es ihnen den rettenden Strand, unterhalb der sich sonnenden Alligatoren, zu erreichen. Sie drehten sich kurz um. Von dem großen Alligator oder ihrem Kanu war nichts zu sehen. Sie rannten im Zickzack landeinwärts. Einige Zweige der Bäume, an denen sie vorbei kamen, streiften ihre Gesichter, aber sie liefen weiter. Nach ungefähr vierhundert Metern blieben sie stehen. Keuchend setzten sie sich in das Gras, und nach einer Weile beruhigten sie sich etwas. Mit noch zittrigen Fingern untersuchten sie ihre Westen- und Hosentaschen. Sie legten alles vor sich auf dem Boden ab.

„Junge, Junge", fasste Richard die Ereignisse der vergangenen Minuten kurz zusammen, „der hätte beinahe Hackfleisch aus uns gemacht. Mal sehen, was wir hier haben."

Ihr Besitz bestand aus zwei gefüllten Feldflaschen und zwei Jagdmessern, die sie am Gürtel trugen, zwei Feuerzeugen, zwei in Plastiktüten eingewickelten und angebrochenen Zigarettenschachteln, einem Kugelschreiber, ihrer Karte, einem Kompass, den Zeltschlüssel, ihren Fotoapparaten und einer Packung Kaugummi. Die Schachteln ihrer Zigaretten während ihrer Ausflüge in kleine Plastiktüten einzuwickeln, hatten sie sich bereits in Norwegen angewöhnt, denn sie schwitzten damals häufig so stark, dass die Zigaretten durchfeuchtet waren, schlecht brannten, und auch einen unangenehmen Beigeschmack aufwiesen. Die Schulterriemen de Fotoapparates und der Kamera trugen sie um den Hals, als sie ins Wasser stürzten.

„Na ja, viel ist es nicht. Leider sind wir unsere Lebensmittel los. Komm, lass uns die nassen Klamotten ausziehen! Da drüben können wir sie an dem Baum zum Trocknen aufhängen!", setze Richard seine erste Einschätzung der Lage fort. Um den Baum herum lagen einige alte Äste und Zweige, die sie aufsammelten. Sie kehrten mit dem Holz zu den Resten ihrer Ausrüstung zurück. Vorsichtig breiteten sie die nasse Karte vor sich aus.

„Möchtest du auch eine Zigarette rauchen?", fragte Werner, nachdem er eine Schachtel aus der noch feuchten Plastiktüte genommen hatte.

„Ja, sicher. Die haben wir uns auch redlich verdient", antwortete Richard, während er den Blick auf die Karte gerichtet hielt und sich seine Stirn in Falten legte.

„Es gibt, wie mir scheint, nicht allzu viele Möglichkeiten. Wie schätzt du das ein? Du kannst deine Lagebeurteilung ruhig mit einem aufmunternden Ausspruch beginnen."

„Was möchtest du hören?, fragte Werner, der sich gerade über die Karte beugte, „Der Himmel und so weiter? Das hätte ich irgendwann schon gesagt. Es ist ja sowieso erstaunlich, dass ich als Atheist an solche Sprüche glaube. Meine beiden Opas waren Christen, aber sind trotz ihres Glaubens während des Krieges gefallen. Ich glaube nur an mich, ein wenig an den Himmel, ganz besonders an die Dummheit der Masse, also Menschen, und an Odin."

Mit den letzten Worten brach er in schallendes Gelächter aus, das sich, als er Richards erstauntes Gesicht sah, noch verstärkte.

„Mensch, Richard, das war doch nur Spaß, aber mit einem wahren Kern."

Sein Lachen verstummte schließlich. Richard betrachtete ihn immer noch voller Besorgnis, aber Werner nahm davon keine Notiz, denn er hatte sich der Karte zugewandt. Nach einigen Minuten räusperte sich Werner, der sich noch eine Zigarette anzündet hatte, und begann mit seiner Einschätzung der unangenehmen Situation.

„Also, Richard", begann er zuerst gedehnt sprechend, und sofort wieder seine normale Sprechgeschwindigkeit aufnehmend, „die Lage ist in Anbetracht unserer Lebensmittelknappheit nicht besonders rosig, aber durchaus nicht hoffnungslos. Ich bin der Meinung, dass wir uns auf unseren Weg hierher konzentrieren sollten. Den kennen wir wenigstens. Natürlich könnten wir auch dem Seitenarm folgen, denn dieser Weg ist sicherlich zuerst kürzer, aber wir haben keine Ahnung, was uns dann erwartet. Vielleicht geraten wir in ein Sumpfgebiet oder total unwegsames Gelände. Selbst wenn das nicht der Fall ist, müssten wir, nur mit dem Kompass ausgestattet, erst an den anderen Seitenarmen vorbei und nach dem letzten Kanal direkt in Richtung des Zeltplatzes marschieren. Das ist insgesamt ein ziemlich langer Weg mit uns völlig unbekannten Gefahren."

„Zu dieser Einschätzung bin ich auch gelangt. Sorge bereitet mir nur der Gedanke an die Überquerung der Gewässer. Sicherlich ist dies hier der breiteste Seitenarm, aber die anderen können dennoch ihre Tücken aufweisen. Wir haben vom Kanu aus zwar keine Alligatoren gesehen, aber das bedeutet nicht zwangsläufig, dass es dort ungefährlich ist. Ich bin ebenfalls für diesen Weg. Mein

Vorschlag ist, dass wir die paar Bäume der Umgebung aufsuchen, um weiteres Brennholz zu sammeln, denn heute werden wir sicher nicht mehr aufbrechen können. Unsere Schuhe und Klamotten sind bestimmt noch feucht, oder was meinst du?"

„Das glaube ich auch. Sammeln wir also Brennholz!", erwiderte Werner.

„Ach Werner, war das vorhin tatsächlich nur Spaß?", fragte Richard ungläubig.

„Ja, zum größten Teil, aber du sahst so furchtbar aus, als du in die Karte vertieft warst, dass ich überhaupt nicht anders konnte. An mich glaube ich tatsächlich. Es wäre schlimm, wenn es nicht so ist. Wenn ich mich irgendwie für eine Religion entscheiden müsste, was jedoch nie eintreten wird, würde ich die nordische Götterwelt mit Odin bevorzugen. Bleibt noch der Himmel, der mich selten in Stich gelassen hat. Irgendwann habe ich mir mal die Mühe gemacht und alle Situationen, an die ich mich in etwa erinnern konnte, aufgeschrieben. Wann hat der Spruch versagt oder funktioniert? Es ergab sich eine ganz stinknormale Gaußsche Glockenkurve. An meinem Leitspruch ist nicht viel dran, aber er verstärkt die Hoffnung in bestimmten Situationen. Zufrieden?"

Richard nickte und erhob sich. Die feuchten Slips zogen sie sich wieder an. Nach einer Stunde hatten sie eine ordentliche Menge Brennholz zusammengetragen. Eine Feuerstelle anzulegen, stellte keine Herausforderung dar. Werner baute noch einige Gestelle um das Lagerfeuer herum auf. Er holte die Kleidungstücke und hängte sie auf. Nachdem Richard das Feuer entfacht hatte, setzten sie sich und rauchten.

„So, Richard", eröffnete Werner die Unterhaltung, die er erwartete, „das hätten wir geschafft. Unser Holz wird sicherlich bis morgen reichen. Ich habe vorhin nach unseren Uhren gesehen. An die hatten wir gar nicht mehr gedacht, aber sie funktionieren. Jetzt ist es kurz vor siebzehn Uhr. Unsere Wäsche wird sicher schnell trocknen, denn das Feuer strahlt eine ziemliche Wärme aus. Wenn wir uns um 18 Uhr schlafen legten und morgen um fünf Uhr aufbrächen, könnte jeder von uns, einen Moment Geduld bitte, zwei mal zwei Stunden und 45 Minuten schlafen und wachen. Was ist deine Meinung?"

Unterdessen war er an die Gestelle herangetreten und befühlte die Kleidungsstücke.

„Das dauert nicht mehr lange", lautete seine Einschätzung.

Ohne nochmal auf Werners Spötterei von vorhin einzugehen, sagte Richard: „Wenn das so ist, dann müssen wir nur noch die Reihenfolge festlegen. Möchtest du zuerst schlafen?"

„Warum nicht? Ich werde dich jeweils pünktlich wecken."

„Ich dich auch. Wie lange werden wir unterwegs sein? Was glaubst du?"

„Keine Ahnung. Mit dem Kanu brauchten wir bis zur Untergangsstelle ungefähr sieben Stunden, wobei wir ab und zu nur gemächlich paddelten. Zu Fuß ist das schon ein bisschen anders. Ein Fußgänger schafft so fünf Kilometer in einer Stunde. Dieses Tempo können wir bei dieser Vegetation hier unmöglich erreichen. Ich glaube, wenn wir zwei oder drei Kilometer in der Stunde schnell sind, ist das schon gut."

Richard hatte die Karte an sich herangezogen.

„Der Meinung bin ich auch. Die hätten in der Karte

wenigstens einen ordentlichen Maßstab angeben können. Mit diesem Strich in der unteren rechten Ecke und der Meilenangabe kann ich nicht vernünftig rechnen. Dafür sind der See und der Seitenarm mit viel zu vielen Biegungen versehen. Die einzelnen Abschnitte zwischen den Seitenarmen sind hier fast gerade eingezeichnet, obwohl es vom Kanu aus betrachtet, nicht so wirkte. In der Anmeldung hing eine vernünftige Übersichtskarte an der Rückwand des Büros, aber das nutzt uns jetzt gar nichts."

„Ja, das ist schade, doch nicht zu ändern."

Sie rauchten noch ein Weilchen und zogen sich die inzwischen getrocknete Kleidung wieder an. Ihre Schuhe brauchten noch einiges an Wärme.

Am folgenden Morgen standen sie, wie geplant, früh auf. Sie marschierten parallel zum Ufer des Seitenarms. Dabei hielten sie einen gewissen Sicherheitsabstand zum Ufer ein. Nach drei Stunden und 20 Minuten erreichten sie den Punkt, der der Stelle, an der sie am Vortag ihre Mittagspause eingelegt hatten, gegenüber lag. Sorgfältig beobachteten sie beide Ufer und die Wasseroberfläche. Sie entdeckten keinerlei Anzeichen, die auf die Anwesenheit von Alligatoren hinwiesen.

„Was meinst du? Das sind gut und gerne 40 Meter. Ich habe keinen Alligator gesehen. Wollen wir es versuchen?", fragte Richard leise flüsternd.

„Ich auch nicht. Wird schon schiefgehen. Lass uns nebeneinander schwimmen. Ich werde die rechte Seite und du die linke Seite beobachten. So bleiben wir zusammen. Nur der Tod kann zwei alte Kameraden wie uns trennen. Ich glaube, dass das Brustschwimmen wenig Lärm und Wellen verursacht. Mein Messer nehme ich jedenfalls in die

Hand. Also los!", antwortete Werner ebenfalls flüsternd und mit einem breiten Grinsen im Gesicht. Schnell zogen sie sich aus. Ihre Habseligkeiten umwickelten sie mit ihrer Kleidung und verschnürten die Bündel mit den Hosenbeinen. Es waren jedoch nur einige Meter, die sie tatsächlich schwimmend hinter sich lassen mussten. Glücklich und unbehelligt erreichten sie ihren alten Lagerplatz. Sie trockneten sich in der Sonne und rauchten. Die Karte hatten sie zusammen mit den Zigaretten und dem Kugelschreiber in einer der beiden Plastiktüten verstaut. In der anderen Tüte befanden sich die zwei Feuerzeuge, die zwei Armbanduhren, das Päckchen Kaugummi und die Speicherkarten ihrer Fotoausrüstung. Gegenüber der Zeit, die sie mit dem Kanu für die zurückgelegte Strecke benötigt hatten, lagen sie jetzt schon knapp zwei Stunden zurück.

Sie kleideten sich wieder an, legten noch ungefähr 250 Meter entlang des Seitenarms zurück und bogen dann nach links ab. Immer den Sicherheitsabstand zum Ufer einhaltend, trafen sie nach weiteren drei Stunden auf den ersten der schmaleren Seitenarme des Sees. Eine halbe Stunde lang beobachteten sie auch hier die Uferbereiche und die Wasseroberfläche. Schnell bündelten sie wieder ihre Kleidung und wollten gerade ins Wasser steigen, als sie plötzlich einen Alligator entdeckten, der, vom See kommend, eilig in den Seitenarm schwamm. Gebannt verfolgten sie jede seiner Bewegungen. Nach einiger Zeit war er außer Sichtweite.

„Na, ein Glück, dass wir den Burschen noch rechtzeitig gesehen haben. Das hätte leicht ins Auge gehen können. Mit den Biestern ist nicht zu spaßen. Versuchen wir unser Glück!", flüsterte Werner.

An der tiefsten Stelle reichte ihnen das Wasser bis zu den Schultern, aber schwimmen mussten sie nicht. Die Uhrzeit trugen sie ebenfalls in die Karte ein. Zwei weitere Stunden büßten sie gegenüber den Anreisedaten ein. In ihrer Karte war die Uferlinie fast als Gerade eingezeichnet. Die Schilfgebiete zogen sich in Wirklichkeit bis zu 30 Meter tief ins Landesinnere hinein. Richard und Werner wurden dadurch zu langen Umwegen gezwungen. Verärgert zogen sie sich wieder an und setzten sich in Bewegung. Nach einem Marsch von zwei Stunden gelangten sie endlich an den zweiten Abzweig. Er war nur zehn Meter breit. Ohne in ihrer Aufmerksamkeit nachzulassen, wateten sie zum anderen Ufer. Auch diese Uhrzeit wurde notiert. Der Rückstand hatte sich um eine Stunde erhöht. Der dritte Seitenarm bot zuerst gar keine Möglichkeit der Durchquerung. Sie wandten sich landeinwärts. Nach ungefähr 150 Metern erreichten sie eine geeignete Stelle. Sie spähten in alle Richtungen und das Procedere wiederholte sich. Weitere 50 Minuten hatten sie verloren.

Die letzte Etappe lag vor ihnen. Jeder rauchte noch eine Zigarette. Mit dem Kanu hatten sie ungefähr 45 Minuten vom Zeltplatz bis zu diesem Punkt benötigt. Frohen Mutes setzten sie ihren Marsch fort. 65 Minuten später stellten sie mehr als erstaunt fest, dass ihnen der See in die Quere kam. Es trennten sie knappe 150 Meter vom Ziel. Während der Eintragungen in ihre Karte hätten sie das eigentlich bemerken müssen, aber genau an dieser Stelle stand in Großbuchstaben der Name des Camps. Als sie am Vortag ablegt hatten, konzentrierten sie sich auf das Kanu und das Paddeln. Jetzt erkannten sie, dass der Zeltplatz auf einer breiten Landzunge lag.

Richard ergriff zuerst das Wort.

„Wenn der Knabe, der diese Karte kreiert hat, jetzt hier wäre, würde ich ihn eigenhändig ins Wasser werfen, aber vorher noch schnell einen Alligator aussetzen."

„Ich würde dir helfen. Das ist doch wirklich zu ärgerlich. Lass uns noch eine Zigarette rauchen. Am Strand, dem Steg und der Ausleihstation ist niemand zu sehen. Selbst wenn wir jetzt um Hilfe riefen oder laut schrien, würde uns kein Mensch hören", stellte er sachlich fest und ergriff die bereits angezündete Zigarette.

„Ich glaube, dass uns keine Wahl bleibt. Wir werden wohl oder übel schwimmen müssen."

„Außerdem wäre es mir außerordentlich peinlich, mich hier noch retten zu lassen. Die größten Hürden haben wir schließlich hinter uns gelassen. Wir schwimmen rüber, aber meinen Slip behalte ich an", fügte Richard hinzu.

„Das ist doch wohl klar! Sind die weißen Amis nicht alle Puritaner?", fragte Werner lachend, „Obwohl ich einige Ansichten durchaus mit ihnen teile, will ich nicht gelyncht werden."

Jetzt musste auch Richard herzhaft lachen. Endlich beruhigten sie sich und schnürten wieder ihre Bündel. Ohne irgend jemandem zu begegnen, erreichten sie ihr Zelt und zogen sich um. Jeder trank ein Bier, denn die Feldflaschen hatten sie unterwegs geleert. Ihre Uhren zeigten 18:55 Uhr an. Es waren also 13 Stunden und 55 Minuten seit ihrem Aufbruch vergangen.

Dann begaben Sie sich zur Ausleihstation, um die Leute über den Untergang des Kanus zu informieren. Sie berichteten ebenfalls über ihr Zusammentreffen mit dem großen Alligator. Die Strapazen auf ihrem Rückweg blieben nicht unerwähnt. In aller Ruhe folgten die Mitarbeiter ihren Ausführungen. Auf ihrer Karte hatten Richard und Werner die Stelle im Seitenarm und ihren Rückweg eingezeichnet. Auch diese Eintragungen sahen sich die Angestellten der Ausleihstation an. Nachdem die beiden Deutschen ihre Geschichte erzählt hatten, sahen sie erwartungsvoll in die Gesichter der Bootsausleiher. Erst nach einer Weile ergriff einer der beiden das Wort. Er erzählte den beiden Unglücksraben, während sein Kollege bestätigend nickte, dass schon öfter Kanus gekentert seien, die Leute sich aber normalerweise mit einer Rettungsweste ausstatten würden. Die beiden Mitarbeiter, insgesamt arbeiteten vier in der Station, hätten sich auch ziemlich darüber gewundert, dass sich die beiden Touristen ohne Schwimmwesten auf ihre Reise begeben hatten. Der See sei nicht allzu tief, aber es gäbe auch gefährliche Stellen. Das betonten sie immer wieder. Sie konnten sich jedoch nur an zwei Zwischenfälle, bei denen Alligatoren eine Rolle gespielt hatten, erinnern. Jedenfalls sahen sie es als Pflicht an, die Ranger des Nationalparks zu informieren. Das Telefonat dauerte keine fünf Minuten. Anschließend teilten sie Werner und Richard mit, dass sich die Ranger bestimmt am nächsten Tag bei ihnen melden würden. Nachdem sich die beiden Abenteurer bei den Mitarbeitern bedankt hatten, spazierten sie zum Zentrum des Campingplatzes.

„Richard, ist dir auch aufgefallen, dass unser Erlebnis die beiden absolut nicht berührt hat? Es muss ja jede Menge Unfälle wie unseren in der Vergangenheit gegeben haben. Das regt die nicht mehr auf. Ist wahrscheinlich Routine."

„Das kann ich mir gut vorstellen. Erst als wir den Alligator erwähnten, schienen die beiden interessierter zu sein."

Geschieht vielleicht wirklich selten, oder sie spielen das absichtlich herunter. Ist ja auch keine gute Reklame. Ich habe keine Ahnung. Morgen erfahren wir bestimmt oder hoffentlich von den Rangern etwas mehr. Das Kanu muss doch auch noch geborgen werden. Wer erledigt das eigentlich?"

„Nun, ich nehme an, dass das die Männer von der Station erledigen werden. Die Ranger interessieren sich eher für den Alligator", entgegnete Werner.

„Denkst du, dass sie ihn abschießen wollen? Uns ist doch nichts passiert!"

„Ich weiß nur, dass es gut war, das Kanu zwischen uns und dem Alligator zu haben. Dadurch kam er nicht sofort an uns heran."

„Das stimmt natürlich, aber vielleicht wollte er uns nur vertreiben. Möglich wäre das. Aber du liegst sicherlich richtig mit deiner Vermutung. Wir können nur abwarten. Hast du nicht vorhin das Zelt abgeschlossen?"

Werner bückte sich, um das Schloss aufzuschließen, aber Richard drängelte sich vor. Das Rascheln oder Knistern einer Plastiktüte war zu hören. Dann krabbelte er auch schon wieder heraus. In der einen Hand hielt er einen Beutel mit ihrer verschmutzten Wäsche.

„Das hätte ich beinahe vergessen."

In der anderen Hand befanden sich die Speicherkarten ihres Fotoapparats und der Kamera.

„Du kannst wieder abschließen, Werner. Übrigens habe ich Hunger."

„Den habe ich auch. Wir können uns die Speisekarte in dieser komischen Gaststätte ja mal ansehen. Vielleicht finden wir etwas."

Sie erreichten nach einigen Minuten das „Restaurant", das eher wie ein Pup wirkte. Ein kurzer Blick auf die Speisekarte genügte ihnen.

„Richard, was der Bauer nicht kennt, das isst er nicht. Ich kann mir nicht vorstellen, dass eines dieser Gerichte wirklich schmecken soll. In Polen habe ich mal ein Omelett mit Kartoffeln und klein geschnittenen Gewürzgurken bestellt. Ein einfaches Bauernfrühstück gab es nicht. Das wurde mir auch serviert. Du kannst dir aber nicht vorstellen, was da auf dem Teller lag. Es war eine Wurst, ungefähr 15 Zentimeter lang. Der Durchmesser betrug so um die sechs Zentimeter. Im Prinzip enthielt diese Omelettwurst alle von mir Zutaten, nur eben miteinander verquirlt und zu einer Wurst geformt. Wir waren hungrig. Es schmeckte auch gar nicht mal so sehr schlecht. Seitdem buchen wir uns grundsätzlich kleine Häuschen. Mir sagt das Angebot keineswegs zu, aber wenn du möchtest, dann gehen wir rein. Entscheide du!"

„Das wird nicht nötig sein. Ich habe mich bereits entschieden. Wir kaufen uns wohl besser einen neuen Spirituskocher, denn die Lebensmittel sind zu schade, um sie verderben zu lassen, oder? Spiritus besitzen wir auch noch genug."

„Ganz deiner Meinung."

Sie suchten das Geschäft auf und erwarben einen kleinen, einflammigen Kocher.

Jetzt stand der Waschsalon auf ihrer Liste. Zwei Waschmaschinen standen zur Verfügung. Nach dem Durchlesen der Bedienungsanleitung stopften sie ihre Hemden, Jacken, Hosen und Socken in die eine Maschine. Die andere Maschine nutzten sie für die Unterwäsche. Natürlich war die Benutzung der Waschmaschinen und der Waschmittel nicht kostenlos. Langsam schlenderten sie zurück. Im Photoshop betrachteten sie ihre Aufnahmen, denn die Speicherkarten funktionierten noch. Von einigen, besonders gut gelungenen Fotos ließen sie sich einen Ausdruck anfertigen.

Auf dem Spirituskocher bereiteten sie sich etwas später ein herrliches Abendessen zu. Sie brühten sich auch noch Kaffee auf, den sie schließlich den ganzen Tag über vermisst hatten. Glücklicherweise hatten sie nur zwei ihrer vier Kochtöpfe mit auf die Tour genommen. Das galt auch für die Tassen. Den Abend ließen sie gemütlich rauchend und mit zwei Bieren für jeden von sich ausklingen. Die Anspannung fiel ganz von ihnen ab.

Richard fragte ganz unvermittelt: „Sag mal, Werner, hast du wirklich geglaubt, dass wir heute noch gemütlich mit vollem Magen hier sitzen, rauchen und Bier trinken würden? Ich nicht. Natürlich war ich nicht defätistisch, aber hatte eine zweite Nacht im Freien nicht ausgeschlossen, und du?"

Werner dachte kurz nach und entgegnete lächelnd: „Ich auch nicht. Wir haben es jedenfalls an einem Tag geschafft und nur das ist wichtig. Diese Geschichte werden wir bestimmt noch unseren Enkelkindern erzählen. Es ist doch irgendwie sonderbar, dass wir in jedem Urlaub etwas an Geschirr und Besteck einbüßen, findest du nicht auch? Aber so große Verluste hatten wir noch nie."

„Da hast du recht", stimmte Richard zu, „ist schon eigenartig. Nur diesmal wissen wir, wo es abgeblieben ist. Das ist immerhin ein kleiner Trost."

Nach dem Abwasch des Geschirrs und ihrer Abendtoilette

im Zentrum legten sie sich schlafen.

Den Vormittag des folgenden Tages wollten sie für die Planung der nächsten Ausflüge nutzen, aber bereits gegen 10 Uhr erschienen zwei Ranger. Richard und Werner erzählten ihnen ihr Abenteuer. Beide Parteien tauschten ihre Vermutungen aus. Gemeinsam brachen sie und zwei Mitarbeiter der Ausleihstation auf. Aufgeteilt auf zwei Airboote jagten sie auf dem See in Richtung des Seitenarms. Die Motoren waren sehr laut, aber sie kamen dafür zügig voran. Im Seitenarm verringerten die Ranger sofort die Geschwindigkeit. Die Untergangsstelle erreichten sie trotzdem schon nach relativ kurzer Zeit. Während die Ranger die Umgebung und das Wasser genau beobachteten, versuchten die Leute von der Ausleihstation mit einem dreizackigen Haken das Kanu zu finden. Zuerst zogen sie, zur großen Freude von Richard und Werner, jedoch einen der Rucksäcke an Bord. Nur einige Minuten später kam auch der andere wieder ans Tageslicht. Nach weiteren Versuchen glaubten die Leute, das Kanu am Haken zu haben. Sie fuhren einfach an das Ufer und sprangen an Land. Richard war selbstverständlich ebenfalls an Land gesprungen und half tatkräftig mit. Gemeinsam zogen sie das Kanu aus dem Wasser und drehten es um. Anschließend drehten sie es erneut um und schoben es wieder ins Wasser zurück. Die Angestellten befestigten ein Seil am Kanu und nahmen es in Schlepptau. Die Leute vom Ausleihstützpunkt sollten auf der Rückfahrt die Führung übernehmen, die Ranger würden folgen. Das Boot der Ranger lag jetzt längsseits und Werner wechselte über. Als es sich Richard und Werner im Boot bequem einrichteten, riss einer der Ranger plötzlich seinen Fotoapparat hoch und wies mit der anderen Hand auf das gegenüberliegende Ufer. Sein Kollege ergriff sofort einen Enterhaken. Alle sahen, wie sich ein vier Meter langer Alligator am rechten Ufer in das Wasser schob. Die eigene Fotoausrüstung hatte Richard gereinigt und zum Trocknen in ihrem Zelt aufgehängt. Ob sie noch funktionierte, würde sich in den nächsten Tagen herausstellen. Der Ranger schoss jedenfalls einige Fotos. Eigentlich wollten die Ranger gleich nach dem Erreichen des Sees nach rechts abdrehen, aber Werner und Richard baten sie jedoch um zwei oder drei Ausdrucke der Fotos, denn immerhin war das ja „ihr" Alligator. Endlich willigten die Ranger ein. Einer von ihnen gab das Zeichen für den Aufbruch.

Gleich nach der Rückkehr im Camp suchten sie gemeinsam den Photoshop auf. Als Werner fünf Fotos in den Händen hielt, beglich er natürlich die Rechnung. Beide bedankten sich bei dem Ranger, der gleich darauf den Rückweg antrat.

In den darauffolgenden Tagen unternahmen Richard und Werner noch mehrere Kanufahrten, fotografierten auch noch einige Alligatoren, aber den Seitenarm suchten sie nicht mehr auf. Das war ihr letzter gemeinsamer Urlaub.

Eine Frage muss noch geklärt werden. Die Alligatoren, so stellten es die Ranger während des Gesprächs mit Richard und Werner vor deren Zelt dar, sind weniger aggressiv im Vergleich zu den Krokodilen, die sich eher im westlichen Landesteil aufhalten. Dennoch gibt es Muttertiere mit einem ausgeprägten Mutterinstinkt, die ihre Jungen hegen, pflegen und verteidigen. Die Paarungszeit erstreckt sich von Februar bis in den Mai. Möglich wäre es also, dass die

Mutteralligatorin lediglich ihr Nest oder ihren Nachwuchs beschützen wollte. Dann waren die zwei Urlauber einfach zur falschen Jahreszeit unterwegs. Andererseits sollen die Alligatoren wohl nicht besonders wählerisch sein, wenn es sich um ihre Beute handelt.

So endete ihre erste Begegnung mit einem Alligator.

Inhaltsangabe